영광의 해일로
5

영광의 해일로 5

하제
현대 판타지 소설

테라코타

차례

1. 지구 멸망?

"안녕, 네가 그의 베이시스트지?"

"난, 널 알아 문! 훌륭한 연주를 잘 봤어."

"안녕, 귀여운 드러머?"

"Hi. But I'm not cute. Call me sexy(안녕, 나에게 귀엽다니, 섹시하다고 해줘)."

〈코첼라〉의 임팩트는 단편적이지 않았다. 그 누구도 헤일로라는 가수보다 주목받지 않았지만, 떨어진 잉크가 종이에 퍼져나가듯 관심 또한 퍼져나갔다. 바로 헤일로의 세션에게 말이다.

헤일로 6집 〈빗속에서 춤을(Dancing in the Rain)〉 때 함께 녹음한 세션이 그들이라는 걸 부정할 사람은 없었다. 시기도 딱 맞아떨어지고, 그들은 〈코첼라〉에서 헤일로의 세션이란 걸 증명해냈다. 그 이후 한국에서 그들이 엄청난 문의와 제안을 받았던 것처럼, LA의 한 홈 파티에서 그들을 알아보는 사람이 꽤 많았고 다가오는 이도 있었다. 그들은 헤일로의 세션이란 것만으로 이미 전 세계의 이목을 끌고 있으며, 헤일로의 세션이 아니더라도 큰 무대에서 증명해보인 실력을 필요로 하는 사람은 어디든 있을 것이다. 지금 당장 필요하지 않아도 녹음이든 공연이든 능력 있는 세션은 알아두면 좋기 때문이다. 물론, 여전히 그들은 '헤일로의 세션'으로만 알려져 있다. 그렇다고 그들이 헤일로를 질투하거나 열등감 따위를 갖진 않았다. 애초에 '헤일로 세션'이 헤일로의 광팬이기 때문이다.

"지루할 땐 주로 뭘 해?"

"글쎄, 지루한 적은 없어서."

"너희도 피곤하겠다. 그가 가는 데 따라다녀야 하고. 난 그런 고충 잘 알아. 예전에 함께했던 보컬이…."

"안타깝네. 너도 나처럼 좋은 가수를 만나길 바라. 먼저 가도 되니?"

"뭔 소리야. 한국인한텐 한국어로 말해."

다른 팬들과 조금 다른 팬심일지언정, 헤일로의 세션은 그를 좋아하고 존경하고 있다. 그 유대는 다른 밴드에선 보기 드문 유대일지도 모른다.

"재밌긴 한데, 해일이한테 누가 술 강제로 먹이진 않겠지?"

"헉. 설마 사장님… 제이슨 씨랑 같이 갔는데…. 야, 남규환 함부로 아무거나 주워 먹지 마. 대마 들어 있을 수도 있어."

"대마? 음식에 대마도 넣어?"

"대마 브라우니 못 들어봤어? 여긴 참 음식에 이상한 걸 넣는 걸 좋아한단 말이야. 위드랑 민초랑… 파인애플 같은 거. 진짜 이상한 애들이야."

"뒤에 거 두 개는 맛있는데."

브레인스토밍하러 온 곳이 미국의 하이틴 드라마에서나 보던 전형적인 홈 파티장이라 당황스럽긴 했지만 그들은 금방 적응하고 즐겼다. 그러다 보이지 않는 헤일로를 걱정했다.

* * *

헤일로는 비좁은 방 안을 두리번거렸다.

"헤이, 헤일로 봐봐. 이건 어때?"

"나쁘진 않은데 난 조금 더…."

"오케이, 무슨 의민지 딱 알았어."

헤일로는 대충 말해도 같은 의견을 공유하는 사람들 덕분에 재미있었다. 다들 멜로디를 멈추지 않고 뽑아내는 게 흥미로웠고, 쓸데없는 시도도 그의 취향이었다. 이를테면 뻐꾸기시계의 알람을 들으며 멜로디를 뽑아내는 시도 말이다. 다만, 헤일로는 아직 목적을 이루지 못했다. 그냥 노는 것도 재미있지만 오랜만에 파티에 온 이유가 있기에 그는 가볍게 본론을 꺼냈다.

"그래서, 너희들끼리 한다는 건 언제 말해줄 생각이야?"

"오."

각자 멜로디를 뽑아내며 기타를 흔들던 놈들이 그를 바라봤다. 의외라는 얼굴로 그를 쳐다본다.

"이게 그 프로젝트가 아닌 건 어떻게 알았어?"

이 자리에는 헤일로가 원래 아는 사람도 있었고 이 자리에서 알게 된 사람도 있었다. 물론, '안다'는 단어를 넓은 의미로 쓴다면, 그는 이들을 모두 알고 있었다. 아무렴 지금 여기서 쓸데없이 음악을 만드는 인간들은, 빌보드를 밥 먹듯이 드나드는 팝스타들 아닌가. 남의 방송은 잘 안 보지만, 남의 음악은 잘 듣는 헤일로는 그들의 음악을 적어도 한 번 이상씩 들어봤다. 하지만 '안다'는 단어의 의미를 '교류'로 한정한다면, 제이슨과 〈코첼라〉에서 잠깐 대화해본 한 명을 제외하고 모두 처음 만난 이들이다.

"이게 그거라면 실망했을 테니까."

"왜? 어째서! 우리 즐겁게 만들었잖아. 이게 바로 브레인스토밍이라는 거라고, 친구."

"즐겁긴 했어. 취향이 조금 올드한 것 같지만 어쩔 수 없지. 늙다리들한테 젊은 걸 바랄 수 없잖아."

브릿팝의 정수라 불리는 헤일로가 '올드'를 이야기하자 다수가 웃음을 터트렸다.

"크흐흑, 늙다리라니!"

2,30대의 젊은 가수들은, 차마 10대 미성년자 헤일로에게 반박할 수 없었다.

마치 몇 년은 알고 지낸 친구처럼 보이겠지만 대개 초면인 자리에서 헤일로는 태연하게 대꾸했다. 그가 새삼스럽게 낯가릴 성격도 아니고, 원래 헤일로는 처음 본 사람들과 십년지기처럼 지낼 수 있는 약간의 뻔뻔함과 사교성을 지니고 있었으니까.

"오케이, 네가 어떻게 눈치챘는지 모르겠지만, 그만할게."

10대스러운 표정을 발견한 프라우가 눈물을 훔치며 말했다. 그가 아우구스투스 레코드에서 가장 먼저 컬래버 이야기를 꺼냈던 사람이었다.

"하지만 알려주지 않을 거야. 이건 우리 팀끼리만 나눌 비밀 같은 거거든. 다만, 네가 알 방법이 하나 있긴 한데."

"뭔데."

헤일로는 답을 알 것 같았지만 그래도 물었다.

제이슨이 그런 걸 왜 묻냐는 눈으로 덧붙였다.

"너도 함께 컬래버를 하는 거겠지."

"아, 당연히 '어른들의 약속'도 해야 하고."

정식으로 컬래버 계약해야 알려주겠다는 소리였다. 그걸 굳이 '어른들의 약속' 따위로 표현하는 건, 나이 가지고 놀리려는 것이다.

헤일로는 고민했다. 아직 투어까지 특별한 일은 없긴 하다. '하고 싶지?' 하는 눈초리로 바라보니 하고 싶지 않기도 했다. 그가 작업할 곡이 있었다면….

"굳이 말하면, 사랑?"

"안 해본 장르로 해보는 거지."

괜히 누군가의 사소한 조언이 생각나지 않았다면, 끼어들 일도 없었을 것이다.

"지루한 사랑 노래라고 듣긴 했는데."

"누가? 제이슨이? 사랑… 얘기인가? 크게 보면 맞긴 한데."

"하지만 네가 생각하는 단순한 사랑 노랜 아닐 거야."

"그렇지 우린 올드한 취향의 늙다리들이라 지루한 사랑 노랜 못 견딘다고."

몇몇 사람이 말을 할 듯 말 듯하더니 입을 다물어버렸다.

헤일로는 무슨 주제인지 몰라도 쉽게 흥분하게 만드는 주제임을 눈치챘다. 뻐꾸기시계로 음악을 만들고 갑자기 배가 꾸르륵 울리자 그걸로 또 멜로디를 뽑아내는 인간들이 만드는 재밌는 사랑 노래란 무엇일까 궁금했다. 그렇다고 쉽게 하고 싶다고 할 성격도 아닌 터라 그는 주변을 둘러보다가 옅게 웃었다.

"안 할래. 재미없을 것 같아."

헤일로를 보자마자 반겼던 이들이 화들짝 놀랐다. 이런 대답은 의외였는지 침대에 앉아 있던 프라우가 대꾸했다.

"한 가지 확실한 건, 절대 재미없을 주제가 아니란 거야."

"맞아, 너도 마음에 들어 할걸."

이들은 헤일로를 구슬려 어떻게든 작업에 참여시키고 싶어했다. 헤일로의 악동 같은 성격을 파악한 제이슨만이 그냥 보내라고 손짓했지만 아무도 신경 쓰지 않았다.

"그렇게 재미있는 주제였다면, 진작 말해줬겠지."

그들의 속내를 알아챘을 때 헤일로는 더는 을이 아니었다.

"설득할 자신이 없으니까 내 대답부터 듣고 싶은 거 아냐?"

"그, 이건 비밀 프로젝트고."

"재미없으면 안 하겠지만, 재미있다면 무조건 할 텐데."

물론 헤일로가 주제를 빼앗을 거라고 생각할 순 있다. 그런데 그만큼 누구도 시도해보지 않을 정도로 특이한 주제가 나올 리 없다. 특이하다면 극히 마이너란 이야기일 테고, 대중가수로 사는 이들이 그런 주제를 꺼낼 리 없다. 설사 빼앗고 싶을 만큼 마음에 든다고 해도, 헤일로는 빼앗을 생각은 전혀 없었다. 그는 남의 것을 빼앗으며 쾌락을 느끼는 취향이 아니었고, 또 한국에서 했던 〈랑데부〉를 통해 컬래버의 즐거움을 알았다. 헤일로는 그래도 이들을 위해 덧붙였다.

"이건 약속할 수 있어. 재미있으면 너희들과 함께할 거야. 원한다면, 어른들의 약속도 해줄 수 있어."

그들이 헤일로에게 집착할 필요는 없다. 그들은 이미 인정받은 팝가수다. 컬래버에 헤일로가 들어가든 들어가지 않든 자신 있었다. 그러나 헤일로가 어려운 조건을 붙인 것도 아니고, 언제 컬래버할 수 있을지 확실하지 않은 이상 굳이 거절할 필요가 없지 않을까? 특히, 진짜 아무도 시도해보지 않은 특별한 주제가 아닌 이상 말이다.

그들이 서로 쳐다보면 눈빛을 교환한다. 곧 프라우가 졌다는 듯 고개를 절레절레 저었다.

"자자, 우리 이제 작업해야 하니까 다들 나가줄래?"

프라우의 신호를 알아들은 제이슨이 같이 프로젝트를 하지 않을 놈들을 쫓아내기 시작했다.

"넌, 헤일로가 절대 바로 승낙하지 않을 거라고 했지. 자, 10달러 내놔."

"이러기야?"

다른 두 놈은, 언제 내기를 했는지 모르겠지만 지갑을 꺼냈다.

"내일 지구가 멸망한다면."

프라우가 입을 연 건 관계자 외의 사람들이 모두 나갔을 때였다.

"그런 주제야."

"오."

"어때?"

헤일로는 솔직히 감탄했다. 그가 해보지 않은 주제와 컨셉이다. 단번에 재밌을 거라는 생각이 들었다. 그에게도, 그리고 다른 사람들도. 생각했던 사랑 노래는 아니지만, 주제가 왜 사랑인지는 알 것 같았다.

"재밌겠는데."

"그렇지? 그렇게 말할 줄 알았어."

이 주제를 가장 먼저 꺼냈던 프라우가 웃으며 고개를 끄덕였다.

"이제 본격적으로 들어가보자고, 제군들."

"젊고 싱싱한 피가 왔으니, 늙다리 티 나지 않게 아이디어를 던져보자고. 쓸데없을수록 좋아."

"일단 사과나무를 심겠다는 헛소리는 하지 말기로."

익숙한 명언에 모두가 킥킥거리며 웃었다.

"미국인이라면 맥모닝으로 아침을 시작하겠지?"

"왜? 우리 엄마는 팬케이크를 만들어줄걸?"

"그럼 가사에 그렇게 적어, 이 마마보이야."

"에이씨, 우리 엄마가 만든 팬케이크이 얼마나 맛있는지 알아?"

포문을 연 건 헛소리였다. 그러나 프라우는 어디선가 화이트보드를 꺼내와 맥모닝, 팬케이크, 마마보이를 적어넣으며 더 의견을 보태라고 두 손바닥을 위로 흔들었다.

헤일로는 헛소리를 들으며, 주제를 생각해보았다.

'만약 지구가 내일 멸망한다면.'

1999년에 지구가 멸망할 거라고 말하던 놈들이 있긴 했다. 멸망하든 말든 한참 뒤의 일이라 그는 무시하고 말았는데, 지금 생각하면 진짜 헛소리였다. 2032년 현재 지구는 멀쩡하지 않은가.

"그래서 왜 내일 세상이 멸망하는 건데?"

"어, 음. 플라스틱을 너무 많이 써서?"

"소행성 어때?"

"21세기는 뭐니 뭐니 해도 핵폭발 아닐까?"

"요즘 유행은 게이트래."

"좋은 질문이었어, 헤일로. 하지만 10대답게 좀 더 상상력을 가져보는 건 어떨까? 방금 좀 30대 같았거든."

헤일로가 피식 웃으며, 프라우의 통찰력에 감탄했다.

"그냥, 바꿔 말하자면 인류에게, 정확히 우리에게 남은 시간이 24시간밖에 없는 거지. 대충 모두가 시한부가 됐다고 생각해보자."

'시한부라.'

헤일로는 문득, 그게 자신의 상황과 크게 다르지 않다는 걸 깨달았다. 내일 지구가 멸망하진 않겠지만, 그의 시간은 내일로 끝날 수도 있다.

시한부란 한마디에 이 방 안에 있는 사람들도 더 진지하게 생각한 것 같았다.

"난 그냥 평소처럼 지낼 것 같아."

"와, 클리셰네."

"클래식이라고 해줘. 고전은 영원하다잖아. 나는 내가 좋아하는 음악을 들으며 일어나서 좋아하는 브런치를 사랑하는 사람들과 함께하고. 평소 못한 말을 다 하고 갈 거 같아."

"평소 못한 말이 있어?"

"오 루시. 솔직히, 네 대구 요리는 진짜 별로야."

"와, 내가 이따 전해줄게."

"오, 제발."

적당히 농담을 전한 이는, 바닷가에 하루 종일 누워 철썩이는 파도 소리와 끼룩거리는 갈매기, 그리고 밤하늘이 얼마나 아름다운지 볼 거라고 했다. 물론, 사랑하는 사람들과 함께.

"어차피 마지막 날이니까, 위험하지 않을까? 이제까지 꺼내지 못한 폭력성을 꺼내거나 싫어하는 사람에게 욕을 하고 싶을지도 몰라."

"오, 글쎄. 그런 것까지 하기엔 시간이 아까울걸? 좋은 말만 하기에도 부족한 시간이야."

"난, 클리셰답게 최고 속력으로 달리며 온 도시에 전 재산을 뿌릴 거야."

"낭만이지."

헤일로는 하나하나 늘어나는 의견과 화이트보드의 메모를 보며, 어떻게 할지 고민했다.

'노해일이 당장 내일 돌아올 걸 안다면, 나는 무얼 하고 있을까? 그렇게 바라고 바라던 은퇴?'

설마 그럴 것 같진 않았다. 어차피 죽으면 자동으로 은퇴하게 된다.

"내 마지막은…."

그 한마디에 사람들의 시선이 소년에게 꽂혔다.

"노래를 부르고 있을 거야."

"가장 교과서적인 말인데?"

"왜 그래, 헤일로다운 대답인데. 디테일을 붙여봐. 샤워하며 노래 부르겠다는 소리는 아닐 거 아냐."

'디테일이라.'

헤일로는 당연하다는 듯이 덧붙였다.

"사람들 앞에서."

"오, 아직까진 전형적이야."

"나를 사랑하는 사람들 앞에서 말이야."

"오, 네가 사랑하는 사람들 앞에서가 아니라?"

"그들도 당연히 나를 사랑하고 있을 텐데?"

"오케이, 우문현답이야."

그러곤 다 같이 입을 다물었다. 여전히 혜일로의 설명이 필요하다는 듯이.

"내가 부르고 싶은 노래는 다 부르고 갈 거야. 목이 터지더라도."

"오호, 그리고?"

"비가 왔으면 좋겠어."

"왜?"

"그냥. 비 맞으면서 부르면 더 멋있잖아."

"관절의 중요성을 모르는 10대다운 대답이군."

"그래도 멋있긴 해. 뒤에서 천둥 번개가 치는 건 어때."

"지구 멸망 전날 같긴 하네."

진지한 얼굴을 한 사람은 없었다. 별생각 없이 하는 말일지도 몰랐다. 사실 정말 솔직한 이야기를 이 자리에서 할 필요는 없었으니까. 겉과 속이 다른 세계가 이곳이 아닌가. 그러나 누구도 거짓말이냐고 묻지 않고, 진실한 이야기처럼 생각했다.

"그리고?"

프라우가 웃으며 물었다.

"그다음엔 무대에서 뛰어내려야지."

사람들을 향해 뛰어내리는 게 그가 바라는 마지막 날의 모습이었다. 사람의 파도 속에 밀려 그는 바다에 표류하는 해파리처럼 하늘을 볼 테고, 그곳엔 별들의 바다가 펼쳐질 것이다.

'비가 오면 하늘이 흐리다고? 어쩌라고?'

"그때 무슨 생각을 할 거 같아?"

사실 '지구 멸망'이란 주제는, 여기저기서 꽤 많이 다루었다. 영화, 드라마 같은 영상 매체뿐만 아니라 백일장 같은 데서도 주제로 나왔다. 결국 그 주제는 몇 가지의 결론으로 향하기 마련이다. 첫 번째는 사랑, 대부분 이들이 사랑하는 사람들과 시간을 보낼 거라고 이야기한다. 복수를 한다는 사람은 많지 않다. 두 번째는 일상, 의외로 특이한 걸 한다는 사람은 많지 않다. 이제까지 놓쳐왔던 것을 되돌아본다면 모를까. 이렇듯 이 노래도 결국 같은 결론을 갖게 될 것이었다. 사랑하는 사람들과 함께 보내는 하루. 평소에 하지 못한 아름다운 말들을 전해주며, 왜 평소에 하지 못했나 후회하고, 지금이라도 할 수 있음에 고마워하고. 그리고 마지막엔….

"후회 없이 살았지만 결국 아쉽겠지."

"아쉽다고?"

"이런 날을 내일도 경험하고 싶을 테니까."

헤일로의 대답을 들은 이들이 씩 웃었다. 내일….

모든 키워드로 화이트보드가 어느새 가득 찼다.

"완성됐네."

가사가 될 말들을 던졌을 뿐 아직 앞으로 할 일은 많이 남아 있었다. 작곡부터 파트 분배, 세션, 녹음 등 수많은 절차를 밟아 나가야 한다. 그러나 그들은 모두가 완성됐다고 생각했다. 빌보드를 밥 먹듯이 들어가는 이들, 천재라고 불리거나 불렸던 이들이 이 자리에 있고, 심지어 대다수가 작곡도 할 수 있다. 음원 제작은 사실 일주일 안에 끝날지도 모른다. 아니, 어쩌면 이 파티가 끝나기 전에 끝날지도…. 하지만 적어도 여기서 지금 끝내고 싶어 하는 사람은 없었다. 몇몇은 떠오르는 영감에 손이 근질근질해 괜히 기타 스트링을 건드려본다. 프라우 역시 지금 끝낼 생각은 아니었다. 다만 일정 정리가 필요할 것 같았다. 다른 사람들 일정은 다 알지만, 한 사람의 일정은 모른다.

"헤일로, 너 월드투어가 언제랬지?"

"11월."

"다른 스케줄은 있어?"

"아직은 없어."

"그럼 다행이네."

"왜?"

헤일로가 되묻자 오히려, 사람들이 서로를 바라봤다.

'아까 이야기 안 해줬나. 분명 했던 거 같은데.'

"뮤직비디오 촬영해야 할 거 아냐."

뮤직비디오 얘기를 분명 들었으나 까맣게 잊고 있던 헤일로는 '그래, 그런 게 있었지' 하고 생각할 뿐이었다. 노해일로서는 첫 뮤직비디오지만, 헤일로는 감흥 없이 고개를 끄덕였다. 어떻게 찍을지 정해진 건 없지만, 아직 신경 쓰고 싶지 않다. 당장 하고 싶은 건, 귓가에서 맴도는 음악을 꺼내는 것이었다. 그리고 여기서 저와 같은 생각을 하는 인간이 다섯은 되어 보였다.

일주일 후, 헤일로의 LP 음반과 월드투어 티켓팅 일정이나 발표하라고 소란스러웠던 인터넷에 기사 하나가 점령하게 된다.

(단독) 헤일로·제이슨 다이크 …과 래퍼 프라우 드웬의 할리우드판 초호화 컬래버

***

"그럼 시작은 이렇게 할까?"

검은 화면에 빛이 들어온다. 카메라 앞에선 남자 앵커.

[마지막 소식입니다. 오늘, 날이 밝아왔고, 이제 우리에겐 단 하루가 남아 있습니다.]

프라우는 1년에 한 번 입을까 말까 한 단정한 옷차림을 한 채 복잡미묘한 표정으로 멸망을 고한다. 그의 목소리가 점점 멀어지고, 카메라가 시한폭탄처럼 떨어지기 시작하는 전자판의 숫자를 비췄다. 이제 단 24시간도 남지 않은 시간.

[즐거운 하루 보내시기를 바랍니다.]

잔잔하게 깔렸던 반주가 커지기 시작한다. 헤일로는 그에게 날아오는 페트병을 받았다. 미지근했지만, 지금은 그조차도 시원했다.

"순조롭네."

"순조롭긴. 시끄러워 죽겠는데."

"새삼."

"나 때문에 시끄러운 거면 좋은데, 쟤 때문에 시끄럽다고. 여기저기서 어떻게 섭외했냐고 연락오는 거 알아?"

"너도 그래?"

제이슨이 프라우와 이야기하며 헤일로를 향해 투덜거렸다.

"일정 때문에 바쁘다던 놈들이 갑자기 연락하는 것도 마음에 안 들고. 넌 어떻게 생각해?"

"뭐, 새삼."

프라우의 말을 다시 인용한 헤일로가 피식 웃었다. 저를 찾는 게 당연하다는 듯한 태도였다.

제이슨은 재수 없다는 눈초리를 했지만, 부정하진 못했다. 그의 말대로, '새삼'이 맞았기 때문이다.

"그나저나 생각보다 적응을 잘하네, 신참?"

프라우가 헤일로에게 어깨동무하며 물었다.

"솔직히 말해, 뮤직비디오 처음이 아니지? 한 열세 번은 찍어본 거지?"

"여기선 처음이야."

"그래, 그럴 줄 알았어. 어쩐지. 한국에서 해봤군."

프라우가 역시나 하며 고개를 끄덕였다. 그의 말은 다소 틀린 부분이 있었지만, 헤일로는 부정하지 않았다. '한국'이란 것만 제외하면 사실이라. 한국에서 언제 했냐고 누군가 물었을 때도 웃어 넘겨 그가 이상할 정도로 뮤직비디오 촬영에 능숙한 이유는 미궁으로 빠졌다. 뮤직비디오 제작의 첫째 날, 단체 촬영은 순조롭게 진행되었다.

돌아가는 길에 헤일로는 현재 매니저 역할을 해주고 있는 어거스트 베일의 비서에게 소포를 하나 전달받았다.

"헤일로 씨, 실례지만 확인하셔야 할 게 있습니다. 스위스에서 온 소포입니다."

차 안엔 선물상자와 함께 서류가 준비되어 있었다. 헤일로는 서류와 상자를 번갈아 보다가, 작은 상자를 먼저 열어보았다. 곧 그의 눈에 이채가 서렸다.

"오호! 이건 초콜릿이 아닌데."

"예?"

"아무것도 아니에요."

옅게 웃으며 헤일로는 안에 있는 것을 꺼냈다. 눌어붙은 초콜릿 같던 그림, 초현실주의 저리 가라 하던 도안이 그가 원했던 시계의 모습을 하고 나타났다. 헤일로는 역시 그림보다는 설명을 쓰는 게 맞았다고 생각했다. 뛰어난 예술가들은 개떡같이 말해도 결국 예술로 승화시킨다. 작은 원판에 구현된 우주, 공전하는 두 행성은 시침과 분침의 역할을 해주었다.

왼팔에 시계를 착용한 헤일로는 서류를 읽었다. 첫 페이지는 그가 대충 표현한 그림에 관한 매우 정중한 해독문이었고, 다음 페이지는 같이 컬래버를 하게 되어 기쁘다는 편지였다. 그리고 선물상자 안에 마저 확인하지 못했던 제품 보증서까지.

헤일로는 주문 제작이 잘 진행되고 있다는 증표를 도안도, 샘플도 아닌 완성된 형태로 이렇게 일찍 받게 될 줄 몰랐다. 시계가 왔다는 것은 다른 의미로 월드투어까지 얼마 남지 않았다는 것이다. 그러고 보니 곧 발표할 때가 되었다. 그가 방문하게 될 열 개의 나라, 열 개의 도시, 열 개의 일정, 그리고….

"1,000개의 선물을 콘서트에 제공한다고 알고 있는데, 어떻게 제공할지 알 수 있을까요?"

아직 어거스트와만 이야기가 된 상태라, 비서가 호기심을 드러냈다. 헤일로의 콘서트 규모가 최소 몇만 명 이상은 될 것인데 1,000개의 선물을 어떻게 제공할지 궁금했다.

헤일로가 입꼬리를 올리며 창 너머를 바라보았다.

"모두와 함께 나누는 행운보단, 나에게만 우연히 찾아온 행운이 좀 더 즐겁겠죠?"

"예? 뭐, 그렇겠죠?"

자고로 행복은 나 혼자만 가질수록 큰 법이다. 로또나 가챠처럼. 매니저가 고개를 끄덕였다. 그의 고갯짓이 다수의 불행을 초래할지도 모르고. 이는 예상치 못한 초호화 컬래버로 시끄러워진 온라인 세상도 마찬가지였다.

[와 저건 무슨 조합이야 미쳤다⋯]
[근데 제이슨은 저기 왜 있냐? 헤일로랑 같이 있으면 안 되지 않나⋯?]
[아기 태양, 사진도 너무 귀여워.]
[해일이가 컬래버를 다하다니.]
⌐ 옛날에 황룡필이랑도 했잖아.
⌐ 아니 근데 노해일 첫 컬래버 황룡필 다음 컬래버 프라우ㄷㄷ 다음은 누구임.
[스콜피온 릴, 두 눈 뜨고 뺏겨 "저 새끼는 누구야"]
⌐ 기사 제목 이거 ㄹㅇ임?
⌐ 스콜피온이랑 헤일로랑 언제 사귀었냐 제목 왜 이럼.
⌐ ㅅㅂㅋㅋ 별그램 가보니까 이게 순화된 거네ㅋㅋㅋㅋ

언제 발매할지 정확히 뜬 것도 아니지만, 팬들은 벌써 맛있는 냄새가 난다며 들썩였다. 컬래버를 진행하는 이들은 래퍼, 싱어송라이터 등 본업도 본업이지만, 너튜버나 틱톡 등에서 독특한 개성과 재능으로 잘 알려져 있는 인물들이다. 천재라고 칭해지는 이들의 조합에 대중은 열광할 수밖에 없었다. 천재들이 모였으니 도대체 얼마나 좋은 음악이 나올까. 무엇보다 주목할 수밖에 없는 이유는 헤일로의 첫 컬래버라는 것이다.

그리고 헤일로를 제외한 가수들이 소속된 레이블, 더 크게 아우구스투스 레코드에선 이를 적극적으로 홍보했다. 매일매일 기사가 터졌고, 뮤직비디오 등 판을 키워나갔다. 누가 봐도 우리가 헤일로를 가졌다고 즐기고 있는 것 같았다. 파랑새에서 '헤일로, 환영해. 새로운 집은 필요하지 않니?'라는 멘트를 남겼고, 베일(VEIL)의 파랑새와 쓸데없이 기 싸움을 하기도 했다. 심지어 기사가 나오지 않았지만, 헤일로와 컬래버 계약을 진행할 때 매니저나 담당자가 아니라 아우구스투스 레코드의 대표 존 레오날드가 직접 계약서를 가지고 오기도 했다. 물론, 그는 당장 계약보다 헤일로 자체에 관심이 많아 보였다. 열렬한 눈으로 언제든 필요한 게 있으면 말하라고 했고, 그건 어거스트와 얼추 비슷했다.

그렇게 신곡과 뮤직비디오가 언제 나올까 학수고대하던 중, 드디어 헤일로의 첫 번째 월드투어 일정이 베일의 SNS와 투어를 진행하는 업체, 그리고 헤일로의 너튜브 계정에 공개되었다.

〈LA, 헤밀턴, ?, 런던, 파리, 빈, 시드니, 방콕, 홍콩, 서울〉

열 개 도시와 함께 장소도 공개되자, 제발 소극장만은 안 된다며 기도하던 사람들은 노해일이 약속대로 서울 아레나를 잡은 걸 발견하고 안도했다. 그러나 이에 긍정적으로 보는 사람도 있었지만, 사람의 마음이라는 게 참 간사했다.

[근데 왜 올림픽 경기장이 아니라 서울 아레나…?]

[서울 아레나는 좀 작지 않나?]

[설마 약속 지킨 건가…?]

└ 옛날 팬 미팅 때 서울 아레나에서 하기로 약속해서…

└ 해일아ㅠㅠ 약속 지켜준 건 고마운데 더 큰 데 좀 잡지.

└ 헤일로라고 말 안 했잖아!!!! 헤일로라고 말했으면 우리도 상암이라고 했어. 아니 걍 광화문에서 하지. 천만 명 수용 가능.

└ 약속 지키려고 6만 6천 석 버리고 1만 6천…

[야 지금 아레나가 중요한 게 아닌 거 같은데. 왜 공연 하루?]

[잠깐만. 해일아?]

그렇게 약속의 굴레(지킨 건 고마운데 왜 지켰지?)에 빠진 이들은, 곧 더 이상한 걸 발견했다. 그리고 이건 한국만의 반응은 아니었다.

[캐나다는 헤일로를 사랑해, 오직 감사할 뿐이야.]

[그가 포럼을 선택할 줄 알고 있었어.]

[Your highness(전하), 당신의 나라로.]

[What? 왜 저기에 독일이 없는 거야?]

[베네치아: 곤돌라에 타자, 우린 널 위해 사육제를 다시 준비하고 있어.]

처음에 자기네 나라가 있다 없다로 나뉘었던 반응은, 곧 하나로 통일되었다.

[잠깐, 하루뿐이라고? 포럼이 얼마나 많은 인원을 하루에 수용하지?]

└ 17,505명.

[그에게 미국인이 얼마나 되는지 말해줄 사람?]

[한 나라에서 한 번씩? 다 좋아 근데 아메리카는 작지 않다고 차라리 재미없는 캐나다를 빼고 일정을 추가해줘. In Florida(플로리다)]

└ 장난해? In Toronto(토론토)

[너희들은 한 나라이기도 하지. EU는 한 나라가 아니라고! 근데 그는 유럽연합을 국가라고 생각하는 것 같아. 그리고 왜 하필 프랑스야! In Barcelona(바르셀로나)]

└ 행복할 뿐이야. In Vienna(빈)

└ 무슨 소리야 우리도 독립된 국가라고! 그는 50개 주에 다 와야 해. In Texas(텍사스)

└ 와우 그가 방금 남북전쟁을 다시 불러일으킨 거 같네.

노해일을 알고 있던 한국인들이 겁을 췄던 건 소극장이었지, 콘서트 일정이 아니었던 터라 해외 팬들은 당황했다. 사실 한 나라에서 하루만 진행하면 소극장 콘서트와 다를 바 없었다.

[근데 나만 좀 통쾌함? 우리만 고통받다가 외국 놈들 피 토하니까ㅋㅋㅋㅋ 개재밌음. 이게 K-가수의 맛이다.]

└ 그러게, 누가 믿지 말래?ㅋㅋㅋ

컬래버 발표 때만 해도 행복 회로를 돌리던 외국인들이 드디어 매운맛을 보고 있다. 동병상련을 느끼다가도 개구리 올챙이였을 적 모른다고 한국인들은 낄낄거리며 좋아했다. 한 가지 안타까운 점은 그들은 개구리가 아니라는 거다. 여전히 올챙이인 그들은, 올챙이 적 기억을 떠올렸다.

[하루면 우리도 안심할 게 없는 거 같은데.]

└ 여기 누가 안심했다고 그래 ㅅㅂ

[근데 지금 좀 심각한 상황 아님?]

└ 지금 이게 안 심각한 걸로 보임? 스탠딩 쳐도 전 국민이 2만 6,000석 가지고 싸워야 하는데.

└ 전 국민이 맞나…?

누군가 헤일로가 투어하게 될 나라를 지목했다. 단 열 개의 도시, 그중 아시아는 세 곳이며, 동아시아는 홍콩과 서울이 다였다.

[여기서 퀴즈. 헤일로 팬덤 아시아에서 ㅈㄴ 클 텐데 걔들이 깔끔하게 포기할까?]

[일본이랑 중국 팬덤이 진짜 장난 아닐 텐데.]

첫 헤일로의 콘서트를 그렇게 쉽게 포기할 수 있을까? 누구도 긍정하지 않았다. 외국인들을 비웃다가, 뒤늦게 2만 6,000석이 중요한 게 아니라는 걸 알았다. 진정한 문제는 아시아에서 단 두 번만 공연한다는 거였다. 처음에 헤일로가 일본을 선택하지 않은 이유에 대해, 일본 공연 문화가 별로라며 취향 아니라고 비웃던 이들은 심각성을 깨달았다.

[중국 애들은 홍콩으로 몰린다 치고 일본 애들은…?]

[중국 애들이 홍콩에만 몰릴까…?]

[중국, 일본도 그런데 그 위에 땅덩어리 더 큰 나라도 있지 않나?]

[유럽이나 미국 애들이라고 여기 안 올 이유는 없겠지?]

└아. ㅋㅋㅋㅋㅋㅋㅋㅋㅋㅋ

노해일의 가장 큰 팬덤 '우리가 죠스로 보이냐'는 이 문제 제기를 가장 먼저 하며 넋을 놓았다. 누군가 팬 미팅에서 돌렸던 행복 회로가 다시 커뮤니티에 돌아다니기 시작했다.

[서울 아레나… 올콘…?]
[티켓팅 수월…?]
[올해는 우리 다 행복해지는 거 아니었어?]

행복해질 방법이 있긴 했다. 무소유! 욕심을 내지 않으면 행복해질 수 있었다. 그러나 그 누구도 인생의 진리를 실천하지 못하리라.
작년 한 해 노해일의 '무소통 정책' 및 '소수의 의견 존중' 정책으로 피해(?)를 본 이들은 제대로 독기에 찼다. 그 피폐한 덕질은 이상하게도 포기하게 만드는 게 아니라, 오기를 자극했고 내가 그 소수에 들어가길 바랐다.

[역으로 생각하자. 한국 말고 전 세계로 티켓팅 한다.]
[88일간의 세계 일주 가즈아~~]
[그래도 나름 우리나라 인터넷 강국 아님?]

고통조차 유머로 승화시키는 그들은 차마 몰랐다. 아직 고통이 더 남아 있을 거라는 것을. 물론, 당장 팬들이 알 수 있는 내용은 아니었다. 어느 '초콜릿 공장'을 연상케 하는 '골드티켓'의 존재를 그들이 눈치챈 것은 티켓 예매 사이트가 오픈되었을 때였다.

* * *

헤일로의 월드투어 일정 공지 이후, 수많은 문의 글과 항의 메시지가 베일과 투어 주최 업체, 그리고 노해일 레이블의 메일로 날아들었다. 원래 큰 발표 이후 기자들이 후속 발표를 문의하곤 하기에 헤일로는 그런 메일이라 여겨 일일이 대응하지 않고, 오직 준비한 깜짝 선물이 나오기만을 기다렸다. 그래서 헤일로의 월드투어 일정이 각 도시별 1회만 잡힌 연유에 대해 입장을 전한 건 베일이었다.

아티스트가 소속된 엔터테인먼트도 아니고, 그저 유통사일 뿐인 베일이 소속사처럼 공식 입장을 전하는 게 이상했지만 아무도 이에 대해 뭐라고 하지 않았다. 어거스트 베일이 헤일로를 위해 운전을 해주고, 매니저처럼 쇼핑도 같이하는 사진이 도처에 널려 있으니 그 둘의 친분은 굳이 언급할 필요도 없을 것이다. 혹자는 어거스트가 헤일로라는 한 천재 아티스트를 위해 베일을 새로 설립한 게 아니냐고 말하기까지 했다. 음원 유통사의 탈을 쓴 헤일로만을 위한 1인 엔터테인먼트. 어거스트가 헤일로를 만난 게 2030년 12월이 분명하여 시기상 가능할 리 없지만, 그의 헌신만 보자면 굉장히 그럴 듯했고, 믿는 사람들도 꽤 많았다. 그게 아니더라도 전형적인 아티스트인 헤일로에게 답변을 얻기 어려우니, 음원 유통사가 내든 음원 제작사가 내든 아무나 공식 입장을 전해주길 바랐다.

이렇게 노해일의 레이블 공식 메일보다 더 많은 항의가 베일에게 넘어갔고, 베일은 그들이 원하는 대로 헤일로와 그들의 입장을 전달했다. '아티스트 보호를 우선으로…'이라는 입장은 왜 월드투어 일자가 그렇게 되었는지에 대해 어느 정도 납득할 수 있는 이유였다. 그래서 여전히 불만이 남았지만 적어도 어린 10대 아티스트의 나이를 고려해 항의하지는 못했다.

물론, 그럼 월드투어보다 한 나라에서 여러 번 콘서트 하는 게 낫지 않겠냐는 말이 나오긴 했다. 그러나 어느 나라에서 할 거냐는 질문에 커뮤니티는 전쟁터가 되었다. 헤일로의 음악적 고향은 영국이라고 말하는 영국인부터 그가 지금 있는 곳은 미국이라고 주장하는 미국인, 노해일 고향이 한국인데 당연히 한국에서 해야 한다고 주장한 소수의 한국인은 꽤 인상 깊었다. 그들은 절규하고 울분을 터뜨리다 악에 받쳤으며 '단독콘서트', '소극장' 따위의 말이 나오면 PTSD 증상을 일으켰다.

어찌 되었든, 베일에서 공식 입장을 밝혀준 후 혼란은 소강상태에 접어들었다. 그러니까 어느 정도는 말이다. 어쨌든 7월에 진행된다는 티켓 예매 사이트도 열리지 않는 상황에서 사람들은 현실을 받아들이고, 적금을 깨든 휴가를 내든 계획을 세우려고 했다. 그때 누군가 뒤늦게 지적했다.

[근데 ?는 뭐야?]
[나도 물어보려고 했어. 열 개의 도시라고 발표했지만, 한 나라는 미정인 건가?]
[이건 아무도 베일에 물어본 사람 없어?]
[아직 확정이 안 된 게 아닐까? 공연장에서 대답을 미룬다든가.]
  └ 헤일로의 공연을? 누가?
[위치를 보면… from Mexico]

└ 일단 그는 더운 걸 싫어해.

└ 공연이 띄엄띄엄 있어서 어디든 갈 수 있을 텐데?

 2032년 10월 말 로스앤젤레스와 캐나다 해밀턴 공연 이후 존재하는 '?'에, 런던에 가기 전 존재하는 공백기에 대해 다양한 추측과 의견이 나왔다. 미국인들은 서부에서 공연하는 만큼 공평하게 동부에서도 한 번 하는 게 아니냐고 추측했고, 남미 쪽에선 동선상 다음 차례는 우리라고 주장했다. 헤일로의 음악이 미국보단 유럽에 가깝다는 점에서 유럽인들 역시 그 상징성을 놓치지 않았으며 중국이나 러시아, 일본에선 정치적 긴장감을 풀려는 이 시점에 새로운 콘서트를 기획하는 게 아니겠냐고 보았다. 발 빠른 아랍에미리트와 사우디아라비아 등 중동에선 'We need Halo' 해시태그 운동을 벌였으며, 마지막 국내 팬은 심장이 두근거리기 시작했다.

 [잠깐 날짜. 이건 한국 오려는 것 같은데?]
 [왜 무슨 날인데 11월에 뭐 있어?]
 [11월 14일이잖아.]
 [내가 제일 좋아하는 숫자ㅠㅠ 1114]

 월드투어 시작일은 10월 말이고, 두 번째 해밀턴 공연이 끝나면 국내 팬들이 기다리고 기다리던 그날이 온다. 날짜가 정확히 적혀 있는 것도 아닌데, 팬들이 그날이 맞다고 확신했다. 노해일의 공식 데뷔 달인 2월은 가수가 잠적했고, 여러모로 시끄러웠기에 챙겨주지 못했다. 형식적으로 자축하긴 했지만, 당사자가 없는 반쪽짜리

기념일이었다. 그렇게 아쉬운 기념일 하나를 날리며, 다른 기념일을 기다리던 찰나였다.

[해일이 생일이잖아.]

다음 공연이 11월 20일로 찍혀 있는 거 보면 확실했다. 노해일이 생일파티를 한국에서 한다고 한 것도 아닌데도, 국내 팬들은 설레발쳤다. 그렇게 모든 곳에서 헤일로를 원한다는 운동이 일어났다. 그쯤 솔로몬이 등장한다.

[근데 어디서 공연하든 다들 들어갈 거 아님?]
└ ㅇㅇ 본인 티켓팅 같은 시간만 아니면 싹 다 들어갈 거임.
└ 그 말 똑같이 중국인 친구가 하던데.
└ 국경이 뭐가 중요해 잡기만 하면 갈 건데.
└ 헤일로 콘서트 앞에 국가, 인종, 성별, 종교 그 어느 것도 중요하지 않다.
└ 이게 진정한 국경 없는 세계지 ㅋㅋㅋ 아ㅋ
└ 헤일로한테 노벨평화상을!

* * *

헤일로는 지난해 여름, 무더위를 레이블의 에어컨으로 이겨냈다면, 올여름은 컨테이너와 자동차의 에어컨으로 이겨내고 있었다. 뮤직비디오 개인 촬영은 이미 끝낸 지 오래였고, 뮤직비디오 제작이 막바지에 접어들었다. 헤일로가 지구 마지막 날 하고 싶다고 말했던, 도심에서의 콘서트는 CG로 촬영했다. 그건 아마 뮤직비디오에서나 완성된 형태로 볼 수 있을 터였다.

지금은 첫 야외 신을 찍는 첫날이다. 우연히 프라우와 정류장에서 마주쳐 나란히 길을 걸으며 노래 부르는 장면을 촬영하는데, 갑자기 혼자 신이 난 프라우가 춤을 췄고, 헤일로는 '이건 뭐지?' 하고 황당하게 바라보다 곧 웃음을 터트렸다. 촬영이 중단된 건 당연했지만, 거기서 누구도 화를 내거나 짜증 내지 않았다. 오히려 헤일로가 흥을 멈출 생각이 없는 프라우를 보다가 그의 춤을 조금이나마 따라 하자, 분위기가 과열되었다. 촬영을 한다기보다 놀며 즐기는 것 같았다. 헤일로는 여러 목소리가 들어가는 곡보단 자신의 목소리만 담긴 곡을 더 선호했지만, 이런 컬래버라면, 또 이런 뮤직비디오라면 나쁘지 않다고 생각했다.

그렇게 촬영이 끝났을 때 "그나저나 그건 무슨 시계야?" 하며 프라우가 처음으로 관심을 드러냈다.

"이거?"

"응."

헤일로는 왼팔을 들어 촬영할 때 빼지 않아도 된다고 해 그대로 차고 있던 시계를 보여줬다. 얼마 전 스위스에서 온 선물이었다. 분명 책가방에 눌어붙은 초콜릿 같던 형태는 예술가들의 손길을 받고 상상 이상의 모습으로 완성되었다. 흔한 바늘 대신 구슬로 시침과 분침이 표현된 그의 시계는 그 자체로 독특했으며, 우주와 자전하는 행성이 표현되어 아름다웠다. 게다가 더 특징적인 것은 시계에 특유의 소음이 없다는 점, 그리고 직접 구슬을 손으로 만질 수도 있다는 점이었다.

그런 독특한 시계는 프라우의 수집 욕구를 꽤 자극했다. 자동차도 자동차지만, 명품 시계가 나왔다 하면 무조건 소장하곤 했던 그는, 헤일로가 찬 시계가 명품이란 걸 알아차렸다. 아마, 파파라치 샷이 뜨면 꽤 화제가 될 것이었다.

"딱 보아도 스위스제 같은데. 설마 애인하고 맞춘 건 아니지?"

싱거운 소리에 헤일로가 코웃음을 쳤다.

"애인하고 맞춘 거 아니면, 나한테도 살짝 소개해주면 안 되나? 꽤 마음에 드는데."

"괜찮아 보여?"

"응."

일단 초안은 제가 그렸던 것이기 때문에 헤일로는 만족스럽게 웃었다.

"사실 내가 그린 거야."

"그런…."

순간 프라우는 이 시계가 그의 생각보다 더 큰 가치를 가졌음을 깨달았다. 몇백짜리가 아니라, 헤일로가 직접 그린 시계니 세상에 단 하나뿐인 시계라고 볼 수 있었다.

"오케이, 방금 한 말 취소할게."

"괜찮아. 하나만 만든 건 아니거든. 너한테도 줄 수는 있어."

"음, 내가 뭘 해줬으면 하는 거지?"

프라우는 단번에 무슨 말인지 이해했다.

"혹시 그날 일정이 없다면 말이야."

"설마…."

헤일로의 일정이 하나밖에 없다는 걸 알고 있는 프라우가 눈을 번쩍 떴다.

"난, 네가 제이슨에게 부탁할 줄 알았는데."

"내가?"

"응, 너희 둘이 친하잖아. 아냐?"

헤일로의 표정을 보니 전혀 안 친한 것 같다. 성질 더러운 제이슨이 헤일로에게 꼼짝도 못 한다는 걸 기억한 프라우는, '친해 보였는데'라고 생각하며 일단 아니라고 하는 말에 뒷머리를 긁적였다.

"고마워, 난 네가 날 초대해줄 줄 몰랐어."

"올 거야?"

"당연하지. 다른 사람도 아니고, 헤일로의 콘서튼데. 근데 어느 공연을 말하는 거야?"

"해밀턴은 어때?"

"오, LA가 아니란 게 의외지만. 신, 폐하의 길을 따르겠습니다."

캐나다인인 프라우가 낄낄거리며 말했다. '그럼 LA 공연엔 제이슨을 초대할 생각인가?' 하는 생각이 들었지만, 이것까지 굳이 묻지 않았다.

"근데 시계는 받지 않을래. 시계를 받으려고, 친구의 콘서트에서 공연하고 싶진 않아."

"다른 게스트에겐 다 선물하려고 했는데."

"그거 알아? 내가 그, 한 번씩 꼭 튕기는 버릇 있는 거. 내 별명이 괜히 팝콘이 아니라고."

프라우가 바로 말을 바꾸고 헛소리를 했다.

"그럼 시계는 게스트 선물용인 거야? 특별히 제작한?"

"그건 아니야. 팬들에게 줄 거야."

"오? 팬들에게? 어떻게?"

"콘서트 선물로."

"응?"

프라우는 천천히 고개를 갸웃했다. 그가 알기로 헤일로는 열 개의 도시에서 각 한 번씩 공연한다. 그러니까 총 열 번. 그럼 도대체 시계를 몇 개나 제작했나 싶었다.

"1,000개만 제작했어. 다 주고 싶은데, 그건 시간상 힘들어서."

"1,000개? 그중에서 몇 개는 우리 주고, 나머지는 팬들한테 주는 거야? 어떻게 주려고?"

프라우의 표정이 1,000개라는 소리를 들었을 때부터 점점 이상해졌다.

"아니, 팬들을 위한 게 1,000개고, 이건 추가로 주문 넣었지. 개수도 많지 않은데 몇 개 빼긴 그렇잖아?"

"아….'"

1,000개나 999개나 크게 다른 건 없어 보였다.

"그, 네 콘서트 장소가 소극장이었던가?"

"그건 아닐걸."

그건 그렇다. 헤일로의 공연장은 모두 1만 석 이상은 되는 공연장이었다.

"그럼 팬들한테 어떻게 주려고?"

그 물음에 헤일로는 씩 웃으며 매니저에게 했던 말을 다시 한번 했다.

"원래 우연히 찾아온 행운이 더 즐거운 법이잖아."

"으흠. '우연'이라…. 그거 참 즐겁겠네."

프라우는 교과서를 읽는 것처럼 어색하게 대꾸했다.

콘서트에 찾아온 모든 관객에게 주는 선물이라고 했으면, 선물을 그냥 받지 않고 티켓팅을 해보겠다고 하겠는데, 차마 티켓팅 얘기는 꺼내지도 못하겠다. 그냥 티켓팅도 힘든데 시계라는 한정판 굿즈가 들어간 티켓팅이라니. 심지어 보통 값비싼 굿즈가 아니다. 웬만한 할리우드 스타들도 시도 안 할 굿즈인 건 확실했다. 일단 그는 티켓팅에 절대 성공하지 못할 게 확실했다.

"헤일로, 있잖아. 혹시 네 팬에게 따로 감정이 있니?"

말간 얼굴의 소년이 의아한 기색을 띠었다.

"내가 왜?"

"그렇지. 근데 왜, 아니, 그러니까 선물 주는 방식이 추첨이라는 거잖아? 당첨된 사람은 정말 좋아하긴 할 거야."

"응. 내가 바라는 게 바로 그거야."

한때 일본식 가챠를 경험한 프라우는, 그게 얼마나 사람의 정신을 피폐하게 하는지 알고 있었다. 프라우가 더듬더듬 말을 이었다.

"그들은 좋긴 하겠지만, 그럼 당첨되지 않은 사람들은 어떻게 해?"

프라우의 질문에 소년은 아무렇지도 않게 대답했다.

"다음 기회를 노리면 되지."

마치 아침을 못 먹었으면 점심을 먹으면 된다는 듯한 말, 이는 추첨을 경험해보지 않은 사람만이 할 수 있는 것이다. 소년은 가챠를 안 해본 게 분명하다. 재능도 인기도 늘 선택받은 소년은, 선택받은 사람들의 즐거움을 생각했지, 선택받지 못할 사람들의 고통까지는 고려하지 못했다.

그렇게 7월 초, 헤일로의 티켓 예매 사이트가 순차적으로 오픈

되었다. 헤일로의 티켓팅은 국가별로 시간대가 달랐는데, 그리하여 전 세계 사람들이 모든 국가 티켓팅에 도전할 수 있었다. 어떻게 보면 이번에는 노해일답지 않게 사람들에게 꽤 많은 기회를 준 것이기도 하고, 어떻게 보면 보다 악마적이기도 했다. 돈만 있다면, 전 세계 어디든 갈 수 있는 21세기에 한 번도 가보지 않은 나라는 티켓팅 선택에 큰 장애물이 아니었다.

티켓 마스터 사이트에 1시간의 여유를 가지고 순차적으로 티켓 예매가 시작되었다. 시작은 LA였다. 수용 관객 수 1만 7,505명. 미국인들은 이제까지 기뻐했던 것과 달리 티켓팅 첫 순번이라는 데 초조해했다. LA의 황금 시간을 맞춘 건지 모르겠지만, 첫 티켓팅 시각은 워싱턴 D.C 기준 오후 6시였다. 한국 기준으론 오전 7시다.

티켓 마스터는 티켓 오픈 1시간 전에 웨이팅룸을 열어주기에, 새벽 5시에 일어난 직장인 민재는 이른 출근 준비를 마치고, 커피 한 잔을 들고 5시 30분에 티켓 마스터 사이트에 접속했다. 그때 그는 설명하기 어려운 싸한 분위기를 감지했다. 가끔 드라마에선 이후 일어날 일을 예고하기 위해 복선 장치를 넣어놓곤 한다. 갑자기 잘 걸려 있던 액자가 떨어진다거나, 출근길에 똥을 밟는다거나 하는 것들 말이다. 물론 그가 그런 불운을 미리 겪은 건 아니었지만 티켓 마스터에 접속하자마자 새로 구입한 컴퓨터에 렉이 걸렸을 때, 그리고 로봇이 아님을 다섯 번쯤 증명하고 여섯 번째 증명에서 결국 한 번 튕겨 나왔을 때 강렬한 불길함을 느꼈다.

다시 사이트에 접속했을 때 멀쩡해지긴 했지만, 괜스레 초조해져 손톱을 물어뜯어야 했다. 웨이팅룸에 입장하자 남은 시간이 떴다. 54:31. 54분 후 티켓팅이 시작된다는 의미였다. 이때, 지불 방법을 입력하는 사람도 있지만, 그는 K-POP 해외 콘서트 티켓팅을 몇 번 경험해보았기에 지불 방법을 입력할 필요가 없었다.

그렇게 인고의 시간이 흐르고 있었다. 6시 30분, 원래 이쯤 눈을 뜨고 핸드폰을 보며 시간을 흘려보냈을 텐데 오늘따라 시간은 뾰족한 유리 조각처럼 따끔따끔하게 닿았다. 어서 빨리 티켓을 쟁취하고 싶어 시간이 빨리 흘렀으면 좋겠다가도, 영원히 그 시간이 오지 않길 바라는 이중적인 마음을 누가 이해할 수 있을까. 곧 웨이팅룸에 '4 Mins left' 글자가 떠올랐다. 그는 새로고침을 하지 않기 위해 노력하며 마우스를 꽉 잡았다. 화면은 자동으로 전환되었다. 이때 민재는 미쳐버릴 것 같았다. 단번에 티켓을 얻는 행운을 바라지 않고 당연히 '2000+ people ahead of you' 화면이 뜰 거라 예상했는데 그가 마주한 건 하얀 화면이었다. 아무것도 없는 하얀 화면에 넋 나간 그의 얼굴이 비쳤다.

"서버 터졌나? 어떡하지?"

'새로고침을 누르면 안 된다. 아니 눌러야 한다'는 이성과 감정이 싸우는 사이 다행히 그가 기다리던 화면이 떴다. 자꾸 커서에 로딩이 뜨긴 했지만 민재는 이조차도 행운이라고 생각했다. 앞에 2,000명 이상 있다는 문장은 아무런 도움이 되지 않는다. 정말 딱 2,000명이 있다는 건지, 아니면 2만 명이 있다는 건지 모른다. 어쩌면 20만, 200만 나아가 2억 명이 있는지 누가 알겠는가. 적어도 기아포럼(KIA Forum)의 수용인원은 훨씬 웃돌 것이다. 1분, 2분, 3분… 숫자는 줄어들 기미가 없었고, 진행 바는 미동도 없었다. 이번 LA 콘서트는 망한 게 확실했다.

'아닌가?' 하고 생각하는 순간 놀랍게도 망한 것은 민재의 티켓팅뿐만은 아니었다. 2000+ 숫자가 뜬 지 5분도 되지 않아, 갑자기 로딩이 돌아가더니 '페이지를 찾을 수 없습니다'라는 문장이 떠올랐다. 수많은 콘서트 티켓팅을 진행한 티켓마스터의 서버가 티켓팅 시작 5분 만에 터져버린 것이다. 심지어 30분간 서버에 들어갈 수도 없었으며, 결제창에서 튕겨버린 사례가 다수 속출했다. 티켓마스터에선 곧 서버를 다시 오픈하겠다는 공지가 올라왔고, 그로부터 지옥 같은 1시간이 흐른 후 서버가 열렸다.

"아니, 뭐가 없잖아."

민재는 책상에 머리를 박았다. 그래도 기대했는데 VIP석은 고사하고 1층, 2층, 3층 그 어디에도 좌석이 없었다. 불길하긴 했지만 이렇게 손도 써보지 못하고, 공연장이 어떻게 생겼는지도 모른 채 실패하게 될 줄이야.

SNS는 물론 사이트는 실시간으로 난장판이 된 건 말할 것도 없었다. 특히, 결제창에서 튕겨 나가 티켓팅에 실패한 사람들은 더 난리가 났고, 원래 3시간 후 예정된 캐나다 해밀턴 티켓 예매 시간도 지연되었다.

[이제부터 니들은 화장실을 갈 때도 로봇이 아님을 증명해야 할 거야.]
[티켓마스터 회사 주소 아는 사람?]
[당장 내 좌석을 돌려놓지 않으면, 너희의 자리는 오직 하나가 될 거야. Churchyard(묘지)]

티켓마스터 사이트를 향한 저주가 얼마나 매서운지, 기아포럼의 좌석을 차지한 이들은 자랑조차 하지 못했다. 티켓마스터에서 하루 미뤄진 해밀턴 티켓 예매에 대해 재발 방지를 약속하며 사과하지 않았다면, 미국 캘리포니아주 웨스트할리우드에 있는 본사가 다음날 사라졌을지도 몰랐다.

놀라운 것은 티켓마스터가 그리 연약한 서버를 가진 회사가 아니라는 것이었다. 오류가 난 적은 있어도, 웬만한 규모의 콘서트 티켓 예매 진행시 이렇게 명백히 서버가 터진 적은 거의 없었다. 후에 티켓마스터는 이날의 서버 다운 원인이 이제까지 존재하지 않았던 대규모의 접속과 수차례의 해킹 시도 때문이었음을 밝혀냈다.

그렇게 1시간하고도 45분 후, 여러 사건 사고가 소강상태가 되었을 때, 누군가가 온라인 티켓을 SNS에 자랑하며 또 다른 혼란이 시작되었다. 사람들이 골드티켓의 존재를 인지하게 된 것이다.

[(@My_kittyyyy_Sun) 나 뭔가 당첨된 거 같은데. 이게 뭐야? #Hey_Losers #Look_My_ticket #HAHA #Gold_ticket #And_Next_show #C: 이걸 나만 볼 순 없잖아.]

골드티켓에 대한 공지가 어디에도 없어서 처음엔 아무것도 아니라 여겼지만 당첨 인증이 하나둘 늘어나며 난리가 났다. 골드티켓을 인증한 사람은 일곱 명. 누군가는 티켓마스터에서 진행한 프로모션이 아니냐고 물었다. 그러나 황금색의 티켓은 분명히 헤일로 LA 콘서트의 것이었다.

> *What on earth is 'Golden ticket'(골드티켓은 도대체 무엇인가)?*
> *| Holly_NEWS*

아직 베일에선 공식적인 입장을 밝히지도 않았지만, 사람들은 골드티켓이 뭔지 추리하느라 바빴다. K-POP 콘서트에 선례가 없는지 찾아보는 사람도 있었으며, 갑자기 〈찰리와 초콜릿 공장〉 영화를 분석한 사람도 있었다. 이는 다음날 진행된 해밀턴 티켓 예매 직후에 더 심화되었다. 해밀턴 티켓에서도 '골드티켓'이 등장한 것이다. 해밀턴 콘서트에서 인증한 사람은 아홉 명이었다.

[인증한 아홉 명 중 여덟 명이 캐나디언이 아니란 것도 웃기는데.]
  └ 심지어 캐나다에서 살고 있지도 않아 LOL
  └ Holy shit 제발 니들 나라로 꺼지라고 캐나디언이 캐나다에서 열리는 콘서트를 보지 못하는 게 말이 돼?
[What the hell is golden ticket(도대체 골드티켓이 뭐냐고).]
[베일이 갑자기 입을 다물지 않았어?]
  └ 베일도 원래 말을 많이 하진 않았어.

베일에 아무리 문의를 해봐도 답을 알 수 없었다. 티켓마스터 쪽에서도 무엇인지 모르는 것 같았다. 서서히 사람들은 눈치를 보기 시작했다. 어쨌든 골드티켓의 존재는 확실했고, 무언가가 있다는 것도 분명했다. 그게 어느 정도의 스케일이냐의 문제였지.

[내가 생각하기엔 그냥 오류 같은데. 이상한 것 같으니 내 표랑 바꿔줄게.]
  └ 나도 바꿔줄 수 있어^^ 마음이 아플 테니 백 달러도 보상해줄게!
[골드티켓이라 화려해 보이는 거지, 그냥 간단하게 선물을 주는 게 아닐까? 별거 아닐 수도 있어.]

누군가 어느 정도 사실에 근접했으나 반은 맞고 반은 틀린 사실이었다. 그는 식사권이나 레이블 초대권 대신 음반이나 흔히 굿즈로 쓰이는 볼펜이나 메모지가 아닐까 추측했다.

그때 노해일의 콘서트에 갔던 팬들은 별거 아닌 선물을 준비했다고 해맑게 웃던 자신의 가수와 그 '별거 아닌 선물'을 떠올리며 불길한 예감에 몸을 떨었다.

[이거 나만 맘에 걸리는 게 아니지?]

[상대는 노해일… 아 갑자기 현기증이.]

[ㅅㅂ제발 안 돼. 티켓팅 싹다 실패해서 빡치는데 제발 제발 아니야 안 돼. 해일아 제발.]

[솔직히 그거면 선 넘었다… 정말 안 된다ㅠㅠㅠ]

[갑자기 팬미팅 후기 생각나네. 단체로 피눈물을 흘렸던 그때가…]

곧 서울 콘서트 티켓팅이 시작되어 그럴 수도 있지만 '골드티켓'의 존재는 그들의 트라우마를 자극하기 충분했다. 그들은 식사권, 팬 사인회, 레이블 초대권, 악수 따위는 전혀 기대하지 않았다. 그들이 보기에 노해일은 그렇게 소통을 잘하는 타입은 아니었다. 그러나 선물이라면 충분히 가능했다.

티켓팅은 나날이 경쟁이 심화되었다. 티켓을 자랑하는 TV 스타에게 욕을 하는 사람들도 있었으며, 거리에서 티켓 자랑을 하다가 총 든 양아치들에게 빼앗겼다는 괴담도 탄생했다.

하늘에 별 따기만큼 어려운 헤일로의 콘서트 티켓… 제발 추가 공연
좀 | CMN_OFFICAL
어느 때보다 뜨거운 여름, 어느 때보다 보기 힘든 태양
프라우 드웬의 신곡 발표까지 D…7
The KIA Forum의 수용인원 17,505(100%)
해밀턴 퍼스트온타리오 센터의 수용인원 17,383(100%)

　　미정의 일정은 남겨두고 다음 차례 진행된, 런던 웸블리 아레나
또한 전석 매진이었고, 왕실에서 올 거라는 소문까지 돌았다. 뒤이
어 파리 아코르 호텔 아레나와 빈의 비너 슈타트할레의 티켓팅도
진행되었다.

　　티켓을 잡지 못한 사람들이 피를 토하고 있을 때쯤 프라우 드웬
의 신곡이자, 제이슨 다이크, 헤일로 이하 두 명의 컬래버 곡이 발
매되었다. 모두가 기다려온 곡인 만큼 발매와 함께 차트에 진입한
건 말할 것도 없었다. 그러나 중요한 건 성적이 아니었다. 이미 세
디센 아티스트들이 참여한 앨범이 아니던가. 너튜브에 올라온 이
곡의 뮤직비디오. 이는 업로드되자마자 시선을 끌고, 전 세계 실시
간 급상승 1위에 올랐다.

2. 마지막 날(The Last DaY)

　야자수와 잘 관리된 정원, 규칙적으로 세워진 저택 앞에 일자로
뻗은 길까지 미국의 흔한 주거 지역의 모습이었으나 그 위에 있는
건 평범하지 않다. 흑인인 프라우와 그를 보며 웃고 있는, 소년이
섬네일에 박혀 있었다.

　그 아래 적힌 신곡 제목 '마지막 날(The Last DaY)'.

　자동 재생된 영상이 블랙 화면으로 바뀐다. 그리고 앵커 테이블
뒤에 선 앵커, 프라우 드웬이 마지막 보도를 시작했다. 옅게 깔리기
시작하는 선율은 R&B가 분명하다.

　[우선, 세상이 멸망한다는 걸 알려주려고 노력하신 분들께 감사
인사드립니다. 꽤 틀리긴 했지만, 결과만 맞으면 됐죠.]

　검은 화면 위에 소리 없이 올라가는 자막은, 프라우 특유의 농담
이다. 섬네일처럼 미국의 한 주거 지역 앞에 나온 프라우 드웬이 4분
15초짜리 뮤직비디오를 열며 걷기 시작했다.

Well, Let's do the last project(자, 이제 마지막 작업을 해보자고)
Just one day for me, you and us(나와 너, 그리고 우리에게 단 하루가
남아 있어)
Just one day fair for everyone(모두에게 공평한 하루가)

프라우 드웬이 포문을 열자 마이클이 뒤를 이었다.

일단 맥모닝으로 아침을 시작할 거야
스타벅스 커피와 함께 말이지
딕은, 엄마가 만들어준 팬케이크를 먹겠다는데—야, 그거 내 가사야
그녀가 가사도 만들어줄 거야

마이클은 그가 말한 대로 평범한 미국 가정집 테이블에 앉아 있
다. 그는 턱시도를 입고 있고, 메인 디시가 올라가야 할 그릇엔 맥
모닝이 준비되어 있다. 스타벅스 마크가 찍힌 종이컵과 함께 말이
다. 이어서 나온 장면은 양복을 입은 마이클이 높은 고층 건물에 올
라가 돈을 뿌리는 것이다. 달러에 날개가 달린 채 떨어졌고, 사람들
이 달러에 달려들었다.
다음 차례는 마이클에게 가사를 빼앗겼던 딕이다. 딕은 우스꽝
스러운 안경을 쓰고 누운 채로, 클래식을 듣고 있었다. 언뜻 스쳐
지나간 테이프엔 'HALO is Classic(헤일로는 클래식이다)'이라는 문
구가 보이는 것 같다. 딕은 그의 어린 딸과 아내와 함께 우아한 하
루를 보낸다. 조금 더 우아하다는 것만 빼면, 평소와 다를 것 없는
일상이다. 어린 딸의 학교 공연에 간 그는 딸의 발레 실력을 보며

박수 치고, 아내와 키스했다. 그리고 시간이 흐르며, 밤이 된다. 순식간에 공연장은 바다가 되었고, 그들은 파라솔 아래 누워 끼룩거리는 갈매기와 밤하늘을 구경했다. 이윽고 해가 떠오르며 내일이 시작되었을 때, 거대한 파도가 딕의 딸이 만든 모래성을 휩쓸었다.

너는 어때, 제이슨?

그리고 딕이 랩을 멈추며 고개를 돌리자, 바닷가에서 엑스트라 역할을 한 제이슨이 벌떡 일어나 대답한다.

Just Run(그냥 달려)

바이크 위에 올라탄 그가 길게 펼쳐진 도로를 달려 나간다. 운전대에서 두 손을 뗀 채 팔을 벌린 그는, 내일이 오기 전에 죽을 것 같았다. 사람들은 제이슨의 장면 이후, 마지막 남은 멤버인 헤일로를 기대했지만, 나온 건 프라우였다. 훅을 맡은 건 그였고, 전주가 시작되었을 때처럼 가사가 반복되었다.

자, 이제 마지막 작업을 해보자고
나와 너, 그리고 우리에게 단 하루가 남아 있어
모두에게 공평한 하루가

그러나 가사가 하나 추가되었다.

Or unfair(불공평하거나)

그 가사가 의미하는 게 세상에서 가장 불공평한 재능을 타고난 소년이라는 건 말할 것도 없었다.

화려한 의상을 한 소년이 도심 한가운데에 서 있다. 그를 부르짖는 사람들의 소리는 마치 스포츠 팬의 함성과 같다. 소년은 그 중앙에서 노래를 불렀다. 반주가 시작된다. 헤일로가 콘서트에서 부르는 노래는 무슨 노래인지 알 수 없었다. 입 모양만으로 추론할 수밖에. 뮤직비디오를 보는 이들이 도대체 무슨 노래를 부르나 궁금해할 때, 노래가 잠깐 멈추며, 헤일로의 목소리가 들려왔다.

당황스럽게도 그는 요들을 부르고 있었다. 너무 잘 불러서 상황이 더 웃겼다. 짧은 순간이지만, 임팩트는 충분했고, 다시 '마지막 날'의 선율이 시작되며, 헤일로의 노랫소리가 들렸다.

그날은 비가 올 거야
왜? 마지막 날이니까?

프라우가 끼어들어 물었다. 소년은 무시하며 가사를 이었다. 가사와 함께, 영상에 번개가 내리쳤다. 지구 멸망이 다가올 것처럼, 번개가 여러 곳에 꽂혔고 번개를 등진 소년은 그를 사랑하는 사람들을 향해 뛰어내렸다. 사람들의 손길 속에서 소년은 마지막 날을 맞이한 사람이라 생각지 못할 정도로 행복하게 웃고 있었다.

영상이 바뀐다. 다시 카메라는 미국의 평범한 거리를 비추었다. 거리를 걷는 프라우. 그리고 곧 카메라 바깥에서 하얀 셔츠를 걸친 소년이 들어온다. 뮤직비디오의 섬네일일 것이다.

이건 마지막 작업이야
나와 너, 그리고 우리에게 단 하루가 남아 있어
모두에게 공평한 하루가

살짝 바뀐 가사로 훅이 반복되었다.

아마 너는 후회 없이 시간을 보냈을 거야
네가 좋아하는 사람들과 함께 보냈겠지
네가 평소에 좋아하는 것을 먹든가, 혹은 먹어보지 못했던 것을 먹어도 좋아
또 너는 너의 장송곡으로 네가 가장 좋아하는 음악을 선택할 거야
나에게, 너에게, 우리에게 남은 시간을 네가 좋아하는 것으로만 가득 채웠겠지
후회 없는 시간이었어

헤일로가 들어오자 프라우가 소년을 보았다.

나는 후회하지 않을 거라고 말할 거야
내가 좋아하는 사람들에게
내가 좋아하는 모든 것들로 가득 찬 하루였으니까
나는 꽤 괜찮았어

소년의 목소리가 울렸다. 사람들이 사랑하는 목소리였다. 헤일로라는 영혼이 가득 찬 목소리는 세상의 마지막 날, 가장 행복했노라고 고하는 것 같았다.

Now It is the last project, boy(이제 마지막 작업)
Just one hour for us(우리에겐 단 1시간이 남아 있어)
Just one hour for everything(모두를 위한 단 1시간)

프라우가 훅을 반복했다. 그리고 소년에게 마지막 남은 걸 하라는 듯이 바라본다. 카메라가 단란한 가정을 비춘다. 마지막 남은 시간에 해야 할 것은 '인사' 하나밖에 없었다. 해가 지는 곳에서 멈춰선 소년이 웃는다. 그리고 모두가 예상했던 'Good bye(잘 있어)' 대신, 그들에게 말했다.

Morning(좋은 아침이야)!

그냥 'Good bye'를 말하기 싫었던 걸지도 모르지만, 마지막 가사는 희망적인 여운을 남긴다. 마치 내일 아침이 올 거라는 듯이. 그렇게 노래는 끝났지만 반주가 길게 이어졌다.

마치 영화처럼 블랙 화면에 도와준 사람들의 이름이 올라갔다. 'Thanks for my friends(고마워 나의 친구들)'라는 인사도 빼놓지 않았다.

그렇게 영상이 끝난 줄 알았을 때 다시 화면이 비추어진다. 그건 노을이 진 저녁이 아닌 낮의 거리다. 프라우와 헤일로가 나란히 서 있다. 작게 들리는 '마지막 날'의 반주에 흥이 난 프라우가 춤을 추고, '뭐야, 이건' 하는 눈으로 프라우를 보던 헤일로가 곧 옅게 웃었다. 그리고 프라우와 함께 몸을 흐느적거리기 시작함과 동시에 영상이 끝났다.

블랙 화면에 올라온 자막.

[이걸 나만 볼 순 없잖아?]

반응은 당연히도 폭발적이었다.

* * *

프라우 드웬의 천재적인 신곡, 세상에 더 없을 마지막 날 'The Last DaY'

헤일로 월드투어 방콕 임팩트 아레나까지 매진, 다수의 해외 IP 접속… 눈물을 쏟는 아시아 팬들과 활짝 웃는 승리자들

└ ㅋ겨우 눈물만?

└ 홍콩 콘 두고 방콕 콘에 오려는 이유는 무엇입니까?

이어진 방콕 티켓 예매(1만3,000석). 그리고 남은 홍콩 아시아 월드 엑스포(1만4,000석)와 서울 아레나의 수용인원(1만8,000석)이 비슷해 아직 티켓팅에 성공하지 못한 사람들, 그리고 티켓팅에 성공했지만 또 도전하는 사람들 모두 피를 토하는 시기였다. 이런 상황에서 발표된 프라우 드웬의 신곡은 마치 채찍질 속의 당근, 메마른 사막에 후드득 쏟아진 장대비와 다름이 없었다.

기다리고 기다리던 헤일로의 14집은 아니지만, 프라우 드웬과 제이슨 다이크, 마이클, 딕 마지막으로 헤일로까지 말도 안 되는 어벤져스 조합의 컬래버 신곡에 모두들 만족했다. 사람들은 인간으

로서의 존엄을 잃고 당근을 주는 대로 받아먹었다. 그중에 음원 플랫폼에 올라온 음원으로만 듣는 사람도 있었지만, 뮤직비디오를 발견한다면 말이 달라졌다. 뮤직비디오 자체만으로 충분히 클릭할 이유가 되겠지만, 섬네일에 박힌 어린 천재를 지나칠 수 있는 사람은 많지 않았다.

처음으로 K-티켓팅의 매운맛을 본 이들은 정신을 환기하기 위해 영상을 클릭했고, 제대로 환기되었다. 일단 당장 티켓팅의 스트레스가 머릿속에 존재하지 않았으니까.

[이건 그의 첫 뮤직비디오야. 우리는 너를 그저 찬양할게, 프라우.]
[한 번도 안 본 사람은 있어도 한 번만 본 사람은 없다는 '그 비디오'에 대해 한번 이야기해볼까?]
[최고의 마지막 날이었어.]
[지구 멸망. 나쁘지 않을지도?]
[21세기 노아의 방주. 그를 껴안고 죽을 수만 있다면…]
[나! 나! 그의 마지막 콘서트는 내가 방영하게 해줘!]

헬리건으로 유명한 이가 파랑새에 살인 예고 문자를 쓰지 않는 건 굉장히 오랜만이었다. 해외 주 언론사의 기사들이 말 그대로 쏟아져 내렸다. 평론가들도 오랜만에 호평 일색이었다. 그들은 R&B 감성의 곡도 곡이지만, 특히 가사가 전해주는 메시지를 인상 깊게 받아들였다.

> 올해 들은 음악 중 가장 아름다운 노래
>
> 마지막 날 그들이 바라는 것은, 그저 사랑하는 사람과 함께하는 일
> 상… 그것은 곧 우리가 살아야 하는 이유
>
> 'The Last DaY', 모두에게 가장 공평한 하루

사실 어떻게 보면 그리 독특하지 않은 주제였다. 할리우드에서 매년 한 번 이상 지구 멸망 시나리오를 갈래 별로 다루지 않던가. 외계의 침략부터 대홍수, 대빙하 등등. 이미 너무 많이 다룬 주제였기에 참신하지 않을지도 모르지만, 그 외에 모든 것들이 참신했다. 가수들의 조합부터 그들의 음악, 그들이 원하는 마지막 하루, 그들이 그리는 마지막 세상은 충분히 그러했다.

[프라우 이 귀여운 자식, 넌 천재야. 우리가 바라는 걸 귀신처럼 잘 알지.]

이 컬래버를 기획한 프라우는 천재라는 찬사를 듣기 충분했다. 그는 음대 출신에 이미 천재라는 말을 듣고 있긴 했다. 그러나 버즈량 자체는 다른 사람이 월등히 높았다. 2030년 이래로 세상에서 가장 많은 사랑을 받는 남자, 헤일로. 짧은 기간이지만 그의 팬덤은 많은 사건 사고를 겪으며 단단해졌고, 그의 팬이 아니더라도 그의 이름을 모르는 사람은 많지 않았다. 적어도 음악이라는 걸 들을 수 있는 환경이라면, 최소 한 번 이상 그의 음악을 들어보았을 것이다. 매달 앨범이 나오니 매달 들었을 테다.

[그가 뮤직비디오를 찍었다니! 세상이 내일 진짜 멸망하는 건 아니겠

지? #My_last project_is #MakingApplepie #Isn't_it_nice?… Conan
watsons]

또한 그는 낡은 교과서 속에 있는 별거 아닌 이름을 가장 특별한
무언가로 만들었으며, 모든 가수가 한 번 이상 만들어봤을 법한 뮤
직비디오조차 최초로 만들어진 예술 작품인 것처럼 의미를 부여하
게 했다. '마지막 날'의 뮤직비디오는 그의 첫 뮤직비디오였고, 지
난 한 해 그의 얼굴도 모른 채 좋아한 이들에겐 더 큰 의미로 다가
올 수밖에 없었다. 이외에도 너무 많은 것들이 영상에 담겨 있어,
사람들은 정신을 차릴 수 없었다.
　사실 이 뮤직비디오가 실시간 검색어와 '핫'에 오르며, 연관 검
색어에 같이 오르게 된 것이 한두 개가 아니었다. 프라우나 제이슨,
마이클과 딕에 관한 것도 없잖아 있었다. 그러나 대개는 헤일로 관
련 내용이었다. 너튜브에 가장 먼저 올라온 검색어는 '요들'이었
다. '헤일로 요들', '헤일로 스위스', '어떻게 요들을 잘 부를 수 있
나?' 등등 중간 부분에 나온 요들은 아예 클립으로서 커뮤니티 이
곳저곳에 떠돌았다.

[ㅅㅂㅋㅋㅋㅋㅋ막콘에서 당연히 투쟁 이런 거 부를 줄 알았는데 개뜬
금 요들ㅋㅋㅋ]
[태양은 왜 마지막 콘서트에서 요들을 부르시는 거죠?]
[아니ㅋㅋㅋ 잘 부르기는 하는데 도대체 어디서 배운 거야ㅋㅋㅋ]

원곡엔 없고 뮤직비디오에만 올라온 부분인데, 곡의 분위기를

해치지 않으면서, 미묘하게 잘 어울려 더 화제가 되었다. 누군가는 음원에 왜 요들이 없냐고 제발 넣어달라고 부탁할 정도로 헤일로 는 꽤 능청스럽게 불렀다.

그것만으로도 즐거운 상황인데, 갑자기 스위스 관광청이 흥분하며 '요들' 키워드를 키우기도 했다. 그간 아름다운 산간 풍경을 올리던 스위스 관광청이 갑자기 프라우의 신곡 뮤직비디오를 태그하며… '다들 혹시 이거 들어봤니?', '포브스 선정 21세기 최고의 pop', '난 특히 이 부분이 마음에 들어 2:49', '세상에서 들었던 것 중 최고의 요들이었어'라며 1분 단위로 피드를 남기기도 했다. 심지어 헤일로의 요들 부분을 잘라 올린 스위스 관광청은 순수하던 시골 청년이 마약 맛을 봐버린 것 같았다.

[NEW 매우 신이 나신 스위스 관광청 최신 근황 jpeg]

└ 얘들 갑자기 왜 이럼. 말 겁나 많네 ㅋㅋㅋㅋ

└ 갑자기 한국관광청이랑 서로 하트 눌러주는 것도 어이없음 ㅋㅋㅋ

└ 이게 덕질 친구냐 ㅋㅋ

[ㄹㅇ 갑자기 왜 팝을 홍보하나 했더니.]

[노해일 판소리 불렀으면, 한국은 더 심했을듯 ㅋㅋㅋㅋ]

└ …해일이의… 판소리…? !!!!! …프라우 다음 컬래버는 판소리로 가자.

└ 프라우:???

└ 그걸 왜 프라우보고 하자고 함 ㅋㅋㅋㅋ

[그나저나 저 부분은 봐도 봐도 개웃기네 ㅅㅂㅋㅋ 지구 마지막날 요들 은 왜 부르고 있냐고 ㅋㅋㅋㅋㅋ]

└ 지구 멸망하든 말든 난 내 맘대로 살겠다 ㅋㅋㅋ

└지구 멸망조차 투쟁하는 그 남자… 인생은 헤일로처럼.

  그러나 스위스 관광청이 난리를 피워도 더 큰 임팩트는 따로 있었다. 뮤직비디오가 끝난 줄 알았을 때 비하인드 컷이 올라온 것이다. 처음엔 그저 비하인드 컷이라 좋아하던 사람들은 흥에 몸을 맡긴 프라우와 황당해하는 헤일로를 귀엽게 바라봤다.

[프라우는 원래 저런 녀석이라고.]
[해일이 표정이ㅋㅋㅋㅋ]
 └이 새끼 뭐지?ㅋㅋㅋ
[당황이라기보단 술 취한 아빠를 한심하게 보는 아들 같은데ㅋㅋㅋ]

  뮤직비디오 시간이 얼마 남지 않아 모두가 그게 끝이라고 생각했다. 비하인드 컷 자체로 만족스러워서 더 바랄 것도 없었다. 그들이 가장 원하던 헤일로의 진짜 모습, 그 단면이 아니던가. 그러나 영상은 끝나지 않았고 황당해하던 헤일로가 곧 엷게 웃었다. 이 상황이 즐겁다는 듯이. 카메라에 그대로 찍힌 표정 변화를 사람들은 멍하니 바라보았다. 그리고 영상은 그가 프라우의 춤에 맞춰 몸을 가볍게 흔드는 모습으로 끝이 났다. 대충 박자를 타며 흐느적거리는 게 다였지만.
  영상 마지막에 올라온 자막 '이걸 나만 볼 순 없잖아?'는 내적 비명을 외적 비명으로 만들었다. 적어도 최초의 뮤직비디오에 눈이 이미 돌아갔던 한국의 팬들, 그리고 소년의 삶을 궁금해하거나 알고 싶었던 사람들은 배 속이 간질거리는 걸 느꼈다. 그 변화는 뭐랄까. 소년에 대해 상상했던 수줍음, 까칠함, 여유로움 등 그 무수한 수식어를 뒤로하고, 거리를 두고 있던 이가 조금 더 다가온 기분이 들게 했다. 사람을 경계하던 길고양이가 처음으로 다가온 것처럼. 사실 가까워진 건 프라우와 헤일로일 텐데, 왜 보는 사람 기분이 뿌듯하고 설레는 건지.

[춤을 배워본 것까진 아니더라도 배우면 잘할 듯?]
[춤 선 예뻐서 연습하면 더 잘할 거 같은데.]
└ 그래서 누가 시키냐고…
[나는 왜 이렇게 찢어지게 웃고 있지. 내 얼굴 보고 개 깜짝 놀랐네.]
[프라우님 정말 감사합니다 부디 절 한 번 더 받으세요.]
└ 절을 두 번?
[노래도 잘 뽑았는데 영상이 미쳤다… 비하인드 컷까지 그냥 미쳤어.]
[컨셉은 지구 멸망인데, 되게 포근하면서 희망적이네.]
[다른 건 몰라도, 프라우 헤일로 섭외한 게 신의 한 수인 듯.]
└ 헤일로 안 나왔으면 ㄹㅇ 아저씨들의 일상물 이런 건데, 헤일로 들어가니까 분위기가 확 달라짐.
└ 비하인드 컷도 ㄹㅇ 잘 넣음. 반주도 이어지니까 그냥 곡의 한 부분 같음.

이야기할 거리가 한둘이 아니니 일주일 이상 이 주제로 떠들 것은 확실했다. 물론, 이 중에는 불편해하는 사람도 꼭 존재했다.

[근데 이거 프라우 신곡인데, 다들 헤일로 얘기만 하네ㅋ]

[ㄹㅇ 누가 보면 헤일로 14집 나온 줄.]

[프라우는 신경도 안 쓸 텐데 웬 오지랖?]

[섬네일에 헤일로 있는 거 보면, 그냥 프라우가 노린 것 같은데.]

[어쨌든 지금 화제된 게 좋은 거 아님? 지금 디지털 스트리밍 사이트에서 싹 다 1위 했는데.]

물론 그들의 불편함은, 곡의 성적이 성적이니만큼 크게 먹혀들지 않았다. 게다가 실제 당사자도 그리 신경 쓰지 않았다. 몇몇 사람들이 말한 것처럼 프라우는 세일즈 포인트를 '헤일로의 첫 뮤직비디오', '헤일로의 첫 요들', '헤일로의 첫 춤과 첫 일상' 등에 맞춘 것이 사실이었다. 그것이 사람들에게 정확히 먹혀들어 뿌듯했다.

[영상은 어때? 마음에 들어?]

프라우는 헤일로에게 영상이 마음에 드냐는 메시지를 보냈다. 같이 작업하면서 소년이 일찍 연락을 확인하는 성격이 아님을 파악했기에 나중에 어련히 답하겠지 하며 자기 일정을 살폈다. 토크쇼 일정이 잡혀 있었다.

아마 그곳에서 신곡 얘기를 많이 하게 될 것이다. 주로 헤일로에 관한 이야기를 물어보지 않을까 예상했다. 당연하다. 사람들은 연출 장치보다 헤일로가 뭘 입고, 뭘 먹었는지가 더 궁금할 것이다. 상관없었다. 프라우는 지금 제 곡이 관심받는 게 좋았고, 헤일로가 화제 되는 것도 좋았다. 헤일로에 대한 관심이 커질수록 자신의 곡, 더 나아가 자신도 많은 관심을 받게 될 테니 말이다. 누구와 누가 친하다는 것도 가치가 될 수 있는 시대에 헤일로가 제 친구라는 것만으로도 배가 부른 프라우는, 제 손목에 차고 있는 시계를 보고 뿌듯하게 웃었다.

'그러고 보니 슬슬 이것도 이야기가 나올 때가 됐는데 말이야.'

실제로 그러했다. 하나둘씩 뮤직비디오에서 헤일로가 차고 나온 시계에 관심을 보이고 있었다. 헤일로의 착장은 이미 분석된 지 오래였다. 사람들은 콘서트 신과 거리 신에서 나온 두 착장은 셔츠가 OO브랜드의 몇백 달러 정도 하는 상품이란 것부터 철저하게 분석했다. 헤일로뿐만 아니라 다섯 명이 입고 있는 의상은 관심 있는 자들에 의해 파헤쳐졌다. 그런데 유일하게 그들이 알아내지 못한 것이 헤일로가 차고 있는 '시계'였다.

일단 두 신에서 헤일로는 머리 스타일과 착장, 신발을 완전히 다른 스타일로 하고 나왔다. 뮤직비디오 전문가가 해석하길, 두 신은 어쩌면 꿈과 현실 혹은 소원과 현실을 뜻할지도 모른다고 했다. 그리하여 의상은 일부러 단 하나도 겹치지 않게 의도한 거였고, 실제로 프라우 또한 그의 소원(내일 지구가 멸망한다면 하고 싶은 거)과 현실의 신에서 단 한 개의 착장도 겹치지 않았다. 그건 제이슨과 딕, 마이클도 마찬가지였다.

그러나 단 하나, 헤일로의 시계. 그가 프라우와 나란히 거리를 걸을 때 노출된 시계와 옷에 가려 잘 보이지 않았지만 콘서트 신에서 차고 있던 시계는 분명 같은 것이었다. 게다가 헤일로가 찬 시계는 시침과 분침 대신 두 개의 크고 작은 구슬이 박힌 독특한 디자인이라 더 눈에 띌 수밖에 없었다. 다만 이상하게도 퀄리티를 봤을 때 명품인 것 같은데 상품 모델을 찾을 수 없었다. 늘 저를 과시할 기회가 있으면 뛰쳐나오는 명품 시계 수집가들도 명품인지 아닌지 따지지 않고 무조건 헤일로의 시계를 탐냈다.

[선물 아닐까? 그는 헤일로잖아!]

[아니면 시계 브랜드와 컬래버 한 것 같은데.]

[시계 내 취향이던데, 설마 헤일로 에디션?!]

여러 추측이 있었지만 골드티켓과 연관 짓는 사람은 없었다. 이미 오르골이란 전적이 있긴 하지만, 오르골과 명품 시계를 누가 같은 선상에 두겠는가? 상식적으로 명품 시계를 굿즈로 주는 사람은 세상에 존재하지 않았다. 골드티켓을 인증하는 사람들이 몇 단위에서 수십 단위까지 차오르며 그 수가 꽤 많다는 것까지 알려진 상황에서 한 콘서트당 수십 개씩 명품 시계를 주는 건 불가능했다.

그러니 하나 남은 예측은 명품 브랜드와의 컬래버였다. 프라우가 토크쇼에 같은 시계를 차고 나오면서 컬래버라는 의견이 더 확실해졌다. 설마 프라우가 헤일로의 시계를 강탈하지 않았을 테니 헤일로에게 선물 받았을 것이고, 그렇다면 적어도 같은 디자인의 상품이 제작되고 있다는 의미일 거다.

[미쳤다… 드디어 컬래버… 사실 나올 때 됐지.]

[다들 헤일로 시계 얼마면 살 거임?]

[무조건 무조건 사야지…]

[노해일 스타일 생각하면, 한정판 가능성 있음. 이번에 안 사면 기회 없을 듯.]

그들은 굿즈 가격이 얼마나 될지나 걱정했지, 돈이 있어도 사지 못하게 될 상황은 고려하지 않았다. 그건 한국인들도 마찬가지였다.

헤일로 굿즈라는 데 과거의 악몽을 잠깐 떠올리긴 했지만 말이다.

[근데 설마 세계에서 열 개만 파는 건 아니겠지?]
[기업 컬래버면 불가능하지. 굿즈 목적 상품을 어떤 미친 기업이 재고를
열 개만 내.]
[기업 컬래버니 그럴 리 없는데, 조금 불안… 하네요! 해일아, 아니지?]
[예약을 받으면 몰라도…. 그리고 제한해도 에디션 1, 2, 3, 4로 계속 내
겠지. 저흰 가격 걱정만 하면 됩니다.]

라디오와 토크쇼에 나갔던 프라우는 컬래버에 참가해줘서 고맙
다며, 바쁜 일정 속에서 술을 사겠다고 했다. 물론, 한 사람은 주스
를 마셔야겠지만. 새 앨범 준비 때문에 못 온다는 제이슨을 위해,
그들은 특별히 제이슨이 없는 제이슨의 집에서 기념 파티를 열기
로 했다.
"망할 새끼들."
집을 그대로 빼앗길 뻔한 제이슨은 결국 나오게 됐다.
"그나저나 요즘 여기저기서 헤일로 너에 관해 묻는 거 알아? 헤
이, 프라우 너도 많이 듣지?"
"그렇지. 다들 한 번씩 헤일로 앨범은 언제 나오냐고 묻더라고.
내가 뭘 안다고."
술 한 잔이 들어가니 대화는 물 흐르듯이, 또 맥락 없이 흘러갔
다. 마이클의 딸에 대해서 얘기하다, 왜인지 대화의 주제가 헤일로
에게 도착했고, 딕의 푸념에 프라우도 동참했다.
"다들 내 앨범을 궁금해하곤 하지."

헤일로는 태연하게 대꾸했다.

재수 없는 소리긴 했지만 다들 낄낄거리며 웃었다. 다른 이가 그랬다면 욕했을 테지만, 다들 초등학생쯤 되는 자식이 있는 아버지로서 10대 소년의 재수 없음은 귀엽기만 할 뿐이었다.

"아니, 어련히 낼 때 되면 하는 거지."

"그러니까 말이야. 프라우도 계속 놀다가 3년 만에 신곡 냈잖아."

"놀다니. 내가 얼마나 열심히 살았는데."

"여기서 헤일로보다 성실하게 산 사람?"

다들 입을 다물고 시선을 돌린다. 지난해 13집이나 낸 사람 앞에서 성실하게 살았다고 말할 수 있는 사람은 얼마 되지 않았다.

"제이슨도 오랜만에 정규로 돌아오는 거 아냐?"

"1년 좀 넘었나. 한동안 죽은 듯이 살았지."

"어…."

그리고 이번엔 다른 의미로 고요해졌다. 아까는 장난스러운 분위기였다면 이번엔 조금 더 정숙하게 조용해졌다. 별생각 없이 말했지만 제이슨에겐 크게 닿을 수 있는 말이라, 마이클이 아차 했다.

"틀린 말은 아닌데 뭘."

"미안."

계속 술을 마시던 제이슨이 아무렇지 않게 말하자, 마이클이 재빨리 사과했다. 제이슨은 다시 술을 들이켰다.

"한 대만 피우고 올까?"

"나도 마침 가려고 했는데."

"나도 가도 될까?"

프라우와 딕, 그리고 마지막으로 마이클이 눈치를 보며 자리에서 일어났다. 제이슨은 흡연자였지만 딱히 흡연할 생각이 없어 보였고, 알아서 하라는 듯 고개를 까닥였다.

"헤일로, 닥터 펩시라도 사다 줄까?"

술자리에서 주스만 먹어야 하는 헤일로가 눈썹을 꿈틀했다.

"하하하, 농담이야."

프라우가 마이클과 딕에게 어깨동무하며 자리에서 빠져줬다.

헤일로는 갑자기 분위기가 얼어붙어 셋이 황급히 나가는 걸 보고 뭔가 사연이 있다고 생각했다. 스타가 욕을 한두 번 먹는 것도 아니고, 작년이라고 해서 특별할 게 있나 싶었다.

둘만 남겨진 자리, 제이슨이 맥주잔을 탁 소리 나게 내려놓더니 입을 열었다.

"야. 너 왜 이거 한다고 했냐?"

"뭐? 파티?"

"아니, 이 컬래버."

컬래버 준비를 하는 곳에 헤일로를 데리고 갔던 제이슨이 하기에는 뜬금없는 질문이었다.

"꼭 할 필요도 없었잖아. 처음엔 할 생각도 없었고."

그건 틀린 말은 아니었다. 주제가 재미없었으면, 하지도 않았을 테고.

"그런데도 굳이, 일부러 나서서 날 세탁해준 건…."

제이슨은 알맞은 단어를 생각해내려는 듯 잠깐 허공을 쳐다봤다.

그러더니 결국 인상을 찌푸리며 말했다.

"빚 지우려고 그러냐?"

톡. 헤일로는 튀긴 스파게티를 씹었다. 면이 토도독하고 부러졌다.

"아님 죄책감이라도 들게 하려고?"

토도도독. 전혀 진지하지 않은 소리가 울려 퍼졌다. 그러나 제이슨은 전혀 신경 쓰지 않았다. 그에겐 그런 소리는 들리지 않았다.

"내가 너한테 사과하길 원해? 너인 척해서 미안하다고?"

불현듯 제이슨이 물었다.

예전에도 비슷한 이야기를 나누었던 터라 헤일로는 그때 끝낸 이야기를 왜 다시 하나 싶었다. 그때처럼 사과를 원하지 않는다고 말하려는 찰나, 제이슨이 먼저 대꾸했다.

"난 그래도 사과하지 않을 거야."

그때와 똑같은 말을 중얼거린 제이슨은 맥주 몇 잔에 취한 상태였다. 발음이 서서히 뭉개졌다. 가장 어설픈 말이지만, 거짓말쟁이에게 가장 어울리지 않는 말이기도 했다.

"난, 난. 다시 과거로 돌아가도 내가 헤일로라고 주장할 거거든. 욕 좀 먹어도 위에 있는 게 좋아. 아무도 봐주지 않는 아래보단."

과거 헤일로의 정체가 베일 뒤에 가려져 있을 때, 저를 헤일로라고 주장해서 인기를 얻은 자들은 많았다. 대개는 증명하지 못해 무너졌지만, 누군가는 살아남았다. 제이슨 다이크가 그런 경우였다. 헤일로 팬덤에게 거짓말쟁이 낙인이 찍혔고 지금까지 찍혀 있지만, 그는 그럼에도 후회하지 않았다. LA에서 이런 대저택을 얻고, 〈코첼라〉에서 공연하며, 프라우 같은 사람들과 컬래버를 하고, 진짜 헤일로에게 술주정을 늘어놓을 수 있는 것은 그 한마디 거짓말 덕분이었다. 제이슨 다이크는 그 거짓말을 후회할 수 없었다. 가장 큰 비판의 요소가 동시에 그를 스타로 만들었으니까. 스스로 뜨지 못한 반쪽짜리 별은 죄책감을 가질 자격도 없었다.

"사과는….."

제이슨은 다시 혜일로를 노려보았다. 그는 여전히 혜일로가 무슨 의도로 자신을 세탁해줬는지 알 수 없었다. 그러나 어떤 의도든 간에 그가 세탁된 건 맞았다. 혜일로와 함께 한 컬래버는, 혜일로가 그를 용서하는 제스처로 비추어졌고, 그에 대한 마이너스 인식이 줄어들게 했다. 누군가는 여전히 그와 그의 거짓말을 싫어하겠지만, 당사자의 제스처는 분명 큰 의미였다.

"내가 널 이기게 되면 그때…."

그때, 언젠가 스스로 두 다리를 지탱하며 설 수 있게 되었을 때, 그리하여 거짓말이 흑역사로만 남게 되었을 때, 그때가 된다면 거짓말을 후회할 것이고, 스스로를 멍청했다고 타이를 것이다. 그때가 된다면 그는 사과할 수 있을 것이다. '스스로 뜰 수 있었을 텐데, 그 짧은 시간을 참지 못하고 당신의 이름을 빌린 것에 대해. 그리고… 당신의 이름을 빌린 건, 당신을 싫어했기 때문이 아니라 당신의 음악이 너무 아름다워서, 그 음악 속에 비친 삶이 너무 아름다워서 잠깐이라도 당신이 되어보고 싶었기 때문이다. 조금이라도 당신이 된다면, 나도 변할 수 있을 것 같아서'라고.

"네가 날 이긴다고?"

그때 혜일로의 목소리가 들려왔다. 코웃음이 확연히 느껴져 제이슨은 욱했다.

"왜? 내가 널 못 이길 것 같아?"

음악은 스포츠가 아니니, 승리자와 패배자가 명확히 구분되는 건 아니다. 그래도 성적을 충분히 볼 수 있다. 제이슨은 제가 언젠가 혜일로를 이길 수 있을 거라고 믿었고, 이기고 싶었다. 정확히 말해서 헤일로의 앨범에서 느꼈던 경외를 자신의 앨범에 담을 수 있길 바랐다. 그 속내를 숨기고, 제이슨이 외쳤다.

"시발, 너 언제 앨범 낼 건데. 말만 해. 똑같은 날에 발매해 줄 테니."

대화가 왜 이렇게 흘러갔는지 모를 일이다.

"이제 얼마 안 남았어."

그러나 저를 무시하는 듯한 헤일로에게 씩씩대던 제이슨은 머리가 점점 무거워짐을 느꼈다. 기우뚱대던 술주정뱅이는 유리병 너머로 헤일로를 마주했다. 헤일로가 저를 어떤 얼굴로 바라보고 있는지 보고 싶은데, 제 머리카락에 가려 보이지 않았다. 제이슨은 보기를 포기하고, 씩씩대며 외쳤다.

"날 세탁해준 걸 후회하게 될 거야."

제이슨의 목소리가 점차 흩어졌다. 그는 어느덧 구름에 누워 있는 것 같다고 생각했다. 그 순간, 잠결 사이로 웃음소리가 들려왔다. 그가 이제까지 들었던 것 중 가장 밝은 웃음소리였다. 거기에 비웃음은 없었다. 그보다는 그가 한때 헤일로의 음악을 들으며 느꼈던 즐거움이 있었다. 제이슨은 더는 생각을 잇지 못하고 잠들었다.

"할 수 있으면 해봐. 어디 한번."

술주정뱅이의 말은 신뢰할 게 못 되지만, 그래도 헤일로는 즐거웠다. 어쩌면 그도 술 냄새를 맡고 취했을지도 모르겠다.

어느새 프라우와 마이클, 딕이 대화가 다 끝났냐며 다가왔다. 오래전 황룡필이 제게 헤일로를 이기자고 했던 말이 스쳐 지나간다. 그래도 이렇게 대놓고 헤일로 앞에서 널 이기겠다고 말했던 사람은 없었다. 헤일로는 언젠가 라이벌이 생길지도 모르겠다고 생각하며 환하게 웃었다. 그러면 정말 즐거울 것 같아 그날이 오길 간절히 바랐다.

* * *

무더운 여름과 짧은 가을이 순식간에 흘러갔다.

'도대체 뭘 짓고 있는 거지?'

서울 한가운데 성전, 아니 레이블의 새 사옥 건축에 대한 소식이 전해질 즈음, 헤일로의 LP 음반 발매일이 다가왔다. 옛날에는 이맘때쯤 음반 가게 앞에 긴 줄이 서 있었다. 새벽부터 나온 사장은 긴 줄을 보고 뿌듯하게 웃으며 가게 유리창에 새로 인쇄한 포스터를 붙이고, 초읽기를 시작했다. 째깍거리는 소음은 유독 컸지만, 거리에 서 있는 사람들에게 시간은 마음만큼 빠르게 흘러가지 않았다. 긴 줄에 경찰과 기자들이 기웃거리며 인터뷰하고 사진을 찍고 있을 즈음에나 가게 문이 열렸다. 사람들이 문이 열리는 걸 보고, 밀물처럼 들어가려고 했지만, 음반 앞에선 절대 '을'이기에 곧 순서를 지켜 들어갔다.

사장은 어느샌가 유리창에 붙여놓은 포스터가 사라진 걸 발견한다. 신곡 기념, 화보가 귀신같이 사라졌다. 어디 하나 뜯어지지 않고 테이프 채 훔쳐 간 걸 보면 보통 실력이 아니다. 사장은 결국 여분의 포스터를 다시 붙여놓는다. 경험상 서너 번쯤 누군가 훔쳐 갈 걸 알지만 이번엔 쉽게 떼어가지 못하게 하리라 다짐했다.

줄은 줄어들 생각은 하지 않는데, 음반은 동이 나버렸다. 박스를 탈탈 턴 사장은 가게 앞에 'Sold Out'을 붙인다. 탄식하는 사람들이 있는가 하면 포기를 모르고 숨겨놓은 음반을 달라고 외치는 사람도 있지만 끝은 끝이다.

그러나 이번엔 달랐다. 헤일로 앨범 전집의 초판 LP 음반을 인터넷으로 발매하기로 하면서 사람들은 굳이 음반 가게나 서점에 가

줄을 설 필요가 없게 되었다. 그들은 그저 인터넷 사이트에 접속하여 손가락만 올려놓고 기다리면 됐다. 다리 아프게 줄을 설 필요 없이 한쪽 구석에 세계 표준 시계를, 사이드에는 커뮤니티 하나만 켜둔 채 지루함을 달래면 됐다. 얼마 전 진행된 헤일로의 월드투어 마지막 일정에 관한 이야기를 나누면서 말이다. 정확히 마지막 일정이라기보다 마지막까지 '미정'인 일정에 대해.

LA와 해밀턴 공연 이후 '?'로 쓰여 있던 일정은 근래 확정되었고, 티켓팅까지 마쳤다. 여름날 진행했던 티켓 예매와 달리 월드투어 직전, 그러니까 한 달 전 가을 진행했던 미정 콘서트는 티켓팅에 당연히 수많은 사람이 몰렸다. 이전 티켓팅에 성공하지 못했거나 성공했어도 한 번 더 콘서트에 가고 싶은 전 세계 사람들이 달려들었다. 게다가 이는 조금 더 특별한 의미를 지닌 콘서트였다.

〈11. 14 | Nanji Han river park (Seoul)〉

유일한 야외 공연장이며 노해일의 생일이었다. 팬덤의 입장에선 헤일로의 첫 생일을 기념할 수 있는 날이었다. 팬들이 준비한 이벤트든, 헤일로의 생일파티든 놓치고 싶지 않았다. 게다가 아직 골드티켓이 무엇인지 밝혀지지 않은 상황에 마지막으로 뽑을 수 있는 기회였다. 그렇게 헤일로의 티켓팅은 마지막에 마지막까지….

[ㅅㅂ 집 앞이 한강인데 왜 가지를 못하냐고ㅠㅠㅠ]

[잡았다 드디어 잡았다 다른 건 못 가도 가장 중요한 생일콘을 잡았다!!!!!!!!]

[와 저 날 일요일이던데 사람들 개많겠다.]

└못 먹어도 일단 갈 듯. ㅇㅇ야외면 들릴 수도 있으니까.

[와 근데 난지공원에서 단독 콘을 하네. 보통 축제나 기업행사로만 하던 데.]
 └ 헤일로 생일이면 기업행사 맞지 ㅋㅋㅋ
 └ 대기업설립일 ㄷㄷㄷ

누군가는 오열했고, 누군가는 환희에 차기 충분했다. 한편, 그런 시끄러운 상황에서 유일하게 차분한 곳이 있었다. 한국대 '에타'였다. 물론, 누가 티켓 인증을 하면, '싫어요'가 우수수 달렸지만, 지금 대화 주제는 난지 공연이 아니었다.

[우리 축제가 16, 17, 18이었나? 해일이 못 오겠네.]
[애초에 왜 기대하는 거임? 우리 라인업 공개됐잖음.]
[총학 헤일로 섭외했으면 작년처럼 벌써 난리쳤지.]
[헤일로 공연 보려고 한국대 입학했는데ㅠㅠ]

지난해 온다고 약속했기 때문일까 섭섭해하는 사람도 있고, 월드투어가 겹쳤는데 어떻게 오냐고 두둔하는 사람도 있었다. 사실 이성적으론 모두가 일정상 불가능하다는 걸 알았다. 그럼에도 아쉬운 건, 노해일이 이제까지 했던 모든 약속을 지켰기 때문일 것이다. 그들이 원하는 방식은 아니었을지언정 그는 그들이 원하는 음악방송도 해주고, 팬 미팅에서 약속했던 별그램 계정을 열어주었다. 비록, 지금까지 방치 중이긴 하지만 말이다. 그런데 누군가가 이야기했다.

[우리 학교 온다고만 약속했으니까, 진짜 오기만 하는 거 아님?]

[라인업 공개됐다니까.]

└ 그러니까 '오기만' 할 수 있잖아.

└ ???!!!

[노해일 스타일이면… 어라? 일리 있는데? 다음에 공연하겠다고 약속 한 적은 없긴 하지…]

[다른 연예인이면 말장난 ㅈㄹ하지 말라고 했을 텐데 노해일은… 가능 할 것 같기도?]

└ 안 되겠다 축젯날 3일간 학교에서 먹고 자고 씻는다.

└ 11월이면 얼어 죽진 않을 듯 ㅋㅋ

노해일에 대한 누군가의 분석(전형적으로 계약서 잘 써야 하는 이유, '아' 다르고 '어' 다름)은 유명했고, 그리하여 혹하기 충분했다.

그렇게 한국대가 북 치고 장구 치고, 우울과 수용 단계에 들어서 는 사이 헤일로의 전집 LP 음반이 발매됐다. 이는 곧 저녁에 헤일 로 월드투어 첫 콘, LA 콘서트가 시작된다는 것이다.

골드티켓의 소유자 존 도우는 오늘만큼 행복한 날이 없었다. 서 버가 터졌던 LA 콘서트를 잡았는데 그 티켓이 바로 골드티켓이었 다. 골드티켓에서 무엇이 나올지 모르겠지만, 무엇이든 행운인 건 분명했다.

그렇게 목에 태양 목걸이를 건 존은 느긋한 아침을 맞이했다. 음 반 가게에서 줄을 서는 것도 아니고 '인터넷으로 발매한 앨범을 구 매하기만 하면 된다'라고 생각한 그의 뇌가 멈췄다. 그의 눈앞에 'Sold Out'만 남았기 때문이다. 초판이라 금방 구매할 수 있을 거로 생각했고, 그는 행운의 사나이며, 그의 컴퓨터는 그 엄청난 티켓팅 경쟁도 뚫은 전적이 있는데 말이다.

"뭐야 1초도 안 된 거 같은데."

당황, 부정, 그후 그가 할 수 있는 것은 '빡! 빡! 빡!' 키보드를 두드리는 것밖에 없었다. 헤일로의 음반을 듣기 위해 몇천 달러를 주고 맞춘 턴테이블 오디오가 그를 비웃듯 한쪽 벽에서 아름다운 조명을 받고 있었다.

'이건 말도 안 돼. 세상에 LP를 듣는 사람이 이렇게 많다고? 애초에 초판을 몇 장 뽑은 거야.'

태양이란 인간에게 가장 필수적이면서도, 간혹 끔찍하리만큼 잔인하다. 가뭄이 든 땅을 혹독하게 내리쬐지 않던가. 콘서트를 몇 시간 앞두고 있던 존은 멘탈이 나가버렸다. 티켓팅도 실패했는데 음반 구매까지 실패한 사람들이 세상에 존재하겠지만, 알 바 아니었다. 넘버링이 붙은 한정판 초판, 경쟁률이 높을 거라곤 생각했지만, 그 잔인무도한 콘서트에서 선택받은 자로서 한껏 높았던 자존감이 바닥까지 떨어졌다.

'서버 오류 난 거 아니야? 지금 아무도 그의 음반을 산 사람이 없을 거야'라고 현실을 부정했지만 그를 비웃듯 아무리 스크롤을 내려도 보이는 건 음반 세부 정보뿐이다. 정보는 짜증 날 정도로 상세하고, 디자인은 열받을 정도로 아름답다.

〈레코드판(1), 가사집, 음원 소개집, 엽서(6)〉

헤일로의 앨범 표지는 6집을 기준으로 앞선 5집까지는 흑백사진, 6집부터 13집까지 앨범과 잘 어울리는 일러스트였는데, 그 사진과 일러스트가 LP판에도 찍혀 있어 수집 욕구를 자극했다. 게다가 이제까지 음원의 메시지나 의도가 따로 소개된 적이 없었기에 헤일로가 직접 썼을 음원 소개집, 그리고 도대체 뭐가 들어 있는지 모르겠지만 분명 그중 하나는 헤일로의 사진일 게 분명할 엽서 등 한정판치고 모든 게 너무 잘 준비되어 있었다. 저기에 넘버링이 찍혔다는 걸 아는 이들은 눈이 돌아갈 수밖에 없었다.

만약 누군가 초판 앨범이 이렇게 적게 나온 이유를 알게 된다면, 그들은 필히 폭발할 것이다. 예컨대 헤일로가 음반을 LP로 제작할 수밖에 없었던 사연이 대서특필된다면….

멘탈이 부서졌던 아침이 흘러가고, 오후가 되어 하나둘 기아포럼으로 향했다. 비행기를 타고 당일치기를 하기로 한 이들은 이미 줄을 선 지 오래였고, 근처 거주민이나 호텔을 예약했던 사람들도 늦지 않게 포럼에 속속 도착했다. 과거 농구단의 홈경기장이었던 기아포럼은 광활한 대지에 우뚝 서 있는 신전같이 보였다. 엄청난 크기부터 신전을 연상케 하는 거대한 기둥까지 웅장함과 우아함을 갖추고 있었다. 그동안 그곳엔 엘비스 프레슬리, 잭슨 파이브, 프레디 머큐리, 에릭 클랩튼 등 수많은 세계적인 아티스트들이 발자취를 남겼다.

존 도우는 레코드판을 구매하지 못했다는 패배감을 억누르고, 이곳에 섰다. 오후 8시까지 한참 남았는데도 줄이 상당히 길었다. 가만히 줄에 들어선 그는 중년 남자들이 다수 몰려 있는 것을 보고 어쩐지 이 줄이 헤일로의 콘서트를 기다리는 것이 아니라, 과거 존재했던 운동 경기의 줄과 같다고 생각했다. 응원가와 상대 팀에 대한 욕설이 더 어울릴 것 같은 이들을 낯설게 쳐다본 그는, 자신 또한 그들과 다르지 않다는 걸 인지했다.

그래도 운동 경기 관람 줄과 좀 다른 부분이 있다면 인종의 용광로라고 불리는 LA답게 다양한 언어를 쓰는 가지각색의 사람들이 줄 서 있다는 점이다. 그런 다양한 컬러의 줄은 계속 늘어났고, 해가 저물 때쯤 드디어 입장을 시작했다.

"입장해주시기 바랍니다."

"티켓을 보여주세요."

스태프들이 철저하게 티켓 검사를 했으며, 미국인 만큼 무기 소지 검사도 필수적이었다. 첫 입장한 태양 목걸이의 남자가 굉장히 험악하게 생겨 스태프들이 주눅들었지만 그는 의외로 협조적이었다.

"선생님, 재킷을 벗어주실 수…."

"물론이죠, 팬티까지 벗으면 되죠?"

"아… 그건 부디 입어주세요."

검색대에서 나온 남자가 태양 목걸이에 입을 맞췄다. 누가 봐도 헬리건이었다. 그리고 그런 사람이 한둘이 아니었다. 스태프의 안내에 협조하며 주변을 둘러보는 이들은, 관객이 아니라 이 콘서트장에 고용된 직원 같았다. 누군가 문제를 일으킨다면 직원보다 먼저 주먹을 휘두를 것 같은 이들. 따라서 콘서트장은 장소와 맞지 않게 엄숙한 분위기가 흘렀다.

아무튼 검색대를 지난 이들은 객석에 곧장 안내되지 않고 카운터 앞으로 이동했다. 웬만한 콘서트보다 체계적이라고 생각했는데, 바코드를 찍은 직원들은 카운터 아래서 무언가를 꺼내 들었다.

"이건…!"

첫 사람이 선물을 받자마자 시선이 몰렸다.

"혹시 골드티켓?"

"죽일까?"

"자, 다음 분."

두 번째 티켓 소지자 역시 거대한 쇼핑백을 받았다. 생명의 위협을 느낀 그는 재빨리 자기는 일반티켓 소지자라고 밝혔고, 3초 만에 귀납적 추론을 마친 세 번째 소지자가 공손히 손을 내밀었다.

"설마 선착순은 아니겠지?"

누가 뺏어가는 것도 아니고 선착순도 아닌데, 사람들이 극도로 빠릿빠릿하게 움직이기 시작했다. 열기로 보나 사람들의 분위기로 보나 여기서 골드티켓 소유자에게만 선물을 준다면 그는 안전히 귀가하지 못했을 것이다. 쇼핑백을 받은 이들은 객석으로 이동했다. 누가 훔쳐갈까 쇼핑백을 테디베어인 양 꼭 안고 이동하는 꼴은 참으로 우스꽝스럽지만 아무도 비웃지 못했다.

존 도우는 주변을 조심하며, 온라인 티켓을 보여줬다. 드디어 나타난 첫 번째 골드티켓 앞에서 직원의 눈엔 이채가 서렸고, 스캐너를 찍은 순간 존 도우는 재빨리 핸드폰을 껐다.

"그… 거예요?"

"네, 맞아요."

뭔가 다를까 했는데, 건네받은 쇼핑백은 남들이 받은 것과 같았다. 존 도우가 가만히 쇼핑백을 보고 있자니, 스태프가 "귀가 후 오픈을 추천합니다"라고 덧붙였다. 골드티켓 선물에 들떠 스태프의 말을 흘려들은 그는 다른 이들이 그렇듯, 커다란 쇼핑백을 품에 껴안고 뒤뚱뒤뚱 객석 안으로 들어갔다.

2층 지정 좌석을 잡은 존 도우의 옆자리엔 팔뚝이 성인 남자 몸통만 한 남자가 앉아 있었다. 그러나 존 도우는 그에게 크게 관심을 기울이지 않고 자리에 앉아 쇼핑백을 열었다. 스태프가 말한 주의 사항은 흘려보낸 지 오래였다. 옆자리 남자는 이미 굿즈를 열어봤는지 쿠션을 껴안은 채였다. 친절히 '방석'이란 설명이 있었지만, 여기 누구도 거기에 더러운 엉덩이를 갖다 대지 않을 것이다.

존 도우는 흘끔 남자의 쇼핑백을 보고는 제 구성품도 하나하나 꺼냈다. 방석과 일러스트 엽서, 그리고 기본적인 야광 팔찌가 다였지만, 콘서트에서 이런 선물을 받아본 건 처음이라 눈물이 날 것 같았다. 그 누가 헤일로의 콘서트를 앉아서 본다고, 그래도 엉덩이 아프지 말라고 방석까지 챙겨준 게 고마워 참지 못하고 "Oh, so sweet" 열발하던 그는, 쇼핑백 가장 아래 자리한 상자를 발견했다. 무척 부드러운 벨벳의 리본부터 상자에 박힌 고급스러운 디자인까지 언뜻 봐도 심상치 않았다.

"이건 뭐지?"

존 도우는 제 손바닥만 한 상자를 꺼내서 리본을 풀고 상자를 열었다. 안에 있는 걸 확인한 그의 눈이 휘둥그레졌다. 무의식적으로 그는 몸을 움츠리고 주변을 살피기 위해 고개를 들었다. 그때 무심한 옆자리 남자와 눈이 마주쳤다.

* * *

서서히 시간이 차오른다. 무대 뒤편에 있는 헤일로는 낯익은 얼굴을 발견하고는 손을 흔들었다.

"제가 늦었나요?"

그녀가 다가와 그의 앞에서 빙그르르 한 바퀴 돌았다. 아름다운 드레스가 찰랑이며 흔들리고, 틀어 올린 어두운 갈색 머리카락 몇

올이 목덜미에 흘러내렸다.

"딱 맞게 왔어요."

헤일로는 부드럽게 웃으며 응대했다. 프라우는 그가 LA 콘에 제이슨을 초대할 거라고 생각했지만, LA 콘의 게스트는 처음부터 정해져 있었다. 그건 파리나 빈도 마찬가지다. 멤버들이 음흉하게 바라보는 건 알지만, 적어도 헤일로나 여기에 있는 그녀는 크게 신경 쓰지 않았다.

"마치 그때로 돌아간 것 같네요."

그때보다 화려한 드레스를 입은 그녀가 옛 기억을 떠올리며 중얼거렸다.

"그때도 당신이 나타나 절 도와줬죠. 제가 계속 무대를 할 수 있도록⋯."

헤일로도 고개를 끄덕였다. 그녀에겐 중요한 기회였지만, 그는 재밌었던 일화로 기억했다. 남의 무대에 난입할 기회는 많지 않은지라.

누군가는 헤일로가 유명한 가수들을 게스트로 초청하며 명예를 누릴 거라고 말했지만, 그는 굳이 스스로 나서서 명예를 누릴 필요는 없었다. 언제나 무대는 그가 하고 싶은 대로 한다. 그러다 보면 부와 명예는 알아서 오게 되는 것이다.

"그때처럼 즐겁게 불러보죠."

그녀는 헤일로를 가만히 바라보았다. 1년 전과 상황이 꽤 많이 달라졌지만, 소년의 강렬한 존재감과 천재적인 재능은 하나도 달라지지 않았다.

"내 도움이 필요해? 나랑 같이 공연해볼래요? 이번엔 내 콘서트

에서."

　그리고 그때처럼 그녀는 이제 홀로 무대에 던져지지 않았지만, 그럼에도 그 도움의 손길을 뿌리칠 수 없었다.

3. 월드투어

오후 8시, 태양이 지고 조명과 핸드폰 불빛 외에 어둠이 기아포럼에 내려앉았을 때, 돌출무대의 바닥과 커다란 세 개의 디스플레이에 아름다운 문양이 생겨났다. 유려한 금빛의 선으로 이루어진 동그라미와 세모 도형이다. 태양이 초승달에 기대 있는 듯한 혹은 초승달 모양의 그림자에 태양이 떠 있는 듯한 문양은 헤일로의 시그니처 로고가 분명했다.

처음 보는 문양임에도 그를 표현하기 충분한 문양을 관객들이 멍하니 보고 있자니, 카운트 다운이 시작되었다. 10 대신, 16에서 시작된 하얀색 숫자가 아래로 떨어졌다. 사람들은 자연스레 그것이 콘서트의 막을 올릴 숫자라는 걸 알았다. 이윽고 그들은 새해를 기다리듯 숫자를 외치기 시작했다. 숫자는 10에서 9로 빠르게 떨어졌으며, 6에서 5, 5에서 4로 떨어지는 순간 하늘 위로 금빛의 폭죽이 터졌다. 사람들의 눈을 빼앗을 만큼 커다란 빛은 어둠에 잠겼던 포럼을 한순간에 빛내더니 다시 어둠 속으로 떨어졌다.

하지만 다시 어둠에 잠긴 건 아니었다. 폭죽은 이미 연소하여 사라졌지만, 사람들의 눈엔 그 자취가 남아 있었다. 그와 함께 세션의 소리가 들려왔다. 카운트다운이 완전히 떨어지며 소년의 목소리가 들려왔다. 그 순간 사람들은 소리를 지를 수밖에 없었다. 〈코첼라〉의 무대가 자동으로 연상되었기 때문이다.

13집의 '새벽이 오기까지는(Until dawn comes)'과 함께 혼란과 어둠을 물리치는 새벽이 오기 시작했다. 지금은 해가 저문 오후 8시였지만 또 다른 태양이 떠오르는 것 같았다. 그와 함께 헤일로는 손가락을 튕겼고, 경기장의 모든 조명이 켜졌다. 사람들은 모든 조명이 합쳐진 곳에 서 있는 소년을 발견할 수 있었다. 누군가에겐 작고, 누군가에겐 클 수 있는 소년 또한 늘 그랬듯 여상한 얼굴로 그들을 맞이했다. 그러나 그가 직접 인사를 해준 것은 연달아 다섯 곡을 부른 이후였다.

소년에겐 적어도 오늘 무대만큼은 '차분'이나 '침착'이란 단어가 어울리지 않았다. 오랫동안 쉰 만큼, 그리고 공연을 겨우 열 번밖에 하지 않는 만큼 제대로 놀고 싶었다. 헤일로는 관객에게 앉아서 보라고 방석을 선물해놓고는 앉을 시간을 전혀 주지 않았다. HALO 13집을 시작으로, 그가 작년 한 해 왜 '태양' 혹은 '왕'이라 불렸는지 보여줬다. 사람들은 정신없이 휩쓸렸던 그때와 달리, 스스로 정신을 내어줬다. 그들은 이미 길들여지고 말았으니 오히려 온몸을 던져 즐기는 것이다.

13집을 시작으로, 12집과 7집까지 정신없이 달리고 나서 헤일로는 배부른 얼굴로 인사했다.

"안녕? 다들 잘 지냈어?"

올리비아는 멍하니 무대 뒤편에서 소년의 오프닝 멘트를 들었다.

"이제 시작되었을 뿐인데. 꽤 지친 것 같네."

그 한마디에 사람들이 "NO!"라고 고함을 질렀다. 하나도 힘들지 않다, 계속 가자, 외치는 이들을 보며 소년은 만족스럽게 웃었다. 그 모습에 올리비아는 카페 에버신스에서 공연하던 소년을 떠올렸다. 지금 2만여 명의 사람들을 쥐고 흔드는 것처럼, 그때도 그랬다. 지금보다 훨씬 적은 숫자지만, 그날 에버신스를 방문했던 사람들과 직원, 그리고 그녀의 세상에 들어와 강렬한 인상을 남겼다.

단순히 기억뿐만 아니었다. 그녀는 그 에버신스 공연 덕분에 큰 기회를 얻게 됐다. 너튜브에 올라온 에버신스 공연을 인상 깊게 본 한 유명 프로듀서가 직접 그녀를 프로듀싱 해준 것이다. 그 첫 앨범으로 그녀는 빌보드에 올라갔고 가수가 되었다. 유명한 프로듀서를 만나, 일약 스타가 된 그녀는 주변인으로부터 꽤 많은 연락을 받았다. 대개 모르거나 친하지 않은 이들이어서 차단하기 힘들었지만, 그녀는 차마 연락처를 바꾸지 못했다. 소년에게 전해준 쪽지. 언젠가 소년이 잊지 않고 연락할 수도 있기 때문이었다. 사람들은 그녀의 은인으로 프로듀서를 지목했지만, 올리비아의 은인은 쭉 고정되어 있었다. 초라한 무대 위에서 초라한 드레스를 입고, 그녀를 보러 온 친구들과 교수님의 시선 속에 초라하게 남겨질 뻔한 한 여자에게 숨을 불어넣어준 한 사람을 향해.

올리비아는 솔직히 소년의 신원에 대해 아예 몰랐던 건 아니다. 소년의 너튜브 영상을 보았고, K-POP에 대해 잘 아는 사람이나 한국인들이 친절히 영상에 나온 소년이 누구인지 알려주었고, 올리비아는 이후 소년의 이름부터 음악까지 알 수 있었다. 소년은 정말 아름다운 음악을 했다. 모르는 언어였지만, 무슨 말을 하는지 알 것 같은 그런 음악을 만들었다. 그건 그녀의 생각만이 아닌지, 소년의 재능과 매력을 인정하는 사람들이 무척 많았다. 그 나라에서 말이다.

다만, 그 나라는 너무 작았다. 소년은 더 많은 사람에게 주목받고, 사랑받아야 한다고 생각했다. 그녀보다 훨씬 멋진 사람이고, 더 큰 세상을 가져야만 하는 사람이었다. 그리하여 그녀는 소년을 이 거대한 세상으로 부르고 싶었다. 그녀가 기다리지 못하고 소년에게 결국 연락했다. 그러나 소년은 그녀를 필요로 하지 않았다. 그녀에게 먼저 연락하지 않았고, 연락을 해도 답장하지 않았다.

그러던 어느 추운 겨울, 그녀는 파리 한가운데 있는 소년을 보게 되었다. 분명, 그는 그녀를 필요로 하지 않았다. 그녀가 부르지 않아도, 도와주지 않아도 스스로 올 수 있는 사람이라는 걸 깨달았다. 어쩌면 그녀에겐 기적과도 다름없던 날이, 그에겐 흘러가는 하루였을지도 모를 만큼 그는 특별한 삶을 살고 있었다. 2월, 그녀는 연락을 멈췄다. 그는 그녀를 잊은 것 같았으니, 방해하지 않고 싶었다.

"나랑 같이 공연해볼래요? 이번엔 내 콘서트에서."

그래서 그렇게 연락이 올 줄 몰랐다. 그리고 다시 만났을 때, 그녀는 어떤 대답도 하지 못했다. 소년이 괜히 오해할까 연신 고개만 끄덕이기만 했다. 무조건 하겠다고.

"이번엔 조금 다른 무대를 보여줄게. 좀 더 특별한 무대일 거야."

올리비아는 다시 현실로 돌아와 헤일로의 멘트를 기다렸다. 그녀의 눈에, 그녀가 보고 싶었던 무대가 펼쳐진다. 수많은 사람이 보러온 소년의 무대. 그녀는 이렇게 소년이 더 거대한 세상에 나오길 원했다.

무대의 조명이 꺼졌다. 이제 그녀가 나갈 차례였다. 올리비아는 드레스를 양손으로 들며, 무대 위에 발을 올렸다. "그런데"라고 올리비아는 무의식적으로 중얼거렸다. 이건 그녀가 가장 바라던 광경이었지만 그녀는 멍청했던 게 분명하다.

"…이 무대도 작네. 당신한텐."

수많은 아티스트와 그룹이 발자취를 남긴 이 무대도, 소년을 품기엔 너무 작아 보였다. 작은 세상에 갇힌 건, 그녀 자신이었을지도 모른다. 이윽고 그녀는 그녀에겐 크고, 그에게 작은 무대로 나아갔다.

어둠 속에서 반주가 들려왔다. 익숙한 음이었으나, 익숙한 세션의 것은 아니었다. 귀가 예민하지 않은 사람들도 알았다. 한쪽 구석에 검은색 천으로 뒤덮여 있던 것은, 피아노가 분명하다. 자리를 옮긴 문서연이 피아노를 연주하기 시작했고, 뒤이어 남규환의 콩고와 한진영의 콘트라베이스도 합류했다.

관객 중 눈치챈 사람도 있을 테고, 모르는 사람도 있긴 할 것이다. 노해일이 헤일로라는 사실이 4월 〈코첼라〉에서 밝혀지면서, 사람들은 그의 모든 행적을 복습했다. 캘리포니아 한 작은 카페에서 있었던 일화도 마찬가지였다. 심지어 그 일화는 〈코첼라〉 인사가 직접 "그곳에서 로(Roh)를 보았고, 섭외하기로 했다… 실제로는 후보 D 정도로 두었다…"라고 떠들어 더 유명해졌다.

누군가 핸드폰으로 남긴 영상도 그대로 성지로 떠올랐다. 애초에 첫 앨범을 빌보드로 올린 올리비아의 데뷔 전 무대가 아닌가. 이미 유명한 그 영상은, 4월이 되어 수십 배로 조회 수가 늘어났다. 어쨌든, 지금 헤일로의 세션이 연주하는 건 HALO 8집의 '그곳엔 아무도 없었다(No one was there)'였지만, 은은한 조명이 한 여가수와 풀할로우바디 기타를 맨 소년을 비추었을 때 관객들은 '그 영상 속 그때'를 재연한다는 걸 깨달았다. 그리고 여가수의 첫마디에 이곳은 록 콘서트장에서 우아한 무도회장으로 변했다. 계속 감정을 쥐고 흔들며 달려오던 관객들은 힐링하며 재즈로 편곡한 음악에 코러스를 해주었다. 연주회복을 입은 여가수와 캐주얼한 복장을 한 헤일로는 서로 다른 곳에 있는 것 같지만, 목소리가 잘 어우러졌다. 사람들은 노래가 끝나고 올리비아가 그때 일화를 풀어냈을 때 특히 더 좋아했다.

"사실 헤일로가 저를 기억하고 있을 줄 몰랐어요. 반나절도 안 되는 짧은 시간이었고, 그에겐 그동안 꽤 많은 일이 있었잖아요? '샴페인 슈퍼노바(Champagne Supernova)' 사건 하면 모두가 아시겠죠?"

헤일로는 제 사생활에 대해 떠들어대는 성격이 아니라, 사람들은 그 귀한 일화를 귀 기울여 들었고, 둘의 티키타카에 즐거워했다.

"그때 다른 사람이었어도 당신은 그를 도와줬겠죠?"

"뭐. 그랬을 것 같네요."

헤일로는 순순히 긍정했다. 그러면 심심하던 때 같이 무대를 할 기회가 있다면 했을 것이다.

"그래도 올리비아만큼 인상 깊은 무대를 보여주지 못했을 거예요."

"어머!"

"그러니까 지금까지 기억하는 거겠죠?"

"오, 정말 영광입니다."

장난식으로 덧붙인 말에 올리비아도 장난스럽게 대꾸했다.

"올리비아, 그때 그 무대 다시 한번 보여주실 수 있나요?"

"물론이에요."

이윽고 헤일로는 다시 풀할로우바디 기타를 안았다. 그땐 악보를 대충 외워 연주했다면, 이번엔 제대로 연습하고 리허설까지 거쳤으니 어떤 문제도 없었다.

당신은 사랑의 형태를 아나요?

올리비아는 그때의 기억을 단 한 번도 잊은 적이 없었다. 그리하여, 어느 순간 헤일로의 앞에 마이크를 들이댄 건 당연할지도 모른다. 리허설 땐 하지 않았던 행동에 헤일로가 그녀를 바라보다가 피식 웃었다. 그리고 그의 입에서 재즈가 흘러나왔다. 그때 에버신스에 있던 사람들이 단 몇 초만 들을 수 있었다면, 이 자리의 관객들은 좀 더 오랫동안 들을 수 있었다.

> 헤일로, 성공적인 LA 콘. 모두가 요들을 기대했지만, 이번엔 재즈

[그의 로고 너무 아름답지 않니? 근데 재즈는 뭐야 그가 재즈를 불러줬어??? 단 한 번도 안 불러준 재즈를? 다음 월간 헤일로는 재즈인가?]

[(@Daily_starrrr) 나는 그가 어서 성년이 되길 바라.]

[(@TopOf_Tabloid) 솔직히 동의해. 그가 성년이 되면 우리가 좀 더 바빠질 거 같아.]

[재즈로 쉬게 하더니, 앙앙앙앙앙코르까지 뛰게 만들다니.]

[응급차 실려 가는 사람도 봤어.]

[그가 준 선물을 봐. 단 한 번도 쓰지 않았지만, 쿠션이라니 정말 스윗하지 않니? 집에 가는 길이 너무 즐거워.]

[하 재즈… 나 재즈 진짜 좋아하는데… 다음엔 안 불러주겠지?]

[노해일 스타일상 절대 안 불러줌. 소극장 때도 콘셉트 한 번도 안 겹침.]

수많은 기사와 댓글이 뒤섞여 올라왔다. 이번엔 타이틀곡 대신 수록곡도 다수 선곡하여 들을 것도 많았다. 그러나 이윽고 달이 차올랐을 때 사람들은 뒤늦게 골드티켓의 존재를 기억했다. 그리고 새벽 4시, '그래서 골드티켓은 무엇이었는가'라는 제목의 한 기사가 모든 후기 리뷰를 덮어버린다. 기사는 굳이 긴 말을 쓰지 않았다. 헤일로가 콘서트에 차고 나온 시계와 골드티켓 소유자의 인증이면 충분했다.

[??????]

[Wait.]

[What the…]

처음에 무슨 소린지 이해하지 못한 사람들은 수많은 물음표만 입력했다. 그러나 기사의 의미는 확실했다. 그들은 왜 한국에 '노해일의 진면목'이란 게 있는지 이해할 수 있었다. 그리고 이미 당해본 전적이 있는 한국 팬덤은 그대로 터져버렸다.

[ㅅㅂ 아 PTSD]

[잠깐만 골드티켓이 그거라고?]

[아니 오르골때도 씹에바였는데 진짜 시계야?]

[나 헤일로 에디션 나오면 사려고 적금 깼는데…]

[아 무슨 시계야ㅋㅋ 콘서트 굿즈로 명품시계 주는 미친새끼가 어딨어.]

[아 제발 안돼 안돼 안돼 안돼…]

[진짜 골드티켓이네 티켓에서 골드가 나와 아ㅋㅋㅋㅋ]

[골드티켓 구합니다…]

골드티켓의 정체는 곧바로 세계에 쫙 퍼졌다. 이미 몇만 달러에
거래되던 골드티켓의 매물이 싹 사라지기까지 그리 오래 걸리지
않았다.

헤일로의 선물과 눈물을 흘리는 태양단

찰리와 초콜릿 공장이 실현되었다

골드티켓을 찾아서

한정판 LP 부르는 게 값

다시 시작된 헤일로 열풍

그의 음반이 LP일 수밖에 없던 이유

세상은 미쳐 돌아가고 있었다. 이는 지난해 2월 'I am HALO'라
는 곡으로 한 사람의 이름이 세상에 알려졌을 때와 같았고, 올해 2월
파리 '샴페인 슈퍼노바' 사건, 어떻게 보면 헤일로의 정체가 처음 공
개되었던 그날 같기도 했다. 그 폭풍은 4월 캘리포니아의 사막에 착

류하여, 긴 혼돈을 끝낼 줄 알았지만, 여전히 전 세계는 '헤일로'라는 이름 하나에 휩쓸렸다. 그가 입은 옷, 그가 들른 거리, 그가 좋아하는 음식, 그가 사는 곳부터 그의 콘서트, 그의 음악, 이젠 그의 음반과 굿즈로 시끄러워졌다.

헤일로를 잘 모르는 사람이 보기에 그는 정말 스타가 되기 위해 태어난 존재 같았다. 그는 뭘 하든 주목받았다. 이런 열풍이 그가 의도한 것이 아니라면, 그건 정말 천부적인 재능일지도 모른다. 누군가는 헤일로의 음악성을 가장 큰 재능이라고 여기지만, 이런 관심을 이끌어낼 재능이라면 그 모든 것보다 위에 있는 재능이 아닐까.

그런데 만약 이런 열풍이 의도한 것이라면! 어떻게 하면 사람들에게 관심받을지 잘 알고, 그대로 이끌어낸 것이라면, 그건 정말 "대단히 미친놈이네"라고밖에 말할 수 없었다. 이는 헤일로의 음악을 좋아하지만, 팬까지는 아니기에 객관적인 시선을 가지고 있는 할리우드 스타가 한 말이었다. 그러나 그건 욕설이라고 할 수 없다. 매니저가 룸미러로 본 그는 재밌다는 듯 실실 웃고 있었으니까.

"영악한 애들 싫다지 않았어?"

"보통은 싫어하지."

"그는 예외라는 소리인가?"

"오."

할리우드 스타가 무슨 당연한 말을 하냐는 듯 탄성을 내뱉었다.

"그를 보통 사람이라고 말하는 거야?"

매니저는 할 말이 없었다. 그냥 모두가 아니라고 생각하듯, 그도 그렇게 생각하는구나 싶었다.

"그나저나 티켓은 어떻게 됐어?"

"그냥 티켓으론 만족할 수 없겠지?"

그럼 만족하겠냐며 그가 눈을 날카롭게 떴다.

매니저는 푹 한숨을 쉬었다. 지금 미쳐 돌아가는 상황을 모를 수가 없다. 새벽 4시에 골드티켓의 존재가 알려진 후 티켓이 그대로 사라졌다. 그래도 다행인 것은 이미 구하기로 마음먹은 사람은 충분히 구할 수 있는 시간이 있었다. 골드티켓 매매가 사라진 이유는 그 충격적인 정체 때문도 있지만, 헤일로의 LA 콘서트 이전에 살 사람은 다 샀기 때문이다. 특별한 것을 얻기 위해 참지 못하며, 얼마를 주든 구하고자 하는 이들, 즉 대부호, 재벌, 그리고 별들이 그런 이들이다.

"구했어."

"바라던 대답이군. 이제 BB와도 편하게 대화할 수 있겠어."

"BB가 설마 내가 아는 '그' 브라이언 베리(Brian Berry)는 아니겠지?"

"내가 아는 브라이언 중 가장 유명한 브라이언이 '그' 브라이언 이지. '그'의 광팬이기도 하고. 수줍어서 잘 드러내지는 않지만 말이야."

"수줍?"

가장 어울리지 않은 수식어에 매니저가 되물었고, 그가 킬킬거리며 웃었다. BB도 직접 티켓팅을 했다고 했으니, 골드티켓은 아닐 것이다. '보자마자 자랑해줘야지'라고 생각할 때 그는 룸미러를 통해 눈을 반짝반짝 빛내는 매니저와 마주쳤다.

"베리 감독님께 신작 소식은 없어?"

"아직."

"이제 할 때 되지 않았어?"

"글쎄."

BB는 그의 매니저가 가장 좋아하는 영화감독이었다. 그가 BB의 영화에 단 한 번도 나온 적이 없다는 데 기분이 좀 미묘했지만, 그가 나오지 않아 더 좋아하는지도 모르겠다.

"신작한다고 해도 내가 들어갈 일은 없을 텐데."

"하긴, 넌 노래 못하니까."

신랄한 비판에 그는 코웃음을 칠 뿐 딱히 반박하지 않았다. 틀린 말은 아니었다. 그는 노래를 못했다. 아무렴, 그는 음악 영화에 어울릴 법한 배우가 아니라 액션배우였다. 히어로, 요원, 경찰, 살인마까지 연기해내며 커리어 정점을 찍은 그는, 음악 영화에 못 나온다고 해서 아쉬울 게 없었다.

"재미있단 말이야."

대화가 끝나고, 그는 다시 원래의 주제를 떠올렸다. '한 대상에 의해 미쳐 돌아가는 세상', 그 역시 세상을 열광시킨 때가 있어 그때를 떠올리며 '그'는 얼마나 같을까, 생각했다. 세상의 주인공은 늘 존재했다. 한때는 그가 주인공이었고, 지금 주인공은 헤일로라는 이름이 어울릴 것이다. 세상은 고여 있는 물이 아니니, 언제든 주인공은 바뀌게 된다. 별로 아쉽진 않다. 다만, 그는 지금 주인공의 이야기도 충분히 즐거워 조금 더 오래가길 바랐다.

그러나 그는 그럴 가능성은 크지 않다고 여겼다. 세상에 주인공을 끌어내리려는 적이 너무 많다. 주변인에게 언제든 끌어내려질 수 있었다. 게다가 헤일로는, 아직 10대 소년이 아니던가. 주변에 의해 흔들리거나 혹은 스스로 견디지 못해 무너지거나, 보통 그렇게 될 것이다.

그는 기지개를 켰다.

그런데 이는 헤일로에 대해 잘 모르는 사람의 견해일 뿐이다.

* * *

헤일로의 앨범이 발매된 지 하루하고 한나절이 지났고, 헤일로의 콘서트가 끝난 지 대략 하루가 됐다. 그리고 골드티켓의 정체가 공개된 지 열 몇 시간이 지났다. 앨범, 콘서트, 골든티켓으로 천국과 지옥을 왕복한 이들은 모두가 예민해졌다. 아직 폭발하진 않았지만 누군가 톡 치면 불이 붙을 것이었다. 그리고 그 '톡'은 의외의 곳에서 터진다.

> (속보) 그는 원래 CD 음반을 제작하려고 했다
>
> 영국 CDP 업체 담합
>
> CD 공장 갑질, 대상은 헤일로?

CDP(Compact Disk Pressing) 공장의 담합 기사가 영국 본토를 필두로 전 세계에 퍼져나갔다. 영국에서만 조금 시끄럽다 말 일이 전 세계로 퍼져나간 이유는, '헤일로'라는 그 이름 때문이었다. 헤일로가 원래 CD 음반을 내려고 했었으나 담합으로 인해 LP로 우회할 수밖에 없었던 경과, 그리고 다른 이도 아닌 그들의 가수가, 현재 세상에서 가장 사랑을 받는 스타가, 그리고 미성년자인 소년이 갑질을 당했다는 사실 하나만으로 실제 일어났던 일보다 더 큰 사건이 되었다. 이미 여러 가지 이유로 분노에 차 있던 팬들이다.

방아쇠가 당겨지며 총알이 타깃에 꽂혔다.

[기사 보고 왔는데 ㅁㅊ놈들아냐? 아니 듣보잡 도 아니고 헤일로한테 갑질한다고?]
[헤일로 음반 ㅈㄴ 잘 팔릴 텐데 이걸 담합했다고?]
  └ 설마 안 만들려고 했겠냐. 좀 더 받으려고 하다 답 없으니 베일이 LP로 튼 거지.
[난 바이닐 좋아해서 LP 나온 거 좋았는데… 하, 씨 개열받네]
[음반 낼 생각으로 행복했던 헤일이 충격받았겠지?]
  └ 베일이 충격받을 줄 알고 말 안 하지 않았을까?
  └ 늘 웃고 있어서 몰랐는데 기사 보자마자 머리가 띵.
  └ 아니 왜 어른들 욕심에 늘 애가 피해받냐.
  └ 영국 신사의 나라 아니었음?

담합 사건이 커지며, 신문사에선 신나게 신문을 찍어냈고, 보도국에선 몇몇 감성 어린 인터뷰를 추가하며 극적인 이야기를 만들어냈다. 인디가수의 애환, 헤일로 음반을 구매하지 못해 눈물을 흘리는 어린 팬 등….
음반 프레싱 업체는 여기까지 생각하지 못했던 건 확실하다. 정확히 사람들이 말하는 '갑질'을 해보기도 전에 끝났으니 말이다. 이렇게 일이 커질 줄 알았다면, 제안한 대로 했을 것이다. 심지어 해외의 음반사들이 신이 나서, '헤일로의 음반을 제작할 수 있다면, 영광이다', '우리에게도 당신의 은혜를 내려주소서'라며 러브콜을 보내기 시작했다. 미국, 프랑스, 독일 그리고 한국까지 각국에서 자기들이 얼마나 잘 제작할 수 있는지 말했다.

사실 이번 1차는 1집에서 13집을 포함한 한정판 세트라 물량 자체가 적었지만, 그 화살까지 담합 업체에 넘어가버렸다. 업체는 그것까지 우리와 상관없다고 억울함을 밝혔지만, 사람들이 제대로 들어줄 리는 없다. 베일은 가만히 지켜보다가 LP 음반 2차 판매(이번엔 낱개)를 발표하며, 괜찮은 CDP 업체를 찾아보면 될 뿐이었다.

아우구스투스 레코드 CEO에게서 온 연락은 담뱃재와 함께 흩날렸다.

[저희도 신뢰할 수 없는 업체와 계약을 유지할 생각이 없습니다.]

CDP 업체는 마지막으로 믿고 있던 계약까지 깨져버렸다는 걸 지금쯤 알게 되었을 것이다.

어거스트 베일은 '이제 신경 쓸 일 없겠군' 생각하며 눈을 감고 프라우의 신곡을 감상했다. 그 순간 "쾅" 하고 고요를 부수는 소음이 들렸다.

'도저히 쉴 틈을 주지 않는군.'

어거스트는 문을 여는 소리부터 누구인지 알았다. 그는 혀를 차며, 여상한 얼굴로 눈앞에선 청년을 맞이했다. 웬일로 완전체로 왔다. 원하는 게 있는 이가 그에게 성큼성큼 다가온다.

"릴."

참 한결같은 인간이었다.

* * *

헤일로는 LA 콘서트를 마치고, 곧장 캐나다 해밀턴으로 이동했다. 그사이 올리비아로부터 시계 인증 사진을 받았다. 게스트 선물로 준 시계를 찬 올리비아는 감사하다는 메시지를 남기며, 다시 한 번 예전처럼 쪽지에 연락처를 적어줬다.

"세상에."

이를 가만히 보던 문서연이 무척 흥미로운 얼굴로 그를 봤다.

"연락하실 거예요?"

꼭 연락하길 바라는 눈빛이다.

헤일로는 멤버들을 무척 좋아했지만, 그렇다고 해서 그녀가 원하는 대답을 해주지는 않았다.

"글쎄요."

"Yes or No라고 대답하면 되는 문제인데."

"그럼…."

헤일로가 입꼬리를 슬쩍 올렸다.

"노코멘트."

그 대답은 멤버들의 상상력을 자극하기 충분했다. 포기를 모르는 이들이 어떻게든 그의 대답을 들으려고 했지만, 사실 헤일로 자신도 몰랐다. 언젠가 연락할 수도 있고, 안 할 수도 있다. 연락하더라도 멤버들이 생각하는 사적인 연락일 수도 있고, 공적인 연락일 수도 있다. 지금은 모르는 일이다.

"그런데 해일아, 네 시계 말이야."

"네."

"여건이 안 돼서 1,000개만 만든 거라고 했지."

헤일로가 눈을 깜빡였다. 원래는 콘서트에 온 모든 사람에게 주고 싶었으나 시간 문제로 물량을 고정했다. 물론, 우연히 찾아온 행운에 기뻐하는 사람들의 모습도 나쁘지 않을 거 같긴 했다.

"만약에 가능하다면 계속 만들고 싶은 생각이 있는 거지?"

"그럼요."

팬들이 그렇게 갖고 싶어하는 '시계'를 만든 스위스 업체를 헤일로에게 소개해준 건 한진영이었다. 그 업체는 베네치아 여행 중 한진영이 만났던 꼬마 레오의 부모가 하는 회사였다. 한진영에게 호의적인 그들은 좋은 조건을 제시했고, 헤일로에게 직접 도안을 그려보는 것은 어떻겠냐고 제의해 우주와 행성이 들어간 아름다운 시계가 탄생한 것이다.

그리고 스위스 업체가 헤일로가 흥미로워할 만한 또 다른 새로운 것을 제안해 두 번째 공연을 이틀 앞둔 날 캐나다에 미팅 자리가 만들어졌다. 지난 1,000개의 상품이 주문 제작이었을 뿐이라면, 도안을 가지고 스위스에서 날아온 그들은 이번엔 직접적인 컬래버를 제안했다.

"물론, 아주 똑같지는 않을 거예요. 조금 변화를 줘야겠죠."

그들이 가져온 도안은 지난번 것과 거의 비슷해 두 개의 구슬이 시침과 분침 역할을 해주고 원판에 보석을 박아 우주를 표현했다. 달라진 것은 보석의 유무와 우주의 디자인, 시곗줄과 부품 몇 개가 다였다. 상품의 질이 떨어진 건 아니었고, 제작 시간을 줄일 장치라고 했다. 굳이 말하자면 보급형인데, 세상에 수백만 원짜리 보급형이 있긴 할까? 여전히 명품 시계 가격을 호가하니 보급형이라고 하기에는 애매했다. 그러니 이는 '헤일로 시계 MK 2'로 보면 될 것이다.

"그리고…."

그들은 헤일로의 첫 도안을 가져왔다. 그 눌어붙은 초콜릿 말이다. '이걸 왜?' 하며 헤일로가 눈썹을 구겼지만 스위스 시계 업체 대표이며 장인인 부부는 매우 진중한 얼굴로 원형 그대로의 한정판 시계 출시를 제안했다.

"그건 괜….'

"물론, 먼 날의 일이므로, 추후에 결정하셔도 충분합니다."

'그때도 싫은데.'

헤일로는 차고 있는 시계와 자기 그림을 번갈아 바라보더니 고개를 저었다. 부부가 그를 귀엽게 바라보며 다음에 결정하라며 능숙하게 넘겼다. 얼마 후면 팬들에게 좋은 소식이 도착할 것이다. 물론 비슷해도 다른 시계이니만큼 그들이 얼마나 만족할지는 모른다.

다음 날 콘서트를 위해 프라우가 도착했다. 으레 그 시계를 손목에 차고 있었다.

"Hey, Bro."

그들은 뮤직비디오와 똑같은 옷을 입고 있었다.

"제이슨이 이번에 단단히 준비한 모양이야."

캘리포니아 시민답게 어깨를 가볍게 부딪치며 인사한 프라우는 제 이야기와 친구들의 이야기를 간단하게 꺼냈다.

"왜인지 이를 악물었더라고."

그렇게 말한 프라우는 "혹시 아는 게 있어?" 하고 물었다. 헤일로가 어깨를 으쓱하며 능청스럽게 넘어갔지만 프라우는 여전히 실실 웃으며 말해달라고 했다.

"둘이 옆집이잖아. 뭐라고 했어?"

"그때 우리끼리 본 게 마지막이야."

"흠, 그래?"

'마지막 날'이 빌보드 1위에 오른 날을 기념하며 제이슨의 마당에서 스몰 파티를 열었던 날, 그때가 마지막 만남이었다. 제이슨은 그 이후 왜인지 자취를 감췄다. 앨범 준비하느라 바쁜 걸지도 모르지만, 헤일로는 그렇게 생각하진 않았다. 마주칠 만한 일이 있을 때마다 제이슨이 재빨리 도망가버렸기 때문이다. 그날의 술주정을 기억하고 있는 게 분명했다.

[술 깨고 이불 몇 번 찼나?]

헤일로는 삐뚜름하게 웃으며 문자를 보냈다. 헤일로는 스스로 자신이 너무 착하다고 생각했다. 자길 이기겠다고 술김에 주정 부린 인간에게 이렇게 착한 말도 해주고 말이다.

[열심히 해봐(감동의 눈물을 흘리는 이모티콘)]

메시지를 보낸 그는 미묘한 얼굴의 한진영과 마주쳤다. 할 말이 많아 보였지만, 뭐라고 하진 않았다. 그리고 헤일로는 확신한다. 제이슨 다이크에게 격려의 의미가 담긴 문자가 잘 도착했음을. 얼마나 잘 도착했는지 읽었다는 표시뿐, 답장도 오지 않았다. 새 앨범을 낸다고 했으니 이 정도는 이해해주기로 했다.

"그런데 그건 갑자기 왜?"

그 사소한 일화에 대해 굳이 설명하지 않은 헤일로는, 프라우에게 질문의 저의를 물었다.

"음, 너한테 전해달라던데."

"뭘?"

"3월이라고."

주어는 없었지만 무엇을 말하는지 모를 수 없었다. 이걸 직접 말 안 하고, 프라우의 입을 통해 하는 게 어이없긴 하지만 헤일로는 결국 하하하 웃음을 터트렸다. 지금은 11월 초, 3월까지 아직 한참 남은 이때 그에게 신곡 발매일을 알려준 건 들어오라는 도발임이 분명했다.

"근데 왜 이걸 전해달라는 거야. 피처링이라도 해주기로 했어?"

술주정은 헤일로밖에 듣지 못했으므로 프라우는 제이슨이 왜 발매 날을 알려주는지 도저히 이해하지 못했다. 무슨 말이냐고 물어봤을 때도 제이슨은 그 성격답게 전하라고만 했고, 헤일로 역시 솔직히 답해주지 않았다. 자신이 편지 전해주는 부엉이도 아니고, 이렇게 무료로 써먹을 거면 무슨 말인지 의미라도 알려달라고 하는 프라우에게 헤일로는 역시 친절하게 설명해주지 않았다. 다만 "너도 들어와, 프라우"라고 말했다

"뭐?"

"3월에 말이야. 네가 좋아하는 영화가 〈스타워즈〉랬나?"

"갑자기 스타워즈가 여기서 왜…."

SF를 대표하는 걸작이자 20세기 대중문화 중 가장 성공한 IP가 여기서 왜 나오나 싶었던 프라우는 곧 눈치챘다. 스타워즈라면 별들의 전쟁을 의미하지 않던가. 이렇게까지 말해줬는데 못 알아들으면, '별'이라고 할 수 없었다. 그리고 곧 그는 기겁하며 두 팔을 올린다.

"나 신곡 낸 지 얼마 안 된 거 알지?"

"싱글일 뿐이잖아."

"싱글? 겨우 싱글? 그럼 3월에 정규라도 내라는 소리야?"

사람이 어떻게 그렇게 무서운 말을 하냐며 기겁한 프라우는 생글생글 웃는 소년과 마주한다. 그렇다, 이 소년은 5개월 동안 준비는커녕 1개월마다 싱글도 아닌 미니앨범을 낸 '인외 생명체'였다.

"나는 인간이야."

"나도 인간이야."

"그런 소리 하지 마. 이 외계인아."

헤일로는 진심으로 기겁하는 프라우를 보며 웃음을 멈추지 못했다. 다시 리허설을 진행하기 전까지.

"자! 스탠바이."

토론토에서 약 70킬로미터 남쪽에 있는 온타리오주 해밀턴은 캐나다에서 손가락에 꼽는 대도시 권역에 들지만 뉴욕이나 서울 등에서 온 사람들에겐 굉장히 한가로운 마을처럼 보이기도 했다. 그 야경이나 설비는 대도시의 그것이지만, 어딘가 한가롭고 고요한 분위기가 돌았기 때문이다. 헤일로의 콘서트 공연장인 퍼스트온타리오 센터(FirstOntario Centre)도 도시의 첫인상과 비슷했다.

며칠 전 캐나다 해밀턴에 미리 답사(?)를 온 이들은 헤일로의 콘서트 공연장치고 주변에 아무것도 없이 휑한 모습에 차라리 토론토나 역시 미국에서 한 번 더 공연하는 게 좋지 않았나 싶었다. 그러나 콘서트 전날, 퍼스트온타리오 센터는 수상할 정도로 많은 사람이 오갔으며, 당일 아침부터 인파로 뒤덮였다. 해밀턴에 사는 53만 명이 이곳에 모인 게 아닐까 싶을 정도였다. 사람들의 행렬, 그들을 위한 하얀 천막이 공터를 채웠다. 캐나다 공영방송국의 드론이 퍼스트온타리오 센터의 광경을 찍었다. 퍼스트온타리오 센터, 그 원형 주변에 여백은 없었다. 근처 주차장이 가득 찬 걸 넘어 길가에 고가의 자동차들이 즐비했다. 축제가 아니라면 흔히 보기 힘든 거리 모습을 캐나다 공영방송국에서 나와 촬영했다.

"보이십니까. 전 세계에서 헤일로의 콘서트를 보러 온…."

앵커가 열변했고, 카메라맨이 줄지어 서 있는 사람들을 찍었다. 본래 카메라를 보면 피하는 사람들이 많은데, 체격부터 장난 아닌 이들은 오히려 카메라맨을 보며 "뭘 봐" 하는 표정으로 눈을 부라렸다. 그 포스에 기가 죽은 카메라맨이 카메라를 여성 팬에게 돌렸다. 웃는 얼굴이 예쁜 여성 팬에게 인터뷰하기 위해 다가가려는데, 음산한 목소리가 들린다.

"보이기만 해봐… 어떻게든 얻을 테니까."

카메라맨이 흠칫 놀랐다. 뭔가 검색대에서 차가운 금속 소지로 걸릴 것 같은 발언이었다.

지금 돈을 준다고 해도 구할 수 없는 게 골드티켓, 헤일로의 시계라 거리에서 골드티켓을 차고 다니면 그대로 팔 잘리는 게 아니냐는 우스갯소리가 돌긴 했다. 그 때문인지 몰라도 시계 인증 글은 많지 않았다. 오히려 있던 글이 삭제될 뿐이었다. 아직 범죄가 일어나진 않았지만 골드티켓 소지자들이 경각심을 가진 것 같다.

헤일로의 콘서트를 주관하는 업체에서 수많은 이들의 문의를 받았다고 밝히며 골드티켓 소지자에게만 택배 서비스를 허용해줬다. 콘서트 전 개인정보 공유 동의서와 함께 주소를 적으면 한정판 시계를 집에 보내주겠다는 공지였다. 그러나 이는 소식에 밝은 이들이나 이용할 서비스이고, 분명 여기서 누군가는 골드티켓을 가진 채 오늘 이 자리에서 헤일로의 한정판 시계를 받아 갈 것이다. 아니 '헤일로와의 커플 시계'를 말이다.

시계와 별개로 콘서트를 기다리는 인파의 분위기는 나쁘지 않았다. 베일에서 음반 2차 판매를 시작하겠다고 했고, 1차 때 사람들에게 절망을 준 것을 의식했는지 예약판매로 진행할 수도 있다고 밝혔기 때문이었다. 그렇게 시계의 바늘이 천천히 떨어지기 시작하며, 태양의 시간이 다가오고 있었다.

* * *

8시가 되기 1분 전, 무대는 비어 있었지만, 세 개의 전광판에 영상이 나왔다. 20세기 특유의 화질이었다. 그리고 흑백 영상으로 바뀌었다. 영상 속에서는 지구온난화로 빙하가 녹고, 거대한 홍수가 도시를 덮치며 불길이 피어올랐다. 전쟁과 거대한 버섯구름을 만든 폭탄, 그리고 우주 밖에서 지구를 향해 소행성이 날아오는 그야말로 디스토피아가 펼쳐졌다. 내일 당장 지구가 멸망해도 이상하지 않았다.

[마지막 소식입니다.]

어디선가 비명이 울려 퍼졌다.

[오늘. 날이 밝아왔고 이제 우리에겐 단 하루가 남았습니다.]

뒤이어진 소리에 잠잠해졌지만 왜 비명을 질렀는지 모를 수가 없었다. 무한히 돌려본 영상 속의 목소리가 현실로 날아왔다. 해밀턴 콘서트는 LA 콘서트와 또 다르게 시작되었다.

"즐거운 하루 보내시기를 바랍니다."

데이(DaY). 마지막 단어가 독특하게 반복되었다. 그와 함께 다이아몬드형 돌출 무대의 조명이 들어왔다. 사람들의 시선이 돌출 무대로 향했다. 그와 함께 반주가 시작되었다. 그리고⋯ 체크무늬 정장 재킷을 입은 남자가 뾰족한 선글라스를 올리며, 마이크를 입에 가져다 댔다.

Well, Let's do the last project(자, 이제 마지막 작업을 해보자고)

'마지막 날' 뮤직비디오의 재연이었다. 이건 뭐, 멱살 잡고 끌고 가는 기획이 아닌가. 사람들은 순식간에 뮤직비디오로 끌려들어 갔다. 프라우가 곧장, 마이클 파트를 불렀다. 랩과 같이 뱉어내는 마이클의 독특한 발음을 프라우가 잘 소화했다.

오, 그리고 하늘에서 내려오는 100달러의 천사들을 환영해줘

프라우는 허리에 매고 있던 머니 건을 쐈다. 그곳에서 떨어진 장난감 현금이 관객들에게 날아가자, 사람들이 우악스럽게 그걸 잡으려고 했다.

딕이 들어오기 전에 반주가 이어진다. 뮤직비디오에선 딕이 리클라이너 쇼파에 누워 클래식을 감상하는 장면으로 여백을 채웠다. 그러나 현실에서 사람들은 프라우를 주목했다. 그때, 프라우가 뒤를 돌며 어둠 속을 가리켰다. 관객들은 심장이 두근거렸다.

어둠 속에서 한 인영이 걸어 나왔다. 그의 실루엣이 장면의 여백을 채웠으며, 사람들이 입을 가린 채 그를 바라봤다. 이윽고 다이아몬드형 돌출 무대에 나온 헤일로는 뮤직비디오 때 입었던 하얀 셔츠에 벨트를 맨 반바지 차림으로 나와 딕의 파트를 불렀다.

조지, 헬레나를 가르쳐줘서 고마워
오, 저 우아한 백조 같은 모습을 봐
내 딸이라서 하는 말은 아닌데, 좀 사랑스럽지 않니?

10대 소년이 입에 담은 '딸'이라는 언밸런스한 단어에 관객들은 내적 비명을 지르며 "그래, 사랑스러워!"라고 같이 코러스를 외쳤다. 그게 헬레나한테 하는 말인지, 그들이 사랑하는 소년을 향한 말인지 모르겠지만.

파도를 가르는 갈매기 몰아치는 파도 소리 여름 바다의 하얀 포말
발바닥에 닿는 모래가 무슨 감촉인지 느껴봐야겠어
차가운 기계를 매만지던 손은 자기를 부드럽게 쓸어내릴 거야
그리고 당신과 한 약속을 떠올리겠지
밤하늘의 별을 따줄게 약속했던 풋풋한 시절을

빛들이 혜성처럼 헤일로의 머리 위로 떨어졌다.

너는 어때, 프라우?

제이슨이 없기 때문에 프라우로 가사를 바꾸자, 프라우가 잘했다는 듯 윙크하고, 제이슨의 가사로 대답했다. 밤하늘같이 푸르렀던 조명이 붉게 달아올랐다. 마치 서부의 총잡이같이 프라우는 이젠 아무리 쏴도 나오지 않은 머니 건의 끝을 "후" 하고 불었다. 바닥에 깔린 드라이아이스가 마치 총 끝에서 나온 열기처럼 흩어졌다.

자, 이제 마지막 작업을 해보자고
나와 너, 그리고 우리에게 단 하루가 남아 있어
모두에게 공평한 하루가

이제 돌아올 헤일로의 파트에 사람들이 "우어어" 소리 지르며 외쳤다.

"불공평하거나!"

그에 맞춰 소년이 웃어 보였다. 그러고 나서 반주가 길게 이어졌다. 사람들은 곧 올 소년의 새로운 시도를 기대했다. 헤일로는 그들의 바람에 맞추어 불러준다. 모두가 기다렸을 요들을. 긴 요들을 훌륭히 소화해내자, 무대가 더 쿵쿵 울렸다. 헤일로는 그의 짧은 파트를 불렀고, 이내 훅으로 돌아온다. 조명이 밝아졌다.

아마 너는 후회 없는 시간을 보냈을 거야
네가 좋아하는 사람들과 함께 보냈겠지

프라우가 헤일로를 향해 주먹을 들었고 헤일로가 같이 부딪혔다. 시기 질투의 눈이 두 주먹을 향했다. 그리고 헤일로는 서서히 절정에 다다르는 노래를 길게 뽑았다.

후회 없는 시간이었어
나는 후회하지 않을 거라고 말할 거야
내가 좋아하는 사람들에게
내가 좋아하는 모든 것들로 가득 찬 하루였으니까
나는 꽤…

"괜찮았어."

사람들이 코러스를 반복해줬다.

이제 마지막 작업 우리에게 단 1시간 남아 있어 모두를 위한 단 1시간

이윽고 소년은 마이크를 들어, 사람들에게 가져다 댔다. 작별 인사는 싫다. 그건 정말 마지막이니까.

'그리고 우리는 아직 끝나지 않았잖아?'

모두가 '다음'을 기대하며 외쳤다.

Morning!

"좋은 아침이야!"

반주가 길게 이어진다. 리듬을 타던 프라우가 춤을 추기 시작한다. 소년을 바라보는 눈이 짙어진다. 헤일로는 한숨을 푹 쉬고, 결국 스텝을 밟기 시작했다. 프라우는 반주가 딱 끝나는 순간, 마이크를 들어 올리며 말했다.

"너희들이 보고 싶은 걸 다 보여준… 나에게 할 말은?"

팬들의 대답이 장마처럼 쏟아져 내렸다.

"사랑해!"

"고마워! 프라우! 잘 아는 자식!"

"이리와 뽀뽀해줄게!"

솔직하고 적나라한 감사에 대해 헤일로는 어쩔 수 없다는 듯 웃었다.

무대 개막사는 프라우와 같이 진행했다. 헤일로는 여상하게 인사했고, 프라우는 늘 그렇듯 조금 더 시끄러웠다. 토크쇼에서 이미 헤일로와 같이 컬래버하게 된 경위에 대해 말했다면, 이 자리에선

좀 더 사적인 이야기가 나왔다. 예컨대, 뮤직비디오에 나온 마지막 장면에 관한 이야기 말이다.

"사실 허락해주지 않을 줄 알았는데 말이죠."

"허락해주지 않으면 안 올릴 생각이었어?"

"음… 솔직하게 말하자면, No."

헤일로가 그럼 왜 물은 것이냐는 표정으로 바라보자, 프라우가 당당하게 말했다.

"될 때까지 징징거리려고 했지. 내 한몸 바쳐, 네 영상을 올릴 수만 있다면 자존심 따위 중요하지 않아!"

객석에서 누군가 "옳소!" 하고 외쳤다.

"그런데 허락해준 이유를 물어도 될까? 다시 말하지만, 그렇게 쉽게 오케이를 받을 줄 몰랐거든."

"꽤 나쁘지 않아서."

"뭐가?"

"내 춤."

당당히 말하는 헤일로에, 사람들이 웃음을 참지 못하고 웃어 보였다. 소년의 말은 틀리지 않았다. 소년은 춤에 재능이 꽤 있는 것 같았고, 전혀 우스꽝스럽지도 않았다. 그들이 웃은 건, 프라우가 지금 숨넘어가게 웃고 있는 이유와 똑같았다. 제 춤이 나쁘지 않았다고 말하는 소년은 정말 당당해 보였기 때문이다.

"맞아, 네게 소울이 느껴졌어. 솔직하게 인정할게."

배를 잡고 웃은 프라우는 결국 인정했다.

뮤직비디오의 일화를 공개한 이후 그들은 간단하게 앞으로의 계획을 밝혔다. 먼저 말한 건 헤일로였다. 그는 특유의 악동 같은 미소를 지어 보이며 사람들을 돌아보았다.

"나는 이제 슬슬 때가 되었다고 생각해. 물론, 다들 원치 않는다면 한 번쯤 생각해봐야겠지만."

다음 앨범에 대한 이야기였다. 다들 원할 걸 알면서도, 그리고 사실 사람들이 원하든 말든 제 맘대로 할 거면서 소년은 일부러 못되게 말했고, 사람들이 신음을 흘리며 "제발"을 외쳤다.

"정말 원하는 거 맞아?"

"너무 못됐어!"

누군가 참지 못하고 외치자, 사람들도 혜일로도 하하하! 웃음을 터트렸다. 반면, 프라우는 앞으로의 계획에 대해 생각지도 못한 소식을 밝혔다.

"그러니까 난 스탠딩업 코미디를 생각 중이야."

"오. 잘할 거 같은데?"

"그래? 나도 사실 내가 잘할 거 같긴 한데. 너무 좋은 제안이 와서 무섭기도 해."

"네가 무서운 게 있는 사람이었어?"

"맞아, 사실 무섭지도 않았어. 만약 내가 하면, 한번 나와줄래?"

그가 그냥 무섭다고 한 건, 이 제안을 위한 빌드업임이 분명하다.

'스탠딩업 코미디라.'

예전에 코미디 주제는 되어본 적은 있어도, 나가본 적은 없는 혜일로는 흔쾌히 고개를 끄덕였다.

"물론, 초대해준다면."

"오!"

순순한 대답이라 프라우도 놀랐고, 혜일로가 제발 어디서든 나오길 바라는 사람들도 좋다며 열광했다.

"잘 준비해 갈게."

"아니, 그건 괜찮아. 아무것도 준비하지 않아도 돼. 너는 그냥 와서 내 옆에 앉아 있어."

헤일로가 의아해하자, 프라우는 매우 진지하게 속삭였다.

"그리고 사람들이 무서운 표정을 지을 때마다 말하는 거야. '웃어'라고."

그는 매우 진지했다. 그렇게 사람들에게 다시 한번 큰 웃음을 준 프라우는 스탠딩업 코미디의 재능을 증명했다. 프라우는 한 곡 더 부른 뒤 깔끔하게 퇴장했다.

그렇다고 콘서트가 끝난 건 아니었다. 9시, 이제 그의 완전한 시간이 되었을 뿐이다. '마지막 날'의 뮤직비디오로 시작된 콘서트는 그 뮤직비디오에 나왔던 한 부분을 실현했다. 헤일로는 뮤비 속 그의 바람처럼 밤새 노래를 불렀고, 결국 마지막 턴에 관객들을 향해 몸을 던졌다. 가수의 돌발행동에 스태프들은 화들짝 놀랐지만, 헤일로는 전혀 다치지 않았다. 헤일로를 사랑하는 이들이 그를 다치게 할 리 없었다. 오히려 그를 곧 깨질 것 같은 유리처럼 다룬다면 모를까. 여기서 그를 놓치는 사람이 있다면, 그날은 그의 사형집행일이 될지도 몰랐다.

그렇게 또 한 번의 밤이 갔다. 어느 때보다 빠르고, 어느 때보다 아쉬운 밤이었다.

* * *

이제 막 두 번째 공연을 끝냈을 뿐이다. 그러나 세상에 한 사람의 이야기가 가득 찬 걸 보면 한 스무 번의 공연이라도 한 것 같다.

[HAMILTON 더라스트데이(TLD) feat.Frau…mp4]
[TLD 뮤직비디오 재현 그리고…(12)]
[자기 춤이 나쁘지 않았다고 말하는 태양.jpeg]
　└OMG Soooooo cute!!!!

영상부터 사진, 기사, 세트리스트를 분석한 블로그 등등 컴퓨터에 들어와 검색창을 킨 사람들은 호기심에라도 클릭할 만큼 헤일로의 두 공연 후기가 돌아다녔고, 그 뒤를 필연적으로 따른 건 콘서트에 가지 못한 사람들의 분노와 오열이었다.

[(HIT) 말도 안 돼 해밀턴에서 TLD를 부른 다음에 요들도 부르고 춤까지 췄다고? 거짓말이지? 다들 놀리는 거지?]
[이번에 12집을 불러줬다는 게 정말이야? 나 12집 정말 좋아하는데.]
[하 시작됐다… 콘서트 열심히 준비하지 말라고!!! 좀 대충해!!!]
　└좀 대충하라는 소리 제일 많이 듣는 연예인 1위 노해일(부캐: 헤일로).
　└ㅅㅂ부캐가 월랜 1위ㅋㅋㅋㅋㅋㅋㅋㅋ
　└누군 본캐가 국내 1위인데 난 티켓팅 실패 1위… 어떻게 한 번을 못 잡냐. 소극장 때부터 이번에 열 번 다 들어갔는데ㅜㅜ 골드티켓까진 안 바라니까 제발 자리 하나만ㅜㅜㅜㅜ
　└77ㅓ억.
　└위 새끼 특 콘서트 딱 한 번 잡음.

예전 노해일의 소극장 콘서트에 대해 사람들이 했던 말은 진실이었다. 처음이자 마지막으로 노해일의 전곡을 들을 수 있는 콘서트라는 것. 헤일로의 정체가 공개된 후 노해일의 곡과 함께 13개의 앨범이 합쳐진 전곡 리스트는 방대했다. 콘셉트와 게스트에 이어 콘서트 세트리스트까지 다양하게 선택할 수 있는 만큼. 이는 '올콘'인 사람들에겐 훌륭한 레퍼토리가 되겠지만, 콘서트 티켓을 하나밖에 잡지 못하거나 혹은 아예 잡지 못한 대부분의 사람에게는 가슴 아픈 리스트일 뿐이다.

[근데 프라우가 차고 있는 거 그거 맞지?]
[골드티켓이 저기 있네.]
[저걸 차고 나와?]
[그러니까 프라우가 어디 살았지? 그냥 궁금해서:)]

그리고 헤일로의 시계는 여러모로 콘서트에서 프라우에게 고맙다고 했던 이들까지 돌변하게 만들기에 충분했다.

[왔다 그날까지 D…5]
[수능 VS 노해일 콘]
  └ 닥후!
  └ 22 수능은 언제라도 다시 볼 수 있지만 후자는…
  └ 아 내년엔 쉽게 갈 수 있다고(우는 개구리짤).
[이제까지 노해일 곡은 한 번도 안 불렀었지?]
  └ 한국어라 일부러 안 부른 거 같긴 한데 백퍼 한국 와서 불러줄 듯.

└ 외국 애들 이거 듣고 싶다고 울던데 한 번을 안 불러주더라.

└ 그냥 못 알아듣는 언어라 배려해준 거 같긴 한데 그 배려 괜찮으니까 제발 태양이시여.

그러나 이 모든 이슈보다 중요한 것이 있었다. 캐나다 해밀턴 공연, 다음 공연은 서울이었다. 헤일로의 모국이자, 노해일이 1년간 활동했던 주 무대였다. 두 번의 공연 동안 헤일로가 노해일로서 만든 곡은 단 한 번도 불러주지 않았다는 점에 한국 콘서트는 기대를 모았다. 그리고 헤일로의 콘서트만큼 중요한 것이 또 있었다. 모두가 세고 있는 디데이, 바로 노해일, 헤일로의 17번째 생일이 다가오고 있었다. 유명한 노해일의 팬덤(현, 헤일로 팬덤 한국 지부와 연합)은 두 번째 진행하는 노해일의 생일 파티를 위해 만반의 준비를 했다.

가장 마지막에 티켓팅을 진행했다는 점에서 전 세계의 관심이 쏠렸지만, 어느 국가보다 빠른 인터넷, 다수의 경험, 그리고 상당한 행운으로 극복한 한국인들은 지난번보다 더 화려한 생일 파티를 열어주기 위해 노력했다. 작년 생일은 좀 아쉬운 게 있지 않았던가. 헤일로는 만족했지만 팬들에겐 아쉬울 수밖에 없는 것이다. 강풍으로 무대가 난리 나고 인형이 날아가고 그런 개판은 한 번이면 충분하다. 한 번이면 웃으며 넘어갔지만 두 번은 안 된다.

그러나 팬들이라고 해서 모든 변수를 제어할 수는 없는 법이다. 그 대상이 자연이라면 말이다. 헤일로가 귀국했을 때 서울은 포스트 아포칼립스라도 펼쳐진 것 같았다. 안개와 잿빛 구름으로 가득한 하늘, 바람은 없었지만 고요한 땅에 불길함이 절로 일었다. 그러나 누구 하나 대놓고 폭풍이 올 것 같다고 말하진 않았다. 옛말처럼 말이 씨가 될 수도 있기에 애써 즐거운 대화를 하기 위해 노력했다.

[이번 콘에도 셀럽 장난 아닐 듯. 노해일 지인 출동 하는 거 아님?]
[오히려 해외에서 많이 올지도?]
[지금 출국장에 기자 많이 몰려갔다곤 들었는데 누구 옴?]
[와, 지금 인천공항에 BB 떳대.]

인천국제공항에는 오늘도 많은 사람이 오가고 있었다. 요즘 따라 입국하는 외국인의 수가 더 많아진 것은 당연했다. 넷플릭스나 K-POP 덕분에 한국에 관한 관심도 커지고 있었고, 나날이 한국을 방문하는 외국인들이 늘어나고 있다는 통계도 있었다. 그래도 유독 많아 보이는 건 '한국의 모차르트'를 의식하고 있기 때문일지도 모른다.

황 기자는 올 4월을 잊지 못한다. 지난 1년간 세상을 흔들었던 불후의 천재 헤일로가 한국의 신인가수 '노해일'이었노라 확정되었던 그 순간을 말이다. 그 순간 지구가 요동쳤고 지진의 발원지는 한국이었다. 전율이 얼마나 컸는지 2002년 월드컵 당시로 돌아간 것 같기도 했다. 전 국민이 주모를 불렀다. 맥주집에서 〈코첼라〉를 보던 이들의 눈에선 맥주가 흘러나왔다. 노해일은 단번에 '두유노 클럽'에 가입됐고 '까방권'을 획득했으며 군대를 면제해달라는 탄원서(잘못하다 국적 바꾸면 어쩌냐며 절절한 문구가 가득한)가 올라오기도 했다. 그 선봉에서 얻은 조회 수가 얼마나 달달했는지.

"헉."

황 기자는 저도 모르게 흘렸던 침을 닦으며 정신 차렸다. 그가 헤일로의 콘서트를 앞두고 인천공항에 나온 이유는 티켓팅을 실패했기 때문은 절대 아니었다. 혹시나 프레스 티켓이 있나 싶어 문의를 넣었을 때 무참히 거절당했기 때문도 아니었고, 프라우의 손목에 걸린 시계를 보고 사무실에서 뛰쳐나온 것도 아니었다. 생각하다 보니 황 기자는 마음이 아파졌다. 아무튼 정말 중요한 일이라 그가 이 자리에 나왔는데 그것은 영화와도 관련이 있었다.

한국 영화 산업에서 다른 건 다 제쳐두고 '천만 관객'은 대단한 상징성이 있다. 한국 영화계에서 초대박 난 영화를 말할 때, 모두가 가장 먼저 떠올리는 키워드가 바로 '천만 관객'이다. 물론 수백만 관객을 동원하지 않아도 성공한 영화는 많지만, 한국의 국민이 5,000만이라는 걸 염두에 두었을 때 5분의 1에 해당하는 숫자 자체의 규모는 다르게 와닿는다. 거리에서 마주치는 다섯 명 중 하나는 이 영화를 봤다는 소리다. 보통 소규모 모임이 네다섯 명 정도로 시작한다고 보았을 때, 모두가 이 영화에 대해 알 수 있다는 것이었다. 그때부턴 단순히 성공한 영화가 아니었다. 하나의 트렌드이자 하나의 문화가 된다.

그런 '천만 영화'를 만든 감독 중 하나가 내한한다는 소식이 도착했다. 심지어 블록버스터 액션 영화도 아니고, 디즈니 애니메이션도 아닌 음악이라는 장르로 한국에서 유일하게 천만을 달성한 대감독이었다. 크리스토퍼 놀란 다음으로, 한국이 사랑하는 감독 중 하나인 '브라이언 베리'.

출국장의 문이 열리며 카메라 플래시가 터진다. 황 기자도 황급히 고개를 들었다. 헤일로의 생일, 그리고 난지공원 공연 이슈로 다소 묻히긴 했지만, 브라이언 베리의 내한은 꽤 큰 이슈였다. 그가 한국에 온 이유가 배우 때문이든 영화 때문이든 말이다. 혹은….

"브라이언, 내한하신 이유가 무엇입니까?"

"혹시 다음 작품과 관련이 있습니까?"

"평소에 한국 영화를 자주 보십니까?"

"K-POP을 좋아하신다고 들었는데, 즐겨듣는 음악은….""

"A little Business… and a little private."

브라이언 베리가 태연히 대꾸한다.

황 기자는 기자들 속에 들어가 처음으로 말을 꺼냈다. 헤일로의 기사만 쫓는 그가 여기 있는 이유다.

"혹시 헤일로의 공연을 보러 오셨습니까?"

"오우!"

어색한 콩글리시였지만, 처음으로 브라이언 베리가 반응했다. 황 기자는 '역시!' 하고 속으로 외쳤다. 브라이언 베리가 헤일로의 팬이라는 건 암암리에 커뮤니티에서만 돌던 이야기다. 긴가민가하며 찍었는데 진짜일 줄 몰랐다. 다른 기자들도 헤일로의 공연을 보러 왔다는 말에 헤일로와 관련해서 물었다. 그래서 그들은 한 가지를 놓치고 말았다. '사적인(private)이 헤일로의 공연이라면, 공적인(business)이 무엇일지' 말이다.

그날 기사 조회 수는 말할 것도 없었다.

> 한국이 사랑하는 거장, BB(브라이언 베리) 헤일로의 콘서트를 보기
> 위해 내한했다 밝혀…

* * *

헤일로는 검지로 창문을 톡톡 두드리며 무표정으로 도시의 전경을 보고 있었다. 11월, 슬슬 한파가 닥칠 계절의 도시는 우중충했다. 눈이나 비가 올 것 같았다.

"일기예보에선 그냥 흐리다고 하긴 했는데…."

문서연이 말을 흐렸다. 기상청의 일기예보는 믿을 것이 못 되는 터라 긍정적인 성격의 그녀조차 신음을 흘리게 된다.

콘서트가 코앞인 데 반해 서울은 고요하기만 하다. 곧 폭풍이 닥칠 바다 같다. 하필 난지공원에서 야외 공연을 해야 할 때 말이다.

한강 르네상스 사업으로 새롭게 조성된 난지한강공원에선 매년 봄부터 겨울까지 규모가 있는 페스티벌이 진행됐다. 바로 옆에 한강이 흐르고, 푸릇푸릇한 잔디에 다양한 동식물이 살아가는 이곳은 가족이나 연인, 친구들이 시간을 보내기에 적합한 곳이다. 또한 난지공원은 그간 많은 페스티벌을 진행한 만큼 이미 무대가 준비되어 있는 데다, 날짜도 맞아떨어지는 등 조건이 좋았다. 서울시의 허가가 떨어지자마자 난지공원 젊음의 광장은 그의 세 번째 콘서트장이 되었다.

헤일로는 이날을 꽤 기대하고 있었다. 정말 많은 이들이 찾아와 밤을 달구었던 〈랑데부〉 혹은 〈코첼라〉 때와 같지 않은가. 그때와 차이라면 이번엔 혼자 무대를 차지하고 있다는 것이다. 팬들이야 그의 생일이라 더 기대하는 것 같지만, 그는 이미 작년에 과하게 행복했다. 생일 축하는 그걸로 충분했다. 그때처럼 해주지 않아도 좋았다. 무대를 즐겁게 만드는 건 그의 몫이니까.

그런 기대를 가지고 한국에 온 헤일로가 가장 먼저 본 건 서울 하늘이었다. 비나 눈을 맞고 공연하는 건 상관없다. 하지만 야외공연장에서 날씨를 온몸으로 체감하는 것이 그보다 관객들이라는 게 마음에 걸렸다. 그는 자기 팬들을 고생시킬 마음이 없었다. 그들의 에너지는 그의 무대에만 쏟으면 됐다. 그들을 극한의 환경에 떨구어놓고 싶진 않다.

"기청제라도 지내볼까요?"

문서연의 농담에 헤일로가 희미하게 웃었다.

"그것도 나쁘지 않겠네요. 가서 해볼까요?"

"넵, 준비해놓겠습니다."

일단 대꾸한 문서연이 남규환의 등짝을 치며 준비하라고 말했다.

"뭐, 뭘?"

"암튼 준비해!"

헤일로는 언제나 사이가 좋은 멤버들을 보며, 비에 대한 걱정을 지웠다. 걱정은 그때 가서 해도 충분하다. 지금은 난지공원에서 리허설을 진행할 차례다. 본무대와 돌출무대(서울시 허가를 받고 설치되었다)의 동선을 다시 맞추고 설비도 다시 한번 확인해야 했다. 몇 가지는 남들이 해줄 수 있는 것이지만 그래도 자신이 하는 게 더 확실했다.

'뭐, 어느 정도 준비는 해도 되겠지.'

헤일로는 언제든 써먹으라던 매니저에게 문자를 넣었다.

마침내, 모두가 기다리던 콘서트 날이 되었다. 모두가 바라지 않았지만 예상했던 것처럼 되어버려 문제지만.

"결국 오네."

"설마 설마 했는데 역시 일기예보는 믿을 게 못 돼."

"어쩐지 무릎이 아프더라."

남규환과 문서연이 한진영을 돌아보았다.

농담으로 말했던 한진영은 그들이 진심으로 받아들이자 서둘러 말을 바꾸려 했으나….

"하긴 오빠도 이제 나이가…. MSM 같은 거 잘 챙겨 드세요."

"MSM이 뭐야."

"관절 영양제."

"아하, 제가 하나 선물하겠습니다, 형님."

"아니, 얘들아. 내가 아직 그 정도 나이는 아니야."

최연장자인 한진영은 나이 차도 얼마 되지 않은 이들이 자신을 늙은이 취급하자 억울해했다. 그러나 문서연과 남규환은 이미 놀리는 데 재미가 들렸다.

"사장님, 진영이 오빠 무릎 아프대요!"

최연소자인 헤일로가 그를 보며 씩 웃는다.

"많이 아프시면, 오늘 하루 쉬실래요?"

"헤일이, 너, 너마저도…."

한진영이 시저처럼 외치며 상처받은 눈을 했고, 헤일로는 아랑곳하지 않고 어깨를 으쓱하며 의자를 향해 눈짓했다. 그렇게 오늘 종일 놀림을 받을 사람이 정해졌다. 헤일로는 좀 더 유하게 풀어진 분위기에 옅게 웃으며, 창밖으로 손을 꺼냈다. 주르륵 떨어진 비가 손에 닿는다.

결국 콘서트 당일 아침부터 비가 내리기 시작했다. 기상청의 일기예보에 반하며 말이다. 그리고 15분 뒤, '오늘 날씨'가 현 날씨에 맞춰 업로드되었다. 그나마 다행인 건 장대비는 아니라는 것이었다. 가을비가 실처럼 가늘게 내렸다. 그래도 비는 비라서 맞다 보면 체온이 떨어질 것이었다.

"결국 돌출무대는 쓰지 못하겠군요."

"잘못 가다간 미끄러질 테니까. 어쩔 수 없지."

난지공원의 본무대에만 천장이 있었고, 추가로 설치한 돌출무대는 천장이 없어 나간다면 그대로 비를 다 맞게 될 것이다.

가만히 돌출무대를 보던 헤일로는 매니저가 돌아온 걸 발견했다.

"카운터에 전달하고 왔습니다."

"부족하진 않나요?"

"물론이죠."

입장까지 얼마 남지 않은 시점, 헤일로는 팬들이 곧 받을 '것'을 생각하며 만족스럽게 고개를 끄덕였다. 그러다 문득 다시 돌출무대를 쳐다본다. 손바닥으로 비를 맞던 헤일로는 돌연 입꼬리를 올렸다.

"남는 거 하나만 가져다주실래요?"

그는 무대를 만들기 위해 나서는 걸 즐기는 편이다. 매니저가 그의 생각을 알았다면 가져다주지 않았겠지만, 생각을 읽을 수 없었던 탓에 고개를 끄덕였다.

곧 사람들이 입장하기 시작했다. 오프닝 무대 대신, 오늘의 공연은 팬들이 사랑하는 멘트로 시작되었다.

"그럼 오늘도 즐거우실 겁니다."

4. 팬들의 선물

"하 씨…."

헤일로의 서울 난지공원 콘서트 당일, 노해일의 팬이었다가 헤일로의 팬까지 된 직장인 소희는 고개를 들어 하늘을 바라보았다. 잠이 깼을 때부터 불길했던 것은, 오늘따라 이불이 유독 눅눅하고 공기 또한 축축했기 때문이다. 또한 규칙적으로 지붕에 부딪히는 소리가 어쩐지 센지 비가 온다는 걸 단번에 알았다. 그녀는 오후 5시 콘서트가 지연되었다거나 취소되었다는 메시지가 오지 않았을까 걱정하며 문자를 확인하고는 안도의 한숨을 내쉬었다. 야외 공연이니만큼 혹시나 하고 걱정했는데 다행히도 그런 메시지는 오지 않았다.

"그래, 비 좀 올 수도 있지."

그녀는 의지를 다지며 단톡방에 'ㄱㄱ'를 보냈다. 그러자 사람들이 알아서 '으쌰으쌰' 하며 그들의 계획을 진행하기 시작한다. 지난번 한국대 생일 이벤트가 아쉬웠던 만큼 이번엔 정말 실수도 사고도 없는 이벤트를 보여주고 싶었다. 그녀가 유일하게 걱정했던 것은 콘서트 취소였지, 폭설이나 폭우가 쏟아지든 천둥 번개가 치든 지구가 멸망하든(?) 이벤트를 아무런 문제 없이 진행할 각오가 되어 있었다. 오늘 이벤트에 필수 아이템은 바로 촛불인데, 일찍이 LED 양초를 준비한 덕에 그녀는 만면에 미소를 지었다. 진짜 양초보다 낭만이 부족하지만, 어떤 상황에서도 LED 양초의 불빛은 꺼지지 않을 것이다.

소희는 준비를 마치고 곧 집에서 30분 거리인 난지공원으로 향했다. 이른 시간임에도 군중이 모여 있었다. 수많은 사람들이 인종, 성별, 종교와 관계없이 가족, 연인, 친구들과 모여 있는 모습이 꽤 절경이었다. 물론 이는 그녀가 헤일로 콘서트를 기대하고 있기 때문이었고, 제삼자가 보면 시위를 예상할지도 모른다. 존재 자체만으로 흉흉한 사람들, 그리고 툭 치면 폭발한 만큼 예민한 사람들이 그곳엔 많았다. 한쪽 구석에서 벌써 험악한 말이 오갔다.

"감히, 그의 공연장에 쓰레기를 버려?!"

"누, 누구세요."

"Love earth, OK?"

"Ye… yes. sorry."

가장 지구를 사랑하지 않을 것처럼 생긴 외국인들이 쓰레기를 가리키자 그냥 놀러 왔던 한국인 가족은 서둘러 쓰레기를 주워 담았다. 그 광경을 만족스럽게 보던 외국인들이 알아서 흩어진다. 세계 평화가 도래할 날이 머지않은 것 같다. 소희는 담백한 표정으로 그들을 보고는 서둘러 자리 잡은 천막으로 향했다. 입장 부스 옆에 미리 요청을 넣어 얻어낸 '우리가 죠스로 보이냐'의 천막이 있었다.

"다들 파이팅!"

티켓팅을 성공한 팬카페 사람들은 결의에 찬 얼굴로 고개를 끄덕이며, 줄을 선 사람들에게 LED 양초를 나누어주기 시작했다. 오늘이 무슨 날인지 아는 사람들은 알아서 직접 받아 가기도 했다. 그렇게 나눠주던 중 그녀는 좀 전에 봤던 그 외국인들과 마주쳤다. 아까는 그렇게 흉흉하더니 LED 양초를 건네주자, 그들은 눈을 크게 뜨고는 길잃은 새끼 고양이를 보는 표정으로 LED 양초를 쓰다듬었다.

"Oh, so cute."

"Thank you."

"Kamsahamnida."

그들은 두 손을 모아 합장하거나 한국식 인사로 허리를 90도로 숙였다. 좀 전의 그 장면만 보지만 않았다면, 참 예의 바르다고 생각했을지도 모른다.

곧 입장이 시작되었다. 외국처럼 검색대는 없었지만 짐 검사가 있었고, 얌전히 검사를 받으면 '참 잘했어요' 상으로 굿즈를 나누어주었다. 이미 그녀는 굿즈의 목록을 알고 있었다. 알고 있음에도 손이 떨리는 건 어쩔 수 없었다. 혹여 무언가 빠지지 않았을까, 있어야 할 굿즈를 하나하나 확인하던 그녀는 아직 굿즈 수여(?)가 끝나지 않았다는 걸 알고 화들짝 놀랐다.

"그리고 이것도 받아 가세요."

"굿즈가 더 있어요?"

"굿즈는 아니에요."

스태프가 침착하게 비닐 포장된 굿즈를 줬다. 실제로 굿즈는 아니긴 했다. 스태프가 한 움큼 쥐여준 것은 핫팩과 우비였다. 잠깐 그것을 바라본 그녀는 비가 주르륵 오는 날씨에 깨달았다. 이건 비가 오는 날을 위해 그녀의 가수가 직접 준비한 물건이었다.

"아, 해일이 진짜…. 이걸 어떻게 입으라고."

가슴이 찡하다. 노해일은 평소엔 안 그러면서 이렇게 다정할 때가 있었다. 공연장으로 입장한 그녀는 조심스레 포장을 뜯었다. 굿즈였다면 절대 뜯지 않았겠지만, 급하게 구했을 우비는 편의점이나 마트에서 샀을 게 뻔했다. 실제로 퀄리티도 그러했고. 그러나 그녀가 딱 하나 놓친 게 있다면….

"잠깐만, 프린팅이 있어?"

바로, 돈의 힘이다. 일주일 내로 새로운 우비를 몇만 벌 찍어낼 순 없어도, 프린팅은 가능했다. 불투명한 우비의 등엔 초승달 문양이 찍혀 있었다. 그건 '우리가 죠스로 보이냐'의 팬클럽 응원봉에 있는, 노해일의 마크였다.

"이러면?"

소희가 주섬주섬 다시 우비를 집어넣었다. 이 마크 하나로 평범한 우비는 한정판 굿즈가 되었다. 직원은 굿즈가 아니라고 했지만 이건 굿즈가 맞았다. 노해일이 줬다는 것만으로도 아까워 죽겠는데, 초승달 마크까지 있는 걸 어떻게 입겠는가. 우비가 젖지 않도록 포장지에 잘 집어넣은 그녀는 그것도 모자라 가방에 집어넣었다. 주객전도였다. 그냥 바람막이로 만족하기로 한 그녀는 난지 공연장 본무대와 이어진 돌출무대가 보이는 자리에 섰다. 난지 공연장은 철골로 되어 있긴 하지만 천장이 있는 구조였고, 돌출무대는 천장 없이 그대로 노출되어 있었다. 그리하여 새벽부터 내리는 비에 축축이 젖어 있었다. 물이 고이지 않는 게 다행이지만, 아마도 헤일로는 이 앞까지 나오진 못할 것 같았다. 그녀 자리가 돌출무대 정면이라는 것이 아쉬웠지만 그런데도 좋았다. 무대에 선 그들의 소년이 언제나 그렇듯 빛이 나서.

"그럼 오늘도 즐거울 겁니다."

소희도 관객들도 생각했다. 비를 맞으며 고생하는 건 우리가 다 할 거고, 예쁜 이벤트도 준비되어 있으니, 넌 거기 서서 따뜻하고 안전하게 노래를 불러달라고. 그때까지 그들은 헤일로가 천장 아래에서 뛰쳐나올 줄 생각도 못 했다.

오늘은 웬일로 인사를 먼저 한 헤일로는 짧은 오프닝 인사 이후, 곧바로 무대로 들어갔다. 날이 날인 만큼 선택한 곡은 12집의 '즐거운 인생이여(Life is delight)'였다. 날씨에 아랑곳하지 않는, 신나는 디스코 팝 선율에 사람들이 비명을 질렀다.

헤일로는 옅게 웃으며 입을 열었다.

Ladies and gentleman(신사 숙녀 여러분)

정장이 어울릴 것 같은 가사와 달리, 그는 캐주얼한 차림에 우비를 걸쳤다. 그리고 재미나게도 캡을 거꾸로 썼다.

I keep a promise. The music should get on tonight(약속할게요. 오늘밤 음악이 꺼질 일은 없을 거예요)

드럼과 베이스가 정박자에 맞아떨어지며, 리듬을 만들어냈다.

많은 사람이 그와 똑같은 우비를 입고 있었다. 모두가 함께 옷을 맞춰 입은 느낌이 들었다. 헤일로는 관객들이 입은 우비를 보고는 핫팩도 무사히 전달되었을 거로 생각하고 안심했다가 '그래도 춥기는 춥겠지' 하며 걱정했다. 11월치고 춥지 않은 날씨지만, 가을비에 우비를 입고 있어도 비에 그대로 노출되니, 체온이 떨어질 수밖에 없을 것이다.

'이제 좀 비가 그쳤으면 좋겠는데.'

해가 천천히 지는 데 반해 가을비는 그칠 기색이 없었다.

'어쩔 수 없지. 내가 비를 그치게 할 순 없으니까.'

그는 더는 날씨에 기대하지 않았다. 불가능한 것에 집착하는 성격이 아니다. 그렇다고 포기한 건 아니고, 할 수 있는 걸 찾아서 하고 싶은 대로 할 생각이었다. 그런고로 그가 지금 하고 싶은 것은, 이 사람들과 함께하는 것이었다.

연달아 세 곡을 부른 헤일로는, 네 번째 곡의 선율이 들려오자 천천히 앞으로 나아갔다. 뒤에서 흠칫하고 놀랐지만 그를 말리지 못했고, 객석의 사람들은 술렁였지만, 또한 말리지 못했다. 멤버들은 몰라도 그들은 이것이 의도한 동선인지 돌발행동인지 알지 못했다. 왜냐하면 이어진 반주가 빠른 템포에 강렬한 사운드, 싱코페이션이 두드러진 베이스로 이루어진 곡 6집의 '빗속에서 춤을'이었기 때문이다. 비와 가장 잘 어울리는 음악 말이다.

I can hear a song from somewhere(어디선가 노래가 들려)

비가 캡과 우비 위로 툭툭 떨어진다. 또한 공기에 노출된 손이 차가워졌다. 그는 금방 젖었지만 돌출무대로 걸어 나오는 발걸음은 점점 더 경쾌해진다. 이것이 준비하지 않은 동선이라고 생각지 못할 만큼 말이다. 헤일로는 노랫소리에 이끌려 나간 이 노래의 주인공처럼, 비를 맞으며 한 바퀴 느릿하게 돌았다. 그리고 무대 옆으로 손을 뻗으며 자신을 향한 손들을 스쳤다. 차가웠다. 당연한 건데 새삼스러웠다. 헤일로는 정면을 보았다. 춥지 말라고 우비랑 핫팩을 쳤는데, 무대 아래 선 학생이 비를 그대로 맞으며 제 노래를 따라 부르고 있었다. 그는 충동적으로 앞으로 나아갔고, 그리고….

"어…!"

"아니…."

그건 순식간에 일어난 일이었다. 학생의 앞까지 간 헤일로는 캡을 벗고 한번 털어냈다. 그러고는 앞에 선 학생에게 그대로 씌워주었다. 그리고 그는 비를 맞으며 관객들을 둘러보았다. 여전히 특유의 여상한 얼굴로 아무 일도 일어나지 않은 것처럼 노래를 이었다.

Tonight. Dancing into the rain(오늘밤. 빗속에서 춤을 춘다)

놀라 굳어 있던 학생을 향해, 헤일로는 씩 웃어주었다. 노래가 끝났을 때, 그는 관객들처럼 완전히 젖어 있었다. 아까처럼 뽀송뽀송하진 않았지만, 비에 젖은 머리카락이 이마에 딱 붙어 거슬렸지만, 그럼에도 그는 이것이 더 만족스러웠다.

한편, 공연이라 아무 말 하지 못하는 멤버들이 그를 무서운 시선으로 보고 있었다. 그리고 그건 관객들도 마찬가지였다. 헤일로는 관객들이 무대에 집중하기보다 그의 건강에 집중하기 전에 먼저 입을 열었다.

"모두 즐거웠죠?"

그는 답이 정해진 질문을 좋아했다. 당연한 대답이 들려온다. 헤
일로는 씩 웃으며, 사람들이 걱정하기 전에 우비의 모자를 썼다. 이
미 다 젖긴 했지만, 다들 젖어 있는데, 뭐 어떠랴 싶었다.

"바로 다음 곡으로 가죠."

따라란. 피아노 전주가 2초 이어지기 전에 사람들이 비명을 질
렀다. 뒤이은 곡은 정말 유명한 곡이기에 모르는 사람이 없었다. 특
히 앞선 콘서트에서는 앙코르에서나 겨우 불러줬다고 들어 관객들
은 더 열광했다.

"I am HALO."

헤일로에겐 나름 신경 쓴 선곡이었다. 뭐라고 해야 할까, 나름의
부채감 혹은 그가 빠트려 놓았던 순서라고 해야 할까. 한국에서 1년
동안 노해일로서 사랑받았던 헤일로는, 먼저 이들에게 자신이 헤일
로라고 밝히지 못한 것에 대해 부채감이 있었다. 이젠 많이 늦긴 했
지만, 한국 팬들에게 하고 싶었던, 해야 했던 인사다.

"안녕, 나는 헤일로라고 해."

헤일로는 그런 의미로 선곡했다. 한국의 팬들이라고 해서 이 노
래가 의미가 없는 건 아니었다. 오히려 더 많은 의미가 담겨 있었
다. 팬이라고, 네 노래가 좋다고 했으면서 진작 알아보지 못했다는
미안함이었다. 애정과 전율이 뒤섞인 이 노래는, 그의 팬들이 기다
리고 있던 노래였으며, '신호'가 되기 충분했다. 헤일로가 어떤 노
래를 부를지 모르니 팬들도 준비한 노래는 많지만, 이 노래만큼은
미리 준비하지 않아도 모두가 뭘 해야 하는지 알았다.

'지금이야!'

헤일로는 마이크를 입에 가져감과 동시에 어둠에 잠겨 있던 객석에 빛이 생기는 걸 보았다. 아주 연약한 빛이었다. 하지만 빛이 하나둘씩 피어났고, 점점 퍼지기 시작했다. 헤일로는 저도 모르게 가사를 놓치고 말았다. 그러나 사람들은 그가 가사를 놓친 것을 알지 못했다. 그들의 목소리가 그의 목소리가 되어 퍼져나갔기 때문이다. 마치 〈코첼라〉 때처럼. 그때보단 잔잔하지만 조금 더 깊은 울렁임이 있었다. 곧 깜깜했던 어둠 속에 빛들이 밀물이 되어 밀려왔다.

내가 누구든

이제 'I am HALO'의 응원법이 된 가사가 뒤를 따랐다.

"네가 누구든, 어떤 모습을 하든, 우리는 너를 영광이라 부르리."

헤일로는 빛이 가득한 공원을 바라봤다. 산란하는 빛들은 반딧불이 같기도 하고, 은하 같기도 했다. 그가 가장 보고 싶었던 광경이기도 했다.

노래가 끝났을 때 헤일로는 팬들이 준비한 촛불이 17을 만들어가는 걸 보고, 어쩔 수 없다는 듯 미소 지었다.

'이렇게 축하해주지 않아도 괜찮은데.'

괜찮다고 생각했는데 다시 한번 축하를 받아버렸다. 지난번처럼 깜짝 놀랐고, 계속 이렇게 놀랍고 즐거우니 저도 모르게 다음 생일이 기대되었다.

"정말… 고마워요."

마음을 차분히 다스리고, 멘트를 이어가려고 할 때였다. 헤일로는 이 이벤트가 여기서 끝이라고 생각했지만, 이건 시작이었다.

"헤일아!"

"헤일로!"

사람들이 그의 이름을 불렀다.

"저기야!"

"저길 봐! 헤일아!"

그러고는 어딘가를 가리켰다. 그는 천천히 고개를 돌렸고, 곧 놀라운 광경을 보게 되었다.

"아….."

돌출무대에 정중앙에서는 한강이 한눈에 들어왔다. 그리고… 아름다운 빛들로 가득한 크루즈가 그 위에 있었다. 커다란 크루즈였고 사람들이 가득했다. 그들이 손과 함께 무언가를 흔들었다. 그것들은 보이진 않았지만, 크루즈에 붙은 'HAPPY BIRTHDAY'라는 커다란 문구는 볼 수 있었다. 그가 돌출무대로 걸어 나오지 않았다면, 사람들과 함께하려고 하지 않았다면 철골에 가려져 보지 못했을 감동이 그곳에 있었다.

"아….."

헤일로는 목이 막혀 목소리가 나오지 않았다. 다행히도 그건 티 나지 않았다. 곧 커다란 소리에 묻혔으니까. 한강 위에 폭죽이 환하게 터졌다. 이는 어거스트 베일과 주최 측에서 준비한 폭죽이었다. 뒤이어 팬들이 준비한 크루즈에서도 순차적으로 폭죽이 터졌다. 옅은 빗줄기에 산란한 폭죽이 오늘따라 더 눈이 부셨다. 더하여 생일 축하 노래가 이어졌다. 가사는 달라도 같은 멜로디에 여러 나라 사람들이 자기네 언어로 생일 축하 노래를 불렀다. 가사가 섞여 뒤

죽박죽이었지만 상관없었다. 결국 그 끝에 불릴 이름은 똑같기 때문이다.

무대의 조명이 환해지며, 소년을 비추었다. 멍하니 크루즈와 팬들이 준비한 이벤트를 바라보던 소년은, 정말 행복하다고 생각했다. 머리카락 끝에 맺혔던 빗물이 뺨을 타고 바닥에 툭 떨어졌다. 헤일로는 환하게 웃으며 관객들에게 돌아섰다. 사람들이 춥지 않길 바랐으나, 춥지 않게 된 건 그였다.

* * *

콘서트 다음날 한국 인터넷 뉴스 사이트에 최상단에 올라간 사진은 흉악한 범죄자의 사진도, 어떤 정치인이나 기업가의 사진도 아니었다. 저 멀리 떠 있는 크루즈와 그걸 가리키는 관객들, 밤하늘을 밝히는 폭죽과 이 모든 걸 무대 위에서 지켜보는 한 소년의 사진이었다. 뒷모습뿐이었지만 그가 누구인지 모르는 사람은 많지 않았다. 애초에 기사 제목부터 소년이 누구인지 가리키고 있었다.

그리고 스크롤을 내리면 다수의 연관 기사가 떠올랐다. 지하철과 버스 등의 옥외광고, 기부 액수, 지인의 별그램 등 소년의 열일곱 번째 생일을 얼마나 많은 사람이 축하해줬는지, 또 크루즈 대여에 얼마나 큰 비용이 드는지 등과 심지어 특별한 내용 없이 사진만 올려놓은 기사도 수두룩했다. 누군가가 뉴스가 아니라 팬카페 커뮤니티 아니냐고 따질 정도로 그날 하루는 소년의 기사가 점령했다.

후속기사도 늦지 않게 올라왔다. 해외에서도 11월 14일을 맞이하며, 소년의 생일을 축하했기 때문이다. 굳이 해외 포털에 들어가지 않아도 어떤 상황일지 알 것 같았다. 그중에서 베스트 사진은

'헤일로, 팬들의 축하에 감동 어린 눈물'이라는 제목이 달린, 생일 축하 노래를 불러줄 때 소년의 뺨에 물방울이 맺혔던 순간의 사진이었다. 빗줄기 사이에서 고화질로 찍힌 물방울이 뺨을 타고 주르륵 흘러내리는 모습은, 콘서트를 보지 않은 사람까지 뭉클하게 만들었다. 그 사진 속의 소년이 정말 행복해 보였기 때문일지도 모른다. 물론 그 물방울이 눈물이 아닌 빗방울이라는 게 금방 밝혀지긴 했지만, 팬들에겐 뭐가 됐든 충분했다.

[노해일 팬덤 진짜 이 악물고 준비했네. LED 양초 돌리고 크루즈 빌리고 폭죽 터트리고.]
[서울콘은 레전드다, 와…]
[본인 어제 콘서트 갔다 왔는데 진짜 비를 하루 종일 맞았는데 하나도 안 춥고 기분 개쩔었음ㅠㅠ 해일아 평생 콘서트만 하자.]
[어제 콘서트 간 분들 정말 고생 많으셨습니다.]

소년의 생일을 직접 축하할 수 있었던 한국 팬들은 충분히 신이 나 있었지만, 해외에선 자기들이 더 잘할 수 있다고 시기 질투했다. 소년의 고향이 한국이란 건 알지만, 생일 축하는 어느 나라에서도 할 수 있으니까 말이다.

다음으로 시선이 몰린 건 굿즈였다. 굿즈로 워낙 이슈를 많이 만들었던 헤일로였고, 이번엔 예외적인 것도 많았기에 당연히 언급됐다. 골드티켓으로 나오는 시계는 말할 것도 없었고, 이번엔 우비와 핫팩까지 줬다는 인증에 받지 못한 사람들은 서러워했다. 그냥 '편의점산'이라도 일단 '헤일로가 줬다'는 데에 질투가 나는데, 그냥 우비도 아니었다.

[엄마가 우비 챙겨가라고 했는데 엄마 사랑해♡♡♡]
[니가 이러니까 내가 덕질을 못 끊지. 아… 진짜 춥지 말라고 핫팩 막 주고, 우비도 주고… 노해일 사랑해.]
[너희 집엔 이거 없지? ㅎㅎㅎㅎ 겨울 우비가 맛있단다.]
[일단 줘서 안 쓰고 보관했는데, 집에 와서 확인하니까 달 마킹이 있네. ㅅㅂ 미쳤다ㅜㅜㅜㅜ 누가 찢어진 거 길에 버리고 갔길래 주워왔는데 나 새끼 잘했다. 굿즈가 복사된다고.]
 ┗ 나도 콘서트 끝나자마자 혹시나 해서 휴지통이랑 화장실 뒤졌는데 못 구함…
 ┗ 원래 한강 공원에 쓰레기 버리고 가는 거 국룰 아님? 콘서트 끝나고 주변 배회했는데 아무도 왜 안 버려… 좀 버려…!

헤일로가 무대에 직접 입고 나오기도 했던 우비는 등 뒤엔 초승달이 프린팅되어 있었다. 비가 오는 날씨에 야외 공연인 만큼 우비를 주는 건 이해했지만. '한정판'이란 말에 불타오르는 건 어쩔 수 없었다. 그러나 사실 우비보다 더 회자되는 것이 있었다. 돌출무대로 나왔던 헤일로가 쓰고 있던 캡을 벗어 직접 앞 관객에게 씌워줬던 사진, 그리고 영상. 그때 있었던 사람도, 지금 와서 뒷북 치고 있는 사람들도 정신이 나가버릴 것 같았다.

[관객에게 '쓰던' 모자를 벗어 '직접' 씌워주는 헤일로…jpeg]
[모자 씌워줄 줄 알았으면, 나도 우비 안 입었지. 하, 씨!!]

[ㅈㄴ부럽다! ㅈㄴㅈㄴ부럽다!! ㅈㄴㅈㄴㅈㄴ부럽다!!!]
[그나저나 그 사람 무사히 귀가하긴 함?]
 └몰라 일단 그때 살기 장난 아니었거든? 귀갓길에 싸움 났을 수도 있음.
[시계는 안 부럽…진 않고 그것도 존나 갖고 싶은데 모자는 진짜!!! 아
나도 모자 쓸 머리 있다고!!!]

프레임 단위로 나눈 사람들은, 헤일로의 입 모양을 포착했다. 당
시 마이크엔 담기지 않았던 속삭임은 "춥게 왜 그러고 있어"였다.
모자를 씌워준 것도 열받는데, 눈 마주치고 대화도 했단다. 자주 보
기 힘든 친절은 받지 못한 사람들에게 너무 큰 박탈감을 던져줬다.
그렇다고 헤일로를 미워할 순 없고, 따라서 표적은 그 친절이 될 수
밖에. 이건 다 헤일로가 자초한 것이었다.
    우비나 모자에서 또다시 화가 나긴 했지만, 이번 세트리스트나
직캠, 사진 등 '떡밥'이 많아 콘서트에 직접 가지 못한 팬들도 나름
행복했다. 빗속에서 관객들과 노래를 부른다는 영화에서나 나올
법한 장면이 직접 재현된 건 두고두고 이야기할 만한 것이었다.

[빗속에서 댄싱인더레인이라니.]
[아이엠 헤일로 내 최애곡인데 한국에서 저걸 불러줬네.]
[앙코르 때 노해일 곡 불러준 것도 좋다… 하.]
[그가 정말로 행복해 보여. 그래서 나도 행복. 런던 콘서트도 기대되고
말이야 그런데…]

한편 낭만이 큰 만큼 걱정도 컸다. 키가 180센티미터가 넘긴 해

도 열여덟 살의 청소년, 그리고 K-POP 아이돌과 같이 마른 체격의 헤일로였다. 그런데 사진 속의 헤일로는 비를 너무 많이 맞은 것 같았다. 우비를 입고 있긴 했지만 11월 아닌가. 당일 기온이 그리 낮지 않다고 해도, 초겨울은 초겨울이었다.

[사진으로만 보면 예쁜 사진이란 건 인정해. 근데 이건 영화가 아니라 현실이잖아. 비를 얼마나 맞은 거야 심지어 지금은 11월이라고.]
[저체온증 생기기에 딱 좋다는 거지. 관객들은 핫팩을 가지고 있었어도, 태양은 핫팩이 없는 거 같은데.]
[얼굴이랑 손이랑 창백해진 것 봐.]
[비 오는 날 덜덜 떨며 노래를 부르다니 성대결절 걸리기 딱 좋은데.]

어쩌면 동양인 특유의 어려 보이는 외모 때문일지도 모르지만, 사람들은 그를 실제 나이나 체격보다도 어리고 약하게 보았고, 걱정의 목소리가 컸다. 아픈 증상만 치면 암이 나온다는 인터넷의 검색창처럼 심각한 병명을 들고 오는 사람이 많았다.

"해일아!"

"사장님. 일단 아, 하세요."

빗속에 제멋대로 나아가 애드리브를 보여준 헤일로는, 공연이 끝나고서 멤버들에게 제대로 혼났다. 그에게 뭐라 하지 못하는 남규환마저 절절한 얼굴로 바로 의사를 부를 정도였다. 비를 몇 시간 동안 맞았다는 소리를 듣고 어거스트 베일에게 연락이 왔으며, 헤일로의 비서이자 현 매니저는 그에게 제대로 한소리 들었다.

스태프 역시 난리가 났다. 스태프가 중간중간 비를 닦아주고 앙코르 전에 옷을 갈아입긴 했지만 헤일로는 무대가 끝나고 의사가 올 때까지 두꺼운 담요를 두르고 난로 앞에 앉아 있어야 했다. 이들 덕분에 그는 폐렴도 성대결절도 걸리지 않았다. 다만, 감기는 걸린 것 같았다. 목감기 대신 열감기에 걸린 헤일로는 본가에 갇히게 되었다. 38도 이상 올라갔던 열은 지금 37.5도까지 떨어졌다. 런던 콘서트 때까지 조금 시간이 있어 다행이었다.

어머니 아버지는 아픈 아들에게 차마 화를 내지 못했지만 화를 삭이는 분위기였고, 신주혁에게도 '미쳤냐? 콘서트 한 번만 하고 영원히 안 하게? 아니면 은퇴라도 하려고?'라는 잔뜩 화가 난 문자를 받았다. 생일선물과 함께 추가로 요양선물까지 받아야 했다.

"다음에 또 나갈 거야, 안 나갈 거야?"

또한 그는 꽤 많은 사람에게 같은 질문을 받았다. 그리고 '애드리브도 좋은데, 이런 애드리브는 하지 말라'는 걱정 어린 충고도 들었다. 그러나 안타깝게도 그는 이건 약속할 수 없었다. 감기 걸린 건 싫지만 그는 콘서트 날의 애드리브를 후회하지 않았고, 오히려 그 행동을 자랑스럽게 생각하기도 했다. 돌출무대로 나가지 않았다면 팬들이 그런 선물을 준비했다는 걸 몰랐을 게 아닌가. 그는 늘 그랬듯 무대에서 최선을 다할 것이다. 당장 내일 세상이 멸망할 것처럼 노래를 부를 것이다.

"다음엔 감기는 안 걸릴게요."

이 말에 사람들이 어쩔 수 없다는 듯 고개를 절레절레 저었다.

"그럼 다음엔 저도 바깥에 나가겠습니다."

"어?"

"연대책임. 좋은 생각인데?"

그때 남규환이 솔로몬 같은 해결책을 제시했다. 퍼커션이 어떻게 나가냐는 질문이 잇달았지만, 이성적 판단을 잃은 한진영과 문서연은 자신들도 나가겠다고 말했다.

「다음 콘서트 공연장은 병원으로 잡아줘야 하겠나?」

그새 몇 년 늙은 어거스트가 끼리끼리 노는 모습을 영상통화를 하다 보고는 한숨을 내쉬었다.

* * *

헤일로가 요양한 지 사흘이 지났다. 미열과 정상체온을 오가며 감기 기운이 가셨을 때, 그들은 출국을 결정했다. 리허설을 생각하면 콘서트를 지연하지 않는 이상 출국이 필수불가결했다.

"사장님, 내일 출국할 테니 오늘까지 푹 쉬셔야 해요."

"어머 얘들아, 오늘 자고 가지 그래?"

"아니에요, 어머님. 저희는 내일 오겠습니다. 푹 쉬세요."

멤버들은 헤일로를 의심 어린 시선으로 보면서도 그의 부모님에게 맡기고 돌아갔다. 그때까지 헤일로는 무해한 표정을 지으며 멤버들에게 인사했다.

"내일 봐요."

멤버들이 간 다음, 헤일로는 뾰로통한 어머니의 얼굴과 마주쳤다.

"할 말 없니?"

그가 아팠던 동안 아무 말도 안 했던 어머니였다. 헤일로는 오늘까지 어머니가 죽도 끓여주며 저를 보살폈다는 걸 알기에, 머뭇거리다 입을 열었다.

"죄송해요."

"엄마 아빠가 얼마나 걱정했는지 알아?"

결국 사과를 들은 어머니는 그의 머리를 쓰다듬어줬다.

"갖고 싶은 선물은 있어?"

그간 콘서트 준비 때문에 정신이 없었기에, 어머니는 이제야 물었다. 헤일로는 딱히 필요한 게 없다고 대답하려다 문득 생각난 것이 있어 씩 웃었다.

"있구나?"

훌륭한 어머니는 단번에 눈치챘다.

"어렵진 않은 거예요."

"내가 안 좋아하는 건가 보지?"

"생각하기 나름이죠."

헤일로가 어깨를 으쓱였다.

어머니는 뾰족한 시선을 보냈지만, 결국 아들이 원하는 것을 선물해줬다.

음악 소리와 시끄러운 사람들의 웃음소리가 캠퍼스에 가득했다.

"경영대 주점에 오세요!"

"거기 두 분!"

헤일로는 이미 술 취한 것 같은 사람들의 옆을 지나 잔디를 밟았다. 잔디엔 수많은 천막이 있었다. 그의 콘서트 입장을 위해 준비한 부스보다 더 많아 보였다. 헤일로는 칵테일을 파는 부스를 흘끔 보다가 "민증 보여주시겠어요" 하며 철저히 단속하는 걸 보고 포기했다. "쩝" 입맛을 다시며 그는 모자를 깊이 눌러썼다. 가로등과 부스의 노란 조명등이 있긴 했지만, 어둠이 그의 모습을 가려줬다. 근처에 음대가 있기에 평범한 기타 케이스를 메고 있는 180센티미터 대의 학생은 그리 눈에 띄지 않았다.

음식과 술이 뒤섞인 냄새, 음악과 사람들의 대화가 뒤엉킨 소리, 사르륵 부드럽게 밟히는 잔디, 초겨울이라 사늘해지기 시작한 바람…. 헤일로는 부스를 지나며 대학 축제를 신기하게 바라봤다. 작년에 왔을 땐 정말 공연만 하고 가서 이렇게 축제를 느끼진 못했다. 이런 대학 축제는 노해일로서든 헤일로로서든 처음이었다. 젊은 사람들의 생기와 즐거움이 다가온다. 학교에서 배울 것도 없고, 시간이 아깝다고 생각하여 깔끔히 버렸지만, 이런 대학이라면 가보고 싶다고 잠깐 생각한다. 배우고 싶어서 가는 게 아니라, 놀고 싶어서 간다는 게 좀 이상할지도 모르지만. 그가 처음 홍대에서 느꼈던 싱그러운 젊음이 이곳에도 있었다.

헤일로는 한국대 축제에 온 이유를 떠올렸다. 작년에 다시 오겠다는 약속. 투어와 일정이 겹쳤기에 정식 공연은 무리였다. 이를 전할 때 한국대 축제 담당자가 아쉬워하며 받아들이긴 했다. 그러나 헤일로는 마음에 걸렸다. 반드시 약속 때문만은 아니었다. 지금도 눈을 감으면 그때 한국대 축제 공연이 떠올랐다. 그들이 그에게 선물했던 인형이 집 어딘가에 남아 있고, 공연의 여운은 아직 기억 속에 남아 있었다. 헤일로는 고민하다가 일정에 따라 갈 수도 있고 못 갈 수도 있다고 전했다. 한국대 쪽에서는 오기만 한다면 뭐든 좋다고 했다. 그래서 그는 정식 라인업이 아니라 비공식적으로 한국대를 방문한 것이다.

어둠 속에서 아이스크림을 먹으며 헤일로는 천천히 공연장을 찾아갔다. 길을 모르면 물어보면 됐다.

"어, 목소리가 익숙한데? 평소에 노해일, 그러니까 헤일로랑 목소리 비슷하다는 말을 듣지 않으세요?"

"아니요, 처음 들어요. 제 목소리가 좀 괜찮나요?"

"네, 네! 목소리 정말 좋으세요. 혹시 과가 어떻게⋯. 아, 버들골은 이쪽으로 쭉 가시면 돼요."

학생과 태연하게 대화하고, 안내해준 방향으로 간 헤일로는 이미 막을 내린 야외공연장을 맞이했다. 마지막 밤인 한국대 축제를 달구었던 가수들은 돌아간 지 오래였다. 넘어지지 말라는 건지, 작은 하이라이트 조명만 무대와 정면 계단 언저리를 밝히고 있었다. 모든 게 끝난 공연장이다. 오늘이 축제 마지막 날인 만큼 사람들이 계속 자리를 잡고 있을 리 없고, 내일 이곳엔 아무것도 없을 것이었다. 그런데 헤일로는 공연장 객석에 여전히 앉아 있는 사람들을 발견했다. 꽤 많은 사람이 앉아 있었다. 무대의 하이라이트 조명에 기대어 도란도란 대화하거나, 맥주를 마시며 하늘을 보고 있었다. 헤일로는 그들이 그저 시간을 보내고 있다고 여겼다. 그러니까 자신의 이름이 들려오기 전까진 말이다.

"헤일로, 안 와도 좋으니까 감기 걸리지만 않으면 좋겠다."

"아쉽긴 한데. 비를 너무 많이 맞아서. 내년에 와주면 좋겠다. 점점 더 보기 힘들어질 거 아냐."

"12시 되면 돌아가자."

헤일로가 사이드 계단을 내려가니, 앉아 있던 사람들이 그를 흘끔 보고 다시 떠들기 시작했다. 그들은 수업 가기 싫다는 등 일상적인 얘기를 했다. 그들이 앉은자리 옆에는 노해일의 팬덤 응원봉이 놓여 있었다. 또 다른 무리는 술 게임을 하고 있었다. 술 없는 술 게임이라 미묘했지만, 누군가 지자 벌칙으로 등을 두드린다. 벌칙을 받는 이가 입고 있는 옷은 커스텀스텔라의 트랙슈트였다. 그를 기다리고 있는 것인지 혹은 시간을 보내고 있는 것인지, 그의 흔적을 가지고 있는 사람들이 그 자리에 여전히 있었다.

그들은 무대에 누군가 올라간 걸 보았으나 그게 그들이 기다리고 있는 노해일이라고 생각하지 못했다. 콘서트가 끝난 지 얼마 되지 않은 상황이었으며 노해일이 와도 축제에 얼굴만 비추고 갈 거라고 생각했다. 자리를 뜨지 못한 건 그저 추억을 기리고 있기 때문이었다. '그때 정말 재밌었는데, 내년에 공연해줬으면 좋겠다' 하는 작은 기대를 품고. 그러던 때, 무대 쪽 어둠 속에서 목소리가 들려왔다. 그들이 너무나 잘 아는 목소리이자 가장 기다리는 목소리였다.

"내가 너무 늦었죠?"

그 한마디에 바로 알아버렸다. 사람들은 대화를 멈추고 고개를 돌려 어둠에서 나온 인영과 마주쳤다. 소리 없는 비명이 대뇌를 자극한다. 그때보다 훨씬 자란 소년이 태연히 손을 흔들며 인사하고 있었다.

"딱 맞게 온 거 같기도 하고."

장난스러운 낯에 그가 반말을 썼다는 걸 의식하지도 못했다. 그냥 멍청하게 고개를 끄덕이다가, 결국 그들은 외쳤다.

"해일이다!"

"해일아!"

"헤일로!"

비명과 함께 그의 이름이 여기저기서 터져 나왔다. 사람들이 벌떡 일어나고 달려 나갔다. 이게 꿈인지 생신지.

"여긴 어떻게 왔어?"

"몸은 괜찮아요?"

"곧 런던 콘인데 출국하지 않아도 돼?"

애정과 걱정, 혼란이 뒤섞인 질문들이 그를 향했다.

어른들이 달려옴에도 소년은 무대 끝에 다리를 늘어트리고 앉아 담담히 말했다.

"다시 온다고 약속했잖아요."

모두가 잊었을 게 분명하다고 한 약속을 입에 담으며 "그래서 이렇게 기다리고 있던 거 아닌가" 하고는 다 안다는 듯 소년이 푹 눌러쓴 모자를 들어 올리며 물었다.

"안 그래?"

[(속보) 헤일로 버들골에 뜸.]

└ 구라ㄴ

└ 진짜임. 약속 지키러 옴.

[영국 안 갔냐고 물으니까 감기 걸려서 요양했대. 그렇게 비 맞고 감기 걸렸나봐ㅠㅠ]

"뭐지?"

"왜?"

"지금 헤일로 왔다고 에타에 올라왔어."

"뭐, 또 구라겠지."

한국대 커뮤니티, 에브리타임에 곧바로 두 개의 최신 글이 올라왔다. 때는 축제의 마지막 날인 목요일로 심지어 축제 공연도 끝났고 나머지 주점도 하나둘 문을 닫고 있을 때였다. 그때 올라온 두 개의 글은 보는 사람도 많지 않았고, 봤어도 믿지 않았다. 런던 콘을 앞둔 헤일로가 왜 한국대에 온단 말인가. 심지어 앞선 축젯날에도 헤일로가 왔다는 거짓말이 워낙 많았던지라, 글쓴이는 그대로 양치기 소년으로 매도당했다. 그러던 때 노해일 목소리를 들었다는 사람이 글을 남기며 커뮤니티는 점점 불타오르기 시작한다.

[총학회장 술 먹다 갑자기 학생회 데리고 다 뛰쳐나갔는데? 뭐임?]
[진짜야? 헤일로 학교 왔어? 나 집 방금 왔는데 다시 신발 신을까?]
└ 이걸 또 믿냐.
[어 우리 학교에서 브라이언 베리 본 것 같은데.]
└ 이 새끼는 뜬금없이 뭐야.
└ ㄷㄷㄷ 손형민 지금 학교 순회 중.
[버들골 근처인데 내가 확인해 봄ㅇㅇ]-20분 전
└ 나 막차 탈지 버들골 갈지 양자택일해야 하는데 제발 알려줘.
└ 글쓴이 언제 옴?
└ 이 새끼 납치당함?

그사이 버들골 야외공연장엔 학생회 임원들이 몰려왔다. 헤일로의 연락을 보자마자 먹던 술과 안주를 버리고 달려온 이들이었다.
"헤일로 님!"
"아니, 이런 누추한 곳에 귀한 분이!"
"어서 오세요! 바로 준비해드릴게요."
"정말 와주셔서 감사합니다."

총학생회장이 달려왔고, 축제 담당 기술 임원이 아직 반납하지 않은 장비를 다루기 시작했다.

무대의 조명이 들어온다. 그들이 오기 전까지 소년을 중심으로 무대 바로 아래 바닥에 앉거나, 옆에 앉아 두런두런 얘기를 나누었던 한국대생들은 아쉬움 반, 그리고 만족감 반을 가지고 뒤로 물러나야 했다.

헤일로는 느긋하게 자리에서 일어났다. 오랜만에 팬들과 수다를 떨어 즐거웠다. 애정을 숨기지 못하고 조잘대는 이들이 어미 새를 따르는 아기 새 같아서. 그래도 가장 즐거운 건 노래를 부르는 것일 테다. 무대 가장 앞쪽에 앉은 이들이 걱정스러운 눈으로 그를 바라보니 괜히 감기 걸렸다고 말했나 싶기도 했다. 그래도 곧 잊게 될 것이다. 다른 생각은 하지도 못하게 될 테니까.

"기다려주셔서 감사합니다."

헤일로는 이번에 인사 대신 감사의 말을 던졌다.

소식을 듣고 하나둘 찾아온 이들이 서둘러 빈자리에 앉았다. 모르는 사람 옆이라도 상관없다. 소년과의 거리만이 중요할 뿐이다.

"기다리고 있는 걸 보았을 때, 정말 기뻤어요."

담담히 제 감상을 말한 헤일로는 비공식 게릴라 공연, 즉 버스킹의 장점을 떠올렸다. 선곡을 관객들에게 맡기는 것.

"그래서 말인데. 듣고 싶은 노래가 있나요?"

목 빠지게 자신을 기다렸던 사람들을 위해 그들이 듣고 싶은 노래를 불러주고 싶었다. 물론, 무엇이 듣고 싶을지 예상하고 있던 헤일로는 노해일의 곡이 들려오자 짙게 웃었다. '밤의 등대', '또 다른 하루'…. 그때부터 한여름 밤의 꿈과 같은 버스킹이 시작되었다. 그들은 헤일로의 곡을 요청하기도 하고, 다른 가수의 노래를 불러달라고 하기도 했다. 다 다른 매력이 있는 음악이지만, 헤일로는 네 번째 곡을 부르던 중 그 공통점을 깨달았다. 다 목을 과하게 쓰지 않아도 되는 잔잔한 음악들이었다. 런던 콘서트를 앞두고 있는 데다, 감기까지 걸렸다고 하니 사람들은 그의 목에 무리가 가지 않게 각자 알아서 배려하고 있었다.

"'메리 미(Marry me)' 불러주세요!"

"'드림'요!"

"아, 그리고 '고백'도!"

깔끔하게 사랑 노래들은 못 들은 척한 헤일로는, 노래를 부르면서 사람들이 바보 같다고 생각했다.

'굳이 신경 쓰지 않아도 되는데.'

거기에 더해, 그가 무대 올라오면서 던져놓았던 기타 케이스에 자꾸 무언가가 쌓이고 있는 것이 보였다. 무얼 넣으라고 던져둔 게 아니었는데, 누군가가 뒤집혀 있던 기타 케이스를 올바르게 돌려놓고서부터 간식부터 물, 그리고 선물들이 차곡차곡 쌓이기 시작했다.

'고맙긴 고마운데. 나 안 챙겨줘도 되는데.'

헤일로는 어쩔 수 없다는 듯 고개를 저었다. 결국 이들은 그가 갈 때까지 끝까지 배려할 것이다. 뭐라고 해도 말을 듣지 않을 것이다. 그러니 그도 말을 듣지 않고, 그들이 원할 곡을 알아서 떠올렸다.

'어쩌면 이게 아닐까. 작년 한국대 축제에서 불러줬던….'

"이번엔 제가 부르고 싶은 곡을 불러드릴게요."

그가 뭔 말을 하든 열광한 사람들이, 뒤이어진 제목에 흠칫 놀랐다.

"에버엔드(Ever End)"

'목'에 무리가 갈지도 모르는 노래이자 한국대 축제 레전드로 남았던 음악이었다. 지금도 노해일 무마이크를 검색하면 최상단에 떠오르는 그 영상. 사람들이 말리기도 전에 혜일로는 입을 열었다.

언젠가 끝이 오겠지

그리고 다음 날 뒤늦게 소식을 접한 한국은 소란이 일었다. 그중에서 가장 뜨겁게 반응한 건 한국대 커뮤니티였다.

[왜 못 믿었지? 왜 못 믿었지? 왜 못 믿었지?]
[금욜 오전수업이라 집에 일찍 가서 잤는데 어제의 나 새끼 진짜 죽여버리고 싶다. 제발 잠은 죽어서 자라고!!!]
[어떻게 말을 안 해줄 수가 있어! 왜 왔다고 아무도 말해주지 않았냐고!]
└ 어제 에타 시끄럽긴 했는데. 당연히 어그론 줄 알았지ㅠㅠ

도저히 지성을 가진 대학생의 것이라고 보기 힘든 글들이 올라왔으나 누구도 이상하다고 생각하지 않았다. 전날 밤부터 새벽, 소년의 무대를 본 사람이 그 자리에 왔던 백여 명이 다였기에 나머지는 모두 그대로 놓쳐버린 것이다. 한국에 있었던 사람도 서울에 사는 사람도 억울한데 그중에서 제일 억울한 건 하루의 3분의 1은 학교에서 보내는 한국대생들이었다.
하지만 이미 버스는 지나간 지 오래였다. 그들이 할 수 있는 것은, 후기를 읽으며 버스킹 공연도 봤다고 스스로에게 최면을 거는 것밖에 없었다.

[나 어제 해일이 기다렸던 결사대 1인데 별그램 무업 방치한 이유 알아 냄. 여행하며 찍은 사진이랑 영상이 많았던 데다 이것저것 바쁘기도 했고 올릴 타이밍 못 잡아서 못 올린 거래.]

ㄴ 타이밍은 우리가 정할 테니 그냥 올려!!!

ㄴ 와 여행하면서 찍은 거면 올해 1, 2, 3월 그땐가? 헤일로 정체 공개 직전?

[근데 헤일로 다시 봤다. 평소 소똥왕이라서 런던 콘서트도 있고 해서 안 올 줄 알았는데 당연히 잊었을 줄 알았는데 기억한 데다 약속 지켰네.]

ㄴ 자꾸 사람들이 잊는데, 노해일 자기가 한 말 한 번도 어긴 적 없음.

[한마디만 하고 가겠습니다. 어제 공연장 와서 '내가 너무 늦었죠?'라고 한순간 지림. 감기 걸렸는데 에버엔드에 앙코르까지 열창하고. 어제 울 뻔함. 평생 태양단 할 거라고 결심했음. 진짜 난 헤일로가 뭘 하든 빠 할 거고, 까는 새끼들은 모두 적으로 간주한다.]

ㄴ 죄송합니다만 선생님 이건 한마디가 아닌데요.

ㄴ 노해일 팬덤도 그렇고 왜 가면 갈수록 다들 돌지?

그쯤 헤일로는 그를 노려보는 멤버들과 함께 하늘을 날고 있었다. 짧은 요양을 참지 못하고 뛰쳐나간 것이 민망해 "하하하" 웃으면서. 그래도 즐거웠다고 하는 소년을 멤버들은 결국 미워하지 못했다.

"다음엔 같이 가요."

이렇듯 해맑게 말하는 고용주를 어떻게 미워하겠는가. 한진영은 머리를 쓱 쓰다듬었고 문서연은 뾰로통한 표정을 지웠다. 왜 혼자 갔냐고 억울해하는 남규환은 진짜 다음엔 같이 가자는 확약을 받았다. 혜일로는 남규환이 제자리로 돌아가자 드디어 마음을 놓을 수 있었다. 그때 문서연이 다시 발랄한 목소리로 입을 열었다.

"아, 그런데. 우리 콘서트에 브라이언 베리 온 거 아세요?"

"브라이언 베리? 어디서 들어봤는데."

"영화감독이네. 재작년에 나온 음악 영화 재밌게 봤었는데."

유명한 가수의 일생과 그의 음악을 담았던 다큐멘터리 영화였다. 제목을 들은 남규환도 "아!" 하며 감탄했다. '천만 영화'의 제목을 모를 수가 없었다.

"사장님 콘서트에 오려고 내한했다고 기사 떴더라고요. 며칠 전에 보긴 했는데."

그때, 그녀의 사장이 감기에 걸렸던지라 말을 못 했었다.

"사장님도 브라이언 베리 감독 알죠?"

문서연은 할리우드 유명 영화감독이 그의 콘서트를 보기 위해 내한한 건 무슨 느낌이냐고 물어보려다가, 문득 소년이 음악과 관련된 게 아니라면 잘 모른다는 걸 깨달았다. 그러나 이번엔 달랐다.

"알죠."

하긴 그냥 감독도 아니고 그 BB인데. 심지어 음악 영화 감독이 아닌가. 다만 안다고 말하는 소년의 목소리에 다소 웃음이 섞여 있어서 조금 이상하다고 생각했다. 어떻게 아느냐고 되물은 정도는 아니고 그냥 이상하다고 여기며 넘어갈 정도였다.

"다음 영화 준비하느라 바빠서 콘서트만 보고 바로 출국했겠죠?"

"아, 오늘 출국한다고 하더라고요."

"아하, 그렇구나. 생각보다 오래 있었네요. 오늘 출국이면… 응?"

문서연은 고개를 끄덕이다가 갸웃했다.

'그걸 사장님이 어떻게 알지? 기사에 나왔나?'

그렇다기에 그녀는 그런 기사를 본 적이 없었다. 브라이언 베리 감독의 기사는 내한 뉴스 외는 없었고, 출국 기사는 뜨지 않았다. 그러니까 기사에 나오지 않은 사실을 저렇게 확신할 수 있는 것은….

"사장님, 혹시 브라이언 베리랑 아는 사이세요? 혹시 만난 거예요, 사장님?"

문서연은 대답이 들려오지 않자 한 번 더 물었다.

"해일이 자는 것 같은데."

"벌써요?"

"응, 피곤했나봐."

한진영이 대신 답했다.

"하긴. 사장님 밤새 버스킹했죠."

"어머님께서 새벽 늦게 들어왔다고 하더라고. 피곤할 만해."

"그리고 감기도 걸렸죠."

"약 챙겨 놓아야겠다."

다시 대화 주제가 소년의 건강으로 돌아왔다. 문서연은 혹시 감기 기운이 도는 건 아닐까 걱정하며, 브라이언 베리 대한 질문을 잊어버리고 말았다.

5. 영혼의 고향

한 남자가 LA 국제 공항에 내렸다. 그가 입국장으로 나오자마자 그를 데리러 온 친구가 따라붙었다.

"Hey. Brian."

"알아서 간다니까."

"일은 잘 끝냈고?"

브라이언 베리, 일명 BB가 선글라스를 내렸다. 그의 눈 아래엔 오랜 다크서클이 내려앉아 있었다. 그러나 BB는 전혀 피로감을 느끼지 못한다는 듯 상쾌하게 기지개를 켰다.

"그러니까 각본 말이야. 그의 삶을 담고 싶다고 했잖아."

BB의 반응을 유심히 보던 친구가 물었다. 그는 토마스 벤슨으로 BB와 함께 영화 제작사 블릴리언트 B(Brilliant B)를 차린 동업자였다.

"엄청난 각본을 만들어 그를 설득할 거라고 했으면서."

"솔직하게 말할게. 실패했어."

"역시… 뭐?"

당연히 어느 정도 각본을 완성했을 줄 알았던 토마스가 눈을 번쩍 떴다.

"실패했다고? 네가?"

그가 믿을 수 없다는 듯 되물었다.

"왜 나는 실패하면 안 돼?"

BB가 되물었지만 토마스는 대답하지 않았다.

'BB가 실패했다니.'

그는 정확히 BB가 원하던 것을 이루지 못한 데서 놀란 게 아니었다. BB가 실패했음에도 돌아온 것에 놀란 것이다. 그가 아는 BB는 원하는 것을 알아낼 때까지 절대 돌아오지 않을 사람이니까. 이를테면 주인공의 노숙 생활을 다루기 위해 노숙자들이 사는 곳에서 몇 달간 시간을 보냈던 사람이 바로 BB였다.

"그럼 다시 필요한 걸 챙겨서 가려고?"

"No."

BB는 답답해 죽으려는 토마스에 아랑곳하지 않고 차에 올라탔다. 토마스가 운전기사에게 회사로 가라고 손짓하고는 BB를 재촉했다.

결국 담배 연기를 내뱉은 BB가 대답했다.

"대신 더 좋은 걸 얻어냈지."

"더 좋은 거라면?"

"그와 만났어."

토마스가 벌떡 일어나다 차 천장에 머리를 박고 다시 앉았다.

"그를 만났다고? 그럼, 영화 제작하기로 설득한 거야?"

"No."

"아, 그럼 곧 좋은 각본을 만들어가겠다고 약속했군."

"그것도 아니야."

"설마 헤일로와 만났다고 그냥 자랑하는 건 아니지?"

"사인도 받았어."

"오, 세상에. 계약서에 해준 거라면 참 좋을 텐데."

"물론, 내 수첩에 받았지."

토마스는 결국 토마토 같은 얼굴이 되었다.

"어디서 만났는데. 콘서트?"

"아니, 대학교에서."

"웬 대학교."

헤일로의 콘서트를 보고 노해일의 자취를 따라 밟아봤지만, 헤일로의 음악과 그의 삶에 연관성을 찾지 못했던 BB는 성지순례를 하던 중 헤일로와 마주치게 되었다.

그가 헤일로와 마주친 건 하루 전, 오후 10시쯤이었다.

"자연대 주점입니다! 어서 오세요. 혹시 찾으시는 것 있으세요?"

"아니요. 아, 혹시 여기 공연장에 어떻게 가는지 알 수 있을까요?"

"콘서트홀을 말씀하시는 건가요?"

"헤일로, 아니 로가 지난해에 공연했던 곳에 가고 싶은데."

"아하, 성지순례하러 오신 분이구나."

한국말로 짧게 중얼거린 대학생이 친절하게 방향을 알려주었다.

"이곳은 '총장 잔디'고요, 해일이, 아니 헤일로가 공연한 데는 버들골 쪽에 있는 야외공연장인데."

유창한 영어 실력만큼 친절한 안내였다.

BB는 고개를 까딱이며 잔디밭 안으로 걸어 들어갔다. 모자를 눌러 썼지만, 체격을 보나 얼굴을 보나 선이 짙은 외국인이라 시선을 끌었다. 누군가 '어디서 본 것 같은데'라고 중얼거리기도 했다. 그러거나 말거나 BB는 작은 가죽 수첩을 꺼내 한국대 축제의 모습을, 그리고 작은 감상을 남겼다. 그러곤 수첩을 뒤로 넘겨 그곳에 빼곡히 적힌 글들을 확인했다.

모범생, 성적 A+, 외국어고등학교 입시를 준비, 얌전하고 조용한 성격이며, 말이 적은 편. '고백' 녹음을 위해 스튜디오 예약(집에서 대략 1시간 정도 떨어진 스튜디오를 잡을 정도로, 공을 많이 들였음).

그리고 수첩을 넘길수록 시간도 함께 흐른다. 노해일의 레이블부터 음방 등등. 이것은 그가 한국에 와서 따라간 노해일의 길이었다. 그리고 마지막에 다다를수록 그의 노트엔 물음표가 늘어났다. 노해일의 삶을 이해할 수 없었기 때문이다. 정확히 말해서 홍대에서 첫 버스킹을 보여주기 전 모범생이었던 노해일, 버스킹을 시점으로 극도로 변해 데뷔한 이후의 노해일, 그리고 마지막으로 '헤일로'. 이 세 가지는 전혀 부합하지 않았다. 마치 세 사람의 인생을 섞어놓은 것처럼 말이다. 그리고 그중 가장 이해가 가지 않는 것은 노해일이란 사람이 어떻게 헤일로일 수 있는지였다.

HALO 1집이 처음 인터넷에 올라온 재작년 11월. 그쯤 노해일은, 외고를 준비하는 모범생의 인생을 살고 있었다. 그것이 노해일이 원하던 삶이 아니었을 수는 있다. 가족에 대한 불만, 불화… 충분히 있을 수도 있다. 그러나 그것이 HALO 1집 〈투쟁(Struggle)〉이 나올 수 있는 상황인가 싶었다. HALO 1집은 단순히 입시 스트레스로 만들어진 음악이 아니었다. 영상과 미디어가 극도로 발전한 21세기이니 영화나 드라마 등에 영향을 받을 수도 있지만, BB는 헤일로의 음악을 들었을 때 간접경험일 거라곤 단 한 번도 생각해본 적이 없었다. 헤일로의 음악은 그의 경험에서 나왔으며, 음악을 만들었을 때 어떻게 사고하고 어떻게 받아들였는지 숨기지 않고 그대로 드러내곤 했다.

세상에 자기 과거를 부끄러워하지 않을 사람은 없다. 그런데도 헤일로라는 사람은 결핍투성이인 제 인생을 부끄러워하지 않았고, 날것 그대로 그 천재적인 음악 속에 표현하였다. 그렇기에 그의 음악을 이해하게 될수록 사랑하게 되고야 마는 것이다. 헤일로의 음악이 사람들에게 그렇게 사랑받을 수 있었던 것은 단순히 멜로디의 문제가 아닌 날것 그대로의 모습 때문일 것이다. 그 매력적인 한 사람의 인생을 영화로 구체화하고자 했는데 그의 실제 인생을 쫓을수록 미궁에 빠져들었다. 노트엔 '물음표'와 'why?'라는 의문만이 가득하다. 그렇다고 실망한 건 아니었다. 오히려 점점 더 흥미로워졌다. 뭔가 단 하나의 열쇠만 찾으면 차르륵 연결될 것 같다. 그건 또 얼마나 짜릿할까. 그 열쇠를 어디서 찾아야 할지 모르겠지만 시간이 많으니 BB는 여유롭게 생각했다.

그러던 때였다. 시야에 한 청년이 스친 것은. 처음엔 그저 한국대학생이거니 했는데, BB는 캡 모자에 마스크까지 완전히 무장한 청년을 주시했다. 등에 메고 있는 기타 케이스는 헤일로의 것으로 알려진 고급스러운 케이스는 아니었다. 그러나 왜인지 이상할 만큼 청년은 시선을 잡아끌었다. 어디서 많이 본 체형 때문일 수도 있고, 아니면⋯. BB는 청년과 눈이 마주치자 그가 누구인지 본능적으로 깨달았다. 그와 친한 배우가 봤다면 "당신은 역시 한 명의 훌륭한 광팬이야"라고 외쳤을 것이다. 뭐든 좋았다. BB는 할렐루야를 외치며 퍼즐을 맞출 열쇠에게 다가갔다.

"안녕하세요, 헤일로 씨. 브라이언 베리입니다. 작은 영화 제작사를 운영하고 있죠."

할리우드 거장치고 겸손한 자기소개였지만, 소년은 그 이름을 잘 모르는 눈치였다. 혹은 알고 있으나 뭐라고 소개하든 상관없어 하는 그런 무심한 성격이거나.

"부디 제게 커피타임을 주실 수 있나요?"

"안타깝게도 불가능할 거 같습니다. 감기에 걸려서요."

"오. 세상에."

"대신 저건 어때요?"

소년이 가리킨 것은 푸드트럭에 있는 닭꼬치였다.

할리우드 거장의 지갑을 뜯어낸 소년과 천천히 잔디를 걸으며 대화를 나누었다. 몇 달러로 얻기엔 무척 가치 있는 시간이었다.

"전 당신의 영화를 만들고 싶어서 한국에 왔습니다."

"음."

"별로 안 놀라시네요?"

"예전에 비슷한 메일 보내주지 않았나요?"

"이런, 하도 단호해서 읽지도 않은 줄 알았는데."

헤일로는 실제로 제대로 읽진 않았다고 답하는 대신, 본론에 들어갔다.

"그래서 내 음악으로 영화를 만들고 싶다고요?"

"정확히는 당신, 헤일로라는 사람에 관한 영화를 만들고 싶었습니다. 다큐멘터리로요. 그런데…."

"그런데?"

"당신의 삶이 당신의 음악과 어울리지 않다고 말한다면 무례일까요?"

BB는 헤일로의 얼굴을 살폈다. 그래도 그가 기분 나빠 보이지 않아 다시 말을 이었다.

"단순히 마약, 술, 흡연을 넘어 사람들에게 보인 지난 1년간의 삶이, 당신의 음악만큼 화려할지언정 당신의 음악 속에 드러난 결핍이 없었어요. 그러니까 쉽게 말해 고난이나 역경 아니면…."

"제 인생이 그리 '예술'적이지 않았나 보죠?"

"맞아요, 예술."

평론가들이 흔히 말하는 예술성을 언급하자 BB가 공감하며 웃었다.

"그래서 다큐멘터리는 깔끔히 포기했습니다. 솔직하게 말해서 실패한 거죠."

"그럼, 커피타임은 여기까지로 할까요?"

"이런, 조금 더 들어주세요. 전, 그래서 당신의 음악과 가장 잘 어울리는 인물을 만들어보려고 합니다."

"그리고?"

헤일로는 뒤이어질 말을 기대했다. 하지만 감독의 이야기는 여기까지가 끝이었다.

"그래서 말인데 당신의 이야기를 좀 들려주시면 안 될까요?"

"이미 많이 찾아본 것 같은데요."

"사람들에게 보이는 당신의 이야기는 많이 들었지만, 아직 당신에게서 듣지 못했으니까."

검은 봉투가 보이자, 헤일로는 꼬챙이까지 완벽히 처리했다. 그건 무의식적인 과정이었다. '당신의 삶이 당신의 음악과 어울리지 않는다는 말'부터 헤일로는 다른 생각을 할 수 없었다. 노해일의 삶과 헤일로의 삶이 무척 다르다는 걸 알고 있었지만, 그걸 타인의 입에서 직접 듣게 될 줄 몰랐다. 그리고 BB가 내린 결론, 다큐멘터리 대신 음악과 잘 어울리는 새로운 캐릭터를 만들어보겠다는 것이 아주 흥미로웠다. 이제까지 영화에 생각이 없었지만, BB가 어떤 결말을 만들어낼지는 조금 궁금했다.

"전 그래서 당신의 음악과 가장 잘 어울리는 인물을 만들어보려고 했어요."

'내 음악과 가장 잘 어울리는 사람이라. BB가 생각한 인물은 어떤 인물이 될까.'

문득 헤일로는 깨달았다. 제 음악과 가장 잘 어울리는 사람은 자신이 가장 알고 있었다. 헤일로의 음악처럼 화려하고, BB가 말한 것처럼 결핍을 가졌으며, 예술적인 인생을 산 사람. 가장 어두운 곳에서 가장 밝은 곳으로 떠오른, 어쩌면 영화에 가장 잘 어울릴 만한 사람. 그는 그 사람에 대해 잘 알고 있었다. 그 사람이 어떤 생각을 하고 살았는지, 음악을 만들기 위해 어떤 노력을 했으며, 어떻게 인생을 허비했는지도 누구보다 잘 안다고 확신할 수 있었다.

"문득 하나 생각나는 사람이 있네요."

헤일로의 말에 브라이언 베리의 눈이 번쩍 뜨였다.

"한번 들어볼래요?"

어쩌면 지루할지도 무척 오래 걸릴지도 모르지만.

"확신하건대, 그보다 더 내 음악과 잘 어울리는 사람은 없을 거예요."

노해일의 삶이 그의 음악과 어울리지 않다고 말한 이가 그 사람의 인생은 어떻게 평할지 궁금했다. 헤일로의 눈이 형형하게 빛났다.

BB와 헤일로의 만남에 대한 이야기를 다 들은 토마스가 얼굴을 구겼다.

"그러니까 각본에 참견하고 싶다는 말로 들리는데."

"뭐, 그럴 수도 있지. 그의 음악이잖아."

"세상에 BB, 너의 프라이드는 어디로 간 거야. 다른 것도 아니고 각본이야. 네가 가장 소중하게 생각하는 감독의 권리 아니었냐고."

실제로 BB는 작가주의가 짙은 감독이긴 했다. 투자자나 여타 제작자가 각본에 참견하거나, 다른 사람이 쓴 각본으로 영화를 만드는 걸 참지 못하는 성미라서 스스로 제작사를 차린 것이다. 그런 BB가 각본 참견을 허용하다니 놀랄 수밖에 없었다.

"그래도 좀 흥미롭지 않아? 천재가 만든 이야기는 어떨지."

"전혀."

각본에 제삼자가 참견하는 것 중 잘된 걸 보지 못했다며, 토마스가 선례를 줄줄이 읊었다.

BB는 토마스의 반응이 이해 가지 않는 건 아니다. 그도 다른 사람이었으면, 대충 들어주는 시늉만 하고 더 완벽한 시나리오를 만들 것이다.

"혹시 모르지. 그가 음악만 아니라 시나리오에도 천재일지."

"하나만 말해봐. 지금 할리우드의 거장 모드야, 헬리건 모드야."

"그 두 개를 어떻게 구분하지? 헤일로가 할리우드인데."

"와… 완벽한 헬리건 모멘트였어."

"네가 거기 없어서 그래. 거기 있었으면 나처럼 생각했을 거야."

"내가 거기 있었으면…."

토마스는 반박하려다 솔직하게 인정했다. 일단 헤일로의 앞에서 안 된다고 못 박을 자신은 없었다. 옆에서 눈을 부라리며 노려봤을 헬리건도 무섭고, 헤일로처럼 주관이 뚜렷한 아티스트와 상성이 맞지 않기도 했다.

"빨리 그의 이야기를 듣고 싶다."

"다시 만나기로 했어? 아까는 아니라며."

"계약 건은 아니고, 인터뷰식으로 그의 이야기를 듣기로 했어."

"그러면 영화 제작에 긍정적인 걸로 볼 수 있겠네. 진짜 아닌 것 같으면, 그냥 영화 안 한다고 해."

"헤일로의 음악을 포기할 수 있겠어?"

토마스는 또 말문이 막혔다. 웬만큼 스토리가 망하지 않는 이상, 헤일로의 음악이 실패할 거란 생각이 들지 않았다. 심지어 계약한다면, 영화를 제작하는 건 음악 영화의 거장 BB가 아닌가.

"다른 건 몰라도, 뭐든 장난 아니겠네."

아직 영화 확정도 아니지만 BB라는 이름과 헤일로라는 이름이 붙는다면 투자사든 배우든 다 덤벼들기엔 충분했다.

"헤일로랑 언제 만나기로 했어?"

"투어는 끝내야지."

"아하. 한 달간 헤일로 얘기만 하길래 이미 다한 줄 알았네."

브라이언 베리가 "하하" 과장되게 웃으며 손목에 있는 시계를 의도적으로 보인다. 골드티켓이 무엇인지 공개되기 전에 1만 달러를 지불하여 미리 구한 브라이언 베리는 여러모로 승리자였다.

* * *

"안녕, 헤일로."

"헤일로, 좋은 아침이에요."

네 번째 콘서트 리허설 직전 베일에 들린 헤일로가 가장 먼저 마주한 것은 주말임에도 헤일로를 보러 나온 직원들이었다. 직장인이 이 황금 같은 주말을 반납하고 회사에 나오는 건 흔치 않은 일이다. 그러나 헤일로가 토요일에 회사에 방문할 수도 있다는 말을 들었을 때, 중요한 일정이나 피크닉을 준비하고 있던 사람들은 깔끔하게 주말을 반납했다. 베일의 대표가 워낙 부자라 음원사답지 않게 임금이 높고, 휴가나 재택 전환이 쉽다는 것은 특별한 이유가 되지 못한다. 파트너 아티스트지만, 이제까지 단 한 번도 실제로 본 적 없는 헤일로를 볼 수 있다는 게 첫 번째 이유, 헤일로 한 명에 의해 베일의 규모가 이전과 비교도 되지 않을 정도로 커졌다는 게 두 번째 이유, 그리고 이곳이 바로 영국이란 게 가장 큰 이유였다.

이곳이 프랑스나 이탈리아 혹은 다른 나라였다면, 직원들은 황금 같은 주말에 이렇게까지 환영하러 나오지 않았을 것이다. 그러나 이곳은 영국이었다. 헤일로의 영혼의 고향. 헤일로가 영국에 특별한 의미를 가질 수밖에 없듯이, 영국 또한 헤일로에게 특별한 의미를 가질 수밖에 없었다. 영국의 록과 브릿팝은 20세기에 세상을 들썩이게 하였지만, 그것들은 이제 오래된 옷처럼 옷장 속에 박혀 있었다. 누군가는 옛것을 그리워하고 누군가는 옛것을 잊었을 시점, 헤일로의 음악이 수면 위로 올라와 그와 함께 브릿팝이 다시 날아올랐다. 과거의 영광을 가지고 더 화려하게 말이다.

영국인들이 괜히 헤일로를 영국인이라고 여긴 것이 아니었다. 헤일로의 음악은 부정할 수 없을 정도로 옛 브릿팝의 정취를 그대로 품고 있었다. 물론, 이제는 헤일로의 국적이 영국과 대략 13시간 정도 떨어진 곳에 있는 한국이라는 것이 밝혀지긴 했지만, 그가 브릿팝을 다시 불러일으켰다는 것, 또한 그가 불러일으킨 브릿팝이 영국인들의 영혼에 불을 질렀다는 것은 분명했다.

헤일로가 영국 공항에 들어섰을 때부터 다른 나라와 그 분위기가 달랐다. 다른 나라에서는 슈퍼스타를 보러 온 매스컴과 팬들이 입국장 앞에서 그를 맞이했지만, 영국은 보다 극진했고 정중했다. 중간중간 경의를 표하는 사람들도 있었다. 영국 왕실의 외부 손님을 주로 모신다는 호텔로 그를 안내했으며, 이번 콘서트에 왕실 인사가 참여한다는 소식이 파다했다. 헤일로가 영국인이라 밝혀졌다면, 필시 작위도 받지 않았겠느냐 생각할 정도로, 영국에서 헤일로의 의미는 남달랐다.

작위 얘기를 들은 헤일로는 "나한테 작위?" 하고 크게 웃었지만, 어쨌든 그러한 상황에 베일의 직원이 직접 환영하러 나온 건 이상하지 않았다. 물론, 그에 떨어지는 콩고물도 무시할 수 없었다.

"헤일로 씨, 아침은 드셨나요?"

"저희 딸이 팬인데 사인 좀 해주실 수 있나요? 이름은 헨리로…."

슈퍼스타에게 인사와 안부를 물어볼 기회가 얼마나 있겠는가. 악수를 청하고 사인을 요청하는 직원들을 어거스트 베일은 딱히 말리지 않았다. 그리 많은 수가 아닌 데다 헤일로가 여상히 요청에 응했기 때문이다.

"저, 헤일로 씨 밴드 분들이죠?"

헤일로의 뒤에 선 멤버들도 그 '간이 사인회'에 휘말렸다. 마지막에 1층이나 2층 로비에 전시하겠다며 단체 사진을 찍은 이후 그들은 헤일로의 사인을 품에 안고, 악수한 자기 손을 귀하게 받들며, 발개진 볼을 한 채 떠나갔다. 마지막 사람은 포옹을 요청했으면서도 그를 무슨 유리 인형처럼 고이 다독여 오히려 헤일로가 세게 포옹해줬다. 별거 아닌 포옹이었지만 그는 전쟁터에 연인을 떠나보내는 이처럼 나가는 내내 헤일로를 돌아보았다.

"회사에 온 감상은 어떤가? 처음 왔을 때와 많이 다르지?"

원래 취미 정도로 시작한 음반 유통사는 웬만한 음반사를 능가할 만한 규모를 가지게 되었다. '헤일로'라는 이름 하나에 많은 기업과 사람들이 관심을 가졌고, 무엇보다 수많은 아티스트들이 베일의 문을 두드렸다. 원래는 아우구스투스 레코드나 세계 4대 레코드에 빼앗길 법한 인재들이 베일의 계약에 응한 것이다. 계약조건 등 더 좋은 선택을 한 걸 수도 있지만, 헤일로의 이름값을 무시하는 사람은 없었다. 이 회사의 대표인 어거스트부터 헤일로의 첫번째 팬이니 말이다.

"확실히 다르네요."

헤일로는 벽에 진열된 음반들을 손가락 끝으로 스치듯 만져봤다. 이전에 왔을 때보다 진열된 사진이나 음반이 늘어나 있었다. 원래 엘리베이터 근처 벽 한 면만 채웠다면, 이젠 음반 진열용 선반이 곳곳에 생겼다. 그래서 베일의 1층은 한 회사의 로비라기보다 음반을 판매하는 상점 느낌이 물씬 풍겼다.

"그런데 제건 어딨나요?"

헤일로는 다른 아티스트의 음반을 구경하다가 스콜피온이 전시된 벽 끝에서 멈춰 섰다. 당연히 있어야 할 것이 보이지 않아서. 그가 돌아보자, 어거스트가 손가락으로 엘리베이터를 가리켰다.

"자네 건, 7층. 한번 보겠나?"

왜 따로 빼놓았나 했더니 한 층 전체를 박물관처럼 꾸며놓은 걸 보고 헤일로는 피식 웃었다. 헤일로의 LP 음반부터 노해일의 초판 앨범, 화보와 노해일의 굿즈, 헤일로가 처음 베일에 방문해서 자신을 증명하는 데 썼던 노트들이 진열장 안에 전시되어 있었다. 턴테이블에서 바이닐이 돌아가고 있고, 몇천만 원 가치의 스피커에서 그의 음악이 흘러나왔다.

사실, 사내에 헤일로 층이 있는 것은 다른 파트너 가수가 박탈감을 느낄 만큼 차별 대우가 분명했다. 작년에 헤일로의 음반 표지 액자(그저 표지를 큰 사이즈로 뽑아놓은 것)를 도난당한 이후 옮긴 것이었는데, 어거스트는 차별 대우임을 부정하지 않았다. 음원 유통사의 대표로서 일 처리는 공명정대하게 하려고 했지만, 그가 헤일로에게 좀 더 많은 애정을 품고 있는 것도 사실이었으니 말이다. 그런데 이제까지 이에 대해 불만을 드러내는 아티스트는 없었다. 헤일로의 층에 자주 놀러 와 영감과 기를 받아간다는 사람이 많았다. 가끔 탐욕스러운 눈으로 굿즈를 바라보긴 했어도, 열등감을 드러내진 않았다. 오히려 헤일로의 층은 그들에게 또 다른 동기부여가 된 것 같다. 헤일로 층처럼 언젠가 자신도 자기만의 층을 만들겠다는 열망을 가졌다.

이윽고 헤일로는 대표실에 도착하여 오랜만에 보는 자신의 담당자 캐롤라인에게 손을 흔들었다. 그러고는 안으로 들어가 티타임을 가졌다. 그쯤 쳐들어온 것이 바로 릴이었다. 어디서 그의 소식을 들었는지 모르겠지만, 어거스트의 사무실 문을 긴 워커로 걷어차고 들어온 릴은 헤일로를 발견하자마자 얌전한 전갈이 되어 그의 옆에 앉았다.

"나한테 할 말 없어요?"

헤일로가 뭐라고 답을 하기 전에 릴이 말을 꺼냈다.

"끝까지 당신의 이름을 말하지 않았는데."

그제야 헤일로는 그가 무슨 말을 하는지 깨달았다. 릴은 헤일로가 원하는 대로 정체를 숨겨줬고 원하는 무대를 갖게 해주었다.

"착하게 입 다물고 있었으니 상을 줘요."

"상?"

릴을 보는 어거스트의 눈이 '가지가지 한다'로 바뀌었고, 건장한 성인 남자가 저보다 훨씬 어린 소년에게 징징거리자, 멤버들의 표정도 점점 썩어들어갔다. 그러거나 말거나 릴은 뻔뻔한 얼굴의 소유자였다.

헤일로는 징징거리는 팬을 보며 팔짱을 꼈다.

"일단 들어보고."

그 결과, 헤일로는 영국 콘서트 초대 게스트인 릴에게 콘서트 무대에서 '시계 수여식'을 해주었다. 릴은 왼쪽에 찬 시계를 들어 사람들에게 보였고, 그에게 "우우" 함성이 쏟아지자, 더 신이 난 듯아예 팔을 걷어 세상에 자랑했다.

"자, 다들 이걸 보라고! 이게 뭔지 아나?"

"집어치워 릴! 평소에 걸리적거린다고 애플워치도 안 차고 다닌 새끼가!"

화가 난 게 분명한 관객의 외침을 기어이 들은 릴이 킬킬킬 웃으며 반박했다.

"무슨 소리야. 내 취미가 시계 수집인데."

시계를 비싼 술로 바꿔 먹었거나 보석금으로 쓰면 몰라도, 이 자리에 있는 사람들은 처음 듣는 이야기였다. 믿는 사람은 아무도 없었다. 스콜피온의 릴은 가죽 팔찌면 몰라도 시계를 차고 다닌 적은 단 한 번도 없었다. 아, 한 번 있었다. 롤렉스 시계를 너클처럼 쓰던 때가.

아무튼 앞에 있다가 그대로 당한 관객들은 미치려고 했다. 여기가 헤일로의 무대가 아니라 스콜피온의 무대였다면 뛰어 올라갔을지도 몰랐다.

"다음에도 초대해주세요. 어디든 갈게요."

그렇게 사람들에게 제대로 장난친 릴은, 헤일로 앞에선 다시 정중해졌다. 이중인격이 아닐까 의심되는 변화였다.

"내 존경하는 친구, 헤일로."

스콜피온의 내한 콘서트 때와 같은 멘트를 했다. 이번엔 '로'가 아닌 '헤일로'였다. 새삼스럽지도 않으나 그건 그가 헤일로의 정체를 일찍이 알고 있었다는 걸 확신하게 했다. 그러니까 그들이 모르는 시간까지. 후에 이 멘트가 내한 때 했던 말이라는 게 밝혀져 한 번 더 관객들의 속을 뒤집어놓았다.

당장 무대 앞에서 으스대는 릴을 향해 헤일로가 대답했다.

"한번 생각해볼게요."

"왜요?"

"그땐 더 좋은 친구를 사귀었을 수도 있으니까?"

"나보다 더 좋은 친구라니!"

헤일로가 웃으면서도 끝까지 확답하지 않자, 릴은 징징거리며 무대에서 끌어내려졌다. 덕분에 관객들의 분노가 그나마 진화되었다. 또한 스콜피온이 오프닝 무대에서 보여줬던 것만큼, 다음 곡에서 기타 연주 위주의 무대를 보여주며 또 다른 불꽃을 피워 분노를 잠재웠다. 그러나 헤일로의 굿즈를 꼭 끌어안고 집에 돌아간 사람들은 후기를 쓰며 콘서트를 회상하다 릴이 대놓고 자랑하던 일이 떠올라 다시 부르르 떨기도 했다.

[지옥에나 떨어져 스콜피온.]

[한평생 릴이 시계 차는 걸 본 적이 없는데 뭐? 취미가 시계 수집?]

[아니 저걸 자랑한다고?]

[스콜피온한테 시계 뺏으러 갈 시계원정대 구함.](1/5000)

무엇보다 화제가 된 건 콘서트 자리에 참석했던 왕실 일가였다. 여왕이 오진 않았으나 왕실 일가가 직접 브릿팝의 영광을 만끽하러 온 자체로 시끄러웠다. 물론 축구경기장에서도 가끔 볼 수 있는 왕실 일가이니 만큼 이상한 것은 아니었다. 다만 릴이 헤일로가 직접 채워준 시계를 자랑하는 만행을 저지르고 있을 때 일가의 표정이 포착되었다. 조명 때문에 찡그렸다고 주장하는 공주와 대놓고 인상을 쓰지는 않았지만 티베트 여우를 연상케 하는 아서 왕자의 표정이 신문 1면에 떠올랐다.

[아서 왕자도 받아들일 수 없는 스콜피온의 만행.]

[전하, 스콜피온을 대영제국에서 추방하여주시옵소서.]

[헤일로 콘서트 입장 때와 릴 게스트 무대 표정 변화… jpeg]

보통 왕실 일가의 웃는 얼굴만 올라오는 신문 지면에 이런 표정이 나오는 일은 흔치 않았다. 이런 엄청난 일을 해낸 스콜피온은 현재 집에 모여 여론을 살피고 있었다.

"와… 릴, 사람들 반응 장난 아닌데?"

"다 너보고 나가 죽으래."

"우리 팬들도 열받았어."

"다른 건 다 참는데, 이건 못 참겠대."

이렇게 반응하는 것은 전갈 머리가 아니라 다리들이었다.

"질투하긴."

이런 엄청난 만행을 저지른 전갈의 머리는 손목시계를 보느라 정신이 없었다. 어제 헤일로가 시계를 채워준 이후 샤워도 하지 않은 릴의 손목엔 여전히 같은 시계가 있었다.

"안 되겠다."

"왜, 또, 뭘 하게?"

"제발 가만히 있으면 안 돼? 난 진짜 오늘 암살자가 올까봐 무섭다고."

"진짜 사람들 개빡쳤다니까? 너 진짜 살해당할 수 있다고."

릴은 아랑곳하지 않고 별그램을 켰다. 헤일로가 시계 채워주는 영상을 별그램에 자랑하듯 올린 그는 히죽 웃으며 멘트 없이 해시 태그 하나만 걸어놓았다.

#Catch_me_if_you_can

* * *

「헤일로 씨를 찾아온 분이 있습니다.」

콘서트 다음날 여유로운 오후를 보내고 있던, 헤일로는 호텔로 걸려온 전화를 받았다. 그리고 통화 후 입꼬리를 올려 웃었다.

"무슨 전화야?"

응접실에 있던 한진영이 물어왔다.

"누가 한번 볼 수 있냐고 하네요."

"누가? 베일 씨?"

"아니요."

그럼 누가 호텔 전화로 헤일로에게 내려오라고 말할 수 있을까, 한진영은 다른 경우의 수를 생각해보았다. 그때, 고민하는 듯한 헤일로가 자리에서 일어났다.

"잠깐만 내려갔다 올게요."

"중요한 사람이야?"

"글쎄요, 나한테 중요한 사람은 아니지만 그럴지도?"

한진영이 핸드폰을 찾아주었다.

"금방 올게요."

"늦을 거 같으면 연락해. 우리도 갈게."

어거스트 베일에게 언뜻 연락이 올 수도 있다는 말을 듣긴 했지만 헤일로는 믿지 않았다. 과거엔 작위는커녕 그들을 개인적으로 만나본 일이 없어서 그랬다.

헤일로가 모자를 눌러쓰고 내려가보니 로비가 평소보다 유난히 조용했다. 게다가 로비 유리창 너머 도로에 검은색 리무진이 서 있었다. 고급스럽긴 하나 눈에는 잘 띄지 않는 종류였다. 그것이 자신을 기다리는 차인 게 뻔히 보여 헤일로는 천천히 다가갔다. 양쪽에 선 검은 복장의 경호원들이 인사하고는 문을 열어줬다. 정중한 태도만 제외하면 납치당하는 기분에 그는 올라타지 않고 안쪽을 주시했다. 아무도 없을 줄 알았던 안쪽엔 한 사람이 타고 있었다.

"제 콘서트는 잘 보셨습니까?"

"물론."

어제 그의 콘서트에 직접 발걸음 했던….

"갑작스러운 요청이었지만, 이렇게라도 자네와 직접 만나보고 싶었다네. 무례를 용서하시게."

"저도 만나서 반갑습니다."

뒤에 이어진 "His Royal highness(전하)"라는 부름에 왕자가 희미한 미소를 띠며 대답했다.

"아서라고 불러도 좋네."

6. 일탈

"식사는 입에 좀 맞는가?"

영국 왕세자와 왕세자비 사이의 삼남, 계승서열 8위의 왕자 아서 주드 테오도어 루이스. 매스컴에서 형들과 다른 의미로 화제가 되었던 아서 왕자는, 입대한 후부터 제대한 지금까지 재단을 운영하며 조용하게 지내는 편이었다. 그런 그가 오랜만에 한 팝스타의 콘서트에 함께 나타났을 때 화제가 되며, 질풍노도의 사춘기 또한 다시 한번 수면 위에 올랐다. 그러나 이 세상에 온 지 겨우 2년이 된 헤일로는 눈앞의 왕자가 어떤 삶을 보냈는지 전혀 몰랐다. 그가 이 사람에 대해 아는 건 하나였다. 자신에게 굉장히 호의적이라는 것뿐이다.

"나쁘지 않았습니다."

"그래? 솔직히 나는 내 나라는 사랑해도 음식에 관해선…. 호불호가 나뉠 수 있다고 인정하는데."

"왕자도 싫어하는 음식이 있나 보죠?"

"흠, 한 가지 왕가의 비밀을 알려줄까? 그 누구도 모르는 이야기고, 새나가면 안 되는 1급 비밀인데 말이야."

40대의 아서 왕자가 진지한 얼굴로 한쪽 눈을 찡긋거렸다.

"우리도 편식한다네."

정말 놀라운 사실이었다.

헤일로는 여상히 대화하고 있긴 하지만, 왕실 일가를 이렇게 가까이서 본 건 처음이었다. 예전에 어쩔 수 없는 영국인으로서 왕실에 대한 통상적인 관점을 가졌던 헤일로는, 스몰 토크를 나누는 동안 왕족도 그리 특이하진 않다고 생각했다. 가볍게 농담을 던지고 평범한 대화를 나누는 것은 여타의 사람들과 크게 다르지 않았다. 물론 보통 범인은 그에게 개인적으로 연락하여 만날 수 없을 터였다.

"그나저나 지금 어디로 가는 겁니까?"

헤일로가 외곽의 풍경을 보며 말하자, 아직 목적지를 말하지 않았다는 것을 떠올린 왕자가 작은 탄식을 내뱉었다.

"이걸 말하지 않았군. 날 납치범으로 생각했어도 이상하지 않아. 목적지는 따로 정하지 않았네. 자네와 이야기를 나누고 싶었을 뿐. 원한다면 언제든지 내려줄 테니 걱정하지 말게. 한 가지 약속하건대, 이 나라에서 자네가 불상사를 겪을 일은 절대 없을 거야."

그건 단순히 투어를 온 외국인 스타한테 하는 말로 들리지 않았다. 다른 건 몰라도, 왕족이 직접 '약속'을 입에 담는 건, 웬만해서 일어나지 않은 일이었다. 웬만해선 말이다.

"폐하께서 자네를 특별하게 생각하고 있다네."

이게 흘러가듯 할 말인가 싶지만, 헤일로는 단번에 이해했다.

"부담스럽게 생각하지는 말게."

부담스럽진 않지만, 일반인이었다면 부담스러워할 상황이다. 헤일로는 멍청하지 않았고, 여왕의 이름이 나온 데서부터 왕자가 단순히 개인적인 호기심을 위해 접촉한 게 아니라는 걸 알았다. 왕자의 말은, 곧 여왕의 메시지가 될 것이었다.

"그저 왕실이 자네의 음악을 좋아한다는 의미야."

틀린 말은 아니다. 왕실은 헤일로의 음악에 관심이 많았다. 보다 보수적이었던 20세기였다면 좀 다를 수 있겠지만, 왕실에서는 헤일로의 음악이 20세기 가장 아름다웠던 영국의 문화를 보여준다는 것에, 더 나아가 그의 영향력에 관심이 많았다.

단순히 패션, 명품, 음악 산업의 문제가 아니었다. 왕실이 가장 집중한 것은 헤일로가 세상에 주는 이미지였다. 'I am HALO'와 '백인이 아닌 나는 싫어?'라는 강렬한 메시지로 만들어진 헤일로는, 21세기에 가장 귀한 가치를 가지게 되었다. 그러니 왕실이 좋아하지 않을 리 없었다. 왕실은 헤일로가 가진 가치를 갖길 바랐고, 그리하여 헤일로를 원했다. 그들이 선택한 가장 쉬운 방법이 훈장이란 건 말할 것도 없다. 그러나 훈장이 그때 통과되지는 않았다. 보수적인 인간들로 가득한 의회에선 정체를 알 수 없는 이에게 훈장을 줄 수 없다는 말로 거절하였다. 충분히 납득할 수 있는 이유였고, 의회는 헤일로의 정체가 밝혀지기만 한다면 다시 추천하라 일렀다. 비공식적인 긍정 의사였다. 아마 〈코첼라〉에서 사람들의 추측대로 중년의 영국 국적의 가수가 나타났다면, 헤일로는 기사 작위를 받게 되었을 것이다.

아서 왕자는 복잡한 물밑의 사정을 언급하지 않았다. 일단 눈앞의 소년은 미성년자였으며 외국인이었다. 또한 그는 영국이 사랑하는 스타에게 네가 영국인이 아니라서 훈장이 엎어졌다는 소리를 늘어놓고 싶지 않았다. 그래서 선택한 건 조금 옛날이야기다.

"혹시, 자네. 내 질풍노도 일화를 들어본 적이 있는가?"

웬만한 영국 사람들이 알 만큼 유명한 이야기지만, 소년은 외국인이었으니 당연히 모를 수 있었다.

"형과 같은 사고를 친 건 아니었네. 다만, 다른 의미론 사고였을지도 모르지. 내 어렸을 적 꿈이 스타였거든. 나는 밴드를 하고 싶었다네. 그리하여 어렸을 적부터 꽤 설쳐댔지. 언더에서 설치고, 경연에도 나가고. 나는 어른들의 속을 꽤 많이 썩이던 아이였어."

그렇게 말하는 것치고 추억을 회상하는 아서 왕자에게 즐거움과 아쉬움이 공존했다.

"나를 보는 눈이 그리 좋지 않았지만, 나는 그래도 내가 스타가 될 줄 알았다네. 뭐, 관심도 받았고, 여기저기서 좋은 말만 해줬거든. 지금 와서 생각해보면, 왕자가 팝스타가 된다는 데 재밌었겠지."

그의 말은 모두 과거형이었다. 그걸 상기하기 전에 왕자가 나서서 인정했다.

"이젠 옛날 일이지만, 자네를 보니 그때가 떠오르는군. 내가 딱 자네와 비슷한 나이였어."

"왜 그만뒀어요?"

"그냥. 반대도 있겠다, 그리 간절하지 않았던 거지."

세간에는 왕실이 반대해서 그만둔 것으로 알려져 있긴 하다. 그가 밴드를 하는 것을 왕실이 좋아하지 않았지만 직접적으로 반대한 적은 없었다. 그가 계승 서열이 먼 왕자인 데다 반대할 명분도 없었다. 밴드가 사회적 물의를 일으키는 행위는 아니지 않은가. 게다가 방계나 귀족 중에선 모델 활동 등 연예계 활동을 하나둘 하기 시작하던 때였다. 그러니 그가 그만둔 건 그냥 간절하지 않았기 때문일 것이다. 왕실의 눈치를 보는 게 귀찮기도 하고 재능도 없었다.

그는 어느 순간 사람들이 칭찬하고 관심을 두는 게 자신이 뛰어난 감성과 재능을 가져서가 아니라 오로지 계승 서열을 가진 왕자이기 때문이란 걸 깨달았다. 그는 왕자가 아니라 평범한 사람이었다면 카메라에 잡히지 못했을 것이라는 걸 알게 된 순간 깔끔하게 꿈을 접었다. 지금에 와서 생각해보면 좋아하는 것과 하고 싶은 것을 혼동했던 것 같다.

"내가 한때 가수를 꿈꿔서 그런지 자네와 얼마나 만나고 싶었는지 모른다네. 폐하께도 자네를 보고 싶다고 직접 요청했네. 자애로운 폐하께선 직권남용을 눈감아주셨고."

즐거운 이야기를 한 아서 왕자는 천천히 미소를 거뒀다. 여기까지 그의 이야기였다면, 이제 해야 할 말은 헤일로를 만나러 온 목적이다.

"혹시 자네 자애로운 연방의 품에 들어올 생각은 없는가?"

아서 왕자는 외국인 소년을 위해 친절하게 직접적으로 물었다. 국적을 하나 더 가질 생각은 없느냐고. 스타가 이중국적을 가지는 건 빈번하게 일어나는 일이다.

"자네가 원한다면 '우리'가 도와줄 수 있네."

소년이 의뭉스럽게 웃었다. 그 의미가 긍정인지 부정인지 왕자는 알 수 없었다. 어쩌면 소년이 영국 시민권이 얼마나 이점이 있는지 모를 수도 있다고 생각했다. 소년이 영국인이 된다면 훈장도 곧 통과될 것이다. 소년은 최연소로 훈장을 받게 되고, 기사서임도 가능할 것이다. 모든 국가에선 명예로운 기사를 더 정중히 대할 것이며, 영국은 모든 방면에서 소년을 지켜줄 것이다. 소년의 모국인 작은 나라와 비교도 되지 않을 정도로.

그때 소년의 목소리가 들려왔다.

"영국인이 아닌 저는 싫은가요?"

헤일로를 의미하는 가장 큰 메시지, '백인이 아닌 나는 싫냐'는 의문이 조금 변형되어 들려오자, 왕자는 아무 말도 할 수 없었다. 뒤통수를 맞은 것 같았다. 그는 뒤늦게 입을 열어 대답했다.

"그… 그럴 리가."

헤일로의 대답은 가장 영리한 답이며, 이제까지 들었던 답 중 가장 훌륭한 답이었다. 또한 세상이 사랑하는 가장 헤일로다운 답이 아닐 수 없다.

"자네가 영국에서 태어났다면 정말 좋았을 텐데."

아서는 진심으로 탄식했다. 자기가 가장 사랑하는 나라가 가장 중요한 스타를 놓친 것에 대해.

"대답은 잘 알겠네. 폐하께 잘 전하도록 하지."

더 이상 질질 끌지 않고, 아서는 대표로서의 의무를 끝냈다. 의무가 모두 끝났으니, 이제 남은 건 스타를 사랑하는 팬으로서의 마음뿐일 것이다.

"그리고 여기서부턴 자네의 팬으로서 전하는 소식인데 말이야. 곧 좋은 소식이 있을 걸세."

소년이 영국인으로서 대영제국 훈장을 받으면 좋았겠지만, 외국인에게 주지 못하는 건 아니었다. 역사적으로 영국 연방에 공헌

한 외국인에게 정원 외로 명예 훈장을 수여한 사례가 있었다. 실제로 미국 디자이너 랄프 로렌은 패션에 이바지한 공로로 명예 기사 (KBE) 작위를 받았으며, 한국에서도 국무총리나 기업 창립자가 명예 훈장을 받기도 했다. 헤일로가 당연히 영국인인 줄 알았던지라 과정이 복잡해지긴 했지만, 앞으로 몇 년 안에 소년에게 훈장을 줄 가능성이 컸다. 외국인에 미성년자라는 벽을 고리타분한 의회가 넘어서기만 한다면 말이다.

"전 외국인인데요."

"외국인에게 훈장을 내린 사례는 많지. 자네의 나라에도 있다고 알고 있네만."

전혀 몰랐던 헤일로는 입을 다물었다. 어쨌든 훈장 이야기가 그저 우스갯소리가 아니었다는 걸 깨달았다.

'나에게 가장 명예로운 상을 주겠다니. 단 한 번도 명예롭게 산 적이 없는 나에게.'

런던 외곽을 돌던 자동차가 안쪽으로 흘러간다. 헤일로는 런던 시내를 구경하는 중 왕자가 라이브 펍에 자주 눈길을 주는 걸 보았다. 그냥 그만뒀다고 말하는 사람치고 시선은 오래 닿아 있었다. 음악을 좋아한다는 것도 거짓말이 아닌 듯, 창 사이로 흘러들어온 음악을 흥얼거리기도 했다. 헤일로는 그런 왕자를 유심히 보았다.

"자네의 시간을 오래 뺏어서 미안하네. 폐하의 메시지만 전달하면 될 것을, 자네를 알고 싶어서 내가 욕심을 부렸어."

호텔에 가까워질 즘 왕자는 뒤늦게 시간을 보았다. 외각을 달렸던 만큼 예상보다 많은 시간이 지체되어 있었다.

"원하던 건 얻었나요?"

헤일로는 아무렇지 않게 되물었고, 그 말에 왕자가 곰곰이 생각하더니 고개를 저었다.

"범인이 자네 같은 천재를 파악하기엔 무척 짧은 시간이지."

헤일로는 머리를 갸웃했다. 왕자가 저를 대하는 태도가 단순히 과거의 음악을 했던 사람으로서의 호기심이나 동질감으로 보이지 않아 아까부터 묘하게 느꼈다. 뭐랄까, 좋아하는 가수에 대한 팬으로서의 호의와 함께 뒤섞인 감정은, '동경'이었다. 하고 싶은 것을 더 잘하는 사람을 향한 동경이 느껴졌다. 다른 건 몰라도, 질투와 동경에는 익숙한 헤일로이기에 혼동하지 않았다. 아까 추억을 회상할 때도 왕자는 아쉬워했지, 그리 후회하지도 않았다.

"옛날에 무슨 악기를 다루셨습니까?"

뜬금없는 질문에 왕자는 처음엔 의아해했지만 곧 제 팔뚝을 보여주며 선선히 말했다.

"드럼."

'음… 헤드뱅잉 하며 드럼을 쳤다면, 왕실이 아주 좋아(?)했겠군.'

이윽고 호텔 앞에 리무진이 섰다. 헤일로는 멤버들에게 내려와 줄 수 있냐고 메시지를 보내놓고 왕자를 바라봤다.

"제가 예절에 약한 편이라. 좀 더 편하게 말해도 되겠습니까?"

"물론, 아서라고 불러도 된다고 말하지 않았나."

"그럼 편하게, 단도직입적으로 말하겠습니다. 훈장은 거절하고 싶습니다."

이렇게 편하게 말할 줄 몰랐는지 왕자보다 운전기사가 더 화들짝 놀랐다. 세상에 훈장 거절하는 미친놈이 어디 있나.

"이유가 있나?"

"그걸 받을 만큼 명예롭게 살 생각이 없어서요."

"허."

명예롭게 살지 않아서가 아니라, 앞으로 명예롭게 살 생각이 없다는 말은, 또 참신하게 들렸다. 그러나 왕자는 소년이 훈장에 대한 가치를 모르기에 거절한다고 생각했다.

"그게 얼마나 가치 있는 것인지, 자네가 몰라서 하는 말인데⋯."

"그 가치는 제가 만들어보겠습니다. 그렇게 어려울 것 같지도 않고요."

왕자는 헤일로의 표정을 멍하니 바라보았다. 그의 삶에서 이렇게 말할 수 있는 사람을 처음 보았다. 어깨를 으쓱이며 말하는 소년에겐, 그가 한때 원했던 커다란 재능과 그에 맞는 자신감이 보였다.

단순히 근거 없는 자신감이 아니기도 했다. 헤일로는 지난 생에도 그러했다. 그땐 훈장 얘기가 나온 적도 없으니 굳이 말할 것도 없지만, 이번 생애 역시 안 받아도 상관없을 것 같았다. 명예로운 훈장 없이 자기 삶은 충분히 만들어낼 수 있을 것이다. 그리고⋯ 헤일로 경이나 공 따위의 존칭을 잠시 떠올려본 그의 팔에 소름이 돋았다. 세상에서 가장 안 어울리는 존칭이었다. 그는 그냥 헤일로라는 이름으로 충분했다. 세상 모두가 헤일로 경이라는 호칭보단 헤일로라고 불러주길 바랐으며, 어떤 족쇄 없이 하고 싶은 것만 하고 살길 바랐다.

"그게 다인가?"

"또 훈장을 받으면 왕실에서만 공연을 해야 할 것 같아서요."

왕자는 천천히 "하하하" 웃음을 터트렸다. 헤일로는 과거 음악가들의 행적을 빗대어 말했다.

"그런 거라면 더 주고 싶은데? 왕가 자녀를 가르친다는 영광은 어떤가?"

"으…."

소년이 정말 싫다는 얼굴로 짧게 탄식했다.

왕자는 웃으며 그럴 의무는 없지만 만들어내고 싶은 의무라고 생각했다. 헤일로가 매년 왕실에 와서 무대를 하다니….

"세상에 훈장을 받기 싫다는 사람은 처음 보는군. 그게 그렇게 싫나?"

"헤일로 경보다 그냥 헤일로가 낫지 않나요?"

"그게 가장 큰 이유였군!"

왕자는 눈물을 닦으며, 헤일로 경보다는 헤일로가 낫다고 솔직히 인정했다.

"왜 자넨 영국에서 태어나지 않았지?"

사실 영국인이라고 농담하려고 했던 헤일로는, 뒤이어진 "태어났다면 정말 좋은 친구가 됐을 텐데"라는 말에 쓰게 웃었다.

"왕실은 친구도 편식하나요?"

"오, 그래, 그 또한 1급 비밀이지. 꼭 비밀을 지켜주게."

"엄숙히 맹세하겠습니다."

왕자는 그가 정말 마음에 들었다.

"훈장이 아니라면 혹시 원하는 게 따로 있나?"

훈장은 저쪽에서 거절했으니 강제할 순 없다. 그래도 나중에 소년의 마음이 바뀔 수도 있으니 왕자는 훈장을 먼 훗날로 미루었다. 그럼에도 소년의 공로는 인정하고 있는지라, 왕실 일가로서든 혹은 개인적으로든 소년이 원하는 걸 들어주고 싶었다.

소년이 기다렸다는 듯 천천히 미소 지었다.

"혹시 오늘 다른 일정이 있습니까?"

"아니, 특별히는. 왜? 내가 필요한 일인가?"

왕자는 '나한테 원하는 게 있다고?'라고 생각하며 그가 가진 재단을 떠올렸다. 왕자가 운영하는 장학 재단과 예술 재단, 더 나아가 명화 몇 점에까지 사고가 닿았을 때 소년의 목소리가 들려왔다.

"사람은 보통 질풍노도를 두 번 겪는다고 하더라고요. 한 번은 열여섯 살, 정체성에 혼란을 느끼는 사춘기, 그리고 다른 한 번은….

때마침 멤버들이 내려왔다. LA와 유럽 여행을 하며 갑작스러운 버스킹을 겪은 멤버들은 이제, 어디를 갈 때마다 악기를 가지고 다니기에 이르렀다. 물론, 키보드나 드럼은 소지가 불가능하겠지만, 문서연은 혹시나 싶어 헤일로의 기타를 가지고 내려왔다.

뭔가 싶은 왕자의 눈이 천천히 흔들렸다.

헤일로가 운전기사에게 다가가 말했다.

"지금."

* * *

'도대체 무슨 일이 일어나고 있는 거지?'

영국의 귀한 보물, 왕세자의 삼남이자, 폐하께서 아끼는 손자인 계승서열 8위의 왕자 아서 주드 테오도어 루이스의 수행원은 가슴이 두근거렸다. 그동안 왕자를 수행하며 왕실의 비사나 여러 가지를 보았던 그는 웬만한 것에 부동심을 잃지 않았으나 갑자기 아서 왕자의 리무진에 새로운 인원을 태우고 출발했을 때부터 평정을 유지할 수 없었다.

검은색 리무진의 뒤를 또 다른 자동차가 따라간다. 왕자가 물린 수행원들이었다. 왕자의 경호원과 수행비서 그리고 품위 유지를 위한 스타일리스트 등 왕자를 아주 가까운 곳에서 보필해야 하는 그들은, 왕자가 여왕의 메시지를 전하는 동안 그리고 팬심을 드러내는 동안 일정한 거리를 유지해야 했다. 언제든 그가 필요로 할 때 도움을 줄 수 있는 거리에서 뒤따라갔는데 갑자기 왕자가 탄 차가 출발한 건 예정에 없던 일이었다.

"지금 어디로 가는 겁니까?"

수행비서가 재빨리 연락을 넣었고 운전기사의 대답이 도착했다. 왕자의 의지라고. 더하여 라이브를 할 수 있는 펍을 찾아 달라는 요청도 들어왔다. 왕자의 직접적인 지령이니 비서는 서둘러 런던 내 펍을 물색하긴 했지만, 그들은 도저히 왕자가 무엇을 하려는 건지 감이 잡히지 않았다.

그들은 일단 상황을 정리하고자 했다. 앞서 달리고 있는 차에는 운전기사와 아서 왕자, 그리고 그가 만나고자 했던 소년(비공식적인 만남이기에 '소년'이라고만 통칭했다. 소년의 다른 별명인 '태양'이나 '영광'은 가장 고귀한 이의 것이기에 쓸 수 없었다)이 타고 있었다. 그 차는 런던 외곽을 둥글게 한 바퀴 돌아 호텔에 도착했고, 원래 내려야 하던 소년은 그대로 차에 있었고 오히려 새로운 인원이 추가되었다. 새로운 사람들은 보고서에 있는 인물이었고 그들에 대해서도 모두 알고 있었다. 왕실에서 직접 접촉하는 데 조사하는 건 당연한 절차였다. 어쨌든 이렇게 앞선 자동차에 탄 인물을 모두 파악하긴 했는데, 여전히 수행원들은 무슨 일이 일어나고 있는 건지 이해하지 못했다. 그들이 찾은 펍의 사장과 입을 맞추고, 손님이나 길거리 행인으로 가장한 경호원들이 깔리며, 결국 왕자와 소년 일행이 펍에 발을 내디뎠을 때까지.

"전하. 뵙게 되어 영광입니다."

왕자에게 경의를 표한 사장은 옆에선 소년을 보고 화들짝 놀랐다.

"헤, 헤, 헤일로?"

"안녕하세요."

"헤, 헤일로가 내 가게에 오다니, 오 세상에."

그는 어쩔 줄 몰라 하며 손도 못 잡고 왕실 일가를 만난 것보다 더 영광스러워했다. 그 모습을 본 왕자의 기분은 복잡미묘했다. 그러나 소년은 스타였고, 영국에서 가장 사랑하는 가수였으며, 라이브 펍을 운영하는 만큼 사장은 음악에 열정이 큰 사람이었다.

소년은 저보다 몇 배 나이 많은 사장을 바라보곤 옅게 웃었다.

"몇 곡만 불러도 될까요?"

이미 가게를 빌렸는데도, 사장은 헤일로가 떠나갈까 연신 고개를 끄덕였다.

"예, 제발, 평생. 아니, 그냥 제 가게를 가져도 좋습니다."

사장은 헤일로가 가게를 달라고 하면 그대로 줄 태도였다. 헤일로는 그 충성스러운 팬의 모습에 웃으며 안으로 들어갔다. 4시, 오픈 준비 중인 펍에는 아직 손님은 없었다. 헤일로는 둘러보며 겉옷을 벗었다.

"진짜 공연해요? 그, 왕자… 님과?"

"한다면 할 수 있는데, 주로 무슨 악기를 연주하시는지."

얼떨떨한 티를 내긴 했어도 수많은 버스킹에 단련된 멤버들은 이제 무의식적으로 편한 복장을 만들었다. 리무진에 올라타 같이

있는 사람이 왕자라는 걸 알게 된 후 멤버들은 기겁하고 악수할 때
도 덜덜 떨었지만, 곧 눈앞에 있는 사람이 왕자라는 데 적응하기에
이르렀다. 그러나 왕자와 같이 무대에 설 거라는 헤일로의 말은 무
척 당황스러웠다.

"나도 해야 하나?"

게다가 이는 아직 왕자와도 합의되지 않은 말이었다.

"드럼 칠 줄 안다면서요."

"그건 그렇지만, 그냥 나는 구경만 하면 안 되겠나?"

일단 헤일로의 말에 응하긴 했지만, 아서 왕자는 진짜 해야 할 때
가 되자 겁부터 먹었다. 헤일로의 눈엔 그렇게 보였다.

"그만둔 지 오래되기도 했고, 자네 음악에 방해만 될 텐데."

변명조차 겁먹은 티가 드러났다. 차라리 왕실에 누가 된다고 말
하거나 그냥 별로 하고 싶지 않다고 말했다면 그러냐고 했을 것이
다. 그러나 자신이 드럼을 못 칠까봐 못하겠다고 말하는 왕자를 헤
일로는 그대로 두고 싶지 않았다.

"후회하지 않겠습니까?"

"뭐?"

"언제 또 이런 곳에 올 수 있을까요?"

아서 왕자는 라이브 펍에 들어왔을 때부터 무대에 눈을 못 떼던
것도 그렇고, 왕실의 명예 어쩌고 그런 소리를 하지 않는 걸 보면,
이미 자신을 왕자가 아닌 미숙한 드러머 정도로 인지하는 듯했다.
헤일로는 "하고 싶지 않아?"라고 직접적으로 말하지 않았지만, 왕
자의 욕망을 흔들었다. 사장에게 마이크를 받아 들고 무대 위로 태
연히 올라가 드럼을 툭툭 두드렸다. 그러곤 왕자를 바라봤다.

"임시라도 내 멤버가 될 기회가 아무 때나 오는 게 아닌데."

멤버라는 말에 남규환이 흠칫했다. 은근히 왕자를 경계하자, 한진영이 어깨를 툭툭 쳤다.

"나는, 그냥, 그럼."

왕자보다 높은 곳에 선 헤일로와 어쩔 줄 몰라 하는 아서 왕자를 보고 있던 바텐더로 위장한 수행원이 칵테일 쉐이커를 흔들며 다가와 '당신의 위치를 잊지 말라는 듯이' 그를 지칭해 불렀다.

"전하."

그러나 그것이 오히려 왕자를 자극하기 충분했다. 한때 질풍노도의 시기를 보내며, 아버지와 할머니에게 주름과 흰머리를 만들어주었던 왕자는 젊었을 적을 떠올렸다. 그것이 엄청난 용기를 불어넣어 주진 않았지만 그래도 시도할 수 있는 힘을 주었다.

"그럼 잠깐만 연습 때만 같이 해도 되겠는가?"

헤일로가 하고 싶은 대로 하라는 듯 어깨를 으쓱했다.

그렇게 아서 왕자가 천천히 무대 위로 올라왔다. 수행원들이 어떻게 보든, 사실 신경 안 쓴다기보단 신경 쓸 새가 없었다. 아서 왕자는, 아주 위험한 길에 올라선 것처럼 조심스레 무대를 걸었다. 그가 드럼 앞에 서기까진 꽤 오랜 시간이 걸렸다. 일단 드러머란 말에 경계했던 남규환이 유하게 드럼의 자리를 비켜주려고 하자, 왕자가 괜찮다고 손을 올리곤, 옆에 있는 작은 드럼 세트에 섰다.

"난 이걸로 충분하네."

드럼이 밴드의 뼈대인 만큼 왕자는 헤일로의 무대에 악영향을 주고 싶지 않았다. 그게 아니더라도 이젠 복잡한 세트를 연주하기엔 너무 시간이 흘러가기도 했기에 그는 더 욕심을 부리지 않았다.

이곳에 선 것부터가 욕심이니.

"무엇을 부를 건가?"

"하고 싶은 곡 있으세요?"

총연습일 뿐인데 왕자는 이상하게 긴장이 됐다. 마치 수많은 눈이 자신을 보고 있는 것 같다고 할까.

"어릴 적에 쳤던 건데, 자네가 알지 모르겠군."

영국 록 계보의 가장 앞에 선 자의 이름이 나오자, 헤일로는 씩 웃었다. 왕자의 취향은 확실히 알았다.

펍은 5시부터 오픈이었다. 런던 시내에 있는 이 라이브 펍엔 언제나 많은 이들이 오갔는데, 여행객에겐 잘 알려지지 않은 곳이라 대개 단골들이 왔다. 오늘도 거지 같은 음악을 듣거나 혹은 그나마 덜 거지 같은 음악을 듣기 위해 단골집에 찾아간 사람들은, 방탄복을 입은 이들이 철저하게 짐 검사를 하자 당황했다. 평소엔 그냥 쓱 들어가 카운터에 있는 션에게 흑맥주 두 잔을 시키면 됐는데, 무슨 일인지 몰라도 그들은 손님을 예비 범죄자로 보는 건지 금속탐지기로 몸을 수색하고 가방도 열게 했다.

"당신들 뭐야?"

"나는 그냥 술을 먹으러 온 거라고."

"혹시 션이 로또 1등이라도 당첨됐나? 그게 아니면 가게 망하려고? 미성년자가 아닌 것만 확인하면 되잖아!"

당연히 분쟁이 있었다. 술 마시러 온 건데 기분이 나쁠 수밖에 없었다. 그렇다고 왜 검사하는지 설명해주지도 않았다.

"더러워서 안 들어간다. 내가 다시 오나 봐라."

화가 나서 발길을 돌리는 사람이 반이었고, 나머지 반은 "별거 아니기만 해!", "뭐, 미국 대통령이 방문하시기라도 했나?" 하고 짜증을 내며 용케 검색대를 통과했다. 그리고 안에 들어오자마자 들려오는 음악에 한 번, 그리고 무대에 선 익숙한 이를 보고 나서 "왓 더…" 제자리에 멈춰 섰다. 미국 대통령은 아니지만 사실 크게 다르지 않은(?) 사람이 거기에 있었다. 더하여 마침 '여왕 폐하'의 보헤미안 랩소디(어느 정도 편곡한)가 들려오니.

Beelzebub has the devil put aside for me(벨제붑이 제 곁에 악마를 두었어요)

"이게 지옥이라면, 평생 벌을 받고 싶어."
정상적인 사람도 마조히스트로 만들어버리는 상황이었다. 그들의 눈에 다섯 명의 멤버가 들어왔다. 키보디스트와 베이시스트, 작은 드럼 세트를 연주하는 한 명과 더 화려한 드럼을 연주하는 동양인 한 명, 그리고 마지막으로 그윽한 조명이 내려앉은 무대를 태양처럼 밝히는 소년. 워낙 소년의 존재감이 강했던지라 그들은 드러머를 유심히 보진 않았다. 조명이 어둡기도 했고 그냥 어딘가 낯익다고 생각했을 뿐이다. 처음 보는 바텐더도 이상하게 긴장한 사장도 처음 보는 손님도 이상하게 생각하지 않았다. 그냥 눈앞에 헤일로가 있다는 데 만족했다.
발 없는 말이 천 리를 가 헤일로가 공연하고 있다는 말이 순식간에 퍼졌다. 무기를 소지했다면 쫓아내거나 빼앗았겠지만 핸드폰은 압수하지 않은지라 어느 펍에 헤일로가 떴다는 게 충분히 잘 알려졌다.

바깥에선 여전히 철저한 검사가 이루어졌다. 아직 아서 왕자의 이야기가 크게 나오진 않았지만, 무대 위에 있는 이상 언제든 퍼질 이야기였다. 이미 왕가 쪽은 비상이 걸렸다. 왕자가 그렇게 사람이 몰리는 펍에 있다는 걸 보고한 이후로 연락이 끊이질 않았다. 그러니 가면 갈수록 보안 검사가 철저해졌고, 그중에선 불만을 가진 사람들도 있었다. 그러나 그들이 비꼬거나 짜증이라도 내려고 하면, 경호원들이 나서기 전에 뒤에 줄 선 사람들이 먼저 화를 냈다.

"받기 싫으면 나가!"

"꺼져, 이 새끼야. 너 없어도 들어갈 사람 많아."

"저는 지금 옷도 벗으라고 하면 벗을 수 있어요, 저부터 검사해 주세요."

이미 만석인 펍에 사람이 빠지기를 기다리는 이들이었다. 물론 사람이 빠질 리 없었다. 이러다가 그의 노래는 한 곡도 듣지 못하게 생겨 발을 동동 굴리는 찰나, 겨우 자리가 나서(나온 사람이 없으니 자리를 조금 더 만든 것 같다) 검사를 다시 시행하는데, 그거 하나 견디지 못하는 꼴을 보니 분노와 초조함이 그쪽으로 향한 것이다.

아무튼 인내심이 바닥난 바깥과 달리 안은 그야말로 축제였다. 딱정벌레와 구르는 돌, 비행선, 여왕 폐하, 사막의 옹달샘 등 평소 들을 수 없는 뮤지션들의 곡으로 가득했다. 또 그것들은 영국인들이 가장 자랑스러워하는 곡이기도 해서 모두가 열정적인 관객이 되었다. 음악은 술보다 더 달지만 고주망태가 될 일이 없었다. 게다가 고주망태가 되면 검은 양복을 입은 사람들이 내쫓아버려 이곳은 그야말로 또 다른 콘서트장이었다. 이쯤 하나둘 무대에 선 드러머의 얼굴을 알아보는 사람이 나왔다. 그들은 눈을 의심하며 믿지 않았다.

'왕자가 헤일로 밴드에 있을 리가 없지.'

아무리 봐도 그들이 사랑하는 아서 왕자가 맞았으나, 그들은 술에 취해 잘못 보고 있는 거로 생각했다.

그렇게 무대가 뜨거워졌다. 처음엔 연습만 같이한다던 아서 왕자는 오랜만에 만지는 드럼에 얼떨떨하다 점점 즐거워했고, 지금에 와선 누가 내려가라 해도 내려가지 않을 것 같았다. 등을 적신 땀은 곧, 미친 듯이 쏟아낸 열정의 농도였다. 그만둔 지 오래되었던 터라 젊은 날만큼 잘 치지 못했다. 그러나 이상하게도 즐거웠다. 즐거워서 미칠 것 같았다. 그의 부족한 연주는 문제가 되지 않는다. 처음 실수해 당황했을 때 멤버들은 아랑곳하지 않고 실수를 의도한 것처럼 만들어주었고, 그의 실수를 악영향으로 남기지 않았다. 또한 별거 아니라는 듯 웃어주자, 그냥 즐겁게 노는 기분이 들었다.

아서 왕자는 두 눈이 뜨거워지는 걸 느꼈다. 슬픈 게 아니라 자신이 왜 한때 음악에 미쳤었는지 다시 맛보게 되니 너무 행복했다. 선악과를 탐냈던 아담과 이브를 이해할 수 있었다. 금단의 과실이 이런 맛이었다면 그라도 탐하고 말았을 것이다. 설사 벌을 받게 된다고 하더라도.

영국 밴드 음악의 계보를 잇는 곡은 결국 현재에 닿았다. 브릿팝의 대표이자 록 그 자체, 그리고 밴드 음악의 대명사가 된 헤일로의 음악으로.

"브라보!"

"헤일로!!!"

음악이 끝나자마자 주먹을 쥐고 벌떡 일어난 펍의 사람들과 뜨

거운 열기, 열정적인 박수 소리와 그윽한 조명과 땀 냄새. 멤버들의
웃음소리까지 왕자는 이날을 평생 잊지 못할 것이었다.

"드럼, 좋았습니다."

아서 왕자는 남규환과 하이 파이브를 하고 문서연과 한진영과
악수를 했다. 그러곤 마지막으로 헤일로와 포옹하며 진심을 담아
인사했다.

"고맙네, 친구. 난 오늘을 잊지 못할 거야."

분명 아서 왕자는 젊은 날 가졌던 열정을 다 가지고 있진 못했다.
아직 늦지 않았다고 하더라도 왕자에겐 의무와 책임이 있었으며
수많은 재단을 경영해야 했다. 아마추어 드러머에서 다시 왕자가
된 아서는 제 위치를 다시 인지했다.

"그래도 말이네. 언젠가 기회가 된다면 다시 한번 자네와 같이하
고 싶네."

언제 가능할지 모른다. 이번에 사고를 쳤으니 어쩌면 영원히 불
가능할지도 모른다. 그래도 왕자는 후회하지 않았으며 언젠가를
기약했다.

"다음에도 나와 같이해주겠는가?"

헤일로는 대답 없이 주먹이 부딪혔다. 인사는 그것으로 충분했다.

* * *

헤일로는 파리 콘서트를 앞두고 다음날 출국 일정이 잡혀 있었
다. 헤일로가 버스킹했다는 뒤늦은 소식에 영국은 난리가 났지만,
그는 여유롭게 공항으로 갔다. 입국했을 때처럼 출국할 때도 영국
은 그에게 정중했다. 많은 팬이 그를 보러 왔으며, 그들은 소리 지

르기 대신 전쟁터에 애인을 보내는 사람처럼 쓸쓸해했다.

헤일로는 손을 흔들었고, 평소였다면 아무 일 없이 파리로 떠날 것이었다. 그런데 그때 불현듯 소란스러워지기 시작했다. 카메라가 번뜩이고 사람들이 길을 열어줬다. 어제가 마지막 만남이고 사고를 쳤으니 자숙하게 될 줄 알았는데…. 헤일로는 예복을 입은 전하와 마주쳤다.

"안녕하셨습니까?"

어제 만남은 비공식적이어야 했으나 버스킹 건으로 공식적인 일이 되어버렸다. 그러나 헤일로는 아무렇지도 않게 인사했고, 예복 모자를 벗은 아서 왕자가 손을 내밀었다. 두 사람이 악수를 나누자 플래시가 다시 한번 터졌다.

'왕자가 직접 나와서 인사해주다니.'

헤일로는 이별 인사치고 과하다고 생각했지만, 그러려니 했다. 어제 즐겁게 놀기도 했으니 과하게 인사해도 이해할 수 있었다. 그리하여 헤일로는 왕자가 다른 목적이 있다는 걸 예상치 못했다.

"다시 그대를 만날 날을 기리며."

경의를 표한 왕자가 사람들 다 보는 앞에서 마지막 멘트를 뱉어냈다.

"내 나라는 언제나 그대를 원하네."

차르륵!

눈이 휘둥그레진 헤일로와 그와 대조적으로 환하게 웃는 왕자의 얼굴이 찍혔다. 그건 꽤 여러 가지 의미로 해석될 수 있었다. 특히 일반인이 아닌, 왕실 일원이 한 말이라면. 세상이 난리가 나는 건 당연한 일이었다. 이미 지난밤은 헤일로라는 이름과 아서 왕자 그리고 영국 왕실에 이어 런던 시민들의 인터뷰로 들썩했다.

> 헤일로, 런던 콘서트 후 펍에서 깜짝 게릴라 공연
> "왕자님이 왜 여기에?" 영국 아서 왕자가 헤일로와 함께 게릴라 공연
> 을 하다가 딱 걸린 경위
> 아서 왕자, 이건 복귀 신호라고 봐야 할까?

기자들은 헤일로가 들른 식당부터 그가 입은 옷, 그가 그냥 바라본 곳까지 위험할 수준으로 포착하려고 했다. 특히, 헤일로에게 남다른 의미를 품고 있는 영국에선 취재의 밀도가 높았다. 그리하여 헤일로가 런던 콘서트를 위해 히드로 공항에 도착할 때부터 영국 시민들은 매일 같이 헤일로의 이름을 확인할 수 있었다. 그러던 와중 깜짝 게릴라 공연이 있었으니, 헤일로가 런던에 너무 짧게 있다 간다고 아쉬워하던 런던 시민들이 환영할 소식이었다. 제한된 공간에 제한된 인원만 출입할 수 있었으므로 실질적으로 영광을 누린 사람은 많지 않았지만, 매스컴 쪽에선 폭발적으로 반응했다. 특히, 단순히 헤일로의 게릴라 공연이 아닌, 아서 왕자가 드러머로 참여했다는 게 알려졌을 땐, 이 세상 모든 기자가 이 기사만 쓰는 것 같았다.

왜 아서 왕자가 헤일로의 무대에서 드럼을 치고 있지? 그건 아서 왕자가 다시 연예계에 복귀한다는 소식인가? 또, 복귀를 헤일로의 멤버로 하는 것인가? 아니면 이번엔 그냥 우연히 참가한 것인가? 가지각색의 의문과 추측이 쏟아졌는데, 무엇보다 큰 접점이 없는 두 사람이 어떤 경위로 만났는지 궁금해했다. 영국의 모든 눈이 더

나아가 유럽 시민들의 눈이 몰렸다. 아마 헤일로가 여자였거나 아니면 아서 왕자가 또래의 공주였다면, 좀 더 자극적인 기사가 나왔을 것이다.

> 英 아서왕자, "영국은 언제나 너(헤일로)를 원한다"

그리고 가장 궁금한 것은 '왕실에선 이 상황을 어떻게 받아들이고 있는가'였다. 타블로이드에서 혹시 아서 왕자가 헤일로와 공연하기 위해 강압적인 수단을 쓴 게 아니냐고 추측할 즈음, 히드로 공항에 아서 왕자가 나타나 말했다.

사건은 또 다른 파란을 일으켰다. 이제까지 '왕실에서 아서 왕자의 밴드 데뷔를 허락해주는 것이냐'와 '아서 왕자는 왜 저기 있는가'가 주요 논점이었다면, 모든 논점이 뒤집혔다. 아서 왕자가 연예계 복귀하냐는 건 중요한 문제가 아니었다. 그의 입에서 나온 저 멘트가 어디까지의 의미를 내포하고 있는지가 중요했다. 단순히 콘서트에 대한 이야기인지, 아니면 더 큰 의미가 있는 것인지.

> 왕실은 이미 헤일로를 만났다. 왜 만났겠는가?
> 아서 왕자는 왕실 대변인으로서 서 있었나?
> 헤일로에게 국적 제의? 이에 대한 시민의 의견은? 오로지 대찬성
> 처음부터 수상했다. 헤일로가 히드로 공항에 도착했을 때의 응대와
> 타 스타 응대 비교

매스컴은 담백한 문장을 사용하며 일을 자극적으로 키웠다. 한

때 헤일로가 영국인일 거라고 예상했으나 한국인이란 게 밝혀졌을 때 아쉬워했던지라, 왕실 쪽에서 먼저 나서서 그들과 같은 의견을 대변한 이 일은 수면 아래 잠겼던 욕망을 부추겼다.

[솔직히 태양의 영혼은 영국에 있어!]
[난 아서 왕자와 왕실을 지지해! 제발, 영국으로 오세요!]
[이거 단순히 시민권 얘기가 아닐지도 몰라 명예훈장 수여까지 얘기가 나왔으니 아서 왕자가 나선 거 아닐까?]
[계속 훈장 얘기가 돌긴 했지. 난 헤일로가 영국인이 되어 훈장을 받는다는 거 대찬성이야.]
[헤일로 경이라니… 너무 아름다운 이름이야.]

심지어 '영국인들의 눈'에 헤일로가 제 모국인 한국보다 영국에서 활발히 활동하고, 조금 더 애틋하게 구는 것처럼 보이니, 그가 영국에 귀화한 이후를 꿈꾸는 사람까지 존재했다. 이 사태를 가만히 지켜보던 한국은 뒤집어졌다. 영국 왕자가 헤일로를 직접 배웅까지 하러 왔다고 즐거워하던 한국인들은 곧 정색했다.

[그냥 콘서트 더 해달라는 얘기 아님? 어쩐지 해일이한테 ㅈㄴ 찝적거리더라. 누가 해적의 나라 아니랄까봐.]
[영국이 언제나 해일이를 원해? 우리나라는 안 그런 줄 아나 갑자기 개열받네.]
[제국주의 시절 버릇 나오기 시작했다. 영토 분쟁이 이어 이제 사람 분쟁까지 해야 하냐?]

ㄴ자꾸 중국이랑 일본이 해일이가 지네들 핏줄이라고 해서 개열받는데.
ㄴㄹㅇ 헤일로 음악이 자기네 영향받았다고도 하더라ㅋㅋ 도대체 무슨
영향?

옛날부터 해외에서 헤일로를 노리고 있다는 말은 들었지만, 이
토록 직접적으로 '귀화'를 뜻하는 얘기가 나오자, 한국에서의 반응
은 폭발적이었다.

[근데 귀화 ㅆㅇㄷ 아님? 그리고 이제 우리나라도 시민권 인정되잖아.
귀화든 시민권이든 영국인 되면, 작위수여까지 할 뻘인데 군 문제도 해
결될 테고.]
  ㄴ 야 근데 겨우 왕자 말 확대해석하는 거 아님? 왕실 대변인이 직접 인
  터뷰한 것도 아닌데.
  ㄴ 이 새끼 머리 안 씀? 왕실 대변인이 높냐 왕자가 높냐.
[훈장은 뭔 훈장 우리나라엔 훈장 없는 줄 아나.]
  ㄴ 21세기에 작위 수여는 무슨.
  ㄴㄹㅇ 국민 99%가 양반 집안인 한국에서.

그리고 불난 집에 부채질까지 하는 일이 또 한 번 일어났다. 원래
는 국뽕 뉴스 중 하나로서 소화될 일이긴 했다. 그러나 상황이 상황
이니 만큼 불순한 의도로 해석되기 충분했다.

[Hé, mon garçon. Et Parisç?(이봐요 소년! 파리는 어때요?)]

정확히 헤일로를 태그하진 않았지만 헤일로를 칭하는 별명 중 태양, 영광 다음으로 많이 쓰는 '소년'을 부른 프랑스의 '전 배우'이 자 '현 의원'의 파랑새 글은 헤일로에게 하는 말로 보였다. 특히, 시 간대가 헤일로가 딱 프랑스 샤를 드골 공항에 입국했을 때기도 했 고, 아서 왕자가 이젠 왕실 공식 입장이 되어버린 그 멘트를 한 지 겨우 몇 시간 후였다. 물론 정말 순수한 의도로 정말 어떻냐는 의 미일 수도 있고, 어쩌면 헤일로를 부른 게 아닐지도 모른다. 그래도 이미 불이 난 한국은 한 가지 의미로만 들렸다.

[이 새끼는 또 뭐야?]
[오케, 난 국민청원 들어감 헤일로 귀화 금지 헌법 제정해달라고 해야 겠음.]
  └ 와ㅋㅋㅋ 헌법재판소에서 만장일치로 통과할 듯.
  └ 헌법 제정을 헌법재판소에서 하냐 이 멍청한 새끼야. 근데 만장일치 통과는 ㅇㅈ
[근데 당사자는 이 상황에 대해 뭐래?]
  └ 그걸 알면 다들 기겁하고 있겠냐.
  └ 노해일 ㅈㄴ 예측 안 되는 성격이라 진짜 모르겠음.
  └ 어쩌면 그냥 이 상황 자체를 모르고 있을걸?

반은 정답이었고 반은 틀렸다.
"와 난 별거 아닌 인사인 줄 알았는데, 이렇게도 생각하네요."
"뭐, 다른 사람도 아니고 왕자가 한 말이니까."
헤일로는 숙소에 돌아온 이후 멤버들이 한국 상황을 모니터링

해준 덕분에 현 상황을 알고 있었다.

"이 상황에 대해 어떻게 생각하세요?"

문서연이 숟가락을 마이크처럼 가져다 대자, 헤일로는 "흠…" 하고 진지하게 생각하는 척하더니 인터뷰를 하듯 대꾸했다.

"고려해볼 문제도 아닌데요."

한국인들이 들으면 속 시원한 말이었고, 실제로 그랬다. 영혼이 영국인이긴 하지만, 지금에 와서 영국에 귀화할 생각은 없었다. 그는 한국에 잘 적응했고, 과거에도 영국인으로서의 자부심이나 애국심도 없었다. 그는 언제나 헤일로였고, 자기만 중요했다. 어디에서든 그가 원하는 걸 하며 살 수 있고, 어디든 마음만 먹으면 갈 수 있으니 국적이 어떻게 되든 상관없었다. 또 사람들은 아서 왕자의 말을 국적을 중심으로 해석했지만, 헤일로는 '훈장'을 상기시켜주려는 의도였다고 해석했다. 필요 없다고 했음에도 불구하고, 언제나 원한다면 줄 테니 받아 가라는 말이 아니었을까. 왕자가 담백한 듯하면서 은근히 집요한 성격이다 싶었다.

"아, 어제 재밌었는데."

"다음에 가면 또 해요, 사장님!"

"그래도 드럼은 제가 더 잘 칩니다."

한국에서는 이제 아서 왕자의 게릴라 공연 참여까지 음흉한 꿈수라고 해석하지만, 멤버들은 지난밤을 즐겁게 기억하며 곧 있을 파리 콘서트 리허설을 준비했다.

7. 산타클로스가 되어

  프랑스 파리 12구 센 강변에 있는 아코르 호텔 아레나는 헤일로의 이번 월드투어 콘서트 공연장 중 규모가 큰 편이었다. 수용인원은 2만 300명으로 이제까지 다른 공연장이 1만 7,000명 정도였기에 어떻게 보면 가장 여유 있는 티켓팅이라고 볼 수도 있었다. 만약 프랑스 사람들만 콘서트에 왔다면 말이다. 하지만 프랑스 파리 공연은 좌석이 여유 있는 만큼, 그리고 유럽 한가운데 위치한 만큼, 대부분의 유럽 시민이 몰렸기에 규모는 큰 의미가 없었다.

  그리고 슬슬 골드티켓 인증 개수와 관계자의 말로 인해 골드티켓의 수량이 한 공연당 100개라는 말이 퍼지며, 어떻게 보면 골드티켓에 당첨될 확률이 가장 낮은 공연으로 인식되었다. 바로 전 콘서트에서 스콜피온 릴이 그렇게 약을 올리고 간 데다, 지금도 놀리듯이 공식 석상에 설 때면 '그 시계'를 차고 있었기에 사람들은 비슷한 시계만 보면 매우 예민하게 행동했다.

"그, 저희가 정말로 이 시계를 받아도 될까요?"

피터가 손을 덜덜 떨며 말했다. 수전증 수준이 아니라 경련이 온 것처럼 떨렸다.

"MJ에게 주게요?"

"그, 그런 의미가 아니라…."

헤일로는 킥킥 웃었다. 드디어 스파이더맨을 본 그는 피터에게 MJ가 무슨 의미인지 알게 되었고, 꽤 재밌는 유머라고 생각했다.

"그래서 프러포즈는 성공했나요?"

"어…."

성공할 리가 없었다. 프러포즈를 할 사람은 그때 화장실에 있었고, MJ는 노래 부르는 피터가 아니라 다른 사람을 영상으로 보았으며, 프러포즈는 없던 것이 되었다. 프러포즈고 뭐고, 심지어 거기에 피터가 없었다는 것도 MJ는 지적하지 않았다. 오히려 왜 너희들만 헤일로를 봤냐며 멱살을 잡았으며, 피터는 그동안 화장실에 있었다고 하자 혀를 쯧쯧 찼다. 동거는 이미 하고 있었고, 결혼도 이미 결정난 상황에서 피터는 특별한 날을 만들고 싶었는데, 특별한 날을 만든 건 오히려 MJ였다.

"곧 결혼식을 올리기로 했습니다."

긴 사연을 알지 못하는 헤일로는 대충 프러포즈가 성공했구나 싶어 고개를 끄덕였다.

"근데 저희가 헤일로 씨 공연에 가도 될까요?"

"그때, 즐겁지 않았나요?"

누가 헤일로에게 재미없다고 할 수 있겠는가. 그 이후의 일어난 일은 재미없었지만, 헤일로와의 선상 공연은 그들에게 인생의 가장 큰 업적으로 남아 있다.

"즐겁긴 했는데…."

"네가 뭔데 태양과 배를 탔냐", "태양의 얼굴을 정말 못 봤냐", "네가 태양의 등을 때린 그놈이냐" 등등 많은 기억이 주마등처럼 머리를 스쳐 갔다. 피터와 일행은 몸을 덜덜 떨었다.

"그냥 멀리서 지켜보는 것도 좋은 것 같은데…."

"방해가 되지 않을까."

시계까지 받고 무대 게스트도 한다? 이러면 어떻게 될지 정말 무서웠다. 물론, 그들은 절대 스콜피온 릴처럼 시계를 자랑할 생각도 없었다. 그들은 헤일로의 무대 게스트 제안을 받은 것만으로도 무서웠다. 그러나 헤일로는 이들이 과거 겪은 일에 대해 잘 알지 못했다. 그에게 남아 있는 그들에 대한 과거란, 즐겁게 "하하 호호" 웃으며 곤돌라 선단에서 노래 부르게 해주고, 좋은 추억을 공유한 채 깔끔하게 이별했던 그 하루가 다였다. 그들이 직접적으로 무섭다, 부담스럽다고 말했다면 달랐겠지만, 그렇게 말하진 않으니 헤일로는 그들의 반응을 아서 왕자 때와 비슷한 걸로 받아들였다.

헤일로가 그들을 보며 물었다.

"나랑 공연하기 싫어요?"

아무것도 모르는(?) 소년이 그들을 바라본다. "사실 하고 싶잖아"라고 말하는 눈이다. 헬리건이 무섭긴 하지만, 태양단이기도 한 청년들은 그들의 가수에게 싫다는 말을 할 수 없었다. 사랑하는 가수를 실망시키는 팬이 어딨단 말인가.

"아니요 정말 좋습니다."

"흐윽… 영광… 입니다."

"저흰 그냥 헤일로 씨를 만난 게 너무 좋아서."

"그럼 하면 되겠네요."

소년이 환하게 웃었다.

* * *

시간은 비디오테이프를 빨리 감기한 것처럼 빠르게 흘러갔다. 피터가 헤일로를 다시 막 만나 인사하고, 리허설 무대에서 아마추어 공연을 그대로 보여주었던 때가 어제 같은데 정신을 차려보니 11월 30일이었다.

완연한 겨울의 초입이자 슬슬 크리스마스 휴가를 준비해야 할 날이 다가왔다. 평균 기온이 한 자릿수로 떨어져 버린 지 오래고, 찬 바람도 많이 부는 터라 옷차림을 따뜻하게 해야 할 필요가 있었다. 그러나 파리 12구 센 강 근처는 여름을 맞이한 것처럼 뜨거운 열기가 발산되었다. 금빛의 선으로 이루어진 점이 양쪽으로 퍼져 나가 태양과 달을 그린다. 문양이 완성되었을 때, 떠오른 카운트는 17이다. 서울 콘서트까지 16초에서 떨어져 내렸던 숫자는, 헤일로의 나이를 각인하듯 17이 되어 있었다.

숫자가 떨어질 때마다 조명이 하나씩 켜지기 시작한다. 작은 조명 하나가 아직 비워진 돌출무대를 비췄지만, 그 하나하나에 사람들이 소리를 질렀다. 붉은빛과 황금빛이 뒤섞인 조명은 마치 일출 같다. 그들은 태양의 이름을 부르짖었다. 그리고 마침내 "쿵!" 소리와 함께 HALO 1집 '투쟁'의 쩡한 일렉 기타 선율이 들려왔다.

"으아아아아!"

함성이 울리고 완전히 0초로 떨어지자, 가장 큰 조명이 무대 중앙에 서 있는 소년을 비추었다. 평소 콘서트 복장이 캐주얼에 가까웠다면, 오늘은 검은색 트렌치코트를 걸치고 있었다. 날씨에 맞춰 입었을 수도 있고, 아르보의 새 컬렉션일 수도 있다. 소년이 프랑스에 도착하자마자 가장 먼저 접촉한 것이 아르보 아닌가.

헤일로가 아르보의 앰배서더로 활동한 이후 아르보의 브랜드 가치는 고공행진하고 있다. 올드한 이미지를 벗어던진 지 오래고, 2032년 스타들과 청년들이 선택한 브랜드로 자리 잡았다. 심지어 기존 컬렉션뿐만 아니라, 새롭게 만든 캐주얼 라인 '해일(Haeil)'까지 호평을 받으며 안정적으로 정착했다. '태양'을 만나 '영광'을 얻은 '나무(Arbor)'가 평생 소년을 위한 옷을 만들겠다며 소년에 대한 애정을 드러내는 것은 당연했다. 아니면 소년이 여행하며 보여준 명품 정장 브랜드의 협찬일 수도 있다.

사람들은 소년이 만드는 오프닝 무대에 몸을 맡겼다. '투쟁'에 의해 연약한 심장이 야수의 심장처럼 날뛰고 있다. 이 노래를 들을 때면 그들은 무엇이든 할 수 있을 것 같았다. 그리고 '그들'에는 지금 무대 뒤편에서 차례를 기다리고 있는 이들도 포함되었다. 조금 전까지 덜덜 떨며 헤일로의 멤버가 쥐여준 '청심환'이라는 것을 먹은 피터와 일행은 어쩐지 자신감이 생겼다. '투쟁'의 열기와 하늘로 쏘아진 폭죽에 그들의 자신감도 파드닥 튀어올랐다.

이어서 헤일로가 프랑스어로 인사하고 몇 가지 농담을 던졌다.

"피터 씨, 준비해주세요."

관중들이 헤일로의 한마디에 웃고 울고 있는 걸 보고 있으니 피터는 진정 특별한 자리에 온 걸 실감했다.

곧 무대의 불이 꺼졌다. 돌출무대의 작은 불빛은 어느새 푸른 빛을 띠었다. 적막한 무대, 아코디언다운 부드러운 선율이 들려왔다. 헤일로의 키보디스트 문(Moon)이 연주하고 있을 거로 생각한 사람들은, 한 마디가 완성되었을 때 무슨 곡인지 알아들었다. 아날로그 그 소리를 채워주는 피아노의 반주와 가볍지만 포인트가 있는 콩가가 들어왔다. 묵직한 베이스가 조심스레 얹어지고, 기분을 전환시켜주는 팬플루트 소리도 들린다. 마치 오케스트라처럼 풍성한 사운드로 승리의 기쁨이 표현되었다.

MR치곤 소리가 선명해서 어떤 신기술을 쓴 걸까 고개를 갸웃대던 이들은, 무대의 조명이 켜지고 나서 1초 뒤 소리를 지를 수밖에 없었다. LED가 바닥을 비추며 운하의 전경을 만들어줬다. 무대 뒤 커다란 전광판에는 베네치아 풍경이 펼쳐지고, 가장 앞에 선 것은 흑사병 의사 가면을 모자처럼 쓴 헤일로였다.

관중을 보며 두 팔을 벌린 그가 입을 열었다. 그 순간 검은색 코트가 바람에 휘날려 뒤로 펄럭였다. 헤일로의 뒤에 선 사람들은, 그때 헤일로와 같은 곤돌라에 탔던, 피에로와 광대, 조커였다. 그리고 그 옆에 헤일로와 비슷하지만 조금 다른 흑사병 의사가 기타를 들고 있었다. 그가 멘 기타는 세상에 단 하나밖에 없다는, 헤일로의 시그니처였다. 헤일로가 돌출무대로 걸어 나와, 곤돌라 위에서 물길을 건드리듯 무대 아래로 손을 뻗었다. 하얗고 차가운 손에 닿는 건, 떠내려온 깃털도 물고기도 아니지만, 그보다 가치 있는 것들이 쥐어졌다.

When we meet again(우리가 다시 만날 때)

베네치아에서 한 번 만났던 '우리'는, 이렇게 파리에서도 다시 만났다.

헤일로가 천천히 일어나 홱 몸을 돌린다. 묵직한 워커가 무대로 돌아가지만, 관객 시점에서 멀어지는 것처럼 보였다. 바람에 휘날리는 검은색 코트와 유유히 돌아가는 이는, 마치 베네치아에서 놓쳤던 그 모습과도 같았다. 다시 시작된 헤일로의 노래와 사람들의 목소리가 일치된다. 그땐 멀리서 헤일로의 이름을 부르며 쫓기 바빴다면, 이번엔 그들 또한 곤돌라에 타고 있다. 그들은 헤일로를 위한 또 한 명의 세션이 되었다.

분위기가 미쳤다. 거세게 뛰어대는 가슴은 청년의 것과 같고, 피터와 밴드를 비추는 조명은 그들의 전성기를 가리키는 하이라이트 같다. 엄마는 이것이 아무 때나 찾아오는 기회가 아니라고 했다. 인생에 딱 한 번 있을 그런 순간. 그들 또한 헤일로의 팬으로서 인생의 가장 큰 업적을 놓치지 않기 위해서 나왔고, 열심히 준비한 〈다시, 봄(Spring again)〉의 타이틀곡 '우리가 다시 만날 때'를 보여준 걸 후회하지 않았다. 연습하면서 하나같이 능력치가 장난 아니라 놀랐던 헤일로의 멤버들이 그들의 부족함을 감쪽같이 지워주고, 멋짐만 남겨주었다. 절대로 잊지 못할 것이었다. 시계를 받았을 때보다 좋았다. 무대를 마친 그들은 뿌듯함을 가슴에 새기고 사람들 앞에 섰다.

분위기는 분명 좋았는데…. 정신을 차리니 살벌한 사람들의 시선이 닿았다. 헤일로가 볼 때는 애정이 넘치는 살랑살랑한 표정이 헤일로가 고개를 돌릴 때면 악마같이 변했다. "니들이 뭔데 그의 옆에 서 있는 거지?"라고 말하는 것 같았다. 헤일로가 주먹을 부딪쳐 인사를 해주자, 시선이 점점 매서워졌다. 이제까지 게스트들에게 이렇게까지 하진 않았다.

이전 게스트 올리비아나 프라우는 시계를 받고 자랑하지는 않았다. 물론, 프라우는 몇 번 차고 나오긴 했지만, 그는 원래 명품 시계를 수집하던 사람이었으니 그럴 수 있다. 그러나 런던에서 스콜피온의 릴이 만행을 저질렀다. 헤일로에게 시계 수여식을 해달라고 조르질 않나, 관중 앞에서 포즈를 취하며 약 올리질 않나. 지금도 잊을 만하면 '이게 헤일로와 악수했던 손이다', '우린 같이 밥도 먹는다'며 SNS에서 자랑하곤 했다. 하는 짓이 미운 일곱 살 수준이다. 세계 정상급 메탈 밴드 리더가 아니라, 럭키 헬리건임이 분명했다. 그러니 사람들의 분노는 계속 쌓였고, 그 업보가 다음 게스트인 피터와 친구들에게 향했다. 그들에겐 참 안타까운 일이다. 업보를 쌓은 사람이 받지 않고 그들에게 넘어왔으니 말이다. 릴처럼 시계를 차고 와서 자랑하지 않았지만, 헤일로가 주먹을 부딪쳐 인사해주고 관심을 보여주니 미움받는 것이다.

"아, 그러고 보니 곧 결혼식을 한다고 들었는데, 날짜는 정해졌나요?"

"네, 네. 4월로."

"오오. 와!" 하며 사람들은 입으론 감탄하고 환영했지만, 헤일로의 시선이 닿지 않을 때면 귀신같이 그들을 노려보았다.

"그럼, 그때 제가 축가를 불러드릴까요?"

"네?"

이것이 하이라이트였다. 진작에 시선을 받고 헤일로에게 그의 시그니처 기타를 돌려준 피터는, 헤일로의 시그니처를 만진 것도 모자라 축가도 받을 입장이 되자 만인의 적이 되어버렸다. 피터는 울고 싶었다. 이걸 넙죽 받을 수도 없고 거절할 수도 없고.

"그, 바, 바쁘지 않으시겠어요?"

"하루는 충분히 만들 수 있죠."

"아, 그러시구나. 여, 영광입니다."

피터는 입으로 웃으면서 눈으로 울었다.

그래도 그들은 한 번 회생할 수 있는 기회를 받았다. 잘 모르는 사람들을 위해 다시 그때 일을 설명하게 된 것이다. 헤일로에게 화장실 보초를 세운 피터가 죽을죄를 지었다며 넙죽 엎드렸고, 헤일로의 등짝을 내려친 광대 또한 전 세계 팬들 앞에서 사과했다. 그간 얼마나 고통받았던가. 모르는 사람들이 문제가 아니었다. 오히려 주변인이 못살게 굴었다. 부모님께 한소리 듣고 친척들한테도 폭력적이라 욕먹고, 질투와 분노가 담긴 친구들에게 한마디씩 들은 그들은 10개월이 지나서야 사죄할 기회를 얻었다.

그들이 살고자 노력하는 모습을, 장난으로 알아들은 소년이 "하하하" 눈물을 훔치며 받아쳤다.

"이젠 아프지도 않아요."

'이건 그땐 아팠단 소린데?'

광대는 기겁하며 사죄했고, 소년에게 뒤끝이 남았는지 진심으로 궁금했다.

"다음에도 기회가 있으면 같이 공연했으면 좋겠어요."

"제발…."

제발 하고 싶다는 건지 하기 싫다는 건지 알 수 없는 대답이었다. 피터와 친구들은 시간이 지나길 간절히 바랐고, 서둘러 무대에서 내려갔다. 이후 헤일로의 공연이 이어지는 동안, 그들은 제발 사람들이 잊어주길 바랐다. 사람들의 기억 속에서 영원히 사라지고 싶었다. 물론, 그럴 리는 없었다. 누군가 커뮤니티에 사진을 박제한 것이다.

[헤일로 파리 콘 초대 게스트 근황.]
[아니 쟤들 왜케 떨어. 해일이 한마디 할 때마다 얼굴이 창백해지는데.]
[일반인들인데 긴장했겠지. 그리고 결혼 축하드립니다.]

그나마 다행인 것은 그들이 헤일로에게 미리 부탁해서 무대에 설 때 베네치아 사육제처럼 분장했다는 것이다. 이미 인터뷰도 하긴 했지만 대놓고 그들의 얼굴이 올라올 일은 없었다. 인터넷에 올라온 사진은 광대와 조커, 피에로, 흑사병 의사로 분장한 모습이었다.

그들이 화제가 된 건 단순히 그 특이한 분장과 헤일로와의 특별한 일화 때문만은 아니었다. '파리 콘에 헬리건 역대급으로 많아진 듯'이라는 제목으로 누군가가 올렸던 객석의 고화질 사진 때문이었다. 헤일로 팬덤엔 왜 미친놈들이 많냐는 질문이 많이 올라오긴 했지만, 그동안 우스갯소리 혹은 미친놈 질량보존의 법칙 따위로 설명해왔다면, 누군가 올린 파리 콘서트 헬리건 사진은 진짜 무서운 놈들이 많다는 증거처럼 보였다.

[헬리건들 표정 개살벌하네. 헤일로 돌아보면 웃다가, 헤일로가 게스트들 보려고 고개 돌리자마자 정색하며 노려봄.]
[아니 저러면 누가 게스트로 나옴?]

└ 헤일로가 나오라는 데 누가 안 나감?
└ 일단 난 나감.
[헤일로 팬 중에 미친놈이 많긴 했는데 릴 때문에 폭발한 듯.]
[쟤들 얼굴 보니까 불쌍하다. 길에서 헬리건 잘못 만나면 진짜 처맞는 거
아님?]

불쌍하다는 평이 꽤 많았다. 헬리건들의 살벌한 시선과 마주한
게스트들이 덜덜 떨고 있었기 때문이다. 그러나 동정 여론은 곧 사
그라들었다.

[헤일로 무대에 섰는데 그게 불쌍함?]
[헤일로 시계도 받고 원해서 선 건데 왜 불쌍함?]
[심지어 아기 태양에게 커다란 주먹을 들이대고 눈물도 냈는데 저게 불
쌍해?]
└ 주먹 들이댄 건 걍 인사… 눈물 난 건 그냥 웃겨서 난 건데…
[태양이 결혼식 축가… 아…]
[지금 쟤들 찾으면 시계 얻을 수 있나?]

사람들이 흔히 말하는 헬리건들과 이외 인간들이 커뮤니티에
물처럼 쏟아져 들어왔기 때문이다. 정상인들은 말을 듣지 않은 광
기 앞에 입을 다물었다.
콘서트 다음날 피터 일행은 오들오들 떨며 집에 머물러 있었
다. 그들은 이번 크리스마스 때까진 집에서 조용히 시간을 보내기
로 했다. 안위를 지키려면, 사람들이 크리스마스를 즐기며 자신들

을 잊어갈 즈음에나 나가야 할 것이다. 다행히 피터와 친구들에게 좋은 소식이 크리스마스 전에 들려왔다. 헤일로 그러니까 노해일 (wave_r)이 한국의 가수로서 만들었던 SNS에 무언가 게시되며 팬들의 모든 관심이 그곳으로 쏠린 것이다.

이제까지 노해일의 별그램은 공식 계정인지 의심이 될 정도로 아무것도 없었다. 천만 단위의 팔로워가 아니었다면(사람들은 아무것도 없는데 도대체 왜 팔로잉했을까?) 공식 계정인지도 몰랐을 것이다. 아무것도 없던 그곳에 한 크리스마스 마켓 사진이 올라왔다. 크리스마스 4주 전부터 진행하는 크리스마스 마켓은 현재 프랑스, 독일 등 유럽 각지에 열리고 있었다. 그중 한 곳일 게 분명한 크리스마스 마켓에는 노란색 아기자기한 조명과 부스와 인파가 있었다. 그리고 무엇보다 눈에 띄는 건 'Les Villages de Noël PARIS(파리의 크리스마스 마을)'라고 쓰인 입구 앞에서 얼굴을 딱히 가리지 않고 니트에 머플러를 두른 소년이었다. 소년의 플레이리스트인 '캐치미 이프 유 캔(Catch me if you can)'이 재생되며 하나의 문구가 올라왔다.

'우리가 자주 하던 거지?'

* * *

I don't want a lot for Christmas(크리스마스에 많은 걸 원하지 않아요)

마켓에는 유명한 크리스마스 캐럴이 흘러나왔다. 헤일로는 모자에 선글라스를 쓰고 머플러를 칭칭 감은 채 발을 까딱였다. 리듬에 따라 발이 바닥에 부딪혔다. 작게 흥얼거리는 목소리에 사람들이 잠깐 뒤를 돌았지만 인파 속에서 그 목소리의 주인을 찾지 못했다.

멤버들은 각자 크리스마스를 즐기러 간 지 오래다. 헤일로가 만나야 할 사람이 있다고 하자, 그들이 오케이 사인을 날리고 사라졌다. 표정이 묘한 게 여자라고 생각한 모양이었다. 연예인한테 열애설은 좋지 않으나, 멤버들은 사장의 연애 사업까지 간섭할 생각이 없었다. 그들이 열애설에 골머리 썩일 홍보팀도 아니거니와, 그들은 사장이 행복하길 바랐다. 연애한다고 음악을 못 하는 것도 아니고 오히려 많은 것을 경험해야 하는 열여덟 살이었다. 그러니 '약속'이란 한마디에 음흉한 표정을 지으며 나간 것이다. 물론, 아쉽게도 헤일로는 그들의 기대를 충족시킬 생각이 없었다.

헤일로는, 팔짱을 끼고 있다가 한 소녀를 발견하고 손을 흔들었다.

"안녕, 감기는 다 나았어?"

"응."

그의 체격의 반만 한 금발의 소녀가 발간 볼로 나타났다. 하얀색 털장갑에 목도리로 완전 무장한 로즈 아스페라의 곁에 다른 사람은 보이지 않았다.

"아스페라 씨는?"

"몰라."

"두고 간 건 아닐 테고."

헤일로는 로즈의 보호자를 곧 발견했다. 아르보의 친애하는 수석 디자이너 페르 아스페라가 열심히 전화 통화를 하고 있었다. 진지한 얼굴인 걸 보아 비즈니스가 분명했다. 한참 동안 통화하던 페르 아스페라는 헤일로와 눈이 마주치자 화들짝 놀라며 전화를 끊고 다가왔다.

"헤, 로 씨. 오랜만에 뵙습니다."

사람들이 많은지라 그의 이름 대신 성을 부른 페르 아스페라는 머쓱한 얼굴이었다. 로즈를 데려다준다고 해놓고 인사도 안 하고 방치했으니 말이다.

"아르보의 신모델은 어떠신가요? 불편한 건 없으세요?"

간단한 인사 후 페르 아스페라는 다시 일 얘기를 시작했다. 딸의 표정이 점점 구겨지는 데도 눈치채지 못했다. 아무나 아르보의 크레이티브 디자이너가 될 수 있는 건 아닐 테니 이해는 했지만, 로즈가 잡은 코트가 점점 구겨지고 있어 헤일로는 으쓱하며 시선을 흘렸다. 그제야 그는 헤일로의 코트 자락을 잡은 채 눈도 안 마주치는 딸을 발견했다.

"그, 로즈. 미안. 로 씨에게 인사했니?"

로즈가 대답하지 않았다.

"아빠랑 말 안 할 거야?"

페르 아스페라는 곤란해하다가 일단 보호자로서 말을 이었다.

"로 씨, 바쁜 와중에 로즈랑 놀아주신다니 정말 감사합니다. 로즈가 크리스마스 마켓에 정말 가고 싶어 했거든요. 게다가 감기 때문에 콘서트에 가지 못한 것도 아쉬워했는데."

"아빠."

"응?"

"빨리 가."

로즈의 한마디에 페르 아스페라가 말을 멈췄다. 그는 큰 충격을 받았다. 로즈가 좀 더 나이가 많았거나, 헤일로가 로즈의 또래였다면 헤일로를 경계했을지도 모르겠다. 하지만 일이 바쁜 아스페라는 언제 데리러 오겠다는 말을 남기고 다시 일하러 갔다.

그때까지 옅게 웃고 있던 헤일로는 단둘이 남자, 로즈에게 물었다.

"내 콘서트에 못 와서 많이 아쉬웠어?"

"가자."

귀가 발개진 소녀가 그를 '파리의 크리스마스 마을'이라고 쓰여 있는 크리스마켓 안으로 잡아끌었다. 헤일로는 순순히 들어가며 작게 웃었다.

헤일로는 파리 콘서트에 프랑스에서 만난 가장 큰 인연도 게스트로 초대하려고 했다. 그러나 보호자인 페르 아스페라가 힘들 것 같다는 답을 보내왔다. 로즈가 정말 가고 싶어 하지만 슬슬 감기 기운이 있었기 때문이다. 그녀는 연례행사처럼 겨울쯤 감기에 걸려 한참 동안 앓곤 했다.

헤일로는 게스트 초대 대신 콘서트 티켓을 보냈다. 게스트로 오지 않아도 좋으니 괜찮다면 보러 오라고. 말이 콘서트 티켓이지 매진된 관객석이 아니라 무대 사이드에서 그의 무대를 볼 수 있는 관계자석이었다. 아쉽게도 로즈는 크게 감기에 걸려 콘서트에 방문조차 하지 못했다. 전화로 헤일로에게 콘서트에 못 간다는 말을 하며 로즈는 많이 울었다. 소녀는 새 옷도 사고 친구들한테 자랑하며 콘서트에 가기만을 기다렸다. 결국 감기에 걸려 가지 못하게 되니, 좋아하는 가수의 목소리에 꾹 참고 있던 눈물이 터져 나와 "헤일로, 미안해" 하며 탈진하는 게 아닐까 싶을 정도로 울었다.

"정말 괜찮다니까. 아쉬우면 다음에 와도 돼."

"정말 미안해."

"다음에 오면 되는데 왜 우는 거지? 로즈, 아니면, 다른 데서 볼

까?"

"다른 데?"

그렇게 달래다가 크리스마스 마켓에 같이 가기로 약속한 것이다.

그때는 정말 아이처럼 엉엉 울었으면서 다시 숙녀가 된 로즈는 그때 얘기만 꺼내면 말을 돌려 헤일로를 웃음 짓게 했다.

"로, 맛있는 냄새가 나!"

여기저기 호기심을 드러내는 모습은 다행히 전혀 감기를 앓은 소녀 같지 않았다.

마켓의 주인은 어린 소녀와 뒤따라온 소년을 남매라고 생각했는지 흐뭇하게 바라봤다. 오후 4시에 어린 소녀와 단둘이 돌아다니는 소년이 헤일로일 거라고는 생각하지 못했다. 어찌 보면 선글라스까지 낀 장신의 소년을 납치범이라고 생각하지 않아서 다행이다.

"먹고 싶은 거 있어?"

"응. 이것도 맛있어 보이고 저것도 맛있어 보여."

아무리 봐도 똑같아 보이는 이름의 메뉴를 진지하게 고민하자, 헤일로는 솔로몬 같은 답변을 내렸다.

"그럼 둘 다 먹자."

핫도그를 두 개 사서 하나씩 맛을 본 로즈는, 마음에 드는 것을 먹기 시작했고, 헤일로는 마치 아버지처럼 나머지 것을 먹었다. 사우어크라우트가 올라간 핫도그는 나쁘지 않은 맛이었으나, 왠지 한식이 먹고 싶어졌다.

길을 걷다 그들은 곧 커다란 트리 앞에 서게 됐다. 트리 근처엔 앉을 수 있는 벤치나 의자가 놓여 있었는데 얼핏 보아도 빈 좌석이 없어 보였다. 가족부터 연인, 노부부, 혹은 10대 친구들 등 각양각색의 사람들이 트리 주변에 앉아 일상을 함께 보내고 있었다. 쉽게 자리가 날 것 같지 않아, 헤일로는 자리 찾는 걸 포기했다. 어차피 로즈의 시간은 많지 않았다. 곧, 페르 아스페라가 데리러 올 거였다. 그걸 아는지 마켓을 즐겁게 쏘다녔던 로즈는 헤일로가 사준 인형을 안고 인사했다.

"오늘 같이 와줘서 고마워."

"재밌었어?"

"응. 1년 동안 잘했다고 산타 할아버지한테 선물받은 거 같아."

헤일로는 "내가 산타가 되는 건가?" 하고 농담을 던지려다 돌연 이어진 말에 입을 다물었다.

"로도 잘했어."

"어…."

"노래를 불러줬잖아."

헤일로는 문득 1월, 로즈가 그에게 말했던 소원을 떠올렸다.

"내가 너를 위해 무얼 해줄까?"

그때, 로즈는 이렇게 대답했다.

"노래를 불러줘."

"너를 위한 노래를 만들어줄까?"

"아니. 그들을 위해 노래를 불러줘, 헤일로. 나의 태양."

"태양처럼."

로즈의 목소리가 빛바랜 기억을 진하게 덧칠해주었다. 간질간질한 분위기에 무슨 말을 할까 고민한 헤일로는 늘 그렇듯 농담을 선택했다.

"이번에 아파서 못 들었으면서."

"아니야."

로즈가 볼을 부풀렸다.

"전부 다 열심히 들었어. 1집부터 13집까지."

그중에 한국에서 '19금'을 받은 곡이 있긴 하지만 여긴 한국이
아니니 넘어가기로 했다.

"잘했네."

헤일로의 칭찬에 로즈가 자랑스러운 얼굴을 하며 고개를 끄덕
였다.

"정말 정말 많이 들었어. 이젠 잘 따라 부를 수도 있어."

소극장 콘서트 직후 호텔 로비에서 만났을 때 헤일로가 로즈에
게 13집을 못 따라 부른다고 했기 때문에 하는 말이었다.

헤일로가 "그럼 해봐"라고 답하려던 때였다.

"다음 앨범도 잘 들을 거야."

시선이 마주쳤다. 헤일로는 입을 다문 채였고, 로즈는 무슨 생각
을 하는지 알 수 없는 표정을 지었다. 아무것도 모르는 아이의 표정
같기도 했고, 나이가 많은 어른의 얼굴 같기도 했다. 하지만 헤일로
는 자신이 괜히 의미 부여를 한다고 여겼다. 자신이 막연히 생각하
고 있던 것을 로즈가 정확히 지목해서 그럴 것이다.

"그러니까…."

헤일로는 로즈가 무슨 말을 할지 알 것 같았다. 그러나 그녀의 말
이 이어지기 전에 멀리서 익숙한 목소리가 들려왔다.

"로즈!"

"아빠?"

페르 아스페라의 목소리에 로즈와 헤일로가 고개를 돌렸다. 데

려다주러 왔을 땐 열심히 통화를 하던 그는 그래도 지금은 전화기를 붙잡고 있지 않았다. 로즈는 아빠를 보다가 헤일로의 코트를 잡아끌었다. 헤일로는 의아해하며 쭈그려 앉아 키를 맞춰주었다. 그때처럼 로즈가 귀에 속삭였다.

"난 크리스마스가 좀 더 늦게 와도 괜찮아."

헤일로는 처음엔 무슨 말인가 했다가 곧 로즈가 저를 산타 할아버지처럼 생각하던 게 떠올랐다.

"이미 선물 받은 것 같다며."

"아직이야."

로즈는 입을 삐죽이며 그렇게 속삭이고는 그녀를 다시 부르는 아빠에게로 쪼르르 뛰어갔다. 그러고는 아빠를 껴안는다. 화는 풀린 지 오래다. 그들은 그저 정겨운 부녀의 모습이다. 크리스마스 마켓을 즐기러 온 여느 사람들처럼 말이다.

페르 아스페라가 뭐라고 했는지 그녀가 돌아보며 헤일로에게 손을 흔들었다.

"다음에 또 봐!"

사람들의 목소리에 묻혀 들리지 않았지만 그렇게 인사한 것 같았다.

오늘 마켓이 끝나려면 한참 시간이 남았는데 로즈처럼 데리러 올 사람은 없는 헤일로는 빈자리를 찾아 앉았다.

"앨범이라."

이제 슬슬 낼 때 되긴 했다. 13집을 낸 것이 3월이었다. 정확히 따지면 몇십 년 전이라고 해도 무방할 것이다. 13집까진 이미 만들어진 앨범을 재발매한 것뿐이니, 정확히 말해 노해일의 정규 1집

이후로 그는 신곡을 발매한 적이 없다고 할 수 있다. 그렇게 따지면 꽤 오래 쉰 감이 없잖아 있다.

"이제 슬슬 내야겠지."

그리고 86번째 헤일로, 아니 제이슨이 그에게 도발도 하지 않았던가. 3월에 앨범을 내겠다고.

'자존심이 있지. 그런 건 절대 못 넘어가지.'

헤일로는 악동같이 웃다가 고개를 뒤로 젖혔다. 그의 귀로 마켓의 음악과 사람들의 말소리, 버스킹의 연주가 뒤섞여 들어왔고, 그것은 그의 머릿속에서 또 다른 결과로 만들어졌다.

그는 작곡에 있어선 한 번도 막혀본 적이 없었다. 그의 머릿속엔 늘 온갖 멜로디가 존재했고, 새로운 멜로디가 만들어지며 떠나거나 가라앉거나 했다. 록, 일렉트릭, 팝. 발라드… 수많은 장르가 떠밀려 오는 바다에서 유영하고 있는 헤일로는, 이번에는 음악으로 어떤 이야기를 해볼까 고민했다. 이곳에 만난 새로운 인연에 관한 이야기도 좋고, 제이슨처럼 세상에 존재하는 가짜 헤일로를 위한 이야기도 좋을 것이다. 또….

"네가 평생 안 부를 거라고 했던 노래 있잖아. 사랑 노래."

신주혁이 흘러가듯 했던 농담이 떠올랐지만, 고개를 저었다. "사랑 노래는 무슨" 하며 헤일로는 코웃음을 쳤다.

'내가 하고 싶은 말이라.'

헤일로는 가장 마음이 가는 이야기나 하고 싶은 말은 없었지만, 어떤 말이든 하고 싶은 '사람'은 생각났다. 하지만 그가 뭐라고 외치든 절대 들을 수 없는 사람이었다.

헤일로는 무슨 곡을 만들까 허밍하며 주변 사람들을 바라보았다. 행복해 보이는 사람들이 한눈에 담긴다. 가만히 바라보던 중 그의 입가에 미소가 떠오른다. 그리고 무언가도 떠오른다. 곡이 떠오른 건 아니다. 곡은 모르겠고, 이 사람들을 더 행복하게 할 수 있는 방법이 생각났다. 그가 좋아하는 것이고 팬들도 좋아할 테다.

"재밌겠다."

별그램에 예고치 않게 올린 '우리가 자주 하던 거지?'라는 문구는 그렇게 탄생했다. 팬들이 제발 소통하자고 했던 애원과 맞물리며.

* * *

헤일로의 별그램에 각국의 언어가 올라왔다. 영어, 불어, 그리고 한국어. 한국어는 대부분 '어 잠깐만', '아니야 안 돼', '나 왜 한국' 같은 당황과 경악을 금치 못하는 글이 대부분이었지만, 다른 언어들에 곧바로 밀려 나갔다. 별그램의 진동이 멈추지 않는다.

그러는 와중 샹젤리제 거리와 크리스마스 마켓에 사람들이 실시간으로 늘어나고 있었다. 그쯤 헤일로는 한 명의 산타클로스 할아버지가 되었다. 복장은 따로 준비하지 않았으니 그대로지만, 이번엔 선글라스와 모자는 벗고 산타클로스 가면을 썼다. 눈만 뚫려 있는 산타 가면은 볼과 코가 붉게 물들어 다소 기괴했지만, 마켓에서 흔히 구할 수 있는 것이었다. 이번엔 그때처럼 본격적으로 꾸미지도 못했다. 산타클로스 가면만 썼을 뿐 그가 별그램에 올린 니트 차림 위에 걸쳐 입은 코트가 다였다. 머플러와 코트에 니트가 조금 가려지긴 하겠지만, 알아볼 사람은 다 알아볼 것이다.

헤일로는 그동안 마켓을 돌아다니며, 저를 알아본 착한 아이들에게 무슨 선물을 줄지 고민했다. 이것이 역할극이라고 생각하면 된다. 그는 산타클로스, 그를 찾은 팬들은 착한 어린이. 현실에서 모르는 할아버지가 착한 어린이의 집을 찾아 굴뚝을 타고 들어오는 건 섬뜩한 일이다. 그래서 헤일로는 산타를 그리 좋아하지 않았지만, 현재 역할극에는 심취했다.

그렇게 11월 30일, 착한 어린이들에겐 잊지 못할 날이 시작되었다. 자칭 블러디 크리스마스, 아니 이른 크리스마스(Early Christmas) 말이다.

"헤일로가 저쪽에 있대!"

"진짜야?! 야, 달려!"

크리스마스 마켓에 사람이 불어난 것은 순식간이었다. 갑자기 민족대이동이라도 하는 것처럼 도로가 꽉 차고, 마켓에 발 디딜 틈도 없을 정도로 사람들이 몰려왔다. 물론, 들어오는 사람은 있어도 나가는 사람은 없었다.

헤일로는 우루루 지나가는 사람들을 보다가 "산타할아버지다!"라고 그를 향해 손짓한 소녀에게 인사해줬다. 분명 팬들이 알아볼 거로 생각했는데, 그에게 관심을 두는 건 아기들밖에 없었다. 부모들은 미안한 얼굴로 "혹시 사진 좀 가능할까요?"라며 요청해왔다.

"물론이죠. 메리 크리스마스."

"메리 크리스마스."

헤일로는 순순히 미래의 팬들을 위해 사진을 찍어줬다. "까르르!" 웃으며 산타 수염을 잡아끄는 손길은 아이를 좋아하지 않는 그의 눈엔 어딜 봐도 예쁜 구석이 없었지만, 특별히 팬서비스를 해주었다. 선물로 사탕을 줄 때 고맙다고 고개를 숙이는 건 조금 귀여웠다.

'부디 나의 집으로 와줘, 아기 태양'

'당신에게 제 정수리를 보입니다'

거리에는 간혹 이상한 문구를 쓴 종이를 들고 다니는 사람들이 보이기도 했고, 다른 곳에서 추격전이 일어나기도 했다. 그래도 베네치아 때와 달리 헤일로를 알아보는 사람도 있었다. 누군가 길을 막아 옆으로 가려던 헤일로는 그 사람이 다시 길을 막는 바람에 고개를 들었다. 180센티미터가 넘는 그가 고개를 들어야 할 정도 커다란 체격을 가진 남자였다. 그는 험악한 얼굴답지 않게 무척 동글동글해진 표정으로 제 옷을 가리켰다. '헤일로가 맞다면, 나한테 주먹을 들어줘'라는 문구가 새겨진.

'저 옷은….'

언젠가 베네치아에서 봤던 것과 비슷하다고 여긴 것도 잠시 헤일로는 피식 웃으며 주먹을 들어줬다. 남자의 얼굴이 천천히 밝아지더니 헤일로의 머리만 한 주먹을 들어 올렸다. 부들부들 떨리는 주먹은 누군가의 머리를 칠 것 같았지만 무사히 헤일로의 주먹과 부딪혔다.

"오! 지저스."

곧 눈물도 쏟을 기세라 헤일로는 웃으며 선물 주머니를 뒤졌다. 그리고 그에게 사탕과 뒤섞인 선물을 주고는 "메리 크리스마스" 하고 속삭이니, 남자는 정말 감동에 젖은 얼굴로 두 손으로 선물을 꼭 쥐었다. 그가 뭘 주든 평생 보관할 태세였다.

그렇게 인사하고 헤어졌다고 생각했는데 헤일로는 어느 순간부터 그의 뒤에서 사람들이 불어나고 있는 걸 발견했다. 좀 전에 스노볼을 받은 남자가 눈이 마주치자 엄지손가락을 들어 보인다. 머리에 루돌프 머리띠를 쓴 아가씨는 발을 동동 굴리며 어쩔 줄 몰라 했다. 모두 돌아갈 생각이 없어 보였다. 헤일로도 딱히 보낼 생각은 없어 다시 앞을 바라보았다. 그의 뒤를 쫓는 착한 아이들이 많아질수록 사람들이 알아챌 거란 걸 알았지만 이 또한 즐거웠다. 뭐랄까 이 역할극의 제목이 〈산타클로스〉에서 〈피리 부는 사나이〉로 바뀐 느낌이었다.

그때였다. 멀리서부터 질주한 한 남자와 어깨가 부딪혔다.

"아!"

넘어지진 않았지만, 뒤로 밀려났다. 어디선가 달려와 그에게 부딪힌 남자의 행동에는 고의성이 있었다. 애초에 사람이 많은 데서 달려오는 것도 이상했다. 한 발짝 밀려나며 제 어깨를 잡은 헤일로는 반동으로 그 남자를 쳐다봤다. 그리고 헤일로가 악 소리를 내는 순간 사람들의 눈에 불길이 일었다. 그건 순식간에 일어난 일이었다.

"아니, 저 새끼가…."

헤일로가 돌아볼 때만 해도 수줍게 하트를 그리던 루돌프 아가씨는 엄청난 속력으로 발을 걸었고, 헤일로에게 엄지를 보이던 남자는 넘어지는 이의 목덜미를 잡고 그대로 땅바닥에 '쿵!' 하고 내리꽂았다. 그리고 뒤로 물러난 이들 중 하나가 정신을 차리고는 땅에 나동그라진 헤일로의 핸드폰을 집어 들었다. 헤일로는 뒤늦게 방금 어깨를 부딪힌 사람이 소매치기라는 걸 깨달았다. 그렇지 않다면 코트 주머니에 넣어뒀던 제 핸드폰이 저 앞에 떨어져 있을 리는 없다. 그들이 아니었으면, 그대로 핸드폰을 잃어버릴 뻔했다.

흙이 묻은 핸드폰을 비싸 보이는 제 머플러로 닦은 한 남자가 대표로 나와 헤일로에게 돌려주었다. 두 손으로 말이다.

"고마워요."

"고, 고맙다니, 저야말로 감사합니다."

"네?"

"그런데 어깨는."

"괜찮아요."

"엄청 세게 부딪히신 거 같은데. 저 미친 새끼···."

남자가 절묘하게 소매치기를 가리고 있어 헤일로는 무슨 일이 일어나고 있는지 볼 수 없었다. 그의 어깨가 파열된 것처럼 구는 남자에게 괜찮다고 하기도 바빴다.

"저희가 앞에서도 보호해야 했는데···."

"네?"

"어떻게 이런 일이."

소매치기 피해자인 헤일로보다 더 놀란 그를 헤일로가 달래야 했다. 그러는 와중에 소매치기가 그에 앞에서 반쯤 엎드려 빌었다.

"미안합니다. 아, 앞으로 절대 손대지 않겠습니다. 앞으로 안 그러겠습니다. 제, 제발···."

그를 포박한 손의 힘이 세지자, 소매치기가 그가 아는 모든 사죄의 말을 꺼냈다.

"보디가드가 있는 줄 알았다면 절대 건드리지 않았을 텐데···."

"이 새끼가 뭐라고 하는 거야 똑바로 사과 안 해?"

"예부터 절도한 사람은 손을 잘라버려야 한다고 그러던데."

절도가 얼마나 사회악인지 착한 어른들이 한마디씩 했고, 그럴수록 소매치기의 얼굴이 흑색이 되었다. 누군가 경찰을 불러올 때까지 이어졌다.

"존경하는 경찰관님 부디 교도소에 처넣어 주세요."

"350년 형도 적습니다."

"그냥 국민참여재판을 열어주세요."

소매치기뿐만 아니라, 그들이 아끼고 사랑하는 가수가 아파서 "악"소리를 지른 게 큰 충격으로 남은 게 분명했다. 다행히도 크리스마스 마켓에 소매치기가 한둘 있는 게 아니라 근처 경찰관에게 잘 인도했다.

이제, 어수선함을 정리해야 할 필요가 있었다. 헤일로는 스스로 시작한 술래잡기의 끝을 내기 위해 가면을 머리 위로 올렸다. 겨울이었는 데도 불구하고, 가면 때문에 뺨에 땀이 주르륵 흘러나왔다.

"헤일로다!"

"헤일로?"

그를 못 알아본 사람, 그리고 그가 있는지 몰랐던 사람들이 깜짝 놀란 얼굴로 모여들었다. 마켓의 중앙, 크리스마스트리 근처라 더 한눈에 보였다. 그곳에서 완전히 가면을 벗어던진 헤일로는 한 바퀴 돌아 관중을 확인했다.

"모두 안녕. 메리 크리스마스."

그의 인사와 함께 수많은 인사가 돌아왔다. 수많은 행복한 얼굴과 함께 말이다. 크리스마스는 아직 멀었지만, 지금 크리스마스 마켓이 진행 중이니 틀린 말은 아니었다. 또 이 자리엔 헤일로가 하늘에 내리는 게 눈이 아니라 스파게티라고 해도 믿을 사람이 한가득이었다.

"작은 크리스마스 게임은 즐거웠나요?"

그의 말에 즐거웠다고 대답하는 사람이 있는가 하면, 수많은 동

문서답도 들려왔다. 그냥 헤일로의 이름을 부르는 사람도 있고, 그에게 하고 싶었던 말을 쏟아내는 이도 있었다. 특히, 누군가 오열하며 티켓팅 이야기를 꺼내자 모두가 "하하하" 웃었다.

"저도 무척 즐거웠어요. 다들 저를 보러 와줘서 고마웠고요, 그러나 아쉽게도 게임은 여기까지 해야 할 것 같아요."

헤일로를 뒤늦게 알아본 사람들이 탄식을 내뱉었다.

그러거나 말거나 헤일로는 웃는 얼굴이었다. 게임은 여기까지다. 이는 번복할 일이 없을 것이다. 다만….

"대신."

그의 말에 사람들이 입을 다물었다.

크리스마스트리 앞이 또 다른 무대가 된 느낌이라 헤일로는 즐거웠다.

"저를 보러 많은 분이 찾아온 만큼 선물을 주고 싶은데."

'술래잡기' 게임은 끝났지만, 여전히 산타클로스 역할극에 심취한 헤일로는 착한 '어른이'들을 둘러보았다. 그는 게임이 끝이라고 했지, 크리스마스가 끝이란 말은 하지 않았다.

"어때요?"

그의 말에 사람들이 소리를 질렀다. 여기서 싫다고 하는 사람은 없었다. "헤일로 오 베이비!" 하고 어떤 남자가 소리 지르자, 헤일로가 얼굴을 찌푸렸다 다시 폈다. 그의 질색한 얼굴에 사람들이 "까르르" 웃었다.

"자꾸 그러면 자기라고 부를 거야!"

정말 대단한 팬들의 협박이었다.

"하, 안 되겠네."

헤일로가 어쩔 수 없다는 듯 고개를 돌렸다. 긍정의 뜻에 사람들이 스스로 무대를 만들어줬다.

"제, 제가 기타를 가지고 있어요."

버스킹하러 온 버스커들이 연달아 제 기타를 꺼내놓았다. 고르라는 듯 여섯 대의 기타가 그의 앞에 놓이자 헤일로가 "하하하" 웃으며 그중 하나를 골랐다. 버스킹 연주자 중 한 명만 웃고, 나머지는 피눈물을 흘린 건 말할 것도 없었다.

"그럼 뭐부터 시작할까?"라는 헤일로의 물음에 "뭐든지!", "그냥 평생 여기 있어줘!", "런던보단 파리가 낫지 않아?" 하는 각양각색의 대답이 돌아온다. 그 와중에 미니 펍을 운영하던 사람이 손을 흔들었다. 헤일로가 그를 지목하자 사람들의 시선이 한꺼번에 몰린다. 수많은 눈에 흠칫 놀란 아저씨가 곧 입을 열었다.

"헤일로의 콘서트가 끝날 때까지 맥주 무료로 쏩니다!"

"어, 그럼 제가 프레즐을!"

"여러분 팝콘 가져가세요."

"에잇! 몰라 마누라한테 나중에 등짝 맞지 뭐. 저도 맥주 제공하겠습니다! 가져가세요."

"그럼 전 도와드릴게요."

순식간에 크리스마스 마켓은 축제의 무대가 되었다.

사람들이 환호성을 질렀고, 행복한 얼굴로 서로 맥주를 나누었다. 모르는 사람들에게 이름을 묻기도 하고 잔을 부딪치고 어깨동무했다. 헤일로에게도 음료가 오긴 했다. 물과 탄산수 그리고 주스. 헤일로는 "와" 하고 감탄했다.

"한 명쯤은 내게 맥주를 줄 줄 알았는데."

맥주를 마시고 싶으면 내년 생일까지 있어 달라고 외치는 사람들은, 도덕과 규범을 준수하는 착한 시민이었다.

헤일로는 주스 잔을 부딪치며 누군가가 준 마이크를 들었다.

'뭐부터 부를까.'

재작년쯤, 서울 지하철에서 불렀던 크리스마스 캐럴을 떠올렸다. 아코디언 아저씨와 함께했던 캐럴.

'그래, 정했어. 신곡은 캐럴부터 하는 걸로.'

"같이 연주할래요?"

헤일로의 말에 기타를 주지 못한 사람이 화들짝 놀라며 연신 고개를 끄덕였다.

"코드는 어렵지 않을 거예요. 반복 코드거든요."

헤일로가 말하자 기타리스트는 결연한 얼굴로 고개를 끄덕였다. 이윽고 몇 번 연습해본 기타리스트가 고개를 끄덕이자, 헤일로도 빌린 기타를 들었다. 같이 코드를 맞추는 동안, 맥주를 받으며 시끄러웠던 사람들이 숨소리도 내지 않고 그들에게 집중하고 있다.

그거 아니?

크리스마스트리 앞에, 팬이 쥐여준 크리스마스 모자를 쓴 소년이 입을 열었다.

저 불빛을 봐 너희와 함께 빛나는 불빛을

헤일로가 윙크하며 사람들의 뒤를 둘러싼 조명을 가리켰다.

그리고 새하얀 눈이 내리고 있어

사람들이 하늘을 쳐다보았다. 누군가 스노스프레이를 뿌리자 하늘에선 눈이 내렸다. 무대엔 옅은 웃음소리가 코러스처럼 깔렸다.

세상에 사랑의 기운이 감도네 이건 크리스마스야

헤일로가 눈을 감았다.

* * *

(Le Terre) 크리스마스 마켓에 찾아온 white X-mas
맥주와 프레즐 그리고 음악이 함께했던 최고의 크리스마스
우리는 이제 산타가 실존한다고 말할 수 있다!
이제 산타도 세대교체 할 때가 됐다

프랑스의 유명 일간지 〈르테레(Le Terre)〉엔 크리스마스 마켓 트리 주변에 모여 있는 사람들과 그 중앙에서 노래를 부르고 있는 '산타'의 사진이 올라왔다. 맥주가 부딪히며 물방울이 튀어 오르고, 한쪽 구석에선 시민들이 어깨동무를 한 채 분위기에 심취해 있다. 샛노란 마켓의 조명과 눈을 감고 노래를 부르는 '어린 산타', 그리고 그 모든 것을 포용하듯 우뚝 선 트리까지 그림으로 그려낸 듯한 아름다운 모습이었다. 그곳에 있던 사람들이 얼마나 즐겁고 행복했는지 보는 이들에게도 알려줄 만큼, 사진은 크리스마스의 색깔이 가득했다.

그 커다란 사진 아래 크리스마스 마켓에 이른 크리스마스가 찾아온 경위에 대해 쓰여 있었다. 헤일로의 계정에서 '술래잡기'를 제안하며, 많은 이들이 사진에 나온 크리스마스 마켓에 몰려갔고, 산타로 분장한 헤일로가 저를 찾을 때마다 작은 선물을 줬다는 것. 그리고 게임이 끝나자 트리 앞에서 게릴라 버스킹을 하며, 크리스마스 캐럴을 깜짝 발표한 것까지 취재 기자가 선물을 받은 당사자가 아닌가 싶을 정도로 세세하게 쓰여 있었다.

뒤이어 많은 이들의 인증 글이나 사진이 이어졌다. 헤일로와 함께 찍은 사진부터 그에게 받은 작은 선물. 50대 라이더 아저씨가 매우 감동 어린 표정으로 장딴지 같은 손에 크리스마스 지팡이 사탕을 쥐고 있는 인증사진이 압권이었다. 무엇보다 화제가 된 건 헤일로의 신곡이 아닐 수 없다. 너튜브에 올라온 직캠 조회 수는 단번에 치솟았다. 야외의 소음과 기기의 한계, 사람들의 웃음소리가 뒤섞여 음질을 아쉬워하는 사람들도 있었으나, 이 자체를 선호하는 사람들도 있었다. 주변의 소음이 부족한 세션을 채워주며 음향적으로 더 풍부하게 느껴진 데다, 크리스마스 축제의 분위기가 그대로 채워진 영상은 뮤직비디오 같은 느낌도 물씬 났다.

> 헤일로, 파리 시민들을 위해 신곡 발표
> 헤일로가 사랑하는 가장 아름다운 도시 파리, 역시 우리가 낫지?
> 우리는 모두 착한 어린아이였고, 산타가 찾아왔다

프랑스 매스컴은 헤일로가 '신곡'을 자기네 나라에서 깜짝 발표했다는 데 집중했다. 헤일로가 버스킹하는 건 종종 있는 일이었지만, 신곡을 이렇게 발표한 건 처음이라, 신나서 기사를 뽑아내며 흥분했다는 티를 잔뜩 냈다. 이에 프랑스를 제외한 다른 나라는 배알이 꼬일 수밖에 없었다. 특히, 헤일로가 왕자와 함께 버스킹한 덕에 한층 애국심이 고조되었던 영국인들은, 프랑스 일간지가 스리슬쩍 넘어갔던 일을 꺼냈다.

> 소매치기의 천국, 프랑스 파리
> 이탈리아인들이 꼭 알아야 하는 파리 여행 999가지 주의점
> 다른 곳은 몰라도 파리를 방문할 때는 보디가드와 동행해줘

영국뿐만 아니라 이탈리아, 스페인 등에서도 프랑스를 저격하는 기사가 나왔고, 프랑스 시민들은 코웃음을 치며 반격했다.

[이탈리아가 우리한테 소매치기를 논한다고?]
[우린(프랑스) 유럽에서 가장 안전하고, 시민의식이 훌륭한 나라야.]
[저번 주부터 말하고 싶었는데, 우리(프랑스)는 역사적으로 태양왕의 나라라고! 그가 온다면 이곳에 와야지 않겠어?]

유럽 국가끼리 싸우는 동안 제삼자인 나라는 땅콩을 까먹었지만, 한국은 마음 놓고 즐길 수만은 없었다.

[프랑스 놈들 미쳤냐? 갑자기 헤일로가 프랑스의 아들이라고 하는데??]
[대한건아 노씨 집안 삼대독자의 국적을 마음대로 바꿔도 되냐?]

한국의 팬들은 헤일로가 제의한 술래잡기에도 응하지 못하고 멀리서 손가락 빨며 지켜본 데다, 신곡이라는 크리스마스 캐럴을 라이브로 듣지 못해 억울해 죽겠는데, 자꾸 귀화 얘기까지 나오니 심기가 불편했다. 차라리 헤일로가 확답을 주면 좋겠지만, 그가 팬들과 소통을 그리 잘하는 이도 아니라 답답하기만 했다.

　그러던 중 우연인지 어쩌다 시기가 맞았는지 몰라도 프랑스 경찰국에선 소매치기 단속이 강화되었다는 기사가 흘러나왔고, 소매치기 조직끼리 분쟁이 났다는 소문이 돌기도 했다. 그러나 이러한 것들은 헤일로 빈 콘서트 하나에 묻혀버렸다.

　12월 7일 화요일, 오스트리아 빈의 콘서트 공연으로 유명한 60년 전통의 비너 슈타트할레(Wiener Stadthalle). 대략 1만 5,000명을 수용할 수 있는 실내 공연장에 자리한 관객들이 브라보, 브라바를 외치고 있었다. 클래식한 정장을 입은 헤일로와 멤버들. 그리고 양측에 날개처럼 펼쳐진 오케스트라. 이번 콘셉트는 오케스트라였다. 클래식의 나라에서, 제 음악을 오케스트라 버전으로 편곡하여 들려준 헤일로의 무대는 늘 그렇듯 이제까지와 다른 콘서트였다.

　빈이 사랑하는 오케스트라 컬래버. 그는 예전에 예능 〈Spring Again〉에서 했던 것처럼 빈의 유명한 가곡들을 불렀다. 소프라노나 부를 법한 곡들이 소년의 목소리로 재생산되었다. 누군가는 변성기가 오지 않고 이 목소리가 평생 이어지길 바랐다.

　그리고 크게 알려지지 않았지만 헤일로는 이번에 빈에 와서 조용히 '피가로의 이혼'을 다시 방문했다. 그때 같이 합주했던 사람들이 잘 지내나 확인차 갔다. 아쉽게도 헤일로의 정체를 추론하던 화이트보드는 치워졌지만 가게 벽에는 그가 이곳에 와서 합주했던 너튜브 영상 한 장면의 사진이 크게 걸려 있었다.

"야, 이 가게가 어떤 가겐 줄 알아?"

"도대체 몇 번이나 그 소릴 하는 거야. 진짜 방문한 건 맞아?"

"너튜브 보고 오라니까? 그리고 거기서 우리 영감님이…."

"흠흠 별거 아니네. 왕년엔 그런 일도 있었지."

그때 그 사람들이 즐겁게 떠들고 있었다. 헤일로는 굳이 아는 체하지 않아도 잘 즐기고 있는 것 같아 말을 걸지는 않았다. 바에 앉아 감자튀김을 먹던 헤일로는, 거한 팁을 지불하며 나왔다. 사람들한테 맥주 한 잔 돌려달라는 말도 빼놓지 않았다.

12월 16일, 오스트레일리아 시드니 공연에는 특별한 친구들을 초대했다. 사람들에게 잘 알려지지 않은 네덜란드의 인디 펑크밴드 브람스였다. 헤일로의 커버 영상을 너튜브에 올리면서 조금씩 인지도를 쌓으며, 자기들의 음악 세계도 꾸준히 표현하는 성실한 친구들이었다.

"아니, 그 사람이 정말 헤일로였다니…."

"야, 그 돈은 어디다 놨어. 돌려주기로 했잖아."

"아 맞다. 그거 어디다 놨지? 너한테 주지 않았나?"

"나 아닌데?"

5,000불이란 거금이 어느 순간 사라졌다. 어디 갔나 생각해보던 레비는 왜인지 새롭게 악기를 구매할 때 돈이 부족하지 않았던 걸 떠올렸다.

"아…!"

레비의 동공이 떨려왔다. 돈을 돌려준다는 말에 기다리던 헤일로가 장난스러운 표정을 지었다. 받을 생각은 없었지만 이들의 표정이 낱낱이 드러나니 재밌었다.

"흠."

"제가 지금 ATM에서 뽑아올게요."

헤일로가 빤히 바라보고 있으니 마음이 급해진 레비가 뛰쳐나가려고 했다. 그제야 헤일로는 웃으며 만류했다.

"그건 괜찮고, 대신 5,000불 이상의 무대를 보여주세요."

"5,000불짜리 무대를요?"

너튜브 5,000만 조회 수. 헤일로야 영상만 올리면 쉽게 나오는 조회 수지만, 일반 너튜버에겐 어마어마한 숫자다. 레비와 친구들이 오히려 기겁했다. 그러나 그들은 아주 오랜 시간 버스킹을 했던 이들로서 훌륭하게 해냈다. 헤일로 커버야 원래부터 그들의 너튜브 주력 콘텐츠였고, 그들이 요즘 새로 만든 펑크 음악도 나쁘지 않았다. 헤일로 커버를 계속한 만큼 그의 음악에 영향을 받았다는 티를 냈지만, 그리하여 난해하던 음악이 한층 간결해졌다. 그런데 시드니 콘서트에서 화제가 된 건, 펑크밴드 브람스가 아니었다. 자존심이 상할지도 모르는 상황에서 그들은 웃으면서 이 사태를 받아들였는데, 헤일로의 프라하 여행 이야기가 나오면서 그날 각국의 검색어 1위는 '5,000유로'였다.

"여러분 그때 헤일로 씨가 CD 값으로 얼마나 준지 아세요?"

"정말 깜짝 놀랄걸요?"

"저희도 덜덜 떨었으니까요. 그땐 헤일로 씨가 분실 신고할 줄 알았어요. 솔직히."

헤일로가 브람스의 CD 값으로 5,000유로를 주고 갔다는 게 알려지며, 각국에서 5,000유로가 자기네 돈으로 얼마인지 검색했고,

이에 펑크밴드 브람스가 검색어 2위를 차지한 것이다. 그리고 헤일로가 5,000유로나 주고 산 '그 음악'이 얼마나 좋은지 들어보려는 사람들도 많아졌다.

한창 겨울에 캥거루와 함께 따뜻한 날씨를 보낸 헤일로는, 12월 23일 방콕 콘서트를 위해 12월 18일 입국했다. 유럽이 11월 말부터 크리스마스 시즌을 맞이하고 있었다면, 12월 23일은 크리스마스 전전날로서 방콕은 한창 들떠 있었다. 하지만 헤일로의 콘서트가 겹치면서 23일 근처엔 크리스마스보다 헤일로 콘서트가 더 검색어에 오르는 아이러니한 일이 일어나기도 했다.

12월 30일 홍콩은 더했다. 크리스마스야 유럽에서나 큰 행사라 치더라도 12월 30일은 연말이 아닌가. 새해를 준비하고 연말의 카운트다운을 준비하며 가족끼리 오순도순 시간을 보내야 할 시간이다. 그러나 헤일로가 홍콩에 입국했을 때 공항이 마비되었으며, 콘서트에서는 연말 시상식이나 행사보다 더한 드론 쇼가 펼쳐졌다. 헤일로를 상징하는 마크부터 뒤늦은 생일 축하까지 더없이 화려한 쇼였다. 다른 나라에선 헤일로의 생일 때 광고가 개시되었다면, 홍콩에선 헤일로의 콘서트 전후에도 전 지역에 광고를 올렸다. 이를 본 산유국들이 '우리나라에 오기만 해, 오일머니가 뭔지 보여줄게' 라고 반응한 건 말할 것도 없었다. 그리고 2033년 새해, 헤일로는 서울 아레나의 콘서트를 앞두고 귀국했다.

헤일로는 오랜만에 보는 아버지 어머니와 함께 떡국을 먹으며 평화로운 아침을 시작했다.

"이제 당신도 바빠지고, 나는 혼자 뭐 하죠?"

"아버지도 다시 일하세요?"

"그래야지. 언제까지 놀 수만은 없으니 말이다."

노윤현 교수는 안식년을 끝내고 이번 봄학기부터 다시 강의를 하게 되었다. 벌써 다른 관심을 받을 생각에 그는 귀찮아하며, 이번엔 보다 알찬 강의 일정을 잡기로 했다. 첫 주에도 수업 진도를 나가고, 기말고사 일정에 겹쳐 대강 넘어가는 부분을 좀 더 집중적으로 다루기로 했다. 나날이 학생들의 능력치가 상승하니 과제를 좀 어렵게 내도 좋을 것 같다. 대학생들은 등록금이 아깝지 않게 배워 갈 수 있고, 노윤현은 학생들의 쓸데없는 질문에 시달리지 않을 테니 일거양득이었다.

"해일이, 너는?"

"저도 이제 앨범을 내야죠."

"어머. 사람들이 좋아하겠다."

은근히 아들의 앨범을 기다리던 박승아는 눈을 빛냈으며, 노윤현은 제 아들도 워커홀릭이라고 생각했다. 적성에 맞는 일을 이렇게 열심히 하는 걸 보면 괜히 반대한 듯싶다.

"너는 그럼 네가 미래에 얼마나 벌 수 있다고 생각하는데?"

"저야 모르죠? 그걸 하나하나 세고 있진 않을 테니."

정말 아들의 말대로 되었다. 노해일의 재산은 끝없이 불어나고 있었고, 앞으로도 더 늘어날 것이다. 노윤현은 저작권의 가치를 잘 알고 있다. 아들이 죽을 때까지 끝없이 만들어질 수익은 한계가 보이지 않았다.

"오늘도 할 게 있니? 리허설 해야 하려나."

"아니요. 리허설은 내일부터 하기로 했어요. 오늘은… 멤버들이랑 새 레이블을 보러 가게요."

여름쯤 건축하기 시작한 레이블은 내부를 제외하면 얼추 완성되었다. 돈의 힘이다. 능력이 검증된 유명한 건축가부터 재료 조달도 순식간에 이루어졌다. 건물에 입주하려면 조금 더 기다려야겠지만, 헤일로는 한번 보러 가기로 했다. 앞으로 오랫동안 쓰게 될 곳이니 말이다.

그러고 보니 BB가 한국에 다시 방문하겠다고 한 게 이쯤이었다는 게 생각났다.

"문득 하나 생각나는 사람이 있네요."

헤일로는 자신의 인생을 철저히 쫓고 의문을 가진 이에게 충동적으로 이야기를 꺼냈다. 갑자기 왜 그런 말을 했는지 스스로도 모르겠다.

"한번 들어볼래요? 확신하건대, 그보다 더 내 음악에 잘 어울리는 사람은 없을 거예요."

BB는 흔쾌히 들어보고 싶다고 했고, 이를 위해 잠깐 장비를 준비하러 미국에 갔다 오겠다고 했다. 한 사람의 인생은 듣는 이에게 꽤 지루할지도 모르겠지만, 헤일로는 어쩐지 조금 기대가 되었다.

8. 또 다른 HALO

"난 여전히 이해 못 하겠다."

토마스는 끝까지 '동조'하지 않았다. 그래도 완전히 반대도 하지 않았다.

"영상은 잘 찍어 와. 나중에 쓸 수도 있잖아. '그'의 영상인데 어떻게든 쓰겠지."

BB는 낄낄 웃으며 목에 건 카메라를 확인했다. 배터리 완충, 상태는…. 토마스의 얼굴에 대고 확대하자 몇 주 동안 묵은 각질이 쌓인 모공이 보였다. '피부 상태는 나쁨, 카메라 상태는 나쁘지 않음'이라고 결론 내리며 BB는 앵글을 내렸다.

방금 엄청난 사생활 침해가 일어난 줄도 모르고, 토마스는 손을 흔든다.

"올 때 계약서, 사인 받아서 가져와."

다른 장비는 이미 한국으로 보낸 지 오래다. 모든 준비를 마친

BB는 그렇게 카메라 하나를 들고, 한국에 다시 한번 입국했다. 친한 배우의 전용기를 빌려 입국한 BB는 그를 데리러 온 사람과 눈이 마주쳤다. 그는 베일의 직원으로 이 '영화' 건에 대해 아는 어거스트 베일의 사람이었다. 물론, 어거스트가 다 알고 있는 것은 아니다. 영화 제작에 긍정적이라는 뜻을 전해 들었지만 어거스트는 BB와 헤일로가 진행하는 '인터뷰'에 대해선 알지 못했다. 영화 계약 건으로 만난다고만 하니, 이렇게 공항에 사람을 보냈을 뿐이다.

어거스트가 준비해준 차를 타고, BB는 헤일로가 묵는 호텔로 향했다. 원활한 인터뷰를 위해 BB 역시 같은 호텔로 방을 잡았고, 인터뷰는 헤일로의 스위트룸이나 혹은 호텔 내부에서 진행할 것이었다.

"헤일로 씨는 새 사옥에 방문해서 조금 늦을 것 같다고 전달하셨습니다."

"새 사옥을 짓고 있다고 듣긴 했는데 벌써 완공됐다고요?"

"외관은 완성되었고, 내부는 공사를 진행하고 있습니다."

"나도 나중에 볼 수 있나요?"

"외관은 언제든 볼 수 있고, 내부를 보고 싶다면 헤일로 씨께 말씀하시면 됩니다."

BB가 고개를 끄덕였다. 세계적인 건축가가 맡았다는 헤일로의 새 레이블은 꼭 한번 보고 싶었다.

'그걸 다른 사람들보다 먼저 볼 수 있다니 당연히 가야겠지.'

BB는 자기 방에서 장비를 꺼내와 헤일로의 스위트룸 응접실에 삼각대를 설치하기 시작했다. 명감독이 스태프가 할 일을 하냐는 듯 직원이 미묘하게 바라봤지만 그는 괜찮았다. 헤일로가 인터뷰를 영상으로 남기는 걸 수락했다는 게 중요할 뿐이다.

BB는 설치를 끝내고 나서야, 헤일로가 묵는다는 스위트룸을 둘러볼 여유가 생겼다. '헤일로가 묵는' 방이라니, 이는 꽤 호기심을 자극하는 수식어가 아닐 수 없다. 현재 수많은 사람들이 고흐의 집이나 모차르트의 생가를 방문하고 있다. 미래에도 '헤일로의 생가', '헤일로가 묵었던 숙소'라는 이름으로 수많은 방문객이 생길지도 모르겠다. 그런 미래 사람들보다 한 발 일찍 들어온 BB는 주변을 두리번거렸다. 주인이 허가하지 않은 프라이빗 공간까지 들어갈 생각은 당연히 없다. 그리고 거길 굳이 들어가지 않더라도 볼 건 많았다.

응접실부터 꽤 많은 흔적이 남아 있었다. 개인의 성격을 뚜렷이 보여주는 방의 모습은 감독에게든 인터뷰어에게든 굉장히 매력적이었다. 이런 것은 타인에게선 알 수 없는 인터뷰이의 정보이고, 많은 걸 내포하고 있는 것이다. 사소한 습관부터 버릇, 취향, 또….BB는 바닥에 굴러다니는 종이 볼에 손을 뻗었다. 직원이 따로 만류한 게 아니라 아무런 방해 없이 종이 볼을 펼칠 수 있었다. 그리고 눈이 휘둥그레졌다. 구겨진 종이는 악보였다. 허겁지겁 다른 종이 볼을 펴봐도 마찬가지였다. 적게는 몇 마디, 길게는 몇 줄. 헤일로의 습작이 분명한 구겨진 종이에는 헤일로의 음악이 가득했다. 악보만 겨우 읽을 줄 아는 사람이 보기에도 습작이 아닌 작품들이 길거리의 돌처럼 굴러다니고 있었다.

훔칠 생각이야 당연히 없다. BB는 가수도 아니고, 작곡가도 아니다. 남의 것을 탐할 만큼 자존감도 낮지 않았다. 이미 성공한 할리우드의 명감독으로서 이것이 탐나는 이유는 그저 이게 헤일로의 삶을 대변하는 사료이기 때문이다. 응접실 바닥에 굴러다니는 '쓰레기 볼'은 곧 헤일로의 세상이 음악으로 가득 차 있다는 걸 알게 해주었다. 끊임없이 음악을 만들어내고, 쏟아내는 삶. 역사책에 나오는 위인들, 모차르트와 베토벤, 수많은 음악가의 세상이 그러했듯이.

'오, 이런 것이야말로 진정한 천재의 모습이 아닐까.'

BB는 괜히 방의 한 면을 건드렸다고 생각하고, 자리에서 벌떡 일어났다. '오길 잘했다' 생각하며 카메라를 들어 탐욕적으로 방의 모습을 담았다. 토마스도 여길 봤다면 눈이 돌아갔을 것이다. 한국에서의 시간은 아까울 틈이 없다. 이대로 돌아가도 그는 후회하지 않을 것이다. 하지만 이보다 더 중요한 게 남아 있다. 이런 세상에서 사는 '천재'는 그에게 어떤 이야기를 해주려는 걸까.

* * *

헤일로는 새 사옥의 관리소장을 만났다.

"한 가지 부탁해도 되겠습니까?"

헤일로가 온다는 말에 뛰쳐나온 소장이 그에게서 온 가족의 사인까지 받은 뒤에야 정신을 차리고 요청했다.

"뭐를요?"

"두 눈을 가려주실 수 있겠습니까?"

"아직 완성된 게 아니라고 들었는데….''

외관만 얼추 건물처럼 만들어졌을 뿐, 내관이나 페인트, 유리 시공 등 할 게 많이 남아 있었다.

'서프라이즈도 다 완성되면 할 일일 텐데.'

헤일로가 미지근한 반응을 보였지만 그럴수록 소장이 웃어 보였고, 이에 멤버들이 먼저 적극적으로 나섰다.

"사장님! 한번 가려보죠?"

"와! 기대된다."

"자, 제가 가려드리겠습니다."

"그냥 가서 봐도….'

헤일로의 말에 한진영이 웃어 보이며 눈을 가렸고, 남규환과 문서연이 넘어지지 않게 잡아주었다. 눈을 가린 채 걸어가 엘리베이터에 올라탔다. 눈이 가려져 있어 다른 오감이 발달했다. 공사장 특유의 냄새가 강렬해지고, 무엇보다 소음이 가득 찼다. 바닥을 부딪치는 신발 소리와 공사장 기기 소리, 그리고 멤버들의 대화 소리까지. 엘리베이터에서 내려 긴 아스팔트 바닥을 걷던 헤일로는 어느 순간 멈춰 섰다. 무언가 열리는 소리는 들었는데, 멤버들의 소리는 들리지 않았다.

'별거 아닌가?'

"하나, 둘, 셋 하면 풀겠습니다."

별거 아닐 거로 생각한 그는 이때까지도 놀라지 않을 자신이 있었다. 그러나 하나… 둘… 셋 카운트다운과 함께 눈을 가렸던 천이 내려가고 천천히 내부 공간을 본 헤일로는 이내 눈이 더 커질 수 없을 만큼 커졌다. 거대한 강당이, 아니 거대한 극장이 그의 눈앞에 펼쳐졌다. 아직 무대장치도 객석도 들어오지 않았으나 계단형으로 된 강당은 그가 원했던 소극장이 분명했다.

소장의 설명이 시작됐다. 그러나 "방음을 위해서 건축을 어쩌고… 객석의 안전성 저쩌고…" 하는 설명은 그의 귀에 도달하지 못하고 흩어졌다. 그의 귀엔 이미 너무 많은 소리가 들려왔다. 수많은 사운드로 충족되어 다른 소리를 수용할 수 없었다. 그의 눈앞에 화려한 무대가 펼쳐진다. 수많은 하이라이트 앞에 서 있는 그와 그를 보러 온 관객들, 어두운 극장을 가득 채우는 응원봉의 불빛, 그리고 그곳에서 들려올 소리는 아주 아름다운 음악일 테다. 이를테면 그의 새로운 음악.

미래에 펼쳐질 콘서트를 객석 입구에서 미리 맛본 헤일로는, 솔직히 인정했다. 눈을 가리자고 제안했던 소장이 옳았다.

"어떠세요?"

그를 위해 구현한 무대는 아주 훌륭했다.

"좋아요. 더할 나위 없이."

소장이 당연하다는 듯 미소 지었다.

이어 소극장 안으로 들어가 돌아보고 나서 위층을 본격적으로 돌았다. 크게 건물의 구조를 나누면 지하는 소극장, 1층과 2층은 복층식의 로비, 3층부터가 본격적인 레이블이었다. 그 위에는 녹음실부터 마스터링실, 회의실과 연습실이 구현되어 있으며, 펜트하우스 층에 이어 최상층엔 루프탑과 비상시 쓸 수 있는 헬기장까지 있었다. 아직 내부는 완성되지 않았지만 멤버들의 리액션 만큼은 완성되어 있었다.

"이쪽엔 요청하신 대로⋯."

"와! 와!"

멤버들은 빈 벽을 보며 이미 구현되었다고 생각할 만큼 소리를 질렀다. 리액션이 얼마나 훌륭했는지 소장이 민망해할 정도였다.

"너무 멋져요!"

"내일부터 그냥 들어오면 안 됩니까?"

"언제쯤 입주하면 될까요?"

"하하, 감사합니다", "네, 안 돼요" 하며 한 명 한 명에게 친절히 답한 소장이 그나마 점잖게 있는 한진영에게 대답했다.

"특별한 문제가 일어나지 않는 이상 이르면 초봄, 늦어도 여름을 생각해두시면 됩니다."

지금은 1월, 그러니까 상반기 안에 공사가 마무리된다는 소리였다. 가깝다면 가깝고 멀다면 먼 기간이다. 다들 정말 나오기 싫다는 얼굴로 새 사옥에서 나왔다.

리허설은 다음 날부터였다. 새 사옥을 보러 간다는 말로 일정을 빡빡하게 잡지 않았고, 그리하여 오늘 남은 일정은 자유시간이었다. 멤버들에게 반나절의 휴가를 준 악덕 사장 헤일로는 곧장 호텔로 돌아왔다. 마음이 급했다. 완성된 소극장에서 부를 노래를 만들고 싶었다. 그곳엔 어떤 음악이 어울릴까. 그의 눈앞에 펼쳐질 무대를 위해 어떤 음악을 만들어야 할까. 사람들은 무엇이든 좋아하겠지만, 좀 더 좋은 음악을 만들어내고 싶었다. 무슨 장르로 만들지, 어떤 주제로 할지 확정된 건 없으면서 무작정 그 과실이 먹고 싶었다.

"헤일로 씨."

그리고 헤일로는 뒤늦게 호텔 방에서 기다리고 있던 사람을 인지했다. BB가 손을 흔들어 인사했다. 명감독에게 기다리라고 한 그는 다른 과실에 눈이 멀어 그를 잊고 있었다. 그러나 헤일로는 아마추어가 아니기에 전혀 티 내지 않고 태연하게 인사했다.

"오랜만입니다. BB."

"잠깐 저를 잊어버린 것 같았는데."

"그럴 리가요."

BB는 사람 보는 눈이 좋고 눈치가 빨랐으나 집요하진 않았다. 그는 어깨를 으쓱하는 소년과 함께 응접실로 들어갔다. 헤일로는 카메라를 보고 별말 하지 않고 그 앞에 앉았다. 아직 녹화를 시작한 건 아니었다. BB는 인내심 없는 10대가 아니었으므로 갑자기 녹화 버튼을 누르지 않았다. 인터뷰를 많이 한 사람이든 경험이 없는 사람이든 그는 늘 인터뷰이를 위해 스몰토크로 긴장을 풀어주곤 했다. BB는 눈앞의 소년 역시 '스몰토크'에 굉장히 능숙하다는 걸 알고 있다. 한국대 축제에서 만나 잠깐 이야기를 나눴을 때 소년이 미국에서 살았다고 말해도 전혀 놀라지 않았을 것이다.

"많이 기다리셨나요?"

호텔 카운터에 애프터눈티 서비스를 요청한 이후, 먼저 입을 연 건 헤일로였다.

"조금. 그러나 지루하진 않았습니다."

"음, BB를 기다리게 하는 사람이 이제까지 저밖에 없었나 보죠?"

"오, 그것도 한 가지 흥미로운 점이긴 하나 이미 많은 이야기를 들었거든요."

"누구에게요?"

"당신 주변에 널려 있는 것들로부터. 공기, 옷, 의자…."

BB가 예를 들며 이야기했다.

"이븐 위크 비어(Even weak beer). 더 말해야 할까요?"

'weak beer(알코올 도수가 낮은 맥주)'는 '보잘것없는 것'을 뜻하는 관용구로 요즘 '스몰 비어(Small beer)'나 '스몰 포테이토(Small potato)'라는 말을 주로 쓰긴 하지만 셰익스피어가 쓴 원형은 그랬다. 한때 셰익스피어의 문장을 외웠던 헤일로에게도 익숙한 표현이 아닐 수 없다. 그리고 그런 표현이 낯선 사람도 곧 이해할 것이다. BB가 주름이 잔뜩 진 종이를 앞에 내놓았기 때문이다. 헤일로가 필요 없다고 던져놓은 습작들이었다.

"혹시 무례였을까요?"

"어차피 버리려던 것이니 괜찮습니다."

"이걸 버린다고요?"

바닥에 굴러다니는 것이긴 하지만, 진짜 버린다는 말에 BB가 안 된다며 기겁했다.

"거의 완성된 것도 있던데."

헤일로가 어깨를 으쓱였다. 그의 눈엔 모두 미완성이며 쓸 생각도 없었다.

'이 보물들을 버린다고?'

습작 하나하나 모아두는 습관이 있는 BB는 기겁하며 눈앞의 소년에게 이런 사료가 얼마나 중요한지 역설하려다가, 지금 중요한 게 아니라는 걸 떠올렸다. 그들은 할 게 많았다. 아직 영화 제작 계약서에 사인도 하지 않았고, 시나리오도 나오지 않았으니 그냥 0이라고 말해도 이상하지 않았다. 그러나 감독인 BB와 음악 원작자인 헤일로가 긍정적이니 반 이상 만들어졌다고 봐도 될 것이다.

"자, 그럼 슬슬 인터뷰를 진행하겠습니다."

헤일로의 앞에 놓인 카메라에 빨간색 불이 들어온다.

BB는 안경을 쓰고 노트를 폈다. 노트북을 쓰지 않는 건, 그가 아날로그를 선호해서가 아니라 인터뷰 때문이었다. 인터뷰이 목소리가 키보드 사운드에 묻히는 꼴은 볼 수 없다.

소년과 BB가 마주 봤다. 보통 사람이라면 인물의 이름이나 작중

년도, 작중 배경을 물을 것이다. 그러나 BB는 보통 인간이 아니었다. 연도든 배경이든 그리 중요한 건 아니었다. 문하생들이나 감독을 꿈꾸는 대학생 혹은 다른 감독의 신작 얘기를 들을 때 BB는 같은 질문을 던졌다. 중요한 것은 바로 "그 사람의 인생은 어떻게 시작되나요?"였기 때문이다.

헤일로는 눈을 감았다. '시작'이라고 한다면 그가 답할 건 하나밖에 없었다.

"프롬 뮤직(From music)."

* * *

'그'의 삶 모든 곳엔 음악이 있었다. 자동차의 경적, 유리창을 깨고 떨어지는 축구공, 3초 정도 모든 음악이 죽었다가 "꺄아!" 하는 아이들의 비명에 살아난다. 그보다 조금 더 낮은 음으로 집주인이 누가 그랬냐고 찾고, 하이라이트는 집주인이 데리고 있는 개가 철창을 밟으며 사납게 짖는 것이었다. '아이'는 그에 맞춰 스텝을 밟았다. 경쾌하고 빠르게, 그리고 "탁!" 하며 모든 소리가 잦아들고 '아이'는 활짝 웃으며 언젠가 부모님을 따라가서 봤던 오케스트라 지휘자처럼 보이지 않는 관객들에게 인사했다.

그러나 그 환희는 잠깐이었다. 세상은 계속 변하고 있었고 온갖 소리가 찾아왔다. 아이는 그 수많은 소리를 통제할 줄 몰랐고, 대개 그것들은 온갖 음악 뭉치들로 뒤섞인 소음이 되었다.

"시끄러워!"

아이가 갑자기 조용한 거실에서 제 귀를 막고 소리 지르자, 그의 형은 "또 시작이네" 하고 중얼거린 후 제 머리에 손가락을 빙글빙글 돌렸다.

아이는 답답했다. 그는 본능적으로 소리를 표현해야 한다는 걸 알고 있었다. 그걸 표현할 때 얼마나 행복한지 잘 알고 있었고, 그것을 표현하지 못할 때 소리가 점점 뒤섞여 소음이 되며 종국엔 머리를 아프게 한다는 것도 알았다. 하지만 어떻게 표현해야 할지 몰랐다. 몸 안에 불꽃을 어떻게 발산해야 할지 모르는 아이는 겉으로 드러나는 모습이 남들이 보기에 그리 좋은 꼴이 아니었다. 아이는 부모님이 귀가할 시간이 되자, 조용히 방 안으로 들어갔다. 부모는 아이의 그런 모습을 좋아하지 않았다.

그의 부모는 양가 각각 네덜란드계와 프랑스계인 이민자 출신이었다. 그러나 이민자 출신치고 그들은 성실한 영국 시민 일원으로서 잘 살아가고 있었다. 아버지는 사업 수완이 좋아 중산층 이상의 부를 거머쥐었으며, 어머니는 상류층과 직접적으로 맞닿아 있는 차(tea) 브랜드 포트넘 앤 메이슨(영국 왕실에 납품하는 차 브랜드)의 종업원이었다. 상류층을 대하는 종업원으로서 그녀는 상류층과 같은 품위를 지키고 언어를 써야 했다. 상류층을 자주 대하다 보니 그들을 동경하는 건 당연했다. 원래부터 교육열로 유명한 이민자 출신에 계층 상승 욕구와 상류층에 대한 동경이 더해졌다. 그들은 자신들이 상류층이라고 생각하지 않았지만, 그들의 자손이 상류층이 되길 바랐다.

그들은 분명 좋은 부모였고, 스스로도 좋은 부모가 되길 바랐다. 아이가 재능을 키워 훌륭한 사회 일원이 될 수 있도록, 없는 인맥 있는 인맥 끌어가며 퍼블릭 스쿨(순수 사립 인문계 초·중등학교)에 보내는 데 성공했다. 조금 엄격하지만 자식을 사랑하는 부모와 그런 부모를 사랑하며 노력하고 절제하는 자식까지, 분명 그들은 완벽한 가족이었던 것 같다.

BB와 차 한잔을 나눈 헤일로는, 피식 웃었다.
"그런데 늘 그렇듯 그들에게도 골칫거리가 있었죠."
대부분의 이야기는 완벽한 가정의 한 골칫덩어리에서 시작한다. 그런 골칫거리 역할을 맡았던 헤일로는 담담하게 이야기했다.
"그들에겐 둘째 아들이 골칫거리였어요."

상류층 자제들과 어울리고 그들이 받는 교육을 받으며 결국 대학까지 진학하여 자연스레 상류층으로 스며들길 바랐는데, 원래부터 '작은 지병'이 있었던 둘째 아들이 다시 문제를 일으켰다. 선생님으로부터 온 연락에 부모는 일을 잠깐 중단하고 학교에 가야 했다.
소년이 친구의 기타를 부쉈다는 충격적인 소식이었다. 그리고 더 문제는 아무리 이유를 물어도 대답하지 않는다는 것이었다. 소년을 그동안 예뻐했던 음악 선생님과 문학 선생님은 분명 이유가 있을 거라며 옹호했지만 입을 다물수록 불리해지는 건 소년이었다. 소년을 원래부터 싫어했던 수학 선생님, 그리고 친구의 부모가 몰려와 소년을 처벌해야 한다고 소리 높였다. 거의 장난감 수준의 기타는 가치 없는 것이지만 퍼블릭 스쿨에서 일어난 '폭력적인 행동'은 옹호할 수 없었다.
부모님이 왔을 때, 비로소 소년이 입을 뻐끔거렸다.
"엄마, 아빠 저….."
"조용히 좀 해."

"집에 가서 보자. 하아."

억울하다고 말하려고 했으나, 소년은 골칫거리를 바라보는 듯한 부모님의 눈을 마주쳤다. 아무 말도 할 수 없었다. 소년은 그 자리에서 얼어붙었고 옆에서 기타의 주인인 친구가 옷자락을 잡아당겨도, 이름을 불러도 반응하지 못했다.

부모님은 아들을 옹호하던 음악 선생님과 문학 선생님에게, 그리고 처벌을 주장하던 선생님들이나 친구의 부모에게 "저희가 잘 교육하겠습니다"라고 저자세로 사죄했고, 결국 소년은 반성문과 봉사활동으로 선처받았다. 그때까지 쭉 고개를 숙이고 있던 소년은 부모님의 등 뒤를 따라갔다.

그의 친구가 계속 소년을 부르다 부모의 만류로 붙잡지 못했다.

"저런 폭력적인 아이랑 어울리지 말렴."

"어떻게 여기에 저런 아이가…. 아까 눈빛 봤어요? 꼭 미친 아이 같아."

"아니야…."

친구가 멀어지는 소년과 부모 사이에서 웅얼거렸다.

"그애는 미치광이가 아니에요. 오히려 …재인데" 하는 친구의 목소리는 아쉽게도 누구에게도 닿지 못했다.

달리는 자동차 속에서 소년의 부모님은 심각했다.

"당장 선생님께 연락해요. 재발한 것 같다고."

"7학년이 되면서 다 나은 줄 알았는데."

그들은 둘째 아들의 '작은 지병'이 재발했다고 생각했다. 어디 가서 말하기도 부끄러운 정신병 말이다. 자꾸 환청을 듣고 혼자 흥얼거리며, 가만히 있는 법이 없고 몸 한곳을 움직이는 등 처음엔 어려서 그런 줄 알았던 '지병'은 청소년이 되어도 나을 기색을 보이지 않았다. 하지만 그것만 제외하면 둘째 아들은 완벽했다. 머리가 좋아 셰익스피어의 구절을 잘 외웠고, 그들의 아이라고 믿기지 않을 정도로 잘생긴 얼굴에 신체 능력도 훌륭했다. 누구보다 '상류층'다운 아이였다. 그리하여 그들은 믿었다. 적당한 훈육과 체벌, 적당한 의사의 진단과 노력이 있다면 충분히 나을 수 있다고.

BB가 손을 들었다.
"그들이 소년의 음악적 재능을 고려한 적이 없나요?"
퍼블릭 스쿨에서도 음악을 배운다. 피아노나 바이올린 등 하나 이상의 악기를 다루는 걸 상류층의 소양이라고 생각했고, 클래식은 그들의 교양이며, '클래스 보이스'라는 선택과목도 존재했다.
성악 수업에서 선생님께 사랑받았던 헤일로는 고개를 끄덕였다.
"그들도 고려한 적이 있긴 했어요. 이건 다시 옛날 일인데."

자식의 재능을 발굴하길 바랐던 '좋은 부모'인 그들은 클래식을 보고 와서 흥얼거리는 걸 발견하고, 대학교수와 힘들게 미팅을 한 적이 있긴 했다.
교수가 본 '아이'의 첫인상은 나쁘지 않았다. 아이는 가끔 성별을 헷갈릴 정도로 예쁘장하고 천사같이 생겼으며, 맞춤 정장은 훌륭한 꼬마 신사로 보이게 했다. 상류층 억양을 구사하는 것까지 대학교수는 마음에 들어 했고, 그때까지 친절히 가르쳤다. 하지만 그건 얼마 가지 않았다. 처음엔 열심히 듣던 아이는 피아노 선율에 둘러싸였고, 교수가 치는 음악보다 더 나은 음악이 들려왔다. 그리하여 땀을 흘리며 완주한 교수한테, 정말 솔직하게 "싱거워요. 이 곡은 좀 더…. 조금 더 세게 쳐도 좋을 것 같은데"라고 말했다. 아이가 아는 단어는 그리 많지 않았고 피아노 용어도 알지 못했다. 그리하여 '싱겁다', '세게'라고밖에 표현할 수 없었다. 어쨌거나 이는 교수의 자부심에 굉장한 흠집을 냈다. 아이가 자신의 리사이클에 관한 평론을 읽고 온 거라 확신한 교수의 얼굴이 붉어졌다.

"피아노는 세게 치는 것이 아니다. 그리고 그렇게 아는 척하고 싶으면 너부터 증명해 보여."

그렇게 아이는 피아노의 앞에 앉게 되었다. 교수는 팔짱을 끼고 무서운 표정을 지었고, 같이 참관했던 부모님은 교수의 표정을 살폈다.

아이의 손가락이 덜덜 떨리는 걸 본 교수는 겁을 먹은 거로 생각했다. 그러나 사실 그건 너무 많은 음악이 서로 표현해달라고 달려들었기 때문이다. 무엇부터 표현해야 할지 알 수 없는 아이가 고민했다. 덜덜덜 떨리던 손이 어느덧 '도'에 떨어졌다. 교수가 쳐보라고 했던 것은 아이도 따라 하기 쉬운 음악이었으나, 아이는 그걸 치지 않았다. 그냥 충격적인 연주가 이어졌다. 갑자기 모차르트가 빙의한 것은 아니었다. 이건 음악이 아니었다. 교수가 쾅쾅쾅 피아노를 부실 듯 쳐대는 아이를 보고 벌떡 일어났다. 하나씩 눌러봤으면 귀엽기라도 할 텐데 화음을 보는 것도 아니고 손바닥으로 건반을 내려치고 있었다. 그러나 아이는 연주에 집중하고 있었다. 교수가 다가오든 말든 건반을 뚫어져라 바라봤고, 손은 멈추지 않았다.

'조금만, 조금만 더. 이렇게 덜어내고 이렇게 가면 될 것 같은데.'

뭔가 감이 올락 말락 했다. 답답해 죽을 것 같았지만, 아이는 점점 무언가에 다다르고 있다고 생각했다. 그리고 처음으로 조금 지저분하지만, 그래도 완성된… '투쟁'의 첫마디가 나왔을 때, 교수가 아이의 목덜미를 잡고 끌어내렸다. 아이는 바둥거렸지만 어른의 힘을 이길 수 없었다.

"건방진 놈! 내 피아노에서 꺼져!"

"이거 놔!"

부모가 허겁지겁 달려와 교수에게 재능이 있냐고 물어봤다. 많은 돈을 받기로 하고 이 자리에 나온 교수가 코웃음을 쳤다.

"재능은 무슨! 피아노를 때려 부수려고 했던 게 재능으로 보이나? 음악이 하고 싶은 게 아니라, 무언가를 때려 부수고 싶은 거네. 조금 더 있으면, 사람도 팰 위험한 놈이야. 그리고 뭐라도 배우고 싶으면, 저 건방진 태도부터 고치고 오게나."

그 길로 아이는 의사를 만나게 되었다.

"하아…."

BB가 신음을 흘렸다.

퍼블릭 스쿨에서 집에 온 아버지는 소년이 기숙사로 돌아가기 전에 충동적이고 폭력적인 성향을 고쳐주고자 했다. 그는 집에 들어오자마자 소년의 앞에서 손목시계를 풀었다. 소년의 눈앞이 번쩍 빛난다. 온 세상의 소리가 사라져 조용해졌으나 동시에 끔찍했다. 소년은 그 자리에서 도망쳐 나왔다. 자신을 항상 둘러쌌던 음악 속으로.

어디로 가야 할지 몰라 방황하던 소년은 쇼윈도에 진열된 TV에서 한 연주자가 나오는 걸 보게 됐다. 친구 역시 기타를 다룰 줄 아는 게 아니라서 대충 줄을 튕기고 놀았던 소년은 '천둥소리'를 내고자 했고, 그 자리에서 기타를 내려쳤다. 덕분에 음악은 완성되었지만, 기타는 다시 쓸 수 없게 되었고 어른들에게 불려간 것이다. 그 일을 후회하지 않지만, 소년은 세상엔 기타를 부수지 않아도 더 많은 소리를 낼 방법이 있다는 걸 깨달았다. 기타라는 악기에도 수많은 연주법이 있었다. TV에 나온 연주자가 기타의 줄을 튕기지 않고 몸체를 북처럼 두드리는 것도 그 연주법 중 하나일 것이다.

그리고 소년은 평소 한 번도 가보지 않았던 길을 걸으며 거리에도 수많은 연주자가 있다는 걸 알게 되었다. 노숙자가 아니라 음악가. 다만 대개 그들의 음악은 형편없었다. 왜 더 좋게 표현할 수 있는 걸 소음으로 만드는지 이해가 되지 않았다.

가만히 구경하다 평을 원하는 이에겐 솔직하게 별로라고 말하기도 했다. 그러나 그들은 교수처럼 화내지 않았다. 별로라고 이상하다고 말해도 낄낄 웃으며 즐겁게 노래하고 연주했다. 그들의 음악은 별로였으나 그 웃음만은 나쁘지 않았다. 무엇보다 그들이 한 번 해보겠냐고 제안했을 때, 기타를 연주할 줄 모르는 그에게 기타 연주법을 알려주고 아무렇게나 만들어내는 소리에도 손뼉을 치며 칭찬해주었을 때, 그들이 좋아졌다.

"그래도 집엔 돌아가, 꼬맹이."

"벌써 가출하는 거 아냐."

"평생 일하게 될 텐데, 지금은 부모님께 용돈 한 번 더 타야 하는 때라고. 잘사는 집 도련님 같은데, 미래를 위해 인내도 해야 하는 법이야."

"그럼, 너흰 어떻게 만날 수 있는데?"

"우린 계속 여기에 있지. 네가 오기만 하면 만날 수 있어."

가출 사태는 거기서 끝났지만 소년에게 새로운 인연이 생겼다. 주말마다 기숙사를 탈출하여 그들을 만나러 갔고 함께 연주하며 어울렸다. 기타에 대해서는 그들에게 배울 것이 없어졌지만, 그들이 알려주는 세상은 흥미로웠다. 오토바이를 운전하는 형의 뒤에 타서 바람을 쐬고, 버스킹하다 쫓기고…. 그들은 소년을 친구처럼 대해줬고, 대부분 허용해줬다. 물론 몇 가지만 제외하면.

"마약과 술, 섹스는 더 커서 하는 거야."

"엄마 젖 더 먹고 오세요, 도련님."

"진짜 죽고 싶어?"

소년이 기타를 들고 달려들자 그들이 "와하하!" 하며 도망갔다.

아주 행복한 시간이었다. 음악을 접고, 또 다른 삶을 찾아가는 사람도 있고, 자기들끼리 싸우다 난처해지기도 했으며, 결국 이별의 순간도 왔지만 행복하지 않았던 시간은 없었다. 세상의 소리를 조절하고 음악을 표현하는 법을 배우게 된 소년에게 형들은 그들의 작은 지갑을 열어 기타를 선물했다.

"우리 스콧에 가게 됐어. 이건 마지막 선물이야."

"스코틀랜드에 간다고? 왜?"

"짠! 드디어 계약했거든. 작긴 하지만 나쁘지 않은 레코드사야. 우리도 곧 TV에 나오고 인기스타가 될 거란 이야기지."

"울지 마, 도련님. 영원한 이별은 아니니까. 조금 거리가 멀어졌을 뿐이야. 원한다면 언제든 찾아와. 인기스타가 어린 팬을 위해 피시앤칩스 하나 못 사주겠어?"

세계적인 록 밴드가 될 거라고 신난 형들은 명함을 남기고 그렇게 떠나갔다. 소년은 그들이 간 레코드사를 되새겼고, 그들처럼 TV에 나와 노래를 부르고 싶다고 생각했다. 같이 스타가 돼서 술, 마약, 섹스 사건 등으로 사회 물의도 좀 일으키고, 무엇보다 같이 사람들 앞에서 공연하길 바랐다. 그렇게 되기 위해서 이제 더 노력해야 할 것은 소년이었다. 형들은 앞서 달리고 있으니, 그는 그들을 따라잡아야 했다. 사실 제 음악이 더 좋다고 생각하는 소년에게 그게 그리 힘들 것 같지 않았다. 조용해진 길거리에 적응하는 건 조금 힘들었지만.

문제는 이별이 아니었다. 방학을 맞이해 집에 돌아온 소년은 화가 난 부모와 마주쳤다. 그들의 손엔 소년의 성적표와 이외에 소년의 불량행위가 적힌 선생님들의 편지가 들려 있었다. 질 나쁜 사람들과 어울리며 기숙사에서 밤마다 뛰쳐나가고 이상한 음악을 한다는 것. 어떤 것도 그의 부모가 바라던 것이 아니었다. 아버지는 팔을 걷어붙이고 매를 들었다. 소년도 딱히 체벌을 피할 생각이 없었다. 그러나 '그런 짓'을 관두라는 말엔 순응할 수 없었다. 클래식을 한다고 했으면 옳다구나 하며 지원했을 부모는 그 당시 발아하기 시작한 로큰롤이라는 장르에 대해 알지 못했고, 이를 이상한 음악 혹은 반사회적 행동으로 받아들였다. 부모는 뒷목을 잡았다.

소년은 불현듯 그 사늘해진 공기 속에서 아버지의 눈에 불꽃이 튀는 걸 발견했다. 아버지가 갑자기 소파에 던져놓았던 기타 케이스를 찢을 듯이 잡아 열었고, 기타의 헤드를 양손으로 잡았다. 소년은 그가 무얼 할지 깨달았고 몸을 던졌다. 그건 누가 말릴 새도 없이 일어난 일이었다. 기타는 벽 대신 소년과 충돌했고, 날카로운 줄에

긁혀 손에서 피가 흘렀다. 그때 소년이 어떤 표정을 지었는지 모르겠지만, 어머니는 소년에게 악마가 들린 것 같다고 비명을 질렀다.

소년은 더는 집에 있을 수 없었다. 이대로라면 제게 하나 남은 기타마저 성치 못할 것이었다. 그렇게 소년은 기타를 집어 들고 집에서 뛰쳐나왔다. 그리고 이전처럼 다시 들어갈 일은 없었다. 이전처럼 그에게 돌아가라고 해줄 사람도 없었으니 말이다.

"여기까지 어때요?"

벌써 해가 지고 있었다. 해가 질 때까지 계속 이야기를 풀어낸 헤일로의 입이 말라왔다. 반면, 집중해서 그의 이야기를 들은 BB는 전혀 지친 기색이 없었다. 오히려 호기심으로 더 빛났다.

"흥미진진하군요."

사실, 흥미진진 그 이상이다. BB는 이렇게 헤일로의 이야기가 디테일하고, 스케일이 클 거로 상상도 못 했다. 게다가 이 이야기는 이제 시작일 뿐이다. 아직 이름도 모르는 '소년'이 록을 하게 되는 발단이다. 게다가 아주 중요한 부분에서 끊어졌다.

'뒤에 얼마나 많은 이야기가 존재하고 있을까. 잠자고 싶지 않다.'

"그래서 그는 그 형들을 찾아갔나요?"

그때 헤일로의 핸드폰이 지잉하고 한 번 울렸다. 전화는 아니고 메시지였다.

"찾아가긴 했죠. 만나지 못했지만."

"어째서요?"

"그곳에 없었거든요."

그곳에 형들이 말했던 레코드사는 없었다. 사기를 당한 것이었다. 지금처럼 곧바로 연락할 수 있는 핸드폰도 없던 때라 그는 그대로 스코틀랜드까지 간 기차 비용만 잃게 되었다.

"그래도 굶어 죽지는 않았어요."

허가 없이 버스킹한다고 쫓기거나 돈을 빼앗긴 적은 있으나, 그가 연주하면 음악을 들어주는 사람이 있었고, 적든 많든 돈을 벌 수 있었다.

"그러다 어느 날 그 사람과 만나게 된 거죠."

"그 사람이라면?"

헤일로는 핸드폰을 확인하고 활짝 웃었다.

"그가 계약하게 된 레코드사 사장이요."

BB는 그 한마디를 받고 자리를 정리했다. 눈치가 귀신같은 사람이었다.

"오늘 저녁에 일정이 있으신가요?"

"네, 가족들과요. 우린 다음에 먹도록 해요."

아직 인터뷰할 내용은 많았다. 이 이야기가 곧바로 끊어질 것 같지 않았다. BB는 이 이야기가 어떻게 될지 궁금해서 잠을 못 이룰 것 같았지만, 그래도 고집부리진 않았다. 오늘 들은 것을 정리하기에도 많은 시간이 필요했기 때문이다.

헤일로는 자리에서 일어나 창 너머를 바라봤다. 고층이라 보이지 않지만, 아마 어머니와 아버지가 도착해 있을 것이었다. 내일부터 리허설 때문에 바쁘기에 오늘 저녁 가족과 함께하기로 했다.

어머니 : 아들, 피곤하지? 오늘 하루도 고생 많았어. 엄마 아빠 이제 막 호텔에 도착했으니까 슬슬 내려올래?

'랍스타를 먹기로 했던가, 뭘 먹기로 했더라. 보양식이었던 거 같은데….'

매번 신기하고 맛있는 걸 먹어서 기억이 나지 않았다. 뭐든 맛이 없겠는가.

"즐거운 시간 보내시길."

* * *

"자네 얼굴을 보니 콘서트 일정을 조금 더 잡아도 좋았겠군."

"지금도 늦지 않았을걸요."

헤일로가 지금이라도 추가해달라는 듯 말하자 어거스트 베일이 껄껄 웃었다. 그러나 그가 긍정한 건 아니었다.

"일정이 그리 쉽게 잡히는 것인가? 내가 마음대로 잡을 수 있는 것도 아니고. 그리고 자네 혹시 무리하는 건 아니지?"

"일주일에 한 번씩 공연하는데요, 뭘."

쇠도 씹어먹는 청소년에겐 무척 가뿐한 일정이다.

헤일로의 말에도 어거스트가 침착히 소년의 건강을 살폈다. 고향에 와서인지 한층 얼굴이 핀 소년에게 아픈 기색은 없었다. 이전에 감기에 걸렸다는 소리를 듣고 얼마나 놀랐는지 모른다. 감기가 조금 더 오래갔다거나 조금 더 심했다면 막대한 손실을 볼지언정 투어를 연기했을 것이다.

소년의 건강을 우려하며 투어 일정에 함께하려 했던 어거스트는, 소년의 마지막 콘서트 리허설 때 비로소 모든 일정을 끝내고 방문할 수 있었다. 헤일로에 의해 그의 취미생활이었던 베일의 사세가 확장되었다. 그동안 많은 가수와 계약했으니 자연스레 그의 책임이 늘어났다. 마음 같아서는 모든 걸 던지고 오고 싶었지만, 어떻게 그에게 미팅을 요청한 가수들을 내칠 수가 있겠는가. 그래도 그가 가장 친애하고 사랑하는 가수가 헤일로라는 건 변함이 없다. 그러나 동시에 그는 자기 음악을 하며 열심히 살아가는 가수들을 좋아했다. 헤일로와의 인연도 그렇게 시작하지 않았던가. 과거에도 그러했듯 그는 그들이 자기 삶을 유지할 수 있도록 도울 것이다. 현재도, 그리고 미래에도 변함없이.

"참, 좋은 소식이 하나 있네. 자네 음반 말이야."

CDP 회사와 계약은 진작했기에 어거스트가 전한 소식은 실물 음반을 제작하고 있다는 것이었다. 헤일로는 지금이 2033년 1월이니 타이밍이 참 좋다고 생각했다. 86번째 헤일로가 도발한 만큼 그와 같은 날 앨범을 발매할 계획이었는데 실물 음반 제작 업체와도 관계가 괜찮으니 말이다.

"어쩌면 주문을 추가해야 할지도 모르겠군요."

실물 음반 제작이 늦어져서 미안하다고 말하려던 어거스트가 사고를 멈췄다. 천천히 입이 닫히고 눈이 천천히 뜨였다.

"그 말은 설마?"

헤일로는 답을 반복하는 대신 미소를 지었다. 그걸로 충분한 것 같다. 어거스트는 베일의 대표이기 전에 헤일로의 첫 번째 팬으로서 흥분했다.

"아직 작곡을 끝낸 건 아니지만, 3월에 발매하고 싶어요. 제가 갑자기 일을 늘린 건 아니죠?"

어거스트의 답을 알면서도 소년이 괜히 물었다. 역시나 어거스트의 답은 정해져 있었다.

"원래 회사는 바쁜 게 복이야! 자네가 하루 전에 음원을 준다고 하더라도 문제없을 테니, 원하는 대로 하게나. 어거스트가 어찌 태양을 막을 수 있을까."

"1년 동안 잘만 막았으면서."

"내가 막았다고?"

"제가 가려지길 바랐죠."

아무리 헤일로라도 그것이 불가능하다는 걸 잘 알았다. 그러나 말만으로도 고마웠다. 헤일로는 실없는 말장난을 주고받으며 마이크를 확인했다.

"헤일로 씨, 리허설 준비해주세요!"

곧 서울 아레나 리허설이 진행된다. 모든 일정을 정리하고 온 어거스트는 리허설도 콘서트도 참관할 예정이다. 그의 손목에 헤일로의 시계가 자리하고 있다. 스콜피온 릴처럼 대놓고는 아니지만, 정장 소매에 반쯤 가려지고 반쯤 노출되었다. 그러니까 파파라치에게 찍히기엔 충분할 만큼. 지금까지 자랑하고 싶은 욕구를 그가 어떻게 참았는지 모르겠다.

"오늘도 파이팅!"

헤일로는 멤버들과 손을 부딪치며 생각했다. 그의 콘서트를 보려고 바쁜 일정을 정리하고 온 유통사 사장(전속계약이 아니긴 하지만)이라니. 그는 그 전에 같이 여행하고, 생일에 맞춰 파티를 해주기도 했다. 처음 계약했을 땐 그저 유통사 사장과 가수 그뿐이었는데, 이젠 뭐라고 할까. 매니저와 가수? 아니, 그보단 친밀한 스승이나 후원자? 혹은 친구? 고민하던 헤일로는 그냥 좋은 사업파트너, 좋은 대표라고 결정했다. 흐뭇하게 자신의 리허설을 보는 어거스트에게 웃어 보이며, 헤일로는 막연히 상상한다. 이 사람이, 가장 처음 만난 레코드사 사장이었다면 어땠을까 하고.

* * *

"흠."

오늘도 왔다.

'소년'은 며칠 동안 내내 그를 찾아온 포마드 남자를 또다시 발견했다. 매번 같은 시간쯤에 나타나 한참 동안 그를 보고 가는 남자였다. 크게 신경 쓰이진 않았다. 제 음악을 방해하는 것도 아니고, 몇 번 본다고 닳는 것도 아니니까. 괜한 오지랖을 부리며 부모를 찾아준다고 경찰을 불러오지만 않으면 됐다.

"안녕."

인사까진 상관없다. 이제까지 그의 버스킹을 보며, 관객들이 말을 걸지 않은 건 아니니까. 소년은 고개를 까딱이고는 기타를 쳤다. 시간이 지날수록 그의 기타는 줄이 늘어나거나 점점 삐거덕거리는 소리를 내기 시작했다. 조율이 필요할 시점이었다. 그러나 소년에겐 조율할 돈도 해줄 사람도 없었다. 그저 이 이상한 소리를 어떻게 하면 예쁘게 만들 수 있을까 고민했고, 형들이 알려주지 않은 방식으로 기타를 치기도 했다. 최근에 와선 그조차 점점 기타를 망치고 있다고 느껴져 살살 건드리고 있다. 그가 아직 제목을 붙이지 못한, 그의 곡을 연주하면서 말이다.

"배는 안 고파?"

소년은 정장을 입었지만 해가 중천일 때 찾아오는 그가 백수인 게 분명하다고 생각했다.

정장을 입은 남자는 샌드위치를 사서 소년에게 건네줬다. 남이 주는 걸 잘 안 먹는 소년은 받기만 하고, 옆에다 놓았다. 경계하는 모습에도 남자는 신경 쓰는 기색이 아니었다. 그저 적당한 거리를 유지하며 "음악은 언제부터 했어?", "기타는 고칠 생각 없어?", "잘 곳은?" 하며 말을 걸었다. 대부분 무시했지만, 그는 꾸준했다.

이윽고 평일이 되어 다시 찾아온 남자는 이번엔 소년의 앞에 털썩 주저앉았다. 고급스러운 정장에 흙이 묻는 것도 아랑곳하지 않았다. 그리고 드디어 본색을 드러냈다.

"너 근데 계속 이렇게 살 거야?"

거리에 떠돌다 보면 이상한 놈들을 마주치기 마련이다. 마약중독자, 알코올 중독자를 넘어 범죄자까지. 특히, 그중엔 얼굴만 멀쩡한 사기꾼이 많았다.

"네가 원한다면 좀 더 좋은 환경에서 살 수도 있어."

"꺼져."

자기가 사기꾼 같아 보인 걸 알았는지, 남자는 서둘러 명함을 꺼냈다. 케임브리지 대학 졸업, 그리고 화려한 이력들과 함께 마지막으로 적혀 있는 건 '퍼스트 레코드즈(First Records)'라는 회사명이었다.

"의심된다면 직접 확인해도 좋아."

형들이 레코드사에 사기를 당했다는 걸 기억한 소년은 나중을 기약하며, 주머니에 명함을 넣었다. 그때까지도 남자는 정말 수상할 정도로 싱글싱글 웃고 있었다. 확인은 나중에 하기로 한 소년은 남자의 이력을 다시 상기했다. 만약 그게 진짜라면 묻고 싶은 게 있었다.

"이제까지 어땠어?"

"응?"

"내 음악 말이야."

밑도 끝도 없는 질문에 남자가 의아해하자, 소년은 모른 척하는 게 분명하다고 생각했다.

"사업가라며. 당신이 보기엔 내 음악이 돈이 될 것 같아?"

그에게 명함을 준 건 그런 목적일 것이다. 소년은 남자와 계약할 건 아니지만, 돈이 된다는 말을 듣고 싶었다. 사람들이 좋아해줄 거고 사랑받을 거라는 그런 입에 발린 말도 좋았다. 그러나 남자는 그가 원하는 대답을 해주지 않았다.

"모르겠는데."

"뭐!"

"음반이 나오지도 않았는데 내가 신이 아니고서야 어떻게 알겠어."

"사업가면 그래도 예상할 수 있지 않아?"

"사업가는 결과를 통해 말하는 법이지."

소년의 표정이 점점 뚱해졌다.

"그리고 말이야. 난 음악은 정말 하나도 모르거든. 음악 듣는 것도 안 좋아하고. 들어봤자 뭐가 좋은지도 몰라. 그래도 잘 팔리는 게 좋은 음악이란 건 알지."

'음반사 사장이 음악을 안 좋아한다니.'

소년이 경악하자 남자가 코웃음을 쳤다.

"음악 싫어하는 음반사 사장 처음 봤어? 음악을 좋아해서 음반사 사장이 되는 사람이 얼마나 있을 것 같아. 좋아하는 일을 하는 사람이 세상에 얼마나 있을 거 같아."

그는 환상에 젖은 꼬마를 보는 눈으로 말했다.

"원래 사업은 돈이 되니까 하는 거야."

소년은 음반사 사장은 처음 봐서 뭐라 반박할 수 없었다. 아버지도 사업에 관해 얘기한 적이 없어서 모르겠다. 그래도 속에선 반박이 차올랐다.

'안 좋아해도 사업을 할 수 있다고? 하기 싫은 걸 돈이 된다면 한다고?'

소년은 얼마를 주든 싫었다. 그러나 한편으론 인정했다. 제가 어른이 아니기에 이렇게 생각할지도 모른다고.

"그럼 왜 말을 건 거야? 이 사기꾼 새끼야."

"아니, 사기꾼 아니라니까?"

소년을 애처럼 보는 남자가 진심으로 억울해했다. 다른 건 몰라도 사기꾼이란 말은 정말 싫었다.

"그리고 너한테 말을 건 건 당연히 돈이 되기 때문이지."

"방금은 아니라며."

"네 음악 말고. 그건 어떻든 상관없어. 관심도 없고. 내가 말하는 건, '너'야. 이렇게 된 거 그 덥수룩한 앞머리 좀 치워보지 않을래?"

소년은 남자의 요청을 들어주진 않았다. 남자도 소년이 해줄 거로 생각하지 않았기에 그저 어깨를 으쓱했다.

"너, 유명해지고 싶지 않아? 나만 널 보러 오는 게 아니라, 수많은 사람이 널 보러 오는 거야. 넌 그 앞에서 화려한 옷을 입고 손을 좀 흔들면 돼. 그럼, 네 앞에 돈 비가 내릴 거고, 넌 매일 새로운 옷을 입고 거대한 저택에서 하고 싶은 것만 하며 살 거야. 어때?"

남자의 눈이 탐욕적으로 번들거렸다. 소년이 혹할 거로 생각했
겠지만 그 안에 정작 소년이 원하는 게 없었다.

"필요 없어. 난 그냥 음악을 할 거야."

그 말에 남자가 코웃음을 쳤다.

"꼬마야, 그건 언제든 할 수 있는 거야. 그러나 스타는 아무나 될
수 있는 게 아니지. 내가 하라는 대로만 해. 내가 널 스타로 만들어
줄게. 그때 음악을 하면 돼. 쓰레기같이 불러도 사람들이 좋아해줄
거야. 일단 유명해지란 말이 있잖아."

'쓰레기라니.'

자신의 음악을 한 번도 그렇게 생각해본 적 없는 소년이 남자를
노려봤다. 그러나 소년은 남자의 심미안에 들어왔다. 남자는 소년
의 외모가 정말 마음에 들었다. 시트콤이나 드라마에 나오는 아역
배우, 아니 현재 세계적인 미남이라 불리는 배우의 어린 시절을 가
져와도 이 소년만 못 할 것이었다. 그는 태어나서 이런 외모를 본
적이 없었다. 줄리엣이 첫눈에 반해 불장난을 치게 만든 로미오가
이렇게 생겼을까. 아니면 신화 속에서 세 여신이 반했다던 아도니
스가 이렇게 생겼을까. 덥수룩하고 꾀죄죄한 외견은 흠이 되지
않았다. 오히려 10대나 20대 여성들에게 잘 먹힐 분위기였다. 사
연 있는 반항아, 이렇게 완벽한 클래식이 어디 있겠는가.

누가 봐도 소년은 스타가 될 운명이었다. 그 원석을 발견한 남자
는 누가 보석을 채가기라도 할까 조바심이 나 돌아버릴 것 같았다.
그러나 그럴수록 남자는 인내심을 가졌다. 그는 소년에게 차근차
근 자기 계획을 설명했다. 남자는 조금 이름이 알려진 음반, 조금 이
름이 알려진 가수 정도에 만족할 생각이 없었다. 그는 세계 최고를

원했고, 이해할 수 없는 음악보다 더 확실한 것이 눈앞에 있었다.

"무슨 소린지 모르겠어."

'듣는 척도 안 하더니.'

길에서 나돌아다니는 꼬맹이다. 멍청하고 건방진 건 당연한 거다. 이건 나중에 차근차근 고쳐주면 된다. '아직 애새끼고, 얼굴값 하는 거지'라고 생각하며 남자는 사기꾼처럼 웃어 보였다.

"내가 너보다 사업적으로 훨씬 잘 아는 어른이란 것만 알면 돼. 좋은 파트너가 될 거란 말이지."

"그냥 사기꾼 같은데."

사기꾼 같다는 말을 하루에 무려 세 번 들었다. 욱한 남자가 드디어 "이 꼬맹이가" 하며 성질을 드러내려고 할 때, 돌연 소년의 눈이 빛났다.

"그리고 당신 하나 틀렸어."

어떤 빛보다 환하게 세상 모든 조명이 소년을 비추는 것 같았다. 남자는 화도 잊고 멍하니 소년을 보았다.

"난 유명해진 다음 음악을 하는 게 아니라, 내 음악으로 유명해질 거야."

아무것도 없으면서 자신하는 모습이 건방져 보이지 않았다. 그저 당연하게 보였다. 이 말을 듣는 누구라도 충성스럽게 고개를 끄덕이며, 소년의 모든 걸 찬양할 것 같았다.

'딸랑딸랑.'

남자의 머릿속에서 소년의 가치가 상향되었다. 그는 어떻게든 소년을 스타로 만들고 싶었다.

"좋아, 그렇게 가수가 되고 싶다는 거지? 알았어."

남자는 한발 물러나기로 했다.

"네 첫 음반은 내가 책임지고 계약할게. 좋은 프로듀서도 찾아줄게. 배울 게 있다면 코치도 불러주지. 대신 1집 만이야. 이후는 네 성적에 달려 있어. 알겠지?"

당근을 쳤으면 현실을 알려줄 때다.

"생각해봐. 아무것도 없는 가출 청소년한테 이 정도까지 해줄 사람이 얼마나 되겠어? 심지어 나는 내 신원도 밝혔잖아. 계약을 신중하게 하는 건 좋지만, 잡아야 할 땐 잡아야 하는 법이란다."

그리고 다시 당근을 내놓았다.

"그래도 갑작스러울 테니 시간을 줄게. 넌 내가 사기꾼인지 아닌지 잘 확인해. 아니, 사기꾼인지 아닌지 어떻게 구별하는지 알려줄게. 범죄기록은 물론이고, 내 건물의 주인이 누구인지, 회사가 정말 등록이 되어 있는지 확인해. 매출과 당기순이익도 고려해야 하고, 은행 대출 현황과 부채 비율도 봐. 아 그리고 업계에서 인지도도 중요하겠지. 내 회사의 소속 가수가 누가 있는지, 어떤 음반이 나왔는지도 확인해봐."

남자는 아예 본인이 나서서 확인을 시켜주었다. 은행과 관공서까지 들른 후 소년은 사기꾼이 아니라는 걸 인정했다. 다른 건 다 속여도 국가의 기관이나 은행이 거짓말하지 않을 것이다. 그리고 방송국이나 가수도 마찬가지다. 소년은 여전히 그가 마음에 들지 않았지만, 좋은 기회란 건 알았다. 남자의 사업은 나쁘지 않았고, 1집도 무조건 약속했다.

소년은 계약하며 결심했다. 뛰어난 가수가 되어 많은 사람과 어울릴 것이고, 그리고 형들과도 다시 만날 것이었다. 자신이 유명해지면 형들이 찾아올 테니 말이다.

"그래, 그럼 이제 내가 널 뭐라고 부르면 될까?"

이름! 소년의 모든 것은 집에 버리고 나왔다. 집에서 들고 왔던 용돈과 옷가지는 모두 없어지거나 버린 지 오래다. 소년은 오랫동안 듣지 못했던 이름 역시 완전히 버리기로 했다. 그리고 형들과 같이 고민한 그의 예명을 떠올렸다. 자꾸 '땅꼬맹이', '짜리몽땅', '작은 토마토' 같은 걸 가져와 놀리는 형들에게 이를 악물곤 멋있는 걸 직접 찾겠다고 나선 소년은 가지고 있던 책들을 뒤졌고, 잔뜩 구겨진 과학 교과서에서 하나를 발견했다.

"I am."

형들은 웃기다고 막 웃었지만. 소년은 전혀 우습지 않았다. 그는 그 이름처럼 살아갈 테니 말이다. 소년은, 평생을 가지고 갈 이름을 말했다.

"HALO."

소년의 대답에 사장이 고개를 끄덕였다.

소년이 미성년자이기에 계약엔 보호자 동의가 필요했다. 소년이 그리 반기는 기색이 아니자, 눈치 빠른 사장이 알아서 하기로 했다. 주소를 알려주자마자 소년의 집에 다녀온 그는 가족들이 별말 없이 오케이했다고 했다. 소년은 사장에게 무슨 말이 오갔는지 묻지 않았다. 묻지 않은 건 옳은 선택이었다.

"아니, 이제 내 자식 아니니 알아서 하라고 했다고요? 거짓말! 진짜로요? 친부모 맞아요? 아니, 그걸 걔한테 어떻게 얘기하실 거예요?"

"왜 얘기를 해."

"네?"

"애가 충격 먹고 도망가면 어떡해. 혹은 갑자기 안 한다고 하거나. 걔는 그러면 안 돼. 앞날이 얼마나 창창한데. 그냥 좋은 게 좋은 거지. HALO는 이제 내 거야. 너는 걔 귀에 들어가지 않게만 조심해."

사장은 음악에 조예가 깊지 않았지만, 훌륭한 사업가였다. 그는 HALO라는 신인 가수의 세일즈 포인트를 외견으로 잡았고, 소년의 반대로 특별한 프로듀싱 없이 생으로 나가게 된 HALO 1집 〈투쟁〉 표지에 소년의 얼굴을 박았다. 물에 젖은 머리의 소년이 창백한 뺨을 한 손으로 괴고 카메라를 가만히 바라보고 있는 사진이었다. 그리고 반응은 폭발적이었다. 그 당시 흔히 하던 사재기도 안 했지만(사장은 그때까지만 해도 소년을 가수로 키울 생각이 전혀 없었다), 소년의 사진이 박힌 음반은 엄청나게 팔려나갔다. 소년의 음악이 훌륭하기 때문이 아니었다. 애초에 음악을 듣고 산 게 아니었다. 서점이나 음반사에 들렀던 대다수 여성이 소년의 사진에 눈을 떼지 못하고, 그 앞에서 얼쩡거리다 결국 구매해 간 것이다. 특별한 홍보 없이 입소문과 진열만으로 소년의 음반이 매진됐다.

"참. 아이러니하네요."

"왜요?"

하루가 지나 헤일로와 미팅을 한 BB가 문득 탄식했다. 그의 목소리엔 어떤 감정이 서려 있었다. 세상에 존재하지 않았던 '한 남자'에 대한 애도일까. 혹은….

"현재 당신의 팬덤은 남성 비율이 높은데 말이죠. 특히 1집 〈투쟁〉은 남자의 피를 끓게 하는 그런 음악인데."

헤일로가 키득키득 웃었다.

"그래서 퍼져나갔죠."

"오호라. 끝이 아니라 시작이었군요."

분명 처음엔 사장이 옳았다. 소년의 외견은 최고의 홍보였고, 지나가는 모든 사람이 그 자리에 멈춰 서 소년의 사진을 바라보았다. 누군가는 실제 사람이 아니라 그냥 상상화가 아니냐고 했지만, 어쨌든 불티나게 팔려나갔다. 이 특이한 현상을 본 타블로이드는 현상 자체를 '아도니스'라고 칭했다.

음악을 듣지 않고 음반을 샀다고 해도, 앨범을 사 간 사람은 결국 음악을 들었다. 보통 집이나 학교, 직장 등에서 틀었고, 이는 그들의 오빠나 남동생 그리고 아버지에게까지 닿았다. 피 끓는 청춘, 새로운 것에 열광하고 낡을 것에 반하는 10대 20대.

그리고 다양한 연령의 여성들한테 HALO라는 이름이 알려졌다. 당시 가장 인기 많았던 남배우보다 HALO라는 신인가수가 여성 잡지에서 '사귀고 싶은 남자 1위'에 오를 정도로 그는 트렌드가 되었다. 그렇게 팬덤이 만들어진 그의 인기와 함께 음반 순위도 올라가 라디오 청취율과 음반 판매 1위에 도달했다.

그때부터 소년은 인기스타였다. 모든 곳에서 그를 원했으며, 광고와 화보, 방송 섭외가 몰려왔다. 사장은 그가 계획하는 소년의 이미지에서 어긋나지 않는 모든 섭외에 응했다. 그게 소년이 원하지 않는 것이라도. 높으신 분들 파티에 불려 나가 인형처럼 서 있어야 했던 소년은 결국 사장실 문을 박차고 들어갔다.

"뭐 하는 짓이야. 품위를 지켜. 미친개처럼 굴지 말고."

"다시 한번 나를 인형처럼 서 있게 한다면, 진짜 미친개가 뭔지 보여줄게."

이미 파티에서 테이블을 발로 차고 나온 소년의 말에 사장이 비웃었다.

"2집 안 하고 싶나 보지?"

"당신이야말로 나한테 벌 돈은 다 벌었나봐?"

사장이 이를 악물었다.

사장이 소년이 원하는 게 무엇인지 알듯, 소년도 사장이 원하는 게 무엇인지 알았다. 이 정도로 사장이 만족할 리 없다는 것까지.

날 선 시선이 오갔다. 사장은 담배를 내려놓고 종이를 들었다.

"섭외야."

"안 해."

"하기 싫으면 하지 마."

사장이 코웃음을 쳤다.

"네 음악을 드디어 듣고 싶다는 섭외인데."

소년은 자존심이 상했지만 하고 싶었다. 소년은 무대가 고팠고 그의 음악을 사람들이 들어주길 바랐다. 평론가들은 얼굴로 음반을 팔았다고 하지만, 그는 자신의 인기가 외모 때문만은 아니라고 확신했다. 가끔 팬들을 만날 때마다 그의 음악이 좋다고 말해줬으니까. 소년은 스타 말고 음악이 하고 싶었다.

"근데 영화에 출연해볼 생각은 없어?"

"너나 해."

"이게 보자 보자 하니까."

사장은 소년의 기를 죽여놔야 한다고 생각했지만, 내일 일정 때문에 참았다.

어쨌든 소년의 이름은 나날이 알려졌다. 1집 〈투쟁〉이 외모로만 그 순위에 올랐다면 그리 오래 있지 않았을 것이다. 하지만 〈투쟁〉은 영국을 넘어 전 세계 음반 순위에 올랐고, 평론가들에게 혹평을 받을지언정 유명 가수들의 입을 통해 재발굴되었다. 적어도 소년이 가수이며 괜찮은 음악을 한다는 걸 사장은 인정하게 되었다.

"난 유명해진 다음 음악을 하는 게 아니라, 내 음악으로 유명해질 거야."

아무것도 없던 가출 청소년의 말이 반쯤은 맞았다는 것도 인정했다. 소년의 가치는 올라갔다. 사장은 소년을 외모뿐만 아니라 엄청난 재능을 가진 가수로서 이미지를 만들어냈고, 소년에게 공연도 많이 잡아주었다. 당시 만연했던 착취도 하지 않았다. 사장은 소년의 가치가 몇 년으로 끝날 게 아니라고 보았기에 어리석게 황금알을 낳는 거위의 배를 가를 생각이 없었다. 그는 스스로를 좋은 사장이라 여겼고 이는 사실이기도 했다.

사장과 매번 기 싸움을 했지만 소년도 현재의 생활에 만족했다. 그에겐 이전과 다른 세상이 펼쳐졌다. 일반인이라면 평생 일해도 얻을 수 없을 부를 거머쥐었으며, 그의 음악을 좋아해주는 사람들 앞에서 노래 부를 수 있었다. 수많은 이들이 그를 사랑해줬다. 아무것도 없던 가출 청소년의 인생이 180도 바뀐 것이다. 새로 사귄 친구들과 애인, 저를 인정해주는 사람들과 그런 분홍빛 세상 속에서 소년은 환희와 기쁨을 노래했다. 그것이 2집, 다시 없을 명반인 〈다시, 봄〉이었다.

부드러운 선율의 바이올린, 우아한 하프와 오케스트라를 통해

'봄'이 실현되었다. 음악을 안 좋아한다던 사장도 극찬했고 결과는 대성공이었다. 평론가들조차 신인가수의 가치를 재평가했고, 세상은 그를 그저 잘생긴 가수가 아니라, 훌륭한 가수로서 인식해주었다. 첫 번째 앨범 〈투쟁〉이 호불호가 나뉘었다면, 2집은 가장 대중적인 앨범으로서 가장 오랫동안 왕관을 차지했다.

"그런데 그런 기쁨도 오래가진 않았어요."
"왜요?"
"오늘은 여기까지로 하죠."
"예?"
'그'가 대중에게 사랑받는 아티스트로 발돋움하게 된 이야기를 끝으로 그날의 인터뷰는 끝이 났다. 정말 여기서 끝낼 거냐며 BB가 애원하듯 그를 바라봤다.

그래도 헤일로는 인터뷰를 재개하지 않았다. 오늘은 여기서 끝이었다. 그들에겐 시간이 많기도 하거니와 뭐랄까, 제 과거를 직접 서술하는 이 인터뷰를 빨리 끝내고 싶지 않았다. 《아라비안나이트》의 셰에라자드가 된 것 같았다. 그는 다음 이야기가 궁금해서 미치려고 하는 BB의 반응을 은근히 즐겼다. 한편으로 오랜만에 떠올리는 과거 이야기가 그의 마음에도 반향을 일으켰다.

* * *

"그래서 이번엔 어떤 앨범을 낼 생각인가?"
내일 서울 콘서트를 앞두고 며칠 동안 이어진 BB와 미팅을 오늘은 생략했다. 콘서트를 위해 휴식하기로 한 헤일로는 어거스트 베일과 호텔 레스토랑에서 저녁 식사를 했다.

"한 번도 안 해본 주제를 다루고 싶어요."

"좋지. 젊은이가 가장 멋있을 때는 새로운 것에 도전하는 때라고 내가 말한 적이 있던가? 나는 그들의 도전을 정말 사랑한다네."

"글쎄요. 들었던 것 같기도 하고."

"지금이라도 알면 된다네."

'그 사람은 그런 거 싫어하던데.'

헤일로는 2집 때와 달리 3집을 절대 반대하던 사장을 떠올렸다.

"그래서 자네가 좋은 걸지도. 자네 음악은 늘 새롭고 놀라워."

"너무 새로워서 반대하고 싶을 때는 없었나요?"

"내가 감히 어떻게 반대하겠나."

"왜? 제가 헤일로라서요?"

"부정하진 않겠네만, 꼭 그런 것만은 아니야. 나는 음악을 좋아하지만, 재능이 없지. 내가 보지 못한다고 그들의 색을 망쳐서야 하겠는가."

"좋은 성적을 내지 못한다고 해도 말이죠?"

"성적은 학창 시절 경험으로 충분하지 않나?"

헤일로가 어거스트와 잔을 부딪쳤다. 노란 조명이 미온수에 반사되어 환하게 빛났다. 그리고 콘서트 마지막 날을 맞이하며 조명만큼 환한 해가 떠올랐다.

* * *

"어때?"

"뭐가?"

"그거."

BB는 정오의 서울 시내를 내려보며 전화를 받았다. 한참 저녁 식사를 하고 있을 LA에서 걸려온 전화였다. 발신인은 BB의 동업 자이자 좋은 사업 파트너 토마스 벤슨이었다.

"좀 얻은 게 있어?"

"글쎄."

"역시 그럴 줄 알았어. 계약서 사인이나 잘 받아와."

BB는 전혀 기대하지 않는 그의 반응을 보며 피식 웃었다.

"한국에 올 생각은 없지?"

"내가? 왜? '그'가 내 얼굴까지 보고 싶대?"

"그렇다면 올 거야?"

"영화를 위해서라면 당연히."

"다행히도, '그'는 너한테 단 한 톨의 관심도 없는 것 같아."

"그거 유감이네."

그럴 줄 알았다는 듯 토마스가 대꾸했다. 그럴수록 더 비웃고 싶은 BB였다.

'이 자료를 보면 얼마나 기겁할까.'

BB는 참다못해 말했다.

"이 멍청한 친구야."

"또 왜 그래?"

"확신하건대, 이 세상에서 가장 멍청한 사람은 바로 너일 거야."

"왜 그렇게…."

토마스의 목소리가 점점 잦아들었다. 그는 다행히 눈치가 없는 사람이 아니다. BB가 왜 이렇게 말하는지 차근차근 생각할 것이다.

"그에게 뭐가 있어?"

"있고말고. 넌 절대 믿지 못할 거야."

"아니, 이해가 안 가는데. 이 반응은 뭐야."

전화 너머에서 중얼거리는 소리가 이어졌다. 확신하지 못하고 긴가민가하는 것이다.

"인터뷰가 아니라, 설마 그가 만든 '이야기'가 도움이 된 거야?"

사실 BB도 직접 이 자리에 있지 않았다면 믿지 못했을 것이다.

"시나리오를 써보기는커녕 하나라도 읽어봤는지 의심되는 열여섯 살짜리가 만든 이야기가 도움이 됐다고?"

"열일곱이야."

"열여섯이든 일곱이든 한참 틱톡이나 하며 흑역사를 만들 나이잖아."

"설마 그의 이름을 잊은 게 아니겠지?"

"팝의 황제, 모차르트의 현신, 록의 재림, 세상이 사랑하는 태양, 천 년에 한 번 태어날까 말까 한 영광. 이 정도면 충분한가?"

"충분하고말고."

절대 잊지 않았다는 의미로 '그'의 별명을 연달아 말한 토마스는 본론을 듣길 원했다.

"톰, 아마추어 감독들이 가장 하기 쉬운 실수가 뭔지 알아?"

"네가 항상 말하는 거잖아. 긴장(tension) 유지."

다른 단어로 표현하자면 '갈등'이라고 할 수 있을 것이다. 모든 서사엔 갈등이 있고, 그 갈등을 통해 긴장이 만들어진다. 그리고 그 긴장은 곧 서사를 이끌어갈 동력이 된다. 하지만 텐션을 다루는 건 쉽지 않은 일이다. 연인이나 친구 사이의 텐션을 다루기도 어려운

데, 서사에선 더 많은 인물의 텐션을 다루지 않던가.

게다가 감독이 신경 써야 할 건, 인물 간의 텐션뿐만 아니라 독자와의 텐션이다. 독자는 아주 예민하고 민감한 소라게와 같다. 텐션이 과하면 지쳐 나가떨어지고, 텐션이 적으면 흥미를 잃고 제집으로 들어가버린다. 그들이 나가떨어지지 않고 흥미를 느낄 딱 중간의 텐션을 만들어야 한다. 그건 할리우드 명감독인 BB조차 항상 고민하는 것이다.

그리하여 BB는 시나리오에선 아마추어에 불과한 헤일로가 텐션을 잘 만들어낼 거로 생각지 않았다. 너무 과하거나 혹은 부족할 거로 생각했다. BB는 헤일로가 만든 이야기보단 그 이야기를 통해 그 안에 내재한 헤일로의 사고방식, 취향, 인생을 알길 바랐다.

"그러니까 그의 이야기는 텐션을 많이 가지고 있는 모양이지? 많은 게 적은 것보다 낫잖아. 덜어내면 되니까."

"아니."

"그럼 좀 적은 편인가?"

"아니."

"그럼?"

"이상해."

"어?"

적지도 않고 많지도 않으며 이상한 건 또 뭔가 싶지만, BB는 이상하다고밖에 할 수 없었다. 이상할 정도로 텐션이 완벽하게 만들어지고 있었으니까. BB는 헤일로의 음악과 노해일의 인생이 전혀 일치하지 않다는 의문점을 처음부터 갖고 있었고, 헤일로의 인터뷰를 통해 해소하고자 했다. 그런데, 헤일로가 이야기해주는 '또 다른 HALO'의 이야기는….

"정답지를 본 것 같아."

"어?"

소름이 돋을 정도였다. 노해일의 인생으로 설명이 안 되던 의문이, 헤일로의 날것 그 자체인 음악이 '또 다른 HALO'의 이야기 속에선 설명이 됐다. 단순히 설명이 된 것이 아니라, 조각이 어긋남없이 원래 하나였던 것처럼 맞아떨어졌다. 인터뷰를 정리한 자료와 제 노트의 의문을 맞춰보고는 팔에 털이 쭈뼛 섰다. 실제 이런 사람이 있나 의심이 될 정도였다.

BB는 혹시나 해 헤일로가 이야기해준 주소를 직접 찾아보았다. 과거에도 현재에도 존재하지 않는다는 결과를 보고서도 믿기지 않았다. 세상에 없는 한 사람의 이야기는 너무 정교하게 만들어져 있었다. 소설이 아니라 진짜 어떤 예술가의 인생을 엿보는 것 같았다. 헤일로는 '또 다른 HALO'가 예술가가 아니라 했지만 BB의 눈 속엔 예술가 그 자체였다. 마치 헤일로의 음악처럼 '또 다른 HALO'의 인생은 처절하면서 아름다웠다.

"그렇게 완벽하다는 소리야?"

"어설픈 것도 있긴 하지."

사실 그것도 이상했다.

"그런데 아직 말씀해주실 생각이 없는 건가요?"

"뭐를요?"

"'그'의 본명이요."

다른 건 실제 이야기처럼 만든 헤일로는 주인공의 본명은 물론이고, 예명도 말하지 않고 '그'라고 통칭했다.

헤일로는 옅게 웃으며 되물었다.

"그게 중요한가요?"

"이름도 주인공을 묘사하는 특별한 장치 중 하나죠."

BB는 이 완벽한 이야기를 만들어낸 만큼 '또 다른 HALO'에 걸맞은 이름이 들려올 거로 생각했다. 그러나 아니었다.

"그럼 원하는 대로 만드세요."

"네?"

"톰도 좋고, 존도 좋고."

"'그'에겐 그런 평범한 이름이 어울리지 않는데요. 헤일로 씨는 '그'의 이름을 따로 정하지 않은 건가요?"

그때, 그렇다고 대답했으면 그냥 넘어갔을 텐데, 헤일로는 인터뷰를 이어갔다.

"그는 모든 것을 집에 버리고 나왔죠. 그나마 가지고 왔던 용돈은 스코틀랜드로 가면서 다 써버렸고, 옷가지도 낡아서 버린 지 오래였어요. 이름도 그래요. 그는 오랫동안 듣지 못했던 이름을 완전히 버리기로 했죠. 그래서 이름을 묻는 사장에게 대답했어요. 아주 오래전, 잔뜩 구겨진 과학 교과서에 대충 골랐던 이름을."

그때까지 아무 생각 없었던 BB는 소름이 돋는 것 같았다.

"HALO라고."

그것은 눈앞에 있는 소년의 이름이었기에…. 그 기분을 뭐라고 설명해야 할지 BB는 알지 못했다. 무언가 깨달은 것 같으면서 자신이 무얼 깨달았는지 알 수 없었다. 엄청난 비밀을 파헤치고 있는 느낌이었다. BB는 갈증이 났다. 소년과 같은 이름의 'HALO'는 어떻게 끝이 날까 알고 싶어졌다. 물론, 금방 끝날 이야기는 아니다.

BB는 인터뷰의 내용이 아직 발단 단계라고 생각했다. 이야기의 엔딩은 더 시간이 흐른 후에나 알게 될 것이다. 이런 갈증을 얼마나 오랜만에 느끼는지 모르겠다. 헤일로가 이런 이야기를 어떻게 생각해냈는지 궁금하면서, 궁금하지 않았다. 역사에 남지 못한 실존 인물이었다고 해도, 그는 그냥 믿을 수 있을 것 같았다.

"암튼 인터뷰 오래 걸린다는 거지? 오늘도 하나?"

"아니, 당분간은 못 할 거야. 오늘 콘서트고, 콘서트 끝나면 애프터 파티를 한다고 했거든."

"인터뷰는 얼마나 걸릴 것 같은데?"

"한 백 년쯤?"

"뭐라고?"

정말 어울리지 않는 감상이지만 '또 다른 HALO'가 살아갔을 모든 인생을 파헤치고 싶었다. 그의 탄생부터 죽음까지 한 사람의 인생이니 백 년쯤 걸리지 않을까 싶었다. 그는 소년과 소년이 말하는 '또 다른 HALO'에게 잔뜩 빠져버린 것이 확실했다.

어쨌든 오늘 감독으로서의 일은 여기까지고, 이제 취미생활을 즐길 때다. 골드티켓의 소유자, BB는 시계를 보고 룸을 나섰다.

9. 두 개의 시상식

　2025년 10월 완공된 서울 아레나는 서울 도봉구 창동에 있다. 전체 객석은 1만 8,269석이지만, 스탠딩을 포함하여 2만 8,000여 명을 수용하게 된 원형의 아레나엔, 대한민국 국민이 총집합한 게 아닌가 싶을 정도로 긴 줄이 이어지고 있었다. 아레나 부속시설도 만원이 된 지 오래였고, 지하철, 버스, 도로 등의 사정도 그리 좋진 않았다. 당연할 수밖에 없다. 헤일로의 콘서트 중 가장 많은 티켓이 확보된 콘서트이자 마지막 콘서트로서 인근 모든 아시아 국가에서 달려들었다. 헤일로 팬덤답게 다양한 연령층과 인종의 인파가 몰렸다.

　헤일로를 상징하는 금빛의 조명들이 대낮부터 번쩍거렸다. 하늘에 떠 있는 태양도 눈이 부실 정도로 말이다. 그 금빛 물결의 중심에서 소년이 뛰어올랐다. 마지막 콘서트인 만큼 오늘 제대로 놀고 갈 생각인 헤일로는 애피타이저로 '새벽이 오기까지는'을 선사

한 후, 곧장 메인 디시로 들어갔다. 오늘 메인 디시는 끝도 없이 나올 예정이다. 제발 그만 내오라고 빌 정도로 위를 가득 채우다 못해 터트리는 게 목표였다.

관객들도 오늘 좀 더 제대로 준비한 듯 '새벽이 오기까지는'부터 새벽하늘을 연상하는 풍선을 올렸다. 동시에 하늘로 날아오른 풍선과 폭죽, 애정이 담긴 사람들의 환호와 응원봉의 물결. 지난 세상의 헤일로의 콘서트 분위기와는 사뭇 달랐다. 그때 콘서트는 대개 앨범에 따라 분위기가 달랐다. 엄청난 호불호가 갈렸던 3집과 그를 비난한 사람들을 저격하는 싱글 음원 'I am HALO'에 이어서 기독교를 모독한다고 욕을 먹었던 4집까지 콘서트 분위기는 개판이었다. 한쪽에선 그에게 환호했고, 한쪽에선 그를 욕하는 무리가 몰려 있었다. 늘 싸움이 났던 것 같다.

콘서트에서만 일어난 분위기는 아니다. 온 세상이 사랑하던 2집 때의 분위기는 어디 갔는지, 한쪽에선 '청년'을 어떻게든 바닥으로 잡아끌어 내리고 싶어 했다. 매스컴에선 매일 청년에 대한 가십을 쏟아냈으며, 평론가는 그가 예술병에 걸렸다고 이야기했고, 몇몇 가수 무리는 하던 얼굴 장사나 하라고 했다. 청년을 단단히 받쳐주던 여성 팬들조차 앨범에 관해 호불호가 나뉘었고, 그가 파티를 뒤집어엎은 이후 그 자리에 있던 상류층은 천박하다며 욕했다.

청년은 그런 분위기에서 잘 살았다. 그가 어울리는 사람들은 약에 취한 채 그의 가십을 안줏거리 정도로만 대했고, 청년은 그들과 어울리면서 저격 곡을 냈다. 1집과 2집, 그리고 외모로 만들어졌던 '옴므파탈 이미지'를 박살내버렸던 저격 곡, 사장 몰래 사비로 냈던 'I am HALO'는 라디오에서 정지당했다.

아이러니하게도 저격 곡을 통해 청년은 연예인보단 로커에 한 층 가까워졌다. 청년이 바라던 대로 말이다. 그러나 이후에 앨범에 관한 참견이 심해졌다. 사장이 가장 중요시하던 '수익'까지 흔들렸기 때문이다. 청년은 사장의 참견에 눈 하나도 깜짝하지 않고, 4집 〈오 신이여(O GOD)〉를 냈다.

사장은 어떻게든 청년의 기를 꺾으려고 했지만(3집, 4집을 허용한 건 실패를 경험해보라는 고도의 전략이었지만) 제 이미지고 뭐고 날뛰는 짐승을 통제할 수 있는 수단이 없었다. 고립시키려고 해도 청년은 이제 어엿한 성인인 데다 그의 팬덤은 안티와 비례하게 커졌으며, 파티와 향락을 좋아하는 성격에 인맥도 넓어졌다. 그런 향락에서 태어난 게 5집 〈헤로인처럼(Like a Heroin)〉이다. 이제까지 호불호 갈리는 노래로 팬덤을 갈랐던 청년은, 그 앨범으로 또다시 엄청난 팬들을 얻게 되었다. 한창 절정에 오른 외모와 몸에 진득하고 퇴폐한 어른의 노래는 향수처럼 사람들에게 퍼져나갔고, 콘서트는 성적인 분위기가 만연했다.

그에 비하면 이번 세상의 서울 콘서트에서 똑같이 5집을 불러도 건전한 광경이 펼쳐졌다. 한국의 분위기도 분위기였지만, 아무래도 5집을 부르는 소년이 아직 미성년자이기 때문일 것이다. 헤일로의 정체가 공개된 이후 팬들은 미성년자 앞에서 절제하는 편이었다. 소년이 성인이 될 때 모든 게 완전히 달라지겠지만, 팬들은 제 가수를 지켜주려는 최소한의 양심은 가지고 있었다.

건전한 헤일로의 콘서트는 노해일의 앨범으로 끝이 났다. 사람들이 바랐던 대로 어디에서도 불러주지 않은 노해일의 앨범을 노해일의 나라에서 불러준 것이다.

이어서 앙코르는….

"고백! 고백! 고백!"

'이 사람들은 이 노래를 왜 이렇게 좋아할까.'

소년의 뚱한 표정과 함께 노래가 시작되었다.

끝은 언제나 아쉬운 것이기에 누구나 쉬이 발걸음을 떼지 못했으나, 마지막까지 모든 힘을 쓰고 머지않은 미래를 기약하며 같이 걸어나가는 건 그리 어렵지 않을 것이다. 헤일로는 그가 바라는 대로, 그리고 사람들이 바라는 대로 그들의 외침이 끝날 때까지 앙코르 무대를 해주었고, 곧 보자고 약속했다.

그리고 퇴근길에 사람들에게 손을 흔들었다. '조심히 들어가' 대신 "또 만나요"라고 인사하며. 세상이 바뀌기 전에도 했던 인사다. 그와 어울리던 친구들은 무슨 그런 말을 하냐며 그래 봤자 갈대처럼 바뀌는 게 대중이라고, 특히 잘생긴 시절 지나가면 우수수 떨어져나갈 거라고 얘기했다. 그러나 황소고집 헤일로의 인사가 변할 일은 없었다. "잘 들어가"라고 인사하면, 그들의 인사도 비슷하게 끝날 뿐이다. 그건 좀 재미없지 않은가. 반대로 "또 만나"라고 인사하면, 그들의 인사는 다채로워졌다. 한층 밝아진 얼굴로 "또 보자"라고 하거나, 장난기로 가득 찬 얼굴로 내일도 콘서트 해주냐고 물었다. 평생 콘서트에 올 거라며 약속한 사람도 있었고, 요즘 컨디션은 괜찮냐며 걱정하기도 하고, 사고 좀 그만 치라고 잔소리하기도 했다. 헤일로는 그런 가지각색의 반응이 좋았다.

"그 안에 욕하던 놈들도 있을 텐데 뭐가 좋다고."

"쟤도 쓸데없이 낭만파야. 답지 않게 순수한 면이 있다니까."

"그냥 어린 거지. 좋을 때다."

3,4집 때 겪어보고도 그러냐며 주변에서 이해하지 못했다. 그러고 보면 헤일로는 그때 그렇게 욕을 먹으면서도 은퇴 생각은 하지 않았다. 어떻게 안티들에게 '엿을 먹일까' 하는 고민만 신나게 했을 뿐이다. 헤일로는 이후의 일을 잠깐 떠올렸다가 고개를 저었다. 콘서트는 끝났지만 아직 할 일이 남아 있다. 바로, 애프터 파티.

* * *

헤일로는 정오가 넘어서야 겨우 일어났다. 새벽까지 달린 앙코르로 콘서트가 예정보다 훨씬 늦게 끝났고, 다들 저녁을 먹은 지 한참 지난 시간이라 스태프들과 함께 늦은 회식을 하고 헤어졌다. 그러고 나서 호텔로 들어온 소년은, 암막 커튼 속에서 깊은 잠에 들었다.

이제 다시 슬슬 준비할 시간이었다. 지난밤 콘서트 현장 스태프들과 뒤풀이했다면, 오늘은 많은 관계자와 또 지인들과 함께하는 애프터 파티를 할 예정이다. 장소는 그가 재작년 생일파티를 했던 스카이라운지 레스토랑이다. 그가 아는 사람이건 모르는 사람이건 데리고 오고 싶으면 데리고 오라고 했다. 초대받은 이들의 책임하에 다른 사람을 초대할 수 있는 꼬리 물기식 초대였다. 그러자 그가 생각했던 것 이상으로 파티가 커져갔다. 명목은 콘서트 뒤풀이였지만, 동시에 만남의 장이 되었다.

헤일로가 지인들을 오랜만에 만나는 것처럼, 지인들도 소년을 오랜만에 보는 것이었다. 그간 소년이 어떻게 살았는지, 앞으론 무엇을 할 것인지 할 말이 많은 지인들이 초대에 응했고, 소년에 대해 잘 모르지만 친해지고 싶은 사람, 뭔가 원하는 게 있거나 그냥 인맥을 늘리기 위해 오고 싶은 사람 등이 참가 의사를 밝혔다. 또한 그간 자칭 '할 거 없는 사람들의 모임', 타칭 '진짜들의 모임'이 황룡필의 은퇴 선언과 막내의 헤밍아웃으로 열리지 않았던지라 겸사겸사 만나기로 했다.

저쪽에는 요즘 드라마에 한창 나오며 CF 찍으랴 드라마 찍으랴 바쁠 배우들이 있었다. 창가엔 최근 신인 그룹을 만든다는 대형 기획사의 사장이 보였고, 그리고 한쪽에 미국에서 영화를 찍는 감독이 배우들과 떠들고 있었다. 지난 생에 최고의 파티호스트였던 그로서는 익숙한 그림이지만, 뒤늦게 기획한 파티라 사람들이 이렇게 와줄 줄은 몰랐다.

사실 많은 이들이 갑작스러운 파티에도 참석한 건 당연했다. 지금까지 매스컴을 시끄럽게 하는 최고의 스타가 궁금하기도 했지만, 그보다 더 바라는 건 가까운 관계를 만드는 것이었다. 게다가 소년을 궁금해하는 이들 중엔 또 다른 스타들도 있으니 인맥을 넓힐 기회를 놓칠 수 없었다.

"첫 월드 콘서트 축하해요."

"감사합니다."

"정말 고생하셨어요. 콘서트 꼭 가고 싶었는데, 제가 티켓팅을 실패해서…."

"다음엔 제가 초대할게요."

"근데 혹시 헤일로 시계는 따로 제작 예정이…."

"음, 어쩌면 곧 좋은 소식이 있을 수도 있고요."

스카이라운지에 들어온 사람들은 가장 먼저 호스트인 그에게와 초대해줘서 고맙다는 인사와 함께 호의적인 말을 쏟아냈다. 그에게 실제로 호의적인 사람이든 그렇지 않은 사람이든 보는 눈이 많은 자리에서 굳이 제 속내를 드러내는 멍청이는 없을 것이었다. 물론, 가끔 원래 사이가 안 좋다 알려진 사이라면 드러낼 수도 있다. 그러나 이번 생에는 아직 그렇게까지 감정을 드러내는 사람은 보지 못했다. 지난 세상이라면 몰라도.

그때는 이런 레스토랑을 대관하는 게 아니라, 주로 '청년'의 저택에서 홈 파티를 열었다. 그의 집은 런던에 있는 3층 저택이었고, 그의 저택에선 아름다운 런던의 야경을 볼 수 있었다. 새로운 사람을 만나는 걸 즐기는 데다 1층과 2층 전체를 파티장으로 사용하여 공간 제한이 적은 덕에 청년은 늘 꼬리 물기식 초대를 허용했다. 초대장이 없는 사람도 환영했다.

그러나 그에게 불청객이 있었다. 정확히는 좀 귀찮은 '놈'이었다. 놈은 청년이 가는 곳마다 나타나 사사건건 시비를 걸었다. 하는 짓이 우스울 뿐이라서 그냥 놔뒀는데 어느 날 청년의 파티에 나타났다. 놈이 태연하게 들어와 웃는 거죽을 뒤집어쓴 채 청년에게 인사를 하자, 그들을 향한 시선이 하나둘 많아졌다. 이름도 기억나지 않는 그놈이 청년을 싫어한다는 건 잘 알려진 터라, 사람들은 그가 어떻게 대처할지 궁금해했다.

"왜? 나는 여기 오면 안 돼? 불쾌하다면 갈게."

"그럴 리가."

청년은 곧 부드럽게 웃었다. 머리 위에 있는 조명에 음영이 진 그는 살아 있는 조각상 그 자체였다. 사람이라 하기엔 너무나 아름다운 얼굴에 부드러운 곡선이 생기니, 놈과 함께 온 여자들이 홀린 듯이 청년을 바라봤고, 주변에선 탄식이 일었다.

"잘 놀다가."

그의 말에 불청객이 웃음을 잃었다. 최대한 웃어보려 했으나 화가 나 근육이 움찔움찔 떨렸다. 놈이 무슨 말을 하려고 입을 벙긋했다. 하지만 새로운 사람이 저택에 들어오며 청년의 시선은 흩어졌다. 청년은 최근 히트한 영화의 배우와 친근하게 인사했다.

"요즘 바쁘다고 들었는데. 이렇게 와도 되는 거야?"

"원래는 안 되는 거지만. 그래도 자기가 놀아준다면, 조금 더 있을 수도 있고."

비주를 나눈 그녀에게 청년은 태연하게 잔을 넘겼다. 그리고 불청객에겐 아직 안 갔냐는 시선을 보냈다. 뒤늦게 정신을 차린 놈이 이 시대 최고의 배우에게 인사했다.

"영화 잘 봤습니다. 그런데 영화가 당신의 아름다움을 다 담지 못한 것 같네요."

"어머. 그런가요?"

배우가 기분이 좋은 듯 까르르 웃었다.

"그나저나 두 분 친해 보이는데. 혹시…."

배우가 눈을 살포시 접으며 청년의 어깨를 쓸어내렸다. 그녀는 이런 오해가 싫지만은 않았다.

"우린 좋은 친구예요. 그렇지, 자기?"

"내가 가장 좋아하는 친구지."

별거 아닌 한마디였으나, 배우의 얼굴이 붉어졌다. 그 순간, 청년은 불청객의 눈이 활활 타오르는 걸 발견했다. 불현듯 누군가 나누었던 이야기들이 떠올랐다. '누가 누구에게 관심이 많더라' 하는 종류의 소문이었다.

'거기에 저놈도 있었나.'

뭐가 됐든 놈이 이 배우한테 관심이 많은 건 사실이며, 청년과 그녀의 관계를 오해했다. 그러나 그는 오해를 풀어줄 생각이 없었다.

그때 놈이 돌연 입을 열었다.

"요즘 좀 힘들어 보였는데 다행이다."

갑작스러운 말이었다.

"뭐가? 내가 힘들어했다고?"

청년이 고개를 기울이자, 놈이 조심스럽게 덧붙였다.

"난 듣기 좋았는데 다들 왜 그러는지. 앨범 내기 무서워지더라고."

딱 4집 발매를 했을 즈음이었다. 비슷한 시기에 앨범을 발매한 놈은 처음으로 그를 앞서 나갔다. 그것도 얼마 안 되어 바로 역전했지만, 아무튼 당시는 놈의 성적이 높았다.

"고민되면 언제든 말해. 같은 가수이자 작곡자로서 도움을 나누면 좋잖아."

"도움? 무슨 도움?"

청년이 순수한 의도로 물었지만, 사실 '네가 나한테 도움?'이라는 뉘앙스로 들리기 충분했다.

"뭐든. 작곡하다 막힐 수도 있고, 슬럼프를 겪기도 하는 게 우리 잖아. 내가 모아놓은 습작이 꽤 되거든? 너한텐 몇 개 줄 수도 있어."

불청객은 당연히 청년이 화를 내거나 짜증을 낼 거로 생각했지만 곧 이어진 말에 표정을 제어할 수 없었다.

"괜찮아. 네 건 내 취향이 아니라서. 그런데 작곡하다 막히기도 하나?"

슬럼프를 한 번도 겪어본 적이 없는 청년이 진지하게 궁금한 것을 물었는데, 놈의 어떤 포인트를 자극한 것 같았다. 놈이 욕설을 내뱉으며 그의 멱살을 쥐었다. 늘 그들의 관계는 그러했다. 놈이 주먹을 갈기면 그도 주먹을 갈기는 관계. 청년을 싫어하는 건 분명한데, 그의 음악이나 밴드를 따라 하던 정말 이상한 놈이었다.

"헤일아, 그래서 말인데."

헤일로는 다시 현실로 돌아왔다. 그의 앞엔 신주혁과 리브, 이성림 등 흔히 황룡필 사단이라 불리는 사람들이 있었다. 그의 지인들이자, 처음 만났을 때부터 잘 대해준 사람들이다. 그들은 애초에 자기 음악이 있는 사람들이라 헤일로의 음악을 따라 할 필요도 없고, 이미 스스로 빛나는 존재들이었다.

"혹시 콘서트 끝나고 따로 일정이 있을까 하고."

"왜요?"

"선생님 곧 은퇴하시잖아."

"아…" 하며 헤일로는 잊고 있던 일을 떠올렸다. 지난해 돌연 은퇴를 입에 담은 황룡필은 이번 2월의 콘서트를 마지막으로 은퇴한다. 일찍이 게스트 초대를 받은 소년은 당연히 승낙했고, 곧 보자는 인사 후 월드투어 때문에 만나지 못했다.

"우리끼리 그 얘기를 하다가 떠올린 건데 말이야. 선생님을 위한 곡을 만드는 게 어떨까."

무슨 이벤트를 하려고 하나 했던 헤일로는 곧 깜짝 놀랐다.

"여기 모인 사람들은 다 한다고 한 사람들이야. 그러니까 꼬맹이, 너만 빼고."

얼굴 보기 힘든 사람들이 반가워서 모인 줄 알았더니 목적이 있었던 것이다.

"할래요."

"말만 하고, 진도 나간 건 없지만. 그래도 우리가 모였으니 뭐든 나오겠지."

"이미 한번 해보기도 했고요."

리브의 말에 〈랑데부〉에 참여했던 이들이 공감했다. 반면, 참여하지 않았던 사람들은 자기들끼리만 공감한다고 장난스레 눈을 흘겼다.

"그럼, 곧 보기로 하고. 다만 제일 중요한 게 있어."

신주혁이 자기 입에 지퍼를 채웠다. 황룡필의 은퇴는 2월, 전국 투어 콘서트까지 그가 모르게 곡을 만들어야 했다.

"근데 우리, 일단 스승의 은혜처럼 재미없는 건 만들지 말자."

프로젝트에 참여하는 사람이 다 모였으니 진중한 논의는 나중에 하더라도 하나둘씩 의견이 나왔다.

"그러니까요. 차라리 '잘못된 만남'을 부르면 불렀죠."

"아예 디스 곡으로 하는 거야."

"누구? 선생님을요?"

"트워킹은 어때."

"와. 선생님 뒷목 잡으시며 은퇴 취소하실지도."

대개 실없는 소리였지만, 헤일로는 상상하고는 웃음을 터트렸다. 그래도 제대로 브레인스토밍은 되었다. 이걸 결론이라고 해야 할지 모르겠지만, 우울한 노래는 부르지 말자는 약속과 함께 언제 만날지 일정이 잡혔다. 그리고 어쩌다 대화가 이상하게 흘러갔고, 모두가 피아노 앞에 모였다.

"누가 더 작곡을 잘하는지 해보자고."

황룡필을 위한 헌정곡에 대해 떠드는 와중, 누가 더 작곡을 잘하는지 자존심 싸움이 시작됐다. 술이 들어간 사람들의 대화는 맥락 없이 흘러가 스카이라운지 한 켠에 그렇게 애드리브 대결이 펼쳐졌다.

'랩 대결도 아니고 작곡 순발력 대결이라니.'

왜인지 심판을 하게 된 헤일로는 어떤 주제를 낼까, 고민하다 알람벨을 켰다. 10초가량 벨 소리가 울렸다. 대결은 이 벨 소리를 이용해서 30초가 넘은 음악을 만들어내는 것이다. 어떤 레퍼토리를 이용해도 좋으나 꼭 알람벨 소리가 담긴 음악이어야 했다.

잠깐 고민하던 사람이 피아노를 쳐보더니 곧 할 수 있겠다며 연주하기 시작했다. 발라드 가수답게 감미로운 발라드 곡이 나왔다. 그리고 가만히 듣던 다른 아티스트가 자신 있는 미소를 보였다. 그는 래퍼로서 알람벨 소리 리듬으로만 랩을 쏟아냈다. 그리고 서로 자기가 더 잘했다고 결판을 내달라고 했다.

"오, 태양이시여."

일단 취한 건 분명했다. 저보다 한참 어려 보이는 헤일로에게 한 사람이 두 손을 모아 경건한 자세를 취했다.

"저는 서울 콘과 난지 콘 티켓팅에 모두 성공했습니다. 그냥 알아달라고요."

"아니, 둘 다 갔다고? 나한텐 실패했다고 해놓고. 설마 헤일로 시계도 가진 건 아니겠지?"

"그건….."

티켓팅 승리자였으나 가챠 승리자는 아니었던 래퍼가 무릎 꿇었다.

티켓팅까지 실패한 발라드 가수는 "내가 저놈 때문에 콘서트를 못 간 것이다. 1인 1콘이라는 원칙을 어긴 대역죄인을 벌해야 한다"고 열을 냈다. 언제부터 우리나라가 공산주의가 되었는지 알 수 없었다.

헤일로는 옅게 웃으며 더 충성심 높은 팬의 손을 잡아주려 했다. 그때 신주혁이 헤일로의 머리를 쓸며 말했다.

"근데, 우리 심판 자격부터 확인해야지 않습니까?"

"그것도 그러네?"

"심판은 자격을 보여라!"

판을 뒤집은 신주혁이 재밌다고 낄낄거렸다.

"잠깐, 헤일로 작곡이라면 더 어려운 걸 찾아야겠어."

"그러니까. 절대 못 만들 걸로 찾자."

"이럴 때라도 이겨야지."

가만히 들어주던 헤일로가 '돌아가는 판이 아주 재밌네' 하며 피식 웃었다.

"이럴 때라도 이길 수 있는 거 확실해요?"

그 순간 불꽃이 솟았다. 머리를 쥐어박고 싶을 정도로 재수 없었지만 성적이 모든 걸 말해주고 있다. 차마, 반박하지 못한 이들이 이를 갈며 이상한 소리를 찾고자 했다.

"이거 어때?"

그때, 누군가가 소리를 질렀다.

"뭔데요?"

소리를 들은 이가 인상을 찌푸렸다 반색했다.

그들이 틀어주는 소리를 듣던 헤일로는 곧 허탈하게 웃어야 했다.

"아니."

그는 알람벨이라는 제대로 된 멜로디를 줬는데, 이들이 들려주는 건 그런 멜로디가 아니라 동물의 울음소리였다. 애애애애앵, 그것도 모든 인간이 싫어하는… 모기소리였다.

"이걸로 한번 만들어보시지."

다들 표정이 음흉하다. 기대하는 얼굴로 그를 바라보는 이도 있었지만 좋은 의미로 기대하는 게 아니었다. '이건 너도 어렵지? 절대 못 만들걸' 하는 표정이었다. 그건 헤일로를 자극하기에 충분했다.

'모기소리라.'

헤일로는 기타가 있으면 좀 더 쉽겠다 싶었다. 모기소리와 가장 비슷한 소리는 아무래도 현악기다. 그러나 스카이라운지에 있는 건 그랜드피아노가 다였다. 헤일로는 손가락을 까딱였다. 눈을 감고 소리에 집중했다. 현악이 아니더라도 표현할 방법은 많을 것이다. 사실 모기소리는 울음소리가 아니다. 모기의 날갯짓이 공기를 진동시켜 나는 소리, 즉 바람 소리에 가까울 것이다. 바람 소리…. 헤일로는 문득 악기가 없어도 음악을 만들어낼 수 있다는 걸 떠올린다. 그러고는 피아노에 손을 올린 채, 박자를 셌다. 셋, 둘, 하나. 곧장 피아노를 누르진 않았다. 첫 마디는 휘파람.

사람들이 놀라 눈이 커지든 말든 휘파람을 부른 헤일로는 이어서 피아노 건반을 두드렸다. 4비트의 즐겁고 신나는 음악이다. 지금은 피아노밖에 없지만, 여기에 드럼과 베이스, 기타가 더해지면 더 강한 에너지가 나올 것이다. 음악의 레퍼토리가 이어지며 끊기지 않는다. 그러나 머릿속에서 곡을 계속 만들어가다가 딱 규칙처럼 30초로 연주를 끝냈다. 곧 멍한 사람들의 탄식이 들려왔다.

"하!"

"이거 우리가 대결할 줄 알고 미리 만들어 온 거 아냐?"

"그대로 발매하자."

술이 딱 깬 듯 재미없는 반응이 이어졌다.

헤일로는 입꼬리를 올리며, 반응을 고조시킬 멘트를 쳤다.

"더 어려운 건 없어요?"

"와, 이 자식이….."

어른들은 열받았지만 차마 뭐라 못하고 뒷목을 잡았다. 재수 없어 하면서도 악감정을 갖지 않는 건, 이곳에는 음악에 죽고 사는 이들만 모였기 때문일지도 모르겠다. 놀러 온 곳에서 일은 잊고 싶을 수도 있는데, 또 음악 얘기를 하며 음악을 만들고 있는 걸 보면, 진정 음악에 미친 자들이다.

"안 되겠어, 내가 선배의 위엄을 보여줘야지. 헤일아, 비켜봐."

헤일로가 순순히 자리를 비켜주자, 그가 갑자기 아까와 다른 완성도 높은 곡을 치기 시작했다. 그리고 노래까지.

"뭐야, 갑자기."

열받아 각성했나 싶을 정도로 좋은 노래를 헤일로도 감탄하며 들었다. 그때, 구경하던 사람들 틈에서 중년의 남자가 뛰어 들어왔다. 그는 나름 이름 있는 레이블의 대표였다.

"그건 안 돼, 신재야!"

"이미 한 번 유출했는데 뭐, 어때요."

"야, 안 된다고!"

'어쩐지 완성도가 높더라니.'

무슨 상황인지 깨달은 이들이 하나둘 웃기 시작했다. 지기 싫어 발매 예정 곡을 유출하면 어쩌자는 건가 싶었다. 물론, 이미 브이라이브에서 유출되었던 곡이긴 하지만 말이다.

"언제 컴백해요?"

"2월 중순에."

"곧이네."

1월의 3분의 1이 흘렀으니 이제 한 달하고 한 주 정도 남은 것이었다.

"저랑도 만나겠네요."

"어?"

처음에 헤일로의 말을 듣고 무슨 소린가 했던 이의 눈이 점점 커졌다.

"잠깐, 설마."

옆에 있던 사장은 갑자기 술이 확 깬 것 같았다.

"헤일로 씨 컴백하세요?"

그 한마디가 밀물처럼 퍼져나갔다. 음원 차트에 늘 영향을 끼치는 이의 소식에 배우는 몰라도, 가수라면 신경 쓰일 수밖에 없었다.

"언제 하는데? 요?"

반말을 하던 사람이 갑자기 존댓말을 했다.

"3월이요."

"3월?"

3월 초인지 중순인지 말인지 말하지 않았지만, 사람들은 3월 1일 컴백한다고 받아들였다.

"사장님 저 그냥 내일 컴백하면 안 될까요?"

"그럴까?"

사장과 아티스트가 진지한 얼굴로 농담을 나누었다.

"저도 꽤 오래 쉬었죠."

덧붙여진 소년의 말에 주변이 고요해졌다.

'어제 막 월드 콘서트 끝낸 놈이 오래 쉬었다고? 재작년 매달 앨범을 내고 작년 3월 13집 발매, 이후 여름에 빌보드 1위 한 곡도 있는데 그게 오래 쉰 거라고? 그럼 난 은퇴했냐?'

할 말은 많지만 하지 못한 사람들이 입을 뻐끔거렸다.

그렇게 애프터 파티는 충격과 공포 속에 끝나고, 헤일로의 컴백 선언이 퍼지는 건 하루도 걸리지 않았다. 단순히 한국 연예계뿐만이 아니었다. 애프터 파티에 온 사람이 워낙 많았기에 컴백 일자는 전 세계로 퍼졌다.

아직 작곡이 끝나지 않은 상황에, 섣부른 선언이었을지도 모른다. 그러나 헤일로에게 인터뷰와 황룡필 헌정곡 외에 특별한 일정이 없었다. 타이틀곡을 정한 상태에서 그는 본격적으로 작곡 작업을 하려고 방 안에 틀어박혔다. 모두에게 익숙한 일이었다. 촉박한 일정이기도 했고, 헤일로가 잠적하는 게 한두 번도 아니었다. 그러나 익숙하게 받아들이지 못하는 사람들도 있었다.

"이번에도 안 올 것 같은데."

다온 어워즈, 대한민국의 유일한 국가 공인 음악 차트인 다온에서 주최하는 음악 시상식이다. 음원 및 음반 서비스를 기준으로 주요 상을 시상하는 다온 어워즈 주최자들의 얼굴이 어두워졌다. 그럴 수밖에 없었다. 지난해 최대 수상자가 참석하지 않아 반쪽짜리 시상식이 되었기 때문이다. 이번 해에도 최대 수상자가 될 예정인

당사자가 안 나오는 수모를 겪을 수는 없었다. 헤일로가 외국인이었다면 모를까, 한국인인 게 밝혀진 지금 그가 아니면 누가 상을 받는단 말인가. 시청자들도 이번에 헤일로가 나오냐고 묻는 상황에서 다온 어워즈 주최 측은 직접 그를 찾아가기로 했다.

* * *

'2033 그래미 어워즈 후보 발표', 그리고 최악의 논란
왜 그래미 어워즈에 '헤일로'의 이름이 없는가
다시 불거진 인종차별 논쟁

2033년의 1월도 대중음악계는 그리 평화롭게 끝나지 못할 것 같았다. 1월 그래미 어워즈에서 후보를 발표하며, 거센 폭풍이 불어닥쳤기 때문이었다. 그래미는 한 해 가장 성공적이었던 음악을 투표하여 시상하는 미국의 가장 유서 깊은 대중음악 시상식이다. 미국에서 이전 해 10월부터 당해 8월 31일까지 발매된 작품이 심사 대상이 되는데, 상식적으로 이번에 후보가 될 사람이 빠졌다.

이전 해 10월에 HALO 9집이 발매되었고 13집에 이르는 앨범까지 포함된다. 타이틀부터 수록곡까지 빌보드 줄 세우기를 했던 앨범이었다. 헤일로가 피지컬 앨범(실물 앨범)을 발매했다면 더 높은 성적을 받았을 거라고 기대했고, 그렇지 않아도 13집의 타이틀인 '새벽이 오기까지는'은 결국 빌보드 1위 자리를 쟁취했다. 게다가 그의 음악은 많은 가수에게 영향을 끼치기도 했다. 그런 가수가 그래미 어워즈 후보에도 오르지 못하는 건, 여러모로 말이 나올 수밖에 없었다. 특히 헤일로는 늘 매스컴 한자리를 차지하고 있었으

므로 매스컴부터가 달려들었다.

상황은 그리 좋지 못했다. 헤일로가 아닌, 그래미 심사위원에게 말이다. 한 그래미 심사위원은 피지컬 앨범 부문에서 좋은 점수를 받지 못했다고 인터뷰했다. 헤일로의 피지컬 앨범은 LP 초판 앨범만 집계되었기 때문이라며 인종차별을 극구 부인했다. 그러자 지난해 그래미 시상식 때 심사위원이 했던 인터뷰가 재발굴됐다. 당시 열렬한 헤일로의 팬이라 주장했던 심사위원은, 헤일로가 정체를 드러내지 않아 후보에 올릴 수 없다고 고백했다. 높은 점수를 얻었음에도 말이다. 이 당시에 후보 얼굴 사진 대신 '물음표'를 넣어야 하나 고민했을 그래미의 심정을 대중은 이해해주었다. 그런데 지금은? 그때보다 앨범도 좋고 정체도 공개했는데, 시상은커녕 후보로도 안 올리는 건 누구도 이해할 수 없는 상황이었다. '화이트 그래미'라는 그동안 품었던 논란이 활화산처럼 불거졌다.

[그가 아니면 누가 상을 받을 수 있지?]
[프라우의 '마지막 날도 안 올린 거 보면 딱 보이지 않아?]
└ 그건 여름에 나와서 집계에 못 들었을지도.
[작년엔 정체 공개를 안 해서 못 준거라며. 이번엔 뭔데?]
[꼰대라 10대는 꼬마는 인정 못 하나봐?]
[그가 백인이어도 이렇게 대했을까?]

인종차별이라며 열을 올리던 한국 매스컴이 터지기 전에 외신이 먼저 터졌다. 헤일로의 마지막 콘서트가 끝나고 얼마 지나지 않은 시점이었다. 헤일로의 앨범 얘기가 스멀스멀 나오며, 헤일로의 새 앨범을 기대하고 있을 때라 더더욱 누구도 그래미 어워즈 후보 발표를 그대로 인정할 수 없었다. 설사 헤일로의 팬이 아니더라도, 후보조차 올리지 않은 건 꽤 속이 보인다고 욕했다. #가짜그래미, #화이트그래미, #주인공없는그래미 등 그래미를 풍자하는 해시태그가 세상에 돌아다녔다.

후보에 오른 다른 가수들조차 받아들이기 힘들다고 했다. 심지어 후보 중에 헤일로 팬이 없는 게 아니다. 그래미 후보로 오른 곡 중에 헤일로의 음악에 영감을 받았다고 고백한 래퍼는 극도로 노하며 보이콧을 외쳤고, 늘 빌보드 후보로 오르던 팝가수도 이번만큼은 이해할 수 없다는 듯 SNS에 'Why?'를 올렸다.

그리고 그래미에 대해 좀 아는 사람들은, 헤일로의 음악이 정확히 그래미의 입맛에 들어맞는다는 걸 알았다. 조금 올드한 그래미가 '그 옛날 브릿팝'을 그대로 가져온 듯한 헤일로의 음악을 싫어할 리가 없었다. 실제로 헤일로의 등장에 물고 빨던 게 그래미 심사위원들이었고 말이다.

"요즘 참 시끄럽더군요."

오랜만에 헤일로의 룸에 들어온 BB 역시 세상 돌아가는 이야기를 꺼냈다. 누구나 현재 소년의 심경이 어떨지 궁금해하지만, 아무도 만나지 못하는 소년이 그의 눈앞에 있었다. 사실 BB도 지금 사태에 대해 소년이 어떻게 생각하는지 궁금했다. 일단, 겉으로 드러나는 표정은 밝았다. 어쩌면 소년이 현 사태를 모를 수도 있다. 이제까지 인터뷰에서 본 소년은 딱히 무언가를 숨기지 않는 성격이었고 나이에 비해 꽤 무심하기도 했다.

"뭐, 새삼스럽지 않네요."

'알고는 있군' 하며 BB가 의외라는 표정으로 바라보자, 헤일로가 어깨를 으쓱했다.

"요즘 시끄러운데 어떻게 모를 수가 있겠어요."

"하긴 그렇죠?"

심지어 지인들도 갑자기 헤일로에게 연락했다. 그래미의 '그' 자도 꺼내지 않았지만, 은근히 신경 쓰는 분위기였다.

헤일로는 별걸 걱정한다고 생각했다.

"아쉽지는 않나요?"

BB는 솔직하게 물었다. 아무리 논란이 많은 그래미라고 하나, 가수들에게 명예로운 시상식 중 하나였다. 솔직히 아쉬워도 이상할 게 없었다. 혹은 분노하거나.

"그래미가 뭐 별거라고요. 미국인들끼리 나눠 먹는 호박파이라는 생각밖에 안 들어요."

"자주 들어본 표현이네요."

미국에 감정을 가진 국가나 유럽, 특히 영국 쪽에서 자주 쓰던 표현이다. 한국인으로 알고 있는 소년은 가끔 영국인 같은 표현을 쓸 때가 있다. 마치… 소년이 이야기해주는 '또 다른 HALO'처럼. 영국의 중산층 이상의 집안 출신, 가출한 후 세계 정상에 오른 로커. 그리고 그 이야기에서 보이는 성격과 잘 어울리는 표현이 아닌가. BB의 눈앞에 소년과 이야기 속의 '또 다른 HALO'는 분명 다른 사람이다. 가수라는 점을 제외하면 공통점을 찾기 힘들다. 그러나 BB는 간혹 소년과 '또 다른 HALO'가 잘 구분이 되지 않았다.

'단순히 가상 인물에 몰입한 정도가 아니라….'

BB는 특별한 표현을 찾지 못해 입을 다물었다.

"그는 어땠나요? 그도 꽤 상을 많이 받았을 거 같은데."

BB는 예고 없이 다시 인터뷰를 시작했다.

소년은 익숙하게 받아들였다.

"그도 그래미와 그리 친하진 않았어요."

"예?"

"20대에는 가끔 눈치가 보이니까 후보로 올려줬고, 마지막이 되어서야 겨우 수상 소식을 알렸죠."

'마지막'이라는 말에 BB는 바쁘게 움직이던 손을 멈췄다. 영원히 이어지길 바랐던 이야기의 끝이 될 단어였다. BB는 그 마지막이란 게 언제인지 묻고 싶었지만, 아직 중간 이야기를 듣지 못했으므로 욕망을 삼켰다.

"사실 그래미 말고도, 상을 자주 받진 않았어요."

BB가 고개를 기울였다. 소년이 묘사한 HALO는 한 시대의 아이콘과 다름이 없었다. 물론 가끔 이상할 정도로 상복이 없는 가수도 있긴 하지만, 어떻게 못 받을 수가 있는가?

소년은 잠시 생각에 잠겼다. 그러다 불현듯 웃음이 났다. 재밌는 일화가 하나 생각난 것이다.

5집 〈헤로인처럼〉과 6집 〈빗속에서 춤을〉로 연이은 성공을 했을 때였다. HALO는 물론 그의 음악을 인정하지 못하던 사람들도 결국 그를 인정하게 되었을 때, 영국 대중음악 시상식인 '브릿 어워즈(BRIT Awards)'에서 수상 소식을 알렸다. 막 창설한 시상식이라, 그리 영향력이 크진 않았는데 아무래도 HALO라는 이름으로 영향력을 넓혀가고 싶었던 것 같다.

당시 '청년'과의 갈등이 심했던 사장은 수상 소식에 반색했다. 성공 욕구가 강한 인간은 일말의 고민도 없었고, 청년과의 갈등은 고려하지도 않았다. 어쩌면 청년이 선을 넘지 않을 거라고 믿었을지도 모른다. 그러나 청년은 생각보다 불만이 많았고, 그가 원하는 걸 얻기 위해서라면 무슨 짓이든 할 수 있었다. 또한, 사장이 무엇을 싫어하는지 알 만큼 영리했고, 그것이 자신을 깎아 먹는 일이라도 서슴지 않았다. 청년이 원하는 건 하나밖에 없었다. 그저 자신의 음악을 하는 것. 그러나 사장이 자꾸 대중성을 고려하며, 제 앨범을 망치려고 하니 청년은 사장의 계획을 망치고자 했다.

처음엔 사장이 방심하도록 순순한 태도를 보였다. 메이크업도 잘 받고 클래식한 정장도 입었다. 머리까지 깔끔하게 쓸어올리고 나가니, 그를 향한 카메라 플래시가 멈추지 않았다. 그날은 정말 그를 위한 날인 것 같았다. 시상식에서 이름이 불린 가수보다 박수하는 청년의 모습이 더 많이 노출됐다. 사장은 그날따라 얌전한 청년의 모습이 기이했지만, 시상식이니만큼 그러려니 했다.

메인 시상식 이전 청년의 라이브 공연이 있었다. 언제나 열정적인 공연을 하는 청년은 6집 신곡 앨범을 부르는 와중 반주를 들으며 앞으로 나와 제 머리에 물을 부었다. 뚝뚝 떨어지는 물이 하얀 와이셔츠에 스며들었고, 왁스로 올린 머리도 한층 흐트러졌다. 고개를 들어 올린 청년의 씩 웃는 모습이 카메라에 담기자마자 "꺄아악!" 하며 열광적인 환호가 이어졌다. 사장은 솔직히 그 꼴이 마음에 들지 않았지만, '최고의 앨범' 수상까진 시간이 남았으므로 그때까지 씻고 옷을 갈아입으면 된다고 생각했다.

사장의 다리가 달달 떨리기 시작한 것은, 메인 시상식이 가까워지는 데도 청년이 자리에 돌아오지 않을 때였다. 매번 청년의 자리를 찾던 카메라가 자꾸 빈 자리를 비췄고, 시상식 스태프가 조심스레 청년을 찾았다. 마침내 '최고의 앨범' 후보를 호명할 때 긴장이 최고조에 달했다. 전광판에 후보의 사진이 올라왔고, 현재 후보의 표정을 찍기 위해 카메라를 돌렸지만 빈자리만 떴다.

"뭐야!"

방송사고가 될 게 뻔하자 카메라를 서둘러 청년과 친한 가수에게로 돌렸다. 놀랍게도 현재 헤어졌다고 알려진 전 여자친구였다.

"최고의 앨범 수상자는….."

빈자리를 본 MC의 눈이 흔들렸지만 그는 능숙한 MC답게 큐카드를 제대로 읽었다.

"HALO 씨 축하드립니다."

박수는 쳤지만 여전히 청년의 자리는 비어 있었고, 수상 주인공을 찾기 위해 근처 가수들이 두리번거렸다.

"HALO 씨…?"

카메라와 MC는 물론 모든 사람의 눈이 주인공을 찾아 헤매는 그때, MC는 무대 사이드에서 걸어들어오는 인영을 보고 반색했다.

"아, 저기 계시네요. 축하드립니다, 헤…."

MC의 표정이 천천히 경직되었다. 그의 눈동자는 위아래로 떨렸고, 더 말을 잇지 못했다.

HALO의 등장에 안심하고 자리에 다시 앉은 사장은, 불길함을 느꼈다. 설마 무슨 짓을 할까 싶었지만… MC의 얼굴이 굉장히 이상했다. 그리고 마침내 발 하나가 불쑥 커튼 옆에서 나온다. 맨발!

카메라맨은 주인공의 등장에 카메라를 확대했고, 전체 샷을 담으려고 했다. 그러나 무대 사이드 커튼에서 나온 인간의 모습에 사람들의 눈이 번쩍 뜨였고, 누군가는 손을 들어 눈을 가렸다.

맨발과 맨다리. 나체는 아니었으나 맨몸에 샤워가운 하나만 걸친 청년이 싱글벙글 웃으며 손을 흔들었다. 그의 머리는 마르지 않아 촉촉했으며, 외모는 여전히 잘생겼다. 청년이 손을 흔들 때마다 끈 하나로 묶인 샤워가운이 펄럭였다. 꼭 묶지 않은 끈이 언제 풀릴까 아슬아슬했다.

"정말 감사합니다."

그 자리에서 유일하게 태연한 청년은 얼어붙은 MC와 포옹한 뒤 상을 가져갔다. 그리고 허리를 깊게 숙여 인사했다. 가슴팍이 드러나자 "꺄악!" 하고 사람들이 소리를 지르며 눈을 가렸다. 그러나 눈을 가린 손가락 사이가 점점 벌어졌다.

"이 미친 새끼가."

청년은 그를 보며 굳은 사장을 향해 환하게 웃었다. 그가 뭐라고 하는지 들리지 않았으나, 입 모양을 보니 욕하는 게 분명했다. 통쾌한 마음에 청년이 다시 한번 지휘자처럼 화려하게 움직였고, 가운이 벌어지자 웅성거리는 소리도 커졌다.

태연하게 청년은 마이크를 잡고, 수상 소감 멘트를 쏟아냈다. 많은 분이 사랑해주신 덕분이라며 조곤조곤 이야기하는 게 여느 수상자의 모습이었다. 청년의 복장만 제외하면 말이다.

"이 영광을 여러분께 돌리며 마지막으로 한마디 하겠습니다. 당신을 아끼고, 사랑하세요(Love yourself)."

청년이 두 팔을 벌렸다. 당당한 선언과 떳떳한 자세.

정말 역대급 분위기가 아닐 수 없었다. 충격을 받은 듯 아무 말도 못 하는 MC와 얼굴이 파랗게 질린 시상식 주최자, 벌떡 일어나 나가는 높으신 분들, 어떻게 하지도 못한 채 손가락으로 제 얼굴을 가린 스타들. 카메라맨은 자포자기하는 심정으로 청년의 전 애인 얼굴을 클로즈업했다. 그렇게 브릿 어워즈 1회는 충격적으로 끝이 났다. 사장이 아무리 발작해도 이미 일어난 일이었고, 되돌릴 수 없었다. 그런 혼란 속에서 청년은 낄낄거리며 애프터 파티를 즐겼다.

방송국과 시상식에서 청년을 보이콧한 건 말할 것도 없었다. 그러나 참 아이러니하게도 청년은 그대로 묻히지 않았다. 그의 인기는 계속되었으며 오히려 인기가 더 커졌다. 당장 위약금을 물라고 할 것 같던 기업들은 광고를 이어나갔고, 더 많은 섭외가 들어왔다. 특히, 여성 잡지에서 화보 섭외가 끊임없이 들어왔다. 타블로이드에선 청년의 몸과 여전히 뜨거운 것 같은 전 애인의 표정이 돌아다녔다. 보이콧했던 방송국은 조용히 보이콧을 취소했고, 브릿 어워즈는 세상 모두에게 그 이름을 알리며 원하던 대로 영향력을 키워갔다. 그리고 2회 때 아무 일 없었다는 듯 청년에게 다시 최고의 앨범을 준 걸 보면 불만은 없었던 것 같다.

그리고 한 가지 더 샤워가운을 걸치고 다니는 것이 유행했다. 그들은 'Love yourself'라는 새로운 태그를 걸고 다녔고, HALO가 그랬던 것처럼 진짜 샤워가운만 입고 돌아다니다 잡혀간 사람들도 있었다. 그들은 자신이 HALO와 뭐가 다르냐고 주장했지만, 샤워가운만 입고 돌아다니는 것은 HALO밖에 할 수 없다고 많은 이들이 인정했다. 그가 했을 땐 충격적이었다면 다른 이들은 그저 더러웠다. 매스컴은 청년에게 새로운 별명을 붙여줬다. 신화 속 음악과 태양을 사랑하는 아름다운 신의 이름을 따 '아폴론'이라고.

분명 HALO는 '명예로운 자리'와 그리 친하지 않았다. 시상식 사고 때문이기도 했고, 청년을 싫어하는 사람도 많았기 때문이다. 플레이보이, 논란의 아이콘, 절대 얌전하지 못한 성격, 그리고 사이비 종교와 같은 팬덤을 혐오하기도 했다. 당시 로커의 이미지 총집합에 청년이 있었던 건 확실하다.

게다가 HALO도 상에 그리 집착하지 않았다. 그는 '명예로운 이들'의 인정을 받고 싶은 생각도 없으며, 시상식에서 따분하게 박수하는 것보다 사람들하고 어울리며 노는 걸 더 좋아했다.

* * *

"노해일 씨. 아니 헤일로 씨."

헤일로에게 이 상황은 좀 의외였다. 그에게 찾아온 다온 어워즈의 주최 측이 저자세로 나왔다.

"저희가 헤일로 씨께 드리고 싶은 게 많습니다."

지난해 주인공 없는 시상식이라 얼마나 시끄러웠는지 모른다. 노해일이 다른 시상식에도 나오지 않은 게 그나마 다행이었다. 하지만 이번에도 나오지 않는 그림은 원치 않았다. 심지어 그들이 준비한 상이 한두 개 아니었다. 그리하여 그들은 삼고초려하며 아무것도 하지 않아도 좋으니 제발 나와달라고 했다.

"제발 꼭 와주시면 안 될까요?"

바쁜 일이 있다면 처리해주겠다는 말까지 했다.

"저희가 원하시는 대로 다 맞춰드리겠습니다. 리프트도 되고, 무대장치든 효과든 세트든 원하시는 콘셉트를 말씀만 하면 다 준비해놓겠습니다. 그러니 부디 참석만 해주십사…."

헤일로는 이렇게 저자세로 구는 이들에게 못되게 굴고 싶은 마음도 들었지만, 한편으로 여기에선 사장에게 반항할 일도 없고, 갑자기 은퇴 선언을 할 이유도 없다는 생각이 들었다.

"상이라….."

그러니 특별한 일이 아니라면, 시상식은 아무런 사고도 없이 정상적으로 진행될 것이었다. 그런 곳에 간 적 없는 헤일로는 고민했다. 그리고 그 결과….

"야, 헤일로다."

"어디?"

"진짜 헤일로다. 이번엔 왔네."

다온 어워즈 시상식장에 자기들끼리 모여 있던 사람들의 눈이 한곳을 향했다. 그들은 안으로 들어온 무리를 발견하고는 작은 소리로 떠들었다. 대놓고 보진 않지만, 시선이 완전히 떨어지진 않았다. 헤일로가 다온에 나올 수 있다는 걸 몰랐던 건 아니다. 2032년 데이터로 시상하는 만큼 수상 후보에는 헤일로라는 이름이 반드시 있을 것이다. 물론, 그것만으로 소년의 출석을 확신할 수 없었다. 실제로 지난해 시상식에 소년은 불참했기 때문이다. 그럼에도 모두가 긴가민가했던 건 지난밤 다온 어워즈 측에서 시상식 참석자 명단을 발표했기 때문이었다. 그룹 이름과 예명 속에 '노해일(HALO)'이란 이름은 어느 것보다 눈에 띄었다.

시청자 쪽에서도 작은 소란이 일어났다. 일찍이 이번에도 나오냐 안 나오냐에 대해서도 말이 많았다. 특히, 티켓 예매가 오픈되었을 때 말이다. 그러나 어떻게 물어볼 방법이 없었기에 소란은 유야무야 끝났다. 대개 안 나올 거로 추측했을 뿐이다. 그러나 그가 나온다는 소식에 지난밤 잠깐 시끄러워졌고, 시상식이 열리는 올림픽 경기장에 소년이 발을 내딛자마자 플래시가 파파박 터졌다. 클래식한 정장 대신, 앰배서더로 활동하고 있는 아르보의 정장을 걸치고 멤버들과 함께 온 소년은 오자마자 시선을 끌었다.

"신인이 인사하는 게 아니라, 선배들이 인사하러 가네."

거의 10년 차에 인접한 콜드브루가 소년한테 먼저 아는 척을 했다. 콜드브루의 리드보컬 원더가 소년을 반갑게 끌어안았다.

"신인가수…가 맞나?"

"헤일로 31년에 데뷔했어. 3년 차면 신인이지."

"근데 그거 알아?"

"뭘?"

"헤일로 앨범이 콜드브루 선배님들보다 많은 거. 싱글이랑 미니 합쳐도 헤일로가 많아."

"와…."

별로 실감을 못 했는데, 그렇게 헤아려보니 정말 말이 안 되는 숫자였다. 심지어 전 앨범이 성공했다는 걸 고려하면 정말로….

"우리도 저기 가야 하는 거 아냐?"

어느새 소년의 옆엔 리브가 앉아 있다. 무슨 대화를 하는 것 같은데, 가끔 콜드브루가 맞장구치고 뒤에 앉은 연차가 높은 선배들도 그 무리 안에 있었다. 신인 가수의 눈엔 성공한 '인싸'들만 헤일로 주변에 모여 있는 것 같았다. 이미 대기실에서 인사하긴 했지만, 어쩐지 성공하려면 저기 가서 다시 인사를 해야 할 것 같달까. 카메라 노출도 그랬다. 카메라 하나가 그냥 소년만 대놓고 찍고 있었다. 소년이 나온 만큼 예상했지만, 올해 다온 어워즈는 그저 소년을 위해 존재하는 것 같았다.

　그리고 실제로 시상 때도 그러했다. 올해의 가수상 디지털 부문, 12월 HALO-⟨Catch me if you can⟩, 2월 HALO-⟨Life is delight⟩, 3월 HALO-⟨Until dawn comes⟩ 등 열두 개의 부문에 한 소년의 이름이 세 번이나 찍혀 들어가는 일이 터졌다. 보기 드문 이례적인 경우라 원래는 각각 세 번 소감을 이야기해야 했으나 앞으로도 받을 상이 너무 많아 다온에서는 통합 수상으로 대체했다. 수상 소감 때문에 지루해질까봐 그렇게 배치했을 린 없었다. 똑같은 소감을 세 번을 말해도 헤일로가 더 많이 노출되는 게 다온 쪽에 좋을 것이다. 그러니 이는 그냥 소년을 위한 배치였다.

　'그래도 생각보다 별로 안 받네.'

　신인가수는 수상 소감을 얘기한 후 자리에 돌아와 생각했다. 계속 소년의 이름이 불릴 줄 알았는데, 디지털 음원 통합 이후 아직 소년의 이름이 단 한 번도 불리지 않았다. 그러거나 말거나 소년이 태연하게 대화하거나 수상자를 향해 박수 치는 모습이 카메라에 담겼다. 신인 가수는 곧 깨달았다. 1부에 소년의 이름이 별로 불리지 않은 이유를. 1부는 신인에게 주는 상 위주로 구성된 것이고 본격적인 판은 2부였다.

　월드 한류스타상 부문 이름이 채 다 보이기 전에 '월드'란 단어까지만 불렸을 때, 카메라는 수상자를 찾고 주변 사람들도 한 사람을 바라봤다. 올해의 작곡가상, 진행자가 카드를 보며 고개를 끄덕이자, 다들 한 사람을 향해 박수할 준비를 했다. 올해의 파퓰러 싱어상, 이것도 정해져 있다. 다온에선 한 사람이 상을 독점하지 않기 위해 최대한 공을 들였지만, 데이터 위주라서 수상자를 조작할 순

없었다. 그러니까 최대한 많은 사람에게 수상했던 1부가 다온의
최선이었다.

[헤일로의 헤일로에 의한, 헤일로를 위한 다온이네 그냥.]
[이제 얼마나 남았지?]
[음반 제작상이랑, 어덜트 컨템포러리가 마지막이니까 곧일 듯.]
[근데 아직 해외 음원상은 안 나왔네.]
  ㄴ 설마 이것도 헤일로야?
  ㄴ 헤일로 한국 가순데 설마 ㅋㅋ
  ㄴ 헤일로 음원 유통이 베일에서 이루어지니까 해외 음원도 맞긴 한데,
  헤일로 많이 받아서 이것까진 안 주려고 할 듯.

2부 중간 무대를 보며, 시청자들은 이제 얼마나 상이 남았는지
따져보았다. 올림픽 메달 개수를 세듯 헤일로가 이번 시상식에서
상을 몇 개 받을지도 계산했다. 그러다 해외 음원상과 해외 라이징
스타상에 대해 여러 의견이 나왔다. 국내에서 인기를 끌었던 해외
음원과 해외 가수에게 주는 상이었다. 그들이 보통 직접 시상하러
오는 게 아니기 때문에 큰 의미가 있는 상은 아니었다.

[헤일로 아니면 해외 음원상은 누가 받지?]
[헤일로 임팩트가 제일 커서 누가 있나.]
[우리나라에서 헤일로 음원만큼 잘된 음원이 더 있나.]

"이번 순서는, 해외 음원상과 해외 라이징 스타상입니다."

헤일로가 받아야 한다파와 반대파로 나누어져 네티즌들이 싸울 즈음, 다온에서도 더 뒤로 미루지 않고 해외 음원상을 발표했다. 2부에 들어서 부문 이름이 불리기 전에 일어나 소년을 축하하던 가수들도 이번만큼은 편하게 의자에 기대었다. 해외 음원에 대한 수상인 만큼, 박수는 쳐도 일어날 필요는 없을 것이었다.

"해외 음원상 부문."

시상자가 카드를 개봉했고, 그녀의 눈이 가장 먼저 글자에 닿았다. 입이 열리기 전에 머리는 모든 글자를 순식간에 인지해냈다.

"어."

잘못 읽었나? 그녀는 잠깐 고개를 들었다 다시 내렸다. 그 순간 가수석을 바라봤지만, 다들 이상하게 여기진 않았다.

"축하드립니다. 프라우 드웬의…."

시상자가 곡의 이름을 읽음과 동시에 전광판의 음원 사진과 정보가 떠올랐다. 그와 함께 박수 소리가 울렸다. 사람들은 천천히 글자를 인지했다.

[The Last DaY]

'그래 이 곡이 있었지.'

여름에 발매되어 빌보드 1위와 한국 음원 1위에도 올랐던 곡이다. 화려한 컬래버와 뮤직비디오, 그리고 여러 의미로 화제가 되었다. 특히, 헤일로의 요들과 뮤직비디오 마지막에 나왔던 춤이 큰 화제였다.

'어라? 잠깐.'

곧 사람들은 음원 참여 가수의 이름에 하나둘 눈을 번쩍 떴다.

[프라우 드웬, 제이슨 다이크, 마이클, 딕 그레이슨, 헤일로]

아무 생각 없이 박수 치던 가수들이 하나둘 허겁지겁 뒤를 돌아봤다. 이건 일어나야 할지, 아니면 수상자가 프라우 드웬이기 때문에 앉아서 박수를 쳐야 할지 애매했다. 그리고 다온에서 기어코 해외 음원 상까지 헤일로에게 안겨주는구나 싶었다.

다행히 다온에서 교통 정리를 해주었다.

"마지막 날, 더 라스트 데이의 작곡자 소감을 듣고, 헤일로 씨가 수상하겠습니다."

전광판에 '마지막 날'의 작곡자인 프라우 드웬의 녹화 영상이 떠올랐다.

[Morning.]

아마 녹화할 때 아침이었던 듯, 여유롭게 인사한 드웬이 감사 소감을 밝혔다.

[무엇보다 같이 이 노래를 만든 제이슨과 마이클, 딕, 그리고 내 친애하는 친구 헤일로에게 이 영광을 돌리겠습니다. 고마워, 친구들! 너희 덕분이야. 다음에도 또 같이 작업하자.]

카메라는 헤일로의 이름이 나올 때마다 신이 난 듯, 옅게 웃고 있는 소년을 담았다. 끝난 줄 알았던 소감은 이어졌다. 다온에서 제대로 준비한 듯, 이번엔 딕의 소감이었다. 그도 훈훈한 소감을 남겼다.

[아, 그리고 하나 오해하는데, 전 마마보이가 아닙니다.]

마이클의 파트 '딕은 엄마가 만들어준 팬케이크를 먹겠다는데'로 꽤 놀림을 받은 딕이 이 기회를 노려 한국 팬에게 해명했다. 웃음과 함께 영상이 넘어갔고, 마이클이 힙하게 소감을 남겼다. 그의 소감은 길지 않았지만, 한국어로 한 인사로 충분히 인상적이었다. 마지막으로 나온 건 제이슨이었다. 그는 실제 성격과 달리 매우 정중하게 감사 인사를 했다.

헤일로는 웃으며, 재미없다고 생각했다. 시상식이 끝나면, 메시지를 보내야겠다 생각하는데 제이슨이 돌연 그를 불렀다.

[그리고, 헤일로.]

갑자기 그를 부르는 말에 사람들과 카메라의 시선이 동시에 소년에게 닿았다. 소년은 저에게 무슨 말을 하려는 제이슨을 바라보고 있었다.

[3월 21일이야.]

사람들은 그게 무슨 말인지 알 수 없었다. 하지만 의미를 알고 있는 헤일로는 피식 웃었다.

[기억해.]

수상 소감인지 개인 메시지인 모를 인터뷰를 끝으로 전광판이 꺼졌다. 제이슨 다이크는 무슨 말을 한 거고, 헤일로는 왜 웃는지 모를 사람들의 웅성거림이 커져갔다. 적어도 저렇게 웃는 걸 보면 자기들끼리 뭔가 꾸민 게 확실하다 싶었다.

"헤일로 씨, 프라우 드웬 씨 대신 수상을 부탁드립니다."

"하하하" 웃던 헤일로는 시상자가 다시 한번 불러줬을 때야 비로소 앞으로 나갔다.

"안녕하세요, 노해일입니다."

이 인사를 몇 번째 했는지 모를 일이다.

"이 곡은 저에게도 꽤 특별한 음악이에요. 사실 처음엔 할 생각이 없었는데….”

첫 수상 때 수상할 줄 몰라 멘트를 제대로 준비하지 못했다는 소년의 입에서는 몇 번째 수상에도 소감이 줄줄이 나왔다. 태도도 첫 시상식답지 않게 여유로웠다. 무대에서 잘 떨지 않는 성격이란 건 알지만, 시상식은 여러모로 다르지 않을까 싶었지만 소년의 태도는 무대든, 시상식이든 같았다.

"헤일로 씨, 정말 축하 드려요."

소년이 소감을 마치고 들어가려고 하자, 시상자가 그를 붙잡았다.

"그런데 제이슨 씨와 어떤 대화를 한 건지 물어봐도 될까요?"

"아."

아마 시상식 진행 쪽에서 전달된 질문 같았다. 우리를 왕따시키지 말고, 좀 알려달라고.

헤일로는 멈춰서 주변을 둘러보았다. 다들 궁금한 얼굴이었다. 가짜 헤일로와 음원 성적으로 내기하기로 했다는 걸 어떻게 얘기할까 고민한 헤일로는 "특별한 건 아니고, 그냥. 헤일로의 이름을 걸고 내기하기로 했어요"라고 말했다.

"예?"

속삭이듯 마이크에 말한 소년이 어깨를 으쓱하며 유유히 무대 아래로 내려간다.

'뭘 걸고 내기를 해?'

한때 헤일로인 척하는 사람이 많았고, 제이슨 역시 그런 인사 중 하나였다는 사실을 모르는 사람은 많지 않다. 둘이 컬래버한 걸로도 시끄러웠는데, 이젠 내기까지 한다고 한다. 그것도 자기인 척한 놈이랑 자기 이름을 걸고. 카메라 때문에 시상식 참석자들은 애써 표정을 숨겼지만, 온라인으로 보고 있던 시청자는 그러지 못했다.

[제이슨이 그 라이어 아닌가? 옛날에 헤일로인 척한 적 있잖아.]

[그래서 둘이 누가 헤일로인지 내기하기로 했다고?]

[아니 ㅋㅋㅋㅋㅋㅋㅋ 이긴 사람이 헤일로 되는 거임?]

[뭘로 내기하는 건데?]

[헤일로랑 제이슨이 내기할 건 하나밖에 없지 않냐?]

[아니 근데 진짜 둘이 친함? 자기인 척해서 인기 얻은 놈이랑 친하게 지낼 수 있다고?]

[가짜 헤일로 VS 진짜 헤일로 이건 전설이다.]

[와 ㅅㅂ 이게 할리우드지 ㅋㅋㅋㅋㅋ]

워낙 충격적인 일이라, 음반 제작자상을 또 헤일로가 받았다는 건 자연스럽게 넘어갔다. 헤일로가 다른 어워즈를 점령했다는 거 부감을 느낄 새도 없었다.

시상식이 끝나고 헤일로의 무대가 이어졌다. 13집의 '새벽이 오기까지는'을 국악 버전으로 편곡하여 신명 나게 북을 두드렸다. 이어서 '마지막 날'의 멤버를 하나하나 조명한 무대는 뮤지컬처럼 꾸며져 마지막에 '세계 멸망 꿈을 꾼' 헤일로가 잠에서 깨어나 기지개를 켜며 끝났다.

"좋은 아침."

10. 영웅을 위한 헌정곡

> 다온 어워즈의 주인공은 정해져 있었다!
>
> (HOT) 흔한 월드 스타들의 음원 성적 내기

└ 지 사칭한 놈이랑 이름 빵 내기 vs 전애인현애인 사자대면 식사하기

└ 앞은 처음 보는데 뒤는 우리나라에서도 많이 봄ㅇㅇ

└ ?? 우리나라가 언제부터 할리우드냐

└ 앞에 건 할리우드 배우도 기겁하던데 SNS 가봐ㄱㄱ

> 헤일로 신곡 발매날짜 3월 21일 확정
>
> 헤일로 신곡 vs 제이슨 다이크 신곡

└ 근데 이건 닥전 아님? 태양을 누가 이김?

└ 이긴 사람이 태양 되는 거면, 태양이 무조건 이기는 거 아님?

다온 어워즈의 편애나 화이트 그래미 논란도 묻혔을 정도로 헤

일로와 제이슨 다이크의 내기는 크게 화제가 되었다. 그러나 이런 시끄러움도 지난 세상에서 헤일로가 터트렸던 논란만은 못 했다. 이름을 건 내기는 당황스럽다는 반응이 좀 있을 뿐이다. 사람들은 애초에 진지하게 받아들이지 않았거니와, 추잡하지 않고 남자다운 대처라고 다시 보는 사람도 더러 있었다.

부정적인 논란이 될 수도 있을 텐데 그러지 않은 것이 헤일로는 의아했다. 이 세상은 뭐랄까, 저에게 호의적인 것 같다. 똑같은 음악인데도 가끔 올드하다는 사람도 있지만, 이 세상에서 좀 더 사랑받는 것도 그렇다. 그는 '미성년자라 그럴까?' 하고 생각하다 말았다. 군중심리를 심리적으로나 철학적으로나 사회학적으로 분석할 마음은 전혀 없었다. 들어봤자 이해하지 못할 테다. 그리고 그는 지금 다른 일로 바쁘다.

헤일로는 누운 상태로 노트를 들어 올렸다. 음표가 얽혀서 제멋대로 돌아다니고 있었다. 오선을 그리지 않고 음표 위치도 제멋대로라 남들은 알아보기도 힘들겠지만, 헤일로에겐 음표가 소리로 들려왔다.

"네가 안 해본 거 있잖아. 사랑 노래."

끝까지 마음에 남았던 신주혁의 제안에서 헤일로는 벗어나지 못했다. 그렇다고 어떤 여자에 대한 절절한 사랑을 노래하는 건 아니었고, 그냥 그가 사랑하는 팬들과 부모님, 친구 그리고 고마운 사람들에 대한 음악을 만들기로 했다. 앨범의 제목도 정했다. 헤일로 14집 〈사랑의 형태(Shape of Love)〉. 서정적인 여덟 개의 수록곡이 들어간 미니앨범으로 계획했다.

헤일로는 악보를 보며 흥얼거렸다. 음악에 더 보탤 것은 없었다.

이 자체로 완전했기에 뭘 더 넣는다면 균형이 깨지고 말 것이다.

'그런데 왜 마음에 안 들지?'

악보 자체엔 문제가 없는데, 왠지 그냥 마음에 들지 않았다. 뭔가 중요한 것이 빠진 느낌이었다.

'어울리지 않은 노래를 만들어서 그냥 기분이 이상한 걸까.'

아무리 고민해봐도 알 수 없어 그는 일단 노트를 덮었다. 그렇게 중요한 것이라면 머지않아 생각날 것이다.

헤일로는 사람들과 함께하기로 한 프로젝트를 떠올렸다. '마지막 날' 이후로 여러 사람과 컬래버하는 즐거움을 알게 된 그였다. 그때처럼 이번에도 같이 컬래버할 생각이었는데 최근 황룡필의 자택에 방문한 이후 헤일로는 생각을 바꿨다.

"헤일아, 오랜만이구나."

은퇴 선언 이후로 매스컴에 나오지 않고 두문불출했던 황룡필은 왜인지 표정이 그리 밝지 않았다. 헤일로의 한때 로망이었던 박수 칠 때 은퇴하기를 선택한 황룡필이기에 그가 바라는 미래인 만큼, 그리고 활동을 오래 했던 만큼, 은퇴 후 후련하고 행복하게 살 줄 알았는데 그는 더 늙어 있었다. 바로 작년만 하더라도 가죽 재킷을 입고 오토바이를 타고 다니던 건강과 젊음은 어디 갔는지, 마른 노인을 보니 헤일로는 솔직히 거부감이 들었다.

"어디 아프…."

신주혁이 헤일로의 입을 막고는 짐짓 밝은 얼굴로 안으로 들어가며, 눈짓으로 아픈 건 아니라고 알려주었다. 그리고 아무 말 하지 말라고 덧붙였다. 헤일로는 더는 말을 잇지 않고 가만히 노인을 바라보고만 나왔다.

그로부터 며칠 후 황룡필을 위한 헌정곡을 만들기로 한 사람들이 모였다. 그중엔 솔로곡을 낸다는 사람도 있고, 듀엣을 내기로 한 사람도 있었다. 우울한 노래로만 만들지 않기로 약속했으니 그 외엔 모든 게 가능했다.

"오늘따라 해일이 말이 없네. 고민하는 거 있어?"

이성림의 질문에도 헤일로는 입을 꾹 다물고 있었다. 헤일로가 황룡필의 모습을 보고 떠오른 건 단순한 걱정이 아니었다. 그는 만약 자신이 죽지 않고 가장 화려한 시상식에서 은퇴를 선언했다면 어땠을까 하는 생각에 잠겨 있었다. 당시 충격과 공포에 휩싸일 그래미만 상상했지, 은퇴 이후는 생각해본 적이 없었다.

'즐거웠을까? 아마도 즐겁게 놀았을 거 같은데.'

그러나 황룡필은 그렇지 않은 게 분명했다. 그의 얼굴엔 다른 것이 보였다. 우울하고 어두운 그것은 문득 헤일로에게 옛 기억을 떠올리게 했다.

헤일로는 헌정곡을 의논하는 사람들에게 말했다.

"저는 혼자 해도 될까요?"

같이 곡을 만들기 위해 논의하는 사람들에게 갑작스러울지도 모르겠다. 그래도 결정을 무를 일은 없다. 이미 곡을 결정했으니.

"왜인지 혼자 할 거 같더라."

"주혁이 혼자 한다고 할 때부터 해일이도 그럴 것 같았어."

"와 그럼 이번에 같은 주제로 제대로 붙겠네."

"누가 더 선생님을 감동시키는지?"

"저번 애프터 파티 때와 달리 쉽지 않을걸?"

사람들은 쿨하게 받아들였다.

혼자 한다고 했다고 헤일로가 바로 자리를 뜰 이유는 없었다. 같이 밥을 먹기로 하기도 했고.

"그나저나 뭐 먹지?"

"대충 아무거나 시켜."

"아니, 여기 한참 성장하는 청소년이 있는데. 해일이 먹고 싶은 거 있어?"

"네가 사줄 것처럼 말한다."

"아니 그래도 내가 선배인데 후배한테 밥 한 끼 사줄 돈이 없겠어? 뭐든 말해봐."

그들이 뭐든 말해보라는 듯 지갑을 열었다. 헤일로는 그들을 가만히 보다가 대답했다.

"감자튀김."

"응?"

"감자튀김이 먹고 싶어요."

* * *

매 순간 시간은 흘러갔다. 헤일로의 앨범 작업도 황룡필 헌정곡도 그리고 인터뷰도 절정과 결말에 가까워진 것 같다고 BB는 막연히 느꼈다. 그러나 그는 여전히 이 이야기가 어떻게 흘러갈지 예상하지 못했다. '또 다른 HALO'는 일반적인 시나리오 서사를 따라가지 않았기 때문이다. '또 다른 HALO'에게 갈등을 일으키는 관계는 존재했지만 큰 영향을 미치지 못했다. 그건 가족도 연인도 모두가 마찬가지였다. 게다가 '또 다른 HALO'는 음악적인 재능과 아름다운 외모로 큰 인기를 얻었고, 파티를 즐기며 많은 사람에게 사랑받

고 있었다. 이대로 가면 해피엔딩일 게 뻔했는데, 왜 이렇게 아슬아
슬한 느낌인지 모를 일이었다.

"그러던 어느 날이었어요."

성공적으로 흘러가는 인생이었다. 시상식에서 일명 'Love
yourself' 사고를 친 청년을 말릴 사람은 없었다. 그가 무슨 짓을
해도 팬덤이 흔들리지 않는다는 게 확실해졌고, 덕분에 사장은 더
는 음반에 관해선 간섭하지 못했다. 포기라기보다 타협에 가까웠
다. 사장은 음반을 건드리지 않으면 청년이 나름 다른 일에서는 협
조적이라는 걸 깨달았다. 사실, 그것도 청년이 청춘인 데 반해 사장
이 연로하여 타협한 것이지, 만약 사장이 조금 더 젊었다면 갈등은
계속되었을 것이다.

그러던 날이었다. 청년은 오랜만에 기분이 좋았다. 드디어 데뷔
하기 전 그에게 음악을 알려줬던 형들과 연락이 닿은 것이다. 스코
틀랜드 레코드사에 사기를 당하며 연락이 끊긴 형들에게서 10년
만에 연락이 왔다. 정확히 형들을 아는 사람으로부터 온 연락이었
지만 이번엔 확실했다. 청년은 형들의 사진을 손에 쥐고 형들이 있
다는 주소로 찾아갔다. 그곳은 스코틀랜드가 아니고 런던, 심지어
그의 집과도 그리 멀지 않은 외각이었다.

'스코틀랜드 이후 어떻게 된 걸까? 형들은 뭐 하면서 지냈을까?
날 보고 깜짝 놀라겠지! 앞으로 뭘 하면서 함께 놀까?'

형들과 하고 싶었던 게 하나하나 떠올랐다. 같이 컬래버 작업도
하고, 사고 치고 경찰에 쫓겨보는 것도 재미있을 것 같았다. 예전에
댄은 제 운전 실력만 믿으라며 자신했다.

'또, 뭐가 있었지?'

"그리고 우리 중에 누가 은퇴하면 은퇴 곡도 써주자."

즐거웠던 옛 기억과 함께 수만 가지 기대감이 들었다. 그러는 동안 '그동안 왜 연락하지 않았지?' 하는 작은 의문도 생겼다. 그를 잊은 건 아닐 테고 분명 사정이 있을 것이다. 헤일로는 자신은 쿨하니 그 정도 사소한 사정은 용서해주기로 했다. 사실 형들이 뭐라고 하든 좋았다. 형들이 어떤 모습을 하고 있든 그는 알아볼 것이며, 나는 이만큼 왔는데 형들은 어떠냐고 놀리다가 결국 다시 옛날처럼 같이 놀고 노래 부르고 춤을 출 것이다.

청년은 여느 때보다 밝은 얼굴로 문을 두드렸다. 그곳에서 나온 건 형이 아니라 한 노인이었다.

"안녕하세요, 연락받고 왔는데요. 여기에 에디가 있다고…."

허름한 복장을 한 노인은 그를 알아본 것 같았다.

"들어와요."

노인이 그를 안으로 안내했다. 청년은 아무 의심 없이 안으로 들어갔다. 안에선 좋지 않은 냄새가 났지만, 이곳에 형들이 있다면 뭐든 좋았다. 안으로 들어가는 복도나 벽난로 위엔 형의 사진도 있고, 간혹 형들의 사진도 있었다. 그 안에 청년의 사진은 없었지만, 한쪽 벽에 많은 기사가 붙어 있었다. 청년에 관한 기사였다.

'그래, 나를 잊지 않았어.'

"에디가 말하던 그대로구나."

"에디가 제 이야길 많이 했나요?"

"그럼. 늘 너에 대해 이야기했지. 누가 널 욕하면 화를 내고, 네가 얼마나 천사 같은지, 얼마나 뛰어난 재능을 가졌는지 지겨울 정도로 칭찬했어."

"그래요?"

청년은 활짝 웃었다. '매번 못생겼다고 했으면서 뒤로는 칭찬했다 이거지?' 생각하며 이 또한 놀려 주기로 마음먹었다.

"모두가 너를 참 보고 싶어 했단다."

형들을 드디어 만난다는 기쁨에 청년은 노인이 왜 과거형을 쓰는지 눈치채지 못했다.

"저도 보고 싶었어요. 계속 찾아보려고 노력도 했고요. 너무 오래 걸렸지만. 아니, 왜 날 보러 안 온 거야."

10년이나 걸릴 일이 아니었다. 형들이 찾기 쉽게 사고 치고, 난리를 치며 화려하게 살았던 인생이다. 그의 집 주소부터 회사, 스케줄 모든 게 알려져 있는데, 그렇게 찾아오는 게 힘들었을까, 서운한 마음이 들었다.

그때 방문이 열려 청년은 섭섭함을 지우고 손을 올렸다. 그러나 천천히 표정이 굳어졌다.

"에디?"

그렇게 보고 싶었던 사람이 있었다. 그의 기억과 좀 달랐지만, 형이 맞았다. 맞았지만… 얼굴에 주름이 있든 뭐든 상관없었지만… 링거에 의지하여 누워 있는 건 예상치 못했다.

"에디!"

청년이 그에게 달려갔다. 왜 이렇게 누워 있냐고, 멱살이라도 붙잡고 깨우고 싶었지만 진짜 죽을 것 같아 잡지도 못했다. 그가 상상한 형은 이런 모습이 아니었다.

"왜 이래? 왜….

'이건 형이 아니야.'

청년은 부정했다가 누워 있는 에디의 눈과 마주쳤다. 부정할 수가 없었다. 그건 에디의 눈이 맞았다.

에디의 입술이 바르르 떨렸다. 듣기 좋았던 목소리는 어디 가고 쇳소리가 들려왔다.

"OO?"

그래도 그는 청년의 옛 이름을 불러주었다. 옛날 그때처럼.

"HALO… 네가 맞구나. 정말 오랜만이다."

그리고 현재의 이름도 불러주었다. 모든 게 옛날과 같은데 에디의 모습만 달랐다.

청년이 망연자실 바라보다가 물었다.

"지금 뭐 하고 있는 거야?"

10년 전 버릇없던 꼬마와 달라진 게 없는 모습에 에디가 "여전하네" 하고 웃다가 기침했다.

"왜 이러고 있어. 다들 어디 가고."

"일단 앉아봐, HALO."

"설명부터 해. 너 지금…."

청년은 입을 뻐끔뻐끔 움직였다. 곧 죽어도 이상하지 않을 모습인데 차마 그렇게 말할 수 없었다. 말이 씨가 될 거 같아서.

"HALO, 넌 그런 표정을 지어도 잘생겼구나. 예전에도 그랬지."

다시 기침 소리가 들려오자 청년은 참지 못하고 소리쳤다.

"다 죽을 늙은이처럼 말하지 말고!"

에디는 언제 죽어도 이상하지 않을 만큼, 비쩍 마르고 곪아 있었다. 얼굴은 창백하며 생기가 없었고, 손도 차가웠다.

"정말 보고 싶었어, 브로(Bro)."

청년의 손이 파르르 떨렸다. 계속 말을 돌리고 있는 걸 모를 수가 없었다.

"너 죽는 거 아니지?"

그 말에 에디가 옅게 웃었다.

그 순간 기대와 행복 아래 묻어뒀던 원망이 피어올랐다.

"죽을 거면 왜 연락한 거야! 그동안 연락 한번 없다가 왜 이제 와서…."

청년은 씩씩거리며 주위를 두리번거렸다. 에디가 이렇게 될 동안 다들 어디 갔나 싶었다. 당장이라도 주먹을 휘두를 태세였다. 그러나 이 집에 인기척은 에디와 아까 그 노인이 다였다.

'싸웠나? 아니면….'

불길한 상상에 청년은 고개를 저었다. 그럴 리 없었다. 그러면 안 됐다.

"HALO."

에디가 청년을 부드럽게 불렀다.

"○○야."

본명이 들렸을 때, 청년이 그제야 고개를 들었다.

"얼마 전 생일이었지? 늦었지만 생일 축하해."

"내 생일은 4월이야."

"진짜 생일은 11월이잖아."

에디가 손을 뻗어 청년의 머리를 쓰다듬었다.

청년은 그제야 제 원래 생일이 11월이란 걸 기억했다. 잠깐 대화가 멎었다. 청년은 에디를 노려봤고, 에디는 여전히 그때처럼 웃고 있었다. 그쯤 노인이 결국 눈물을 참지 못하고 방을 나갔다.

"이제야 죽을 때가 되어서야 내가 생각난 거야?"

"아니야."

"그럼 왜….'

형들은 어쩌면 힘든 시간을 보냈을지도 몰랐다. 레코드사에서 사기를 당하고 힘든 생활을 하느라, 작은 인연은 잊었을 수 있다. 그런 거라면 청년은 용서해줄 수 있었다.

에디가 갑자기 기침을 쏟자, 청년이 그를 부축해주었다.

"연락했어. 찾아간 적도 있고. 너희 회사 유명하잖아."

런던 한복판에 있는 HALO의 소속사를 모르는 사람은 많지 않았다.

"나를 찾아왔다고?"

청년의 눈이 흔들렸다.

'찾아왔다고 들은 적이 없는데. 스케줄 때문에 못 만난 건가. 그래도 누가 찾아왔다면 말해줬을 텐데.'

"우리가 널 어떻게 잊겠어. 이렇게 눈에 띄게 살고 있는데. 몇 번이나 찾아갔어. 너한테 뭘 원했던 건 아니고 그냥 네가 보고 싶었어. 나도 그렇고, 다들 그랬어."

"나도 알아. 쓸데없는 변명하지 마. 그리고 나한테 뭘 원한다 해도 상관없어. 그동안 돈 엄청 많이 벌었거든. 좀 가져가 써도 티도 안 날걸?"

청년이 애써 웃으며 두 팔을 벌렸다.

"요즘 엄청 유명하긴 하더라."

으스대는 모습에 에디가 "하하하" 웃었다. 이때만큼은 병든 기색이 보이지 않아 청년은 안심했다.

"그럼 우린 왜 못 만난 거지?"

이해가 가지 않았다. 그는 이제껏 형들의 이야기를 단 한 번도 들은 적이 없었다. 이전에 연락했다는 걸 들었다면 진작 만났을 것이다.

"그때 누구랑 만났어? 아예 못 들어온 거야?"

에디가 입을 다물었다. 청년은 기이한 느낌에 에디를 쳐다봤다. 뭔가 안 좋은 예감이 들었지만 청년은 애써 불길한 생각을 접고 말을 이었다.

"회사 말고, 촬영장이든 무대든 찾아왔으면 되잖아. 아님, 우리 집도 있고…. 거기까지 생각하진 않은 거야?"

에디가 가만히 그를 바라보았다.

청년의 표정이 천천히 굳어졌다.

"말해. 숨기지 말고."

"HALO."

"숨길 필요도 없잖아."

곧 진실이 들려왔다.

"네가 거절했다고 그랬어."

청년이 벌떡 일어났다.

"내가 그랬다고? 어떤 새끼가!"

어떤 새끼든 가만두지 않겠다고 생각하고, 가만히 그를 올려다보는 에디와 눈이 마주쳤을 때, 청년은 누가 그랬는지 알 것 같았다.

"사장이 그랬어?"

대답이 없었다.

진실이었다. 그의 머릿속에 번개가 쳤다. 지금 사장이 눈앞에 있다면 멱살을 잡고 그 뻐기는 얼굴을 박살 낼 수 있을 것 같았다. 그만큼 청년은 화가 났다. 동시에 그 이후 연락하지 않은 형들에게도.

"그걸 믿었어? 내가 형들을 보고 싶어 하지 않는다고?"

"믿지 않았지."

"그럼 왜 찾아오지 않았어!"

"갔어."

청년은 에디가 소리를 지르자 화들짝 놀랐어.

"몇 번이나 갔는데, 만날 수가 없었어! 경찰한테 폭도라고 잡히고, 너희 사장이 위협했어! 그래도 너랑 만나려고 노력했는데."

청년의 손이 덜덜 떨렸다. 처음 보는 에디의 화난 표정, 더 이상 들으면 안 된다고 누군가 그에게 속삭였다. 그러나 청년은 귀를 막을 수가 없었다.

"어느 날 댄이 너희 집에 찾아가겠다고 했어. 말릴 새도 없었지. 바이크를 타고 가버렸거든."

댄은 그에게 바이크를 자주 태워주던 형이었다. 엄마 젖이나 더 먹고 오라고 열받는 말을 많이 했지만, 바이크 탈 때만큼은 참 멋있었다. 죽을 때 도로 위에서 죽고 싶다는 우스갯소리도 멋있었고. 청년은 한때 댄 같은 어른이 되고 싶다고 생각했다.

"그런데?"

에디의 말이 멈추자 청년이 재촉했다.

'어떻게 됐는데.'

청년은 숨이 가빠왔다.

"몰라! 나도 모르겠어. 나도 왜 그렇게 됐는지. 근데 경찰이 말하길 바이크를 너무 빨리 몰았다더라. 그래서… 사고가 났어."

청년은 그 순간 숨이 턱 막히는 걸 느꼈다.

"댄이 죽고 나서는 너한테 가지 않았어. 우리에겐 더는 의지가 없었고, 밴드도 흩어졌지."

"그때가 언제인데?"

"오래됐어."

"언제야."

불길한 생각이 들었다. 스케줄이 없을 땐 늘 파티를 즐겼던 그다. 술을 마시며 사람들과 어울리고 쾌락을 즐겼다. 댄은 그의 저택에 찾아왔다고 했다. 그의 스케줄은 모두가 알고 있으니, 아마 스케줄이 없을 때 찾아왔을 것이다. 그리고… 그가 사람들과 어울리며 떠들고 노래 부르고, 춤을 출 때 댄은….

에디는 잔인하게도 대답해주지 않았다. 그 뒷이야기도 비슷했다. 에디를 제외한 다른 형들이 이곳에 없는 이유. 하나는 교통사고, 하나는 마약중독, 하나는 강도살인, 유일하게 살아 있는 에디는 폐렴.

청년이 허탈하게 웃었다.

"다들 힘들 때, 나는 즐겁게 놀고 있었네."

"HALO, 그렇게 얘기하지 마. 너는 아무 잘못도 없어."

그 한마디에 이성을 지탱하던 줄이 끊어진 것 같았다.

"잠깐만 기다려."

청년은 화를 참을 수가 없었다.

"HALO? 어디가! 야, 가지 마! 야, 제발!"

에디가 그의 팔을 붙잡았지만 청년은 집에서 뛰쳐나왔다. 도저히 견딜 수가 없었다. 이 집에 있다간 숨이 막혀서 죽을 것 같았다.

그리고 곧장 청년은 바이크에 올랐다. 댄은 바이크를 너무 빨리 몰다 죽었다는데, 그는 더 빨리 몰아도 죽지 않았다. 그는 바이크를 타고 회사를 향해 달렸다.

회사에 도착해 사장실로 가는 동안 그를 막는 사람은 아무도 없었다.

"네가 웬일로⋯."

"쾅" 하고 문이 닫혔다. 쿵쿵거리는 발소리로 이미 그가 왔음을 깨달은 사장이 청년의 표정을 보고 멈칫했다.

"왜 그랬어?"

"또 무슨 일인데."

뻔뻔한 표정에 참을 수가 없는 분노가 올라왔다. 청년은 눈앞에 화병을 발로 차서 깼다. 그것도 모자라 벽에 걸린 샷건을 뺐다.

"또 약 처먹고⋯."

샷건을 그대로 사장의 머리에 들이대자, 사장도 심상찮음을 깨닫고 입을 다물었다.

"왜 말 안 했어."

"뭐, 뭘⋯."

"날 찾아오는 사람이 있으면 말하라고 했잖아. 내가 아는 사람일 테니까. 그런데 거짓말을 해? 내가 원하지 않는다고?"

그제야 사장은 무슨 소리인지 깨달았다.

"총은 놓고 말해."

사장은 끝까지 청년의 이미지를 걱정했다.

"누가 보지 않게 문도 잠그고."

갑작스러운 소란에 누군가 사장실의 문을 열려고 하자, 사장이

버럭 소리 질렀다

"내가 말할 때까지 아무도 들어오게 하지 마!"

조금 열렸던 문이 다시 닫힌다.

정적이 깔렸다. 그때까지 여전히 청년은 사장의 머리에 샷건을 겨누고 있었다. 사격을 할 줄 알든 모르든 이 거리에선 즉사일 것이다.

"별거 아닌 일로 여기까지 왔니?"

"별거 아닌 일?"

"거지새끼들이 달라붙는 거 끊어줬으면 고마워해야지."

사장이 눈치가 없는 게 아니다. 그를 더 열받게 하려고 이따위로 말하는 것이다. 사장은 제 머리에 샷건이 겨누어진 걸 모르는 게 아니라 청년이 쏘지 못할 거라고 믿었다.

"내가 못 쏠 거 같지?"

"넌 왜 매번 네 이미지를 망치려고 그러니. 프로면 프로답게 굴어. 사람 쏘는 건 나도 커버하기 힘드니까."

청년이 안전장치를 풀자, 사장이 피식 웃었다.

"쏘려고? 너는 못 쏴."

사장의 입에 총구를 겨누어도, 그는 더 낄낄거리며 웃었다.

"네가 나를 아는 만큼, 나도 너를 알아. 너는 절대 못 쏴. 내가 죽는 건 상관없겠지. 넌 내가 없어도 음악을 할 테니까. 근데 그거 아니? 사람을 죽이면 음악 못 한다."

사장은 처음 만났던 그때처럼 어린아이를 가르치듯 말했다.

"죽어도 음악은 하고 싶다는 네가 날 쏠 수 있니?"

총구가 부들부들 떨렸다.

"영원히 음악을 포기할 수 있어?"

머리가 차갑게 식는다. 그럴수록 심장이 더 빠르게 뛰었다. 총구가 덜덜덜 떨린다.

'죽여.'

온 정신이 그에게 속삭였다. 청년은 천천히 엄지손가락에 힘을 주었다.

탕!

온 세상이 까맣게 물들었다. 쨍그랑 소리가 울려 퍼졌다. 잠깐 정적이 깔렸다. 그러나 그것도 사장이 "하하하!" 웃음을 터트리며 끝났다. 밖이 부산해졌다. 사장이 다시 한번 들어오지 말라고 소리치곤 작게 속삭였다.

"어서 가. 네 집으로."

사장은 한 손으로 연기가 나오는 총구를 쥐고, 제 귀에서 흐르는 피에도 아랑곳하지 않았다.

"너는 여기에 없었던 거야. 내 실수로 총이 발포된 거고. 자, 가. 경찰이 오기 전에. 살인미수도 답 없는 거 잘 알잖아."

청년의 몸이 기계처럼 뒤로 돌아갔다. 그런 청년의 뒤로 작은 비웃음이 들려왔다.

"그러게. 말 좀 잘 듣지, 그랬어."

청년의 손이 부들부들 떨린다. 사장을 죽이지 못한 걸 후회했다.

'죽여야 하는데. 저를 비웃는 놈을. 형들을 죽음으로 내몬 저 악마를 없애야 하는데. 옛날에 저 새끼와 계약해선 안 됐는데.'

그러나 곱씹으면 곱씹을수록 사장보다 더 미운 건 바로 자신이었다. 형들이 하나하나 고통스럽게 죽어나갈 때 향락에 젖어 시간을 보낸 과거의 자신이, 끝내 음악을 포기하지 못해 형들 대신 음악을 선택한 현재의 자신이 원망스러웠다. 경찰 사이렌 소리가 온 세상에서 울려 퍼졌다.

청년은 저택에 틀어박혔다. 밝고 시끄러웠던 저택이 그렇게 고요할 수 없었다. 점점 짙어진 어둠이 그를 삼켜버릴 것 같았다.

"에디….".

문득, 그는 아직 하나가 남았다는 걸 떠올렸다. 아직 한 사람이 살아 있다. '그래, 에디를 데려오자. 다른 형들에게 미안한 만큼 에디에게 잘해주자' 하는 그의 생각은 현실 부정일지도 모른다. 어떻게든 살고 싶어서, 숨을 쉬고 싶어서 희망을 품은 걸지도 모른다.

청년은 다시 바이크를 타고 달렸다. 하지만 그 흑백 세상의 끝엔 검은색 옷을 입은 노인이 서 있었다. 청년이 그땐 몰랐는데, 노인은 에디의 어머니였다.

"에디는… 어디 있어요?"

청년은 비석 앞에서 한마디도 못 했다.

"에디의 거예요."

청년은 노인이 쥐여준 손수건을 대강 주머니에 넣고 뒤돌았다. 그게 뭔지 확인할 여유도 없었다. 여기 있고 싶지 않았다. 숨이 막혀 죽을 것 같았다. 청년은 그저 달렸다. 앞이 흐릿해서 보이지 않았다. 두 팔을 펼친다. 죽기 딱 좋은 날씨다.

"하, 하."

댄을 죽음으로 몰고 간 도로가 그에게 왜 이렇게 안전한지 모르겠다. 청년은 템스강 앞에서 내려 그저 걸었다. 파파라치가 그를 찍든 말든 아무 생각도 하고 싶지 않았다. 그러다 불현듯 멈춰 섰다. 청년은 천천히 주머니에 넣은 걸 꺼냈다. 확인하고 싶지 않지만, 에디의 유언이라면 봐야 했다. 거친 손길로 꺼내자 바닥에 동전이 투두둑 하고 쏟아졌다.

'이게 뭐지?'

청년은 굴러가는 동전을 발로 잡고 손수건을 꺼냈다. 그곳에 있는 건 편지가 아니라 메모였다.

○○에게 피시앤칩스 사주기

그걸 가만히 지켜본 청년은, 동전의 개수를 셌다. 다시 눈앞이 흐려졌으나 꿋꿋이 동전을 센 그는 고개를 들었다. 눈앞에 마침 펍이 있었다. 웬만한 펍에서 피시앤칩스를 팔 것이다. 입술을 꾹 물고 청년은 펍으로 향했다. 깔끔하게 꾸며진 펍 정문 앞엔 메뉴판이 놓여 있었다. 피시앤칩스와 맥주의 가격이 눈에 들어왔다. 그 순간 형들의 목소리가 다시 들려왔다. 희망찬 목소리였다.

"울지 마, 도련님. 영원한 이별은 아니니까. 조금 거리가 멀어졌을 뿐이야. 원한다면 언제든 찾아와. 인기스타가 어린 팬을 위해 피시앤칩스 하나 못 사주겠어?"

이제 참을 수가 없었다. 무릎에 힘이 풀려 청년은 그대로 주저앉았다. 그리고 점점 몸을 웅크렸다.

'아아.'

고통스러운데 신음이 흘러나오지 않았다. 세상에서 가장 아름답다는 그의 목소리가 나오지 않았다. 뭐라고 말하려고 해도 에디의 마지막처럼 쉿소리만 나왔다. 누군가의 목소리가 들린다.

○○!

형들이 그를 부르고 있었다. 고개를 들자, 자기들의 끝을 모르는 젊은 날의 형들이 웃고 있었다. 여느 때와 같은 모습으로 울고 있는 그를 울보라며 놀리고 있었다. 청년은 그들을 향해 억지로 웃으며 말했다.

"이걸 론… 감자튀김도 못 사 먹어 바보야. 그동안 물가가 올랐다고."

그해, HALO 7집 〈죽은 피터팬을 위한 진혼곡(Requiem for the dead peter)〉이 발매되었다. 그의 유년도 그렇게 끝났다.

* * *

「혼자 작업한다고?」

"예."

헤일로는 신주혁의 연락을 받았다.

신주혁은 본인도 혼자 하지만 소년의 변덕이 의아했기 때문이다.

"갑자기 하고 싶은 말이 떠올라서요."

「그래?」

"잊고 있던 것도 떠올랐고."

은퇴 선언 후 처음 보는 황룡필 선생님의 얼굴엔 어둠과 우울이 있었다. 그건 왜인지 에디의 마지막과 닮아 있었다. 그래서 형들과 나누었던 약속이 떠올랐는지도 모른다. 같이 슈퍼스타가 돼서 재밌게 놀다가 누가 은퇴한다고 하면, 은퇴 곡을 써주기로 했던 약속.

그렇다고 형들을 위한 은퇴 곡을 쓰려는 건 아니다. 지난 세상의 이야기는 이미 지난 일이고, 너무 오래돼서 그에게 큰 영향을 미치지 못한다. 미련을 붙잡고 있기에 흘러가는 시간이 아깝다. 그는 하고 싶은 게 많은 사람이다. 그러니까 이건 그냥, 그들과 비슷한 얼굴을 한 황룡필을 위한 노래다.

2033년 2월, 대한민국은 새로운 파란이 일었다. 늘 뭐만 하면 올라왔던 '헤일로' 대신 이슈를 차지한 사람이 있었다.

1위 황룡필 은퇴

2위 황룡필 신주혁

3위 황룡필 콘서트 게스트

:

7위 황룡필 이성림

대한민국 대중음악을 이끌었던 거장의 은퇴 콘서트, 그리고 그곳에서 벌어지는 일들에 언론과 대중이 집중했다. 사실 일반적인 가수도 아니고 시대를 이끌었던 거장의 은퇴인 만큼 원래 화제가 되긴 했지만, 이 정도로 큰 관심이 쏠린 건 황룡필 은퇴 콘서트 첫 번째 게스트 이성림이 헌정곡을 선보이면서부터였다. 늘 절절한 멜로디와 가사로 사람들의 감성을 건드리던 이성림은 담백한 멜로디로 신곡 '투 마이 영(To my young)'을 선보였다. 어린 날 가수를 꿈꿨던 그에게 가장 큰 영향을 미친 선배이자 은사에 대한 감사, 그리고 어린 날에 대한 그리움이 담긴 음악이었다.

"선생님께 드리는 노래입니다."

그 한마디로 첫 번째 헌정곡을 공개한 이성림은 황룡필과 포옹하면서 관객들과 함께 눈물을 흘렸다. 황룡필의 콘서트에서 눈물을 흘리지 않는 건 황룡필밖에 없었다. 팬들에게 화제 되었던 이 일은, 두 번째 게스트인 신주혁이 또 한 번 헌정곡을 발표하며 대중들에게 완전히 각인되었다. 제 성격처럼 간결하게 신주혁은 한 단어로 황룡필을 뜻한 '레전드(Legend)'라는 곡을 발표했다. 천둥 같은 일렉 기타와 고조되는 감성은 모두가 아는 신주혁의 록 스타일 그대로였다.

[황룡필 우리 엄마가 되게 좋아했는데 은퇴하는구나… 되게 기분이 묘하다… 벌써 은퇴라니. 그리고 가수님 왜 갑자기 늙으셨음ㅠㅠㅠ]
[대학생 때 매일 황룡필 노래 들었는데,,,]

황룡필이 자필 편지로 전국 투어를 마지막으로 은퇴하겠다고 밝혔을 때까지만 해도 우울해하거나, 세월의 흐름을 체감하며 안타까워하던 사람들에게 헌정곡 이벤트는 갑작스러운 만큼 큰 인상을 남겼다.

[미쳤다 투마영도 그렇고 레전드도 그렇고 와… 아니 근데 헌정곡 퀄리티가 아닌데.]
[황룡필도 논란 많은 걸로 알고 있는데 그래도 후배들한테 잘했나보다 은퇴한다고 헌정곡도 받고.]
└ 다른 건 몰라도 굶고 다니는 후배한텐 밥 잘 사주던 인간이었음. 괜히 사단이 있는 게 아님.
[현시대 최고의 가수들이 과거의 레전드를 챙겨주는 모습이 참 감동적이면서도 세대교체의 현장인 것 같아 섭섭하기도 합니다. 그렇지만, 그들의 헌정곡에 섭섭한 마음을 덜어내고, 내 아름다웠던 청춘을 보내줄

수 있을 것 같습니다. 참 고맙습니다. 소주가 당기는 밤입니다.]

황룡필을 잘 모르는 젊은 사람들이 헌정곡을 통해 황룡필의 음악을 찾아 듣기 시작하며, 한국 음원 플랫폼에 때아닌 복고 열풍이 불었다. 황룡필 콘서트에서만 들려준 게스트들의 신곡이 아직 발매되지 않은 상태라, 모든 관심이 황룡필의 앨범에 더 기울었다.

그러나 사람들에겐 과거보단 현재가 중요한 법이고, 현재보단 미래를 기대하는 법이다. 게스트 두 사람이 헌정곡을 발표하며 네티즌들은 이 헌정곡이 단순히 개인의 선물이라고 생각하지 않았다. 그 추측이 반영된 것이 '황룡필 콘서트 게스트'라는 실시간 검색어였다. 황룡필의 은퇴 콘서트에 초대될 만한 사람, 그리고 그에게 헌정곡을 줄 만큼 특별한 인연을 가진 사람들의 이름이 오르내렸다. 황룡필이 연예계에 데뷔한 지 몇십 년이 지난 만큼 친하다고 알려진 연예인은 많았다. 그리고 그중에 대표적인 게 황룡필 사단이라고 여겨지는 가수들이다.

[이성림 신주혁 나왔으면, 그쪽 사단 전 출동한 거 같은데.]
[헌정곡 주자는 것도 그쪽에서 말 나온 거 아닐까?]
[어 근데 황룡필 사단 다 나오는 거면… 헤일로도 게스트로 나옴?]
└ 헤일로가 황룡필 사단이 맞… 나?
└ 일단 친하긴 하잖아.
└ 사단장보다 규모가 큰 이등병이 있다?!

노해일이 데뷔했던 재작년까지만 해도 황룡필 사단이라는 데

이견이 없었다. 〈2030 Song Festival-랑데부〉 프로그램 때 재능 많은 막내이자 슈퍼 신인으로서 사랑받은 데다, 황룡필 자택까지 드나드는 걸 보면 분명 사단에 포함되었다. 심지어 '해일어워즈'라고 칭해졌던 노해일 생일파티에 바쁜 일정에도 모두 참석하지 않았던가.

그때로부터 1년하고 몇 개월이 흐른 지금 노해일, 즉 헤일로가 황룡필 사단이 맞느냐에 대해서는 의견이 분분했다. 미국 등 큰 시장에서 놀아야 할 헤일로가 대한민국에 붙어 있는 게 말이 되냐는 것이다. '사단'이란 게 사람들이 재미 삼아 붙인 것일 뿐 큰 의미가 없었지만, 어딜 가나 의미를 부여하는 사람들은 있었다. 어쨌든 '황룡필이 헤일로를 초대한 게 아니냐'는 추측이 나오며 헤일로가 만들고 있을지 모를 헌정곡에도 이목이 쏠렸다.

[진짜 헤일로 나오면, 헤일로도 황룡필 헌정곡 만든 건가.]
[와 1년 만에 신곡인가.]
[노해일 캐럴부터 발매해. 왜 발매를 안 하냐고ㅠㅠ]
 └ 미발매 곡 개많을 듯. 언제 하드 털어야 함.
[그전에 3월에 앨범 나온다면서 여유가 되나? 잘못하면 이름 뺏기는데.]
 └ 월간 헤일로 잊음? 헤일로는 노해일로 활동하면서 달에 앨범 두 번 낸 적도 있다.
 └ 곱씹을수록 미친 새1끼네 아님 다른 가수들이 다 게으른 건가?

한편 그 시각, 황룡필 헌정곡 프로젝트 단톡방은 다른 의미로 시끄러웠다.

이성림 : 솔직히 내가 이겼지.

신주혁 : 선배님, 솔직히 수련회 모드로 감동을 따지긴 좀…

이성림 : ?

세상 사람들이 사단이다 뭐다 떠들든 말든 그들은 관심이 없었다. 그들의 관심사는 오로지 하나밖에 없었다. 누가 더 선생님을 감동시켰느냐는 내기. 이제 막 출격한 두 사람이 서로 자기가 이겼다고 우겼고, 그걸 보던 세 번째 게스트 박형찬이 끼어들었다.

박형찬 : 그것도 오늘까지입니다! 오늘 선생님을 울리고 오겠습니다.

트리오로 나가는 박형찬은 남들이 들으면 오해할 발언을 했다. 신경전을 벌이던 두 사람의 관심을 끌기는 충분했다.

신주혁 : 오늘 형찬이 차례야?

이성림 : 너도 있었냐? 네가 나도 못한 걸 할 수 있다고 생각해?

어느새 눈물이 감동의 척도가 되었다. 계속 울리는 알람을 끄기 위해 단톡방에 들어온 헤일로는 나잇값 못하는 사람들을 보며 혀를 찼다.

이성림 : 그나저나 해일인 뭘 했는데 벌써 검색어에 올랐냐?

신주혁 : 오늘 형찬이 차례가 아니라 해일이 차례 아냐? 다들 관심 없는데.

박형찬: …두고 보십쇼. 두고 봐라 노해일! 이번엔 안진다.

이성림: 형찬이 후배 견제 너무 무섭다.

박형찬: ?

이성림: 듣자 하니 해일이한테 햄버거 사줬다며. 소고기는 못 사줄 망정.

박형찬: ???? 아니 그건 해일이가 먼저 감자튀김 먹고 싶다고.

이성림: 얼마나 눈치가 보였으면… 불쌍한 해일이.

박형찬: 잠깐??? 해일이가 눈치요??? 그리고 해일이 재산이 저보다 많거든요?

이성림: 이제 재산까지 견제하네, 박형찬이 많이 변했다.

헤일로는 할 거 없는 사람들의 모임이라더니, 정말 할 게 없구나 싶었다. 그게 아니면 오늘 무대에 집중 못 하게 하려는 것 같기도 했다. 물론 '신나박' 중 한 명인 박형찬이 이 정도로 흔들리진 않을 것이다. 헤일로는 단톡방을 끄려다 덧붙였다.

　　　　　　　선배님, 앨범도 4월로 미뤄보도록 하겠습니다…

박형찬: 야! ????

신주혁: ㅋㅋㅋㅋㅋㅋㅋㅋㅋㅋㅋㅋㅋ

이성림: 와 세상 무섭다ㄷㄷ 어디 마음 놓고 컴백하겠어?

신주혁: 이거 팬들이 알면ㅋㅋ

그 이후로 핸드폰을 내려놓은 헤일로는 그때 먹은 감자튀김이 맛있었다고 생각하며 의자에 깊숙히 기댔다.

앨범 녹음도, BB와의 인터뷰도 순조롭게 진행되고 있었다. 에디의 죽음 이후에도 끝없이 이어지는 '또 다른 HALO'의 삶은 기승전결 중 전과 결 사이 어딘가에 도달했다.

청년은 변함없는 시간을 보냈다. 그는 언제나처럼 방탕하고 사치스러운 삶을 살았다. 나날이 화려해지는 그의 파티와 함께 그에 대한 논란도 화려해졌다. 원래도 충동적이고 변덕스러웠던 '청년'은 나날이 그 정도가 심해졌고, 발작과도 같은 히스테리는 곧 청년의 논란 이력으로 남았다.

또한 계약 기간이 완전히 끝나며 사장과 더러운 물밑 싸움이 일어났다. 사장은 청년의 목줄을 잡기 위해 갖은 수를 다 썼다. 그러나 이미 논란이 많았던 청년인 만큼, 새롭게 추가된다 해도 아랑곳하지 않았다. 그의 팬덤은 이미 콘크리트처럼 굳어진 데다 그가 살인을 저질러도 좋다는, 혹은 자기를 죽여 달라고 외치는 미치광이도 많았다. 그를 싫어하는 사람이 아무리 많아진다 한들, 그의 이미지가 깎인다 한들, 청년은 전혀 신경 쓰지 않았다.

오히려 반성해야지 않겠냐는 기자들 앞에서 "나를 진정으로 싫어하는 사람이 누가 있는데? 헤이터들(haters)도 좋아하면서 싫은 척하는 것뿐, 내 앞에 서면 나의 이름을 부르게 될 거야. 나를 대체할 사람? 누구?"라고 대답할 정도였다. 세상은 청년의 나르시시즘적인 면모조차 사랑했고, 청년의 음악을 듣지 않을 사람은 없었다. 청년의 한마디에 동조했고, 청년의 메마른 얼굴에 공감했으며, 청년의 손짓에 적군과 아군이 구분되었다. 언론에서는 이런 광기 어린 애정과 추종은 위험하다고 지적했다.

청년과 사장, 두 사람은 똑같이 적이 많았지만 가치가 달랐다. 누군가의 몰락은 정해진 결말이었을지도 모른다.

"네가 나를 어떻게 버릴 수가 있지? HALO 내가 너를 이곳까지 올려줬어. 먼지투성이인 너를 가장 먼저 알아봤고, 너를 가장 귀하게 대한 게 나야. 네 부모가 너를 버렸을 때 내가 아버지가 되어줬어. HALO 나를 원망하는 거 잘 알아. 하지만 다 너를 위했던 거야. 아직 늦지 않았어, 아가야. 7집을 가져와. 그리고 다시 시작하자."

청년은 노년에 초라해진 그를 쳐다보며 말했다.

"그러게. 말 좀 잘 듣지, 그랬어."

그 한마디면 충분했다. 청년은 증오와 원망, 후회를 가슴 깊이 묻었다. 눈앞의 이에게 드러내고 싶지 않았다. 청년은 그에게 최고의 형벌을 선물했다. 사회적 살인. 단순한 명예훼손이 아니었다. 사장이 세상에 만든 모든 것이 모래처럼 사라질 것이다. 앞으로 그 누구도 사장을 제대로 기억하지 못할 것이다. 죽어도 신문에 부고 기사한 줄도 올라오지 못할 테고, 묘지를 방문할 일은 없을 거다. 또한 사장의 재산은 경쟁자의 손에 들어가 흩어지고 부서지고 끝내 어느 것도 남지 않을 것이다.

독립한 청년은 그렇게 악연을 잊고 화려한 삶을 이어갔다. 간혹 벽난로 위에 걸린 산탄총을 바라보다 화를 참지 못하고 집에 방문한 사람들을 내쫓긴 했지만, 그의 파티엔 늘 많은 사람이 찾아왔다. 뒤에서 많은 말이 오갔을지언정 앞에서 그들은 청년의 작은 병을 아무렇지도 않게 받아들였다. 사실 청년의 히스테리는 새삼스러운 것도 아니었다. 청년의 집엔 늘 사람이 많았지만, 동시에 아무도 없었다.

"8집 〈그곳엔 아무도 없었다(No one was there)〉는 그런 의미였군요."

그날의 인터뷰는 거기서 끝났다. 그러나 그들은 곧바로 헤어지진 않았다. 헤일로는 BB와 황룡필 콘서트 이후 저녁 식사를 하자는 약속을 잡았다. 아마 그때가 마지막 인터뷰 날이 될 것이다. 앞으로 남은 이야기는 많지 않았으니.

"신곡 작업은 어떻게 되어가고 있나요? 무언가 마음에 안 든다면서요."

"녹음은 끝냈어요."

"그런가요."

BB가 의아하다는 듯 고개를 기울였다.

"조금 당신답지 않네요. 내가 아는 당신이라면, 마음에 들지 않는 곡을 작업할 것 같지 않은데."

뜻밖의 소리였으나 틀린 말은 아니었다. BB는 좋은 청취자였으며 동시에 좋은 상담가였다. 사람의 심리에 대해 깊게 파고들며 성찰하는 그는, 간혹 감독이 아니라 심리학자 같았다. BB는 이제까지 헤일로의 인터뷰를 통해 '또 다른 HALO'뿐만 아니라, 그 이야기를 해주는 헤일로의 표정과 제스처 등을 관찰했고, 헤일로가 말해주지 않은 것까지 꽤 많이 알게 되었다.

BB는 더 자세히 이야기하지 않았다. 그저 웃으며 인사하고 갔을 뿐이다. 어쩌면 별거 아닌 한마디였을지도 모른다. 다만, 헤일로가 그걸 찜찜하게 받아들인 건 그도 마음에 걸리는 게 있기 때문이다. 무언가 걸리지 않았다면 남의 말은 그냥 흘려보냈을 테니.

헤일로는 아무도 없는 방에서 테이블을 톡톡 두드렸다. 그동안 너튜브에서는 '황룡필 헌정곡' 모음이 돌아가고 있었다. 이제 며칠 후 황룡필의 마지막 콘서트가 열린다. 그는 그 마지막 무대에 게스트로 초대받았다.

헤일로는 녹음된 자기 음반을 놓고 생각에 잠겼다. 똑딱똑딱 시간이 흘러간다. 음원 자체엔 문제가 없는데 왜 이렇게 무언가 마음에 걸리는지 모를 일이다. 그것 때문에 아직 어거스트 베일에게 음원을 넘기지 못하고 있었다. 여덟 곡으로 이루어진 미니앨범. 음악부터 구성까지 정교하게 만들었는데 왜 무언가가 빠진 느낌인가. 다른 사람들을 위한 '사랑' 노래는 같은 주제에도 불구하고, 각자 따로 노는 것 같았다. 속이 답답했다.

'도대체 여기서 뭐가 필요하지? 이게 음원 작업할 때 막힌다는 것일까? 이런 게 슬럼프?'

다른 작곡가가 듣는다면 혈압이 올라 쓰러질 생각을 한 헤일로는 한숨을 쉬며 눈을 감았다. 그리고 다시 눈을 떴을 때, 어느덧 황룡필의 마지막 콘서트장에 도착해 있었다.

"오늘도 와주셔서 감사합니다, 여러분."

황룡필은 늘 그랬던 것처럼 은퇴 콘서트라고 붙이지 않았다면 은퇴라고 생각하지 않을 정도로 담백하게 말했다. 그러나 그는 분명히 오늘이 마지막이란 걸 인지하고 있었다.

"오늘로 제 콘서트는 막을 내릴 예정입니다."

관객들은 은퇴하지 말라며 고개를 저었지만, 황룡필의 멘트는 계속 이어졌다.

"그동안 많은 분들께 연락을 받았습니다. 친구, 옛 직원, 동창⋯ 1년에 한 번 볼까 말까 한 사람들에게 연락을 받으니 기분이 묘해지더군요. 이렇게 많은 연락을 받은 걸 보면 내가 막 산 건 아니구나 싶으면서, 오히려 지금 은퇴하길 잘했다는 생각이 들더이다. 잊고 지냈던 인연을 다시 이어보는 게 앞으로 과제가 아닐까 싶군요."

그는 관객들과 눈을 맞추 듯 둘러보며 담담히 말을 이었다.

"인생은 늘 캄캄합니다. 젊었을 땐 그래도 나이가 들면 빛이 보이리라 생각했는데, 전혀 그렇지 않네요. 예상치 못한 건 여전합니다. 늘 생각지도 못한 일이 벌어지고 생각지도 못한 인연을 만나기도 하죠."

무대 사이드에 선 헤일로는 황룡필과 눈이 마주쳤다.

"그중 가장 놀라웠던 인연이 있습니다. 이제 세상을 좀 읽을 나이가 되었다 생각한 저의 어리석음을 알게 해주고, 또 젊은 날 저의 오만함을 비웃게 해준 인연이죠. 처음으로 좀 더 젊었을 때 만났다면 어땠을까 아쉬워했고, 좀 더 늦게 태어나 오랜 시간 함께 즐길 수 있다면 얼마나 좋을까 내 나이를 탓했습니다. 한없이 흘려보냈던 내 젊은 날을 후회하게 했죠. 무엇이 됐든 참 충격적인 인연이었습니다. 이 세상에 이만큼 충격적인 인연이 있나 싶습니다. 이후엔 한순간도 조용하게 삶을 보내지 못했습니다. 하루하루가 즐거웠고 고마웠죠."

황룡필이 관객들을 보며 부드럽게 웃었다.

"세간에선 이런 걸 친구라고 부르더군요. 그럼 이만하고, 제 노년을 가장 즐겁게 만들어준 친구를 소개하겠습니다."

그러고는 사이드로 손을 뻗었다.

"나와주겠나? 헤일로."

헤일로가 한 발자국 앞으로 나아갔다. 그와 함께 우레와 같은 함성이 들려왔다.

* * *

눈이 부셔 헤일로는 잠깐 눈을 찡그렸다. 손을 올려 햇볕을 가렸다. 그러나 손바닥에 가려질 리 없다. 헤일로는 포기하고 길게 휘파람을 불렀다. 새소리와 같은 휘파람이 차가운 바람을 타고 날아오른다. 황룡필 마지막 콘서트 하루 전날, 헤일로는 리허설 무대를 했다.

희망의 등불을 따라가

무대에서 불꽃이 뿜어져 나온다. 이곳에 있는 건 스태프가 다인데 마치 사람들의 함성이 들려오는 듯하다.

부러진 날개를 펴는 거야

박자에 맞춰 손가락을 튕겼다. 웅장한 리듬, 그리고 스태프들이 발을 굴러주자 '영웅의 노래'가 완성된다. 헤일로는 재작년의 〈랑데부〉를 떠올리며 무대에 뛰어올랐다.

찬란한 내일을 위해
우리는 절대 멈추지 않아

"에스프레소 드시죠?"
"감사합니다."
리허설이 끝나고 헤일로는 황룡필의 매니저 박 팀장이 사다준 에스프레소를 마셨다. 정확히 전 매니저라고 해야 할 것이다. 황룡필이 은퇴하며, 박 팀장은 매니저 지위를 놓게 되었다. 다른 연예인을 맡기엔 나이가 많은지라, 사무직으로만 근무하게 된 그는 기어코 황룡필의 마지막 콘서트에 매니저로 참석했다. 조용히 관객석에서 자기가 오랫동안 케어했던 가수를 보는 박 팀장은 머릿속에 많은 생각이 오갔다.

"박 팀장, 안 나와도 된다니까. 일도 많은 사람이."

"제가 어떻게 가만히 있겠습니다. 선생님 콘서트인데요. 마지막 무대인 만큼… 더 모시고 싶습니다, 선생님."

"사람, 참."

황룡필은 더 이상 그의 옛 매니저를 말리지 못했다. 그저 시선을 돌려 에스프레소를 음미하는 소년을 바라봤을 뿐이다.

"와줘서 고맙구나, 해일아."

혜일로는 엷게 웃으며 잔을 내려놓았다. 이미 인사를 받았던 터라 새삼스럽다고 생각했다.

"컨디션은 어떠세요?"

"어느 때보다 팔팔한 게…."

혜일로와 함께 빈 무대를 쳐다보는 황룡필의 눈이 반달로 접혔다.

"마치 〈랑데부〉 하던 때로 돌아간 것 같구나."

"그래 봤자 재작년인데요."

"겨우 그것밖에 안 됐나?"

황룡필은 한 5년에서 10년은 지난 것 같이 느껴졌다. 그동안 많은 일이 있었고, 2년 동안 일어난 일이라기엔 규모가 작지 않았으니까. 그는 2년 만에 세계 정상에 선 소년을 새삼 쳐다보았다. 〈랑데부〉 때와 달리 소년은 이제 청년이라고 불러도 이상하지 않을 만큼 성장해 있었다. 아무리 그래도 팬들이 아기 태양이라 부르는 것처럼(헤일로는 절대 인정하지 않는다) 아직 어리긴 하다.

"그나저나 다들 재밌는 일을 벌였던데, 알고 있었니?"

이런 이야기가 나올 줄 알았다. 헤일로는 뻔뻔하게 고개를 저었다.

"저도 보고 깜짝 놀랐지 뭐예요."

"오, 네가 깜짝 놀랐다고."

전혀 믿는 기색은 아니었으나, 헤일로는 태연하게 고개를 끄덕였다.

"여기서 보여줄 생각은 없고?"

리허설 무대에서 헤일로가 부른 건 황룡필과의 듀엣곡 '영웅의 노래'가 다다. 그건 이전 다른 게스트도 그랬다. 헌정곡 같은 거 없다며, 게스트도 그렇고 세션들도 그렇고 잡아뗐다. 그러면서 결국 콘서트 당일엔 헌정곡 이벤트를 진행했다.

"방금 다 보여줬는데요."

"흐음, 그래?"

"네. 아니면 우리 다른 무대도 준비할까요?"

뻔뻔하게 다른 선곡이 있냐고 묻자, 황룡필의 눈이 가느다래졌다. 그러나 헌정곡이 없다는 사람에게 내놓으라고 할 수 없는지라 황룡필은 곧 고개를 젓고 넘어가주었다.

"조용히 갈 생각은 없지?"

"늘 하던 대로 할게요."

노인과 소년을 뒤에서 바라보고 있던 박 팀장은, 늘 세상을 뒤흔들고 다니는 헤일로의 발언에 흐뭇하게 미소 지었다.

그로부터 28시간 후, 목이 잔뜩 잠긴 황룡필은 탄식했다.

"아무것도 준비하지 않았다더니….."

* * *

"나와주겠나? 헤일로."

헤일로가 언제 나오나 학수고대했던 사람들은 우레와 같은 함성으로 답했고, 황룡필의 오랜 팬이었던 관객들은 '마지막' 게스트가 헤일로라는 데 의의를 두었다. 이제까지 황룡필의 무대를 수많은 게스트들이 채웠다. 은퇴 콘서트의 시작은 이성림이었고, 이후로 대한민국의 내로라하는 가수들, 황룡필과 연이 깊은 연예인들이 자리했다. 일전에 함께 세션을 해왔던 밴드도 게스트로 참여했던 '황룡필의 은퇴 콘서트'는, 황룡필이 자기 시간을 되돌아보고 정리하는 무대이기도 했다.

그런 무대의 마지막 게스트가 헤일로라는 건 꽤 의미심장하다. 심지어 헤일로를 소개하는 문구도 팬들의 입장에선 남달랐다. "젊은 날 저의 오만함을 비웃게 해준"이라고 담백하게 고백하면서 "좀 더 젊었을 때 만났다면 어땠을까… 좀 더 늦게 태어나 오랜 시간 함께 즐길 수 있다면 얼마나 좋을까"라는 말은 극찬에 가까웠다. 오만한 가수가 언제 이렇듯 다른 가수를 칭찬한 적이 있었던가.

황룡필과 헤일로의 무대는 세대교체 현장 같았다. 황룡필의 팬들은 기성세대 레전드가 그의 모든 걸 현세대를 대표하는 가수에게 넘겨주는 무대라고 막연히 느꼈다. 가장 인정하기에 모든 걸 맡길 수 있는 가수에게 넘겨주는 자리, 이는 곧 다시 돌아올 생각이 없다는 완벽한 은퇴식이며 새로운 시대를 여는 개막식이 되었다.

황룡필의 오랜 팬으로서든 헤일로의 팬으로서든 꽤 가슴이 먹먹한 장면이었다. 그래서인지 '영웅의 노래' 듀엣에서 관객들은 울먹이는 목소리로 함께 노래를 불렀다. 하나도 슬픈 음악이 아닌데, 오히려 용기를 북돋아 주는 응원가인데, 눈물이 났다.

그것을 누구보다 잘 아는 것이 황룡필이었다. 한때 무대의 지배자라고 불린 황룡필이 콘서트에 와준 관객들이 섭섭해한다는 걸 모를 리 없었다. 그러나 은퇴를 번복할 생각이 없는 황룡필은 아무렇지 않게 무대를 이으며 소년을 바라봤다. 무대의 분위기를 잘 알 텐데도 소년은 눈치채지 못한 척 여상하게 무대를 즐겼다. 황룡필은 모른 척해주는 소년이 고마웠고.

우리는 절대 멈추지 않아

다른 가수들과 달리 결국 울지 않아서 고마웠다. 이제까지 은퇴 콘서트에 초대되었던 가수들은 헌정곡을 부르고는 은퇴를 안 하면 안 되냐며 울고 갔다. 물론 그는 이해는 했다. 그들이 어떤 마음인지 모르는 건 아니다. 하지만 그가 죽을병에 걸린 것도 아니고 은퇴일 뿐이다. 황룡필은 마지막 무대에서 모두가 웃으며 끝내고 싶었다. 그게 더 즐거우니까. 이제까지 가수와 관객들이 한 번은 우는 무대였지만, 황룡필은 소년을 보며 마음을 놓았다. 마지막 콘서트의 마지막 무대는 웃고 갈 수 있겠구나 싶었다.

그 순간, 어디서 휘파람 소리가 들려왔다.

"이제 내 차롄가."

'영웅의 노래' 이후 관객들 앞에서 자신의 소감을 밝히던 헤일로가 불현듯 입꼬리를 올리며 고했다. 관객들이 가장 기다리던 순간이기도 했다. 여태 황룡필 헌정곡은 신주혁과 몇몇을 제외하면, 꽤 감성을 울리는 곡이었다. 절대 슬픈 노래는 하지 말자고 했지만, 발라드 가수의 감성과 상황이 더해져 관객들은 울었고, 가수도 곧 과한 몰입에 눈물을 쏟았다. 그러면 늘 황룡필이 괜찮다고 등을 토닥여주곤 했다.

발라드든 록이든 황룡필 헌정곡의 퀄리티는 이제까지 모난 건 없었다. 팬들이 제발 발매해달라고 부르짖을 만큼 감성적으로 혹은 매력적으로 잘 뽑혔다. 그런 헌정곡의 마지막 순서, 사람들은 헤일로의 등장에 열광했다. '그' 헤일로다. 헤일로의 음악은 늘 사람들의 감정을 쥐고 흔들었고, 진한 여운을 남겼다. 오랫동안 헤일로가 쉰 만큼 그들은 헤일로의 신곡을 기대했고, 어떤 식으로 헌정곡을 만들었을까 궁금해했다. 사실 주제가 황룡필의 헌정곡인 만큼, 꽤 절절한 음악이 나올 거로 생각했다.

하지만… 휘파람이 울린다. 경쾌하고 즐거운 리듬을 가진 휘파람 소리가 귓가를 맴돈다. 그리고 피아노 반주와 함께 헤일로가 고개를 끄덕이며 리듬을 맞췄다.

하고 싶은 대로 해
네가 무슨 말을 하는지 모르겠지만 붙잡고 싶지 않아

헤일로는 황룡필을 보며 씩 웃었다.

별거 아닌 일에 신경 쓰기엔 난 너무 바쁘거든

저한테 하는 게 분명한 소리에 황룡필이 눈이 커졌다. 경쾌한 휘파람이 다시 울린다. 이번엔 기타와 드럼이 휘파람 소리에 맞춰주었으며, 사람들은 우울한 기색을 지우고 같이 고개를 까딱였다.

나는 여전히 춤을 추고 빗속에서 노래를 부르고 있어

가사를 알아듣는 사람들이 HALO 6집의 '빗속에서 춤을'의 오마주라는 걸 깨달았다. 혹은 생일날 난지 콘서트에서 비를 맞으며 노래를 불렀던 소년을 연상하기도 했다.

매 순간 시간이 흘러가고 밀물의 시간이 다가와
무너져가는 모래성을 붙잡고 있을 수 없어
모래에 남은 발자국을 뒤돌아보지 않지
나는 그 순간에도 달려가고 있어

소년이 휘파람 리듬에 맞춰 손가락을 튕겼다. 눈앞에 여름 바다가 펼쳐지는 것 같다. 시원시원하고, 리듬은 경쾌해서 은퇴 헌정곡이란 생각이 들지 않는다. 다시 훅이 돌아왔다.

하고 싶은 대로 해
사람들이 무슨 말을 하는지 모르겠지만 신경 쓰지 않아
별거 아닌 일에 신경 쓰기엔 난 너무 바쁘거든

황룡필의 은퇴를 많은 사람이 반대하고, 이해하지 못했다. 이전의 무대에서도 결국 게스트들이 은퇴하지 말라고 애원하지 않았던가.
그러나 소년은 황룡필에게 사람들 말에 신경 쓰지 말고 은퇴를 하고
싶으면 하라고 얘기한다. 황룡필은 친구의 배려에 웃을 수 있었다.
그러나 가사가 달라지면서 황룡필의 얼굴이 천천히 굳어갔다.

> 너는 오래된 테이프를 감고 첫 번째 EP를 듣고 있어
> 매 순간 시간이 흘러가고 후회의 순간이 다가와
> 사라져가는 기억을 붙잡으며 여전히 간직한 꿈을 뒤돌아보지

소년은 이번에 황룡필을 돌아보고 있지 않았다. 돌출무대 가장
앞에 나가 사람들과 즐거운 휘파람 소리를 이었다.

> 나는 그 순간에도 멀어지고 있어

소년을 보며 관객들이 소리를 지르고, 노래를 따라 부른다. 이건
마치 황룡필의 무대가 아니라, 소년의 무대 같아 보였다. 그 순간
황룡필은 외로워졌다. 그 혼자만 동떨어져 있는 것 같았다.
휘파람 소리와 함께 다시 한번 훅이 들려왔다.

> 하고 싶으면 해
> 네가 무슨 말을 했는지 모르겠지만 붙잡고 싶지 않아
> 별거 아닌 일에 신경 쓰기엔 난 너무 바쁘거든

뒤돈 소년이 그를 쳐다보며 웃었다.

우리는 여전히 춤을 추고 빗속에서 노래를 부르고 있어

소년이 다시 한번 말한다. 하고 싶은 대로 하라고. 황룡필은 그게 무슨 의미인지 모를 수 없었다. 그가 은퇴하든 말든 신경 쓰지 않는 다고 말했던 소년은 나중에 후회할 때를 이야기하고 있었다. 눈감 아줄 테니까, 언제든 돌아오라고. 사람들이 나중에 은퇴했다 다시 돌아왔다 뭐라고 해도 신경 쓰지 말라고.

사람들이 무슨 말을 하는지 모르겠지만 신경 쓰지 않아
별거 아닌 일에 신경 쓰기엔 우린 너무 바쁘거든

감성을 자극하는 음악은 아니다. 소년의 음악은 해변가의 모습이 떠오르듯 시원했고, 모두가 즐겁게 받아들이고 있었다. 우울했던 분위기는 하나도 남아 있지 않았다. 황룡필이 그리던 마지막 무대 의 모습 그대로였다. 하지만 그런 무대를 보며 황룡필은 외로움을 느꼈다. 그가 이제까지 바랐던 마음과 상반되게 사람들이 저를 잊 지 않았으면 좋겠고, 자신도 저 앞에서 함께 노래를 부르고 싶었다.

매 순간 시간이 흘러가고 밀물의 시간이 다가와

매 순간 시간이 흘러가는데, 정말 아깝지 않겠어? 소년이 물었다.

무너져가는 모래성을 붙잡고 있을 순 없어
모래에 남은 발자국을 뒤돌아보지 않지

뒤돌아볼 시간은 없다고.

우리는 그 순간에도 달려가고 있어

그 순간 황룡필은 무언가 탁 터지는 소리를 들었다. 묶였던 끈이 끊어진 것처럼, 혹은 숨겨놓았던 풍선이 터진 것처럼. 어느새 그에게 다가온 소년이 휘파람을 불었다.

하고 싶은 대로 해

노래가 딱 끝났고, 청중이 고요해졌다. 시간이 멈췄다고 생각할 정도로 정적이 흘렀다. 음악이 너무 좋아서, 그 여운에 흔들린 게 분명했다. 사람들이 웅성거리며 뭐라고 외치기 시작했다.

"아…."

황룡필의 눈앞에 소년이 흐릿하게 번진다. 그는 그제야 알았다.

"아무것도 준비하지 않았다더니…."

그의 목은 어느새 잔뜩 잠기고, 뺨을 타고 눈물이 뚝뚝 떨어지고 있었다. 가지 말라며 다들 울부짖을 땐 옅게 웃고 있던 노인은 은퇴하고 싶으면 은퇴하고, 나중에 돌아오고 싶으면 언제든 돌아오라는 말에 무너지고 말았다. 그가 바랐던 즐겁고 경쾌한 음악이 굳센 둑을 무너트렸다. 스태프들이 서둘러 손수건을 전해주고 황룡필은 정정하게 뚝뚝 떨어지는 눈물을 닦았다.

관객들이 그의 말을 기다리고 있었다. 황룡필은 그들에게 뭐라고 말해야 할까 고민했다. 괜찮다고 말할까, 아니면 아무렇지 않게 다음 무대를 시작할까. 그러나 저도 모르게 입에서 소리가 나왔다.

"정말, 감사합니다."

황룡필은 관객들을 보며 허리 숙여 인사했고, 사람들의 박수 소리가 들려왔다. 귓가에 즐거운 휘파람 소리가 스쳐 지나간다.

결국, 황룡필은 은퇴를 번복하진 않았다. 헤일로의 노래가 그에게 깊은 울림을 주고 눈물까지 흘리게 만들었음에도 말이다. 황룡필은 언제 울었냐는 듯 담백하게 소감을 말했다. 감사 인사와 함께 이제까지 하고 싶었던 이야기를 풀어냈다.

헤일로는 그를 보며 미묘한 감정을 가졌다. 그의 결정에 관해 불만을 가진 건 아니다. 황룡필의 눈물에서 언젠가 돌아올 수 있다는 희망을 봤으니, 어느 정도 곡의 의도가 성공한 거라고 볼 수 있다. 게다가 그의 얼굴에서 우울이 더 이상 보이지 않았다. 이제 황룡필을 보며 죽어가는 에디의 얼굴을 떠올릴 일은 없을 것이다. 헤일로는 황룡필이 꽃다발을 받는 걸 보면서 미소 지으며 뒤돌아 나왔다.

헤일로는 콘서트가 끝난 후 많은 연락을 받았다. 뒤늦게 그의 헌정곡을 접한 가수들이 그것이 애프터 파티 때 만든 곡이라는 걸 알아봤다.

박형찬 : 와, 그걸 헌정곡으로 만들었다고? 와… 넌 진짜 대단하다.
이성림 : 곡 팔라고 하려고 했는데 이걸 벌써 썼네. 젠장ㅜㅜ

단톡이 멈춘 것은 일정을 끝낸 리브가 한마디 올렸을 때였다.

이채원 : 결국 내기는 해일이가 이겼네요.

박형찬 : !

이성림 : !

황룡필 헌정곡 프로젝트에 참가한 리브는 일정 문제로 무대에
서진 못했지만, 추후에 헌정곡을 발표하기로 했다. 그녀는 웃으며
내기가 끝났음을 알렸고, 황룡필을 울린 사람은 헤일로밖에 없었
기에 모두가 인정했다.

> 대중음악의 제왕, 황룡필 마지막 무대에서 오열
> 노인을 울린 헤일로
> 황룡필 헌정곡 마지막을 장식한 완벽한 노래… 그래서 발매는 언제?
> 네티즌 89%… 휘파람 노래 제발 발매해주세요

그로부터 며칠 동안 외국 팬은 제발 가사 좀 해석해달라고 빌고,
한국 팬들은 제발 발매해달고 강력히 요구했다.

11. 이상적인 결말

"좋은 아침입니다."

헤일로는 마지막 인터뷰인 만큼 아침 일찍 BB와 만났다. 남은 이야기를 끝내려면 조금 더 시간이 필요할 것 같았고, BB도 긍정했다. 그렇게 '또 다른 HALO'의 이야기가 막바지에 접어들었다.

검은색 바이크가 깜깜한 직선 도로를 달린다. 계기판에 숫자가 200을 넘어간 지 한참 지났지만, '청년'은 오히려 계속 속도를 냈다. 앞에 뭐가 있는지 모른다. 그의 시야에 잡히는 건 바이크 라이트에 비치는 아스팔트가 다였다. 저 멀리서 화물트럭이 올지도 모르고, 갑자기 야생동물이 튀어나올지도 몰랐다. 그러나 청년은 상관없었다. 중력을 거스르고 세상을 가로지르는 쾌감에 온몸을 맡긴다. 청년의 새로 생긴 취미였다.

"너 그러다 죽을지도 몰라."

그의 세션으로 활동 중이던 기타리스트가 말했다.

"그것도 멋지지 않아?"

기타리스트가 코웃음을 쳤지만, 청년은 아랑곳하지 않고 체리가 꽂힌 칵테일을 비워냈다.

"이렇게 재밌는 걸 왜 지금 알았나 몰라."

"그러게 말이다. 조금 더 일찍 알았다면, 널 만날 일은 영원히 없었을 텐데."

사고로 죽었을 게 분명하다는 말에 청년이 낄낄거리며 웃었다. 그러던 중 전화기가 울렸다. 청년은 술을 마시느라 받을 생각이 없어 보여, 기타리스트가 대신 받았다.

「HALO!」

목소리를 듣자마자 알았다. 이 시대 최고의 인기를 구가하는 슈퍼모델이자 여자친구였다. 그러니까 아마도, 아직 헤어지지 않았다면 말이다. 전화를 받아 든 청년이 벽에 기댄다. 그리 진지한 이야기도 아닌데 인상을 찌푸린 채 전화의 열중하는 모습이 화보의 한 장면 같았다. 데뷔했던 10대 때부터 아름답다 일컬어지던 외모는 여태 여전하다. HALO의 헤이터도 실제로 보면 넋을 놓는다는 외모다. 이대로라면 그는 4,50대가 되어서도 전성기를 구가할 것 같다. 그때까지 죽지 않는다면 말이다.

'저런 외모에 그런 음악이라니.'

HALO 7집부터 9집까지 세션으로 참가했던 기타리스트는 그가 참으로 재수 없는 놈이라고 생각했다. 오만하지만 그마저도 영화의 주인공처럼 소화하는 매력적인 외견, 말도 안 되는 음악적인 재능과 목소리, 심지어 집안도 좋을 것이다. 부족한 것 하나 없는 인생이다. 집안의 반대로 가출하여 고생 좀 했다고 했지만, 저 얼굴에 고생을 하면 또 얼마나 했겠는가. 청년의 출신 학교가 퍼블릭 스쿨이라는 건 알 만한 사람들이 다 아는 사실이다. 청년의 학창 시절 사진이 말도 안 되는 가격으로 거래되고, 그의 이야기가 떠돌고 있지 않던가.

기타리스트는 땅콩을 퉤 뱉었다. 청년을 알게 된 이후 그의 자존감이 얼마나 문드러졌는지 모른다. 발아한 열등감은 줄기를 뻗어 잎을 피웠다. 그러나 겉으로 드러낼 수는 없었다. 그는 자기를 키워준 아버지 같은 사장까지 이제 필요 없다고 내친 피도 눈물도 없는 놈이다. 사장이 아무리 비리가 많았다고 해도 무명에서부터 키운 은인을 버리는 건 보통 사람이 할 짓이 아니었다. 괜히 드러냈다가 뼈도 못 추리고 묻혀버릴 수가 있다. 적당히 맞춰주며 이익을 챙기는 게 서로에게 이상적일 것이었다.

"전화는 잘 끝냈어?"

"뭐."

"기분 안 좋아 보이는데. 또 싸웠냐?"

"이걸 싸웠다고 해야 하나."

청년이 돌아와 술을 마신다. 뒷좌석에 기대어 앉으니 짙은 그림자가 뺨에 드리워졌다. 마치 깊은 어둠을 가진 사람처럼.

'가장 밝은 곳에 있는 놈이.'

기타리스트는 속이 뒤집힐 것 같았으나 땅콩을 까며 꾹 참았다.

"무슨 일인데?"

"같은 문제야."

"같은 문제? 아… 설마. 그냥 대충 맞춰주라니까."

자꾸 자기를 위한 사랑 노래를 불러달라는 그의 애인. 기타리스트는 사랑을 증명받고 싶어 하는 슈퍼모델이 귀엽다고 생각했지만, 복에 겨운 도련님은 그렇지 않은 것 같다.

"내가 왜?"

"너한테 노래 한 곡 만드는 건 식은 스프 먹기잖아."

청년은 정말 쉽게 곡을 냈다. 이상한 주제를 줘도 재밌다고 곡을 만들고 기타를 쥐고 연습하다가도 영감을 떠올렸다. 같이 술을 마시다 허밍처럼 신곡을 부르기도 했다. 기타리스트는 그 말도 안 되는 재능을 보며, 놀라고 감탄하며 끝내 질시했다. 저가 몇 달 동안 만들어낸 곡이 청년의 앞에선 습작 수준도 되지 못했기에.

"별로 안 댕기는데."

순식간에 사랑의 노래도 만들어낼 수 있으면서, 절절하게 부르는 것도 잘하면서 그는 절대 하지 않는다.

"왜, 자신 없냐?"

기타리스트가 던진 말에 청년이 피식 웃는다. "내가?"라고 되묻는 것 같다. 기타리스트도 그저 해본 말이긴 했다. 음악에 있어서 청년은 단 한 번도 곤란함을 겪은 적이 없다. 재수 없는 표정이지만, 그마저도 고급스럽고 멋있어서 기타리스트가 참지 못하고 양주를 한 번에 들이켰다.

그날도 그런 날이었다. 청년은 여느 때처럼 홈 파티를 열었고, 그의 세션은 동떨어진 방에서 술을 마셨다. 청년이 그들을 가둬둔 건 아니지만, 청년이 부른 사람들이 세션을 무시하곤 했기 때문이다. 청년은 딱히 신경 쓰지 않았다. 그들은 아무렇지 않게 술을 마셨다. 열린 문틈 사이에 청년이 그처럼 화려한 사람들에게 둘러싸여 환하게 웃고 있는 게 흘끗 보였다. 파트너가 있는 여인이 멍하니 청년을 바라보는 건 익숙한 일이기도 했다.

"결국 헤어졌나 보네."

기타리스트의 말에 키보디스트가 어깨를 으쓱했다.

"새삼스럽게."

"이제 타블로이드에서도 HALO 애인이 누구인지 가십으로도 안 쓰잖아. 걔들도 똑같은 기사 쓰기 지겨운 거지."

"그래서 우리 기사도 안 쓰는 거고?"

드러머의 물음에 분위기가 굳어졌다. 청년에게 애인처럼 자주 바뀐 게 세션이다. HALO를 사랑하는 타블로이드에서도 세션이 한두 번 바뀌었을 땐 인터뷰를 시도한 적이 있다. 대개 거만하고 싸가지 없으며 충동적이다 등 악감정이 담긴 인터뷰를 했다. 제 앨범을 녹음할 때 까다로우며, 세션들의 음악에는 관심이 없고, 무시한다고도 했다. 그런데도 몇 집 이상 세션으로 활동했던 이유는 같았다. 앨범 판매량에 따른 인센티브가 포함되어 봉급이 높으며, 스케줄 외에 개인 활동에 대해 일절 신경 쓰지 않기 때문이다. HALO를 사랑하는 타블로이드답게 페이가 지연된 적이 있느냐, 부당한 대우(폭행 등)를 당한 적이 있느냐고 물었지만, 그런 경우는 단 한 번도 없었다. 고용주로서 청년의 이미지가 변함이 없자 타블로이드는 세션에 관한 이야기를 줄이기 시작했다.

그리하여 현재의 세션들은 단 한 번도 언급되지 않았다. 그들은 자신들이 HALO의 논란 요소로 소비되는 것도 싫었지만, 이처럼 누구나 대체할 수 있는 존재로 전락한 것도 반길 수 없었다. 어쨌든 HALO의 세션으로 활동하며 '관심'과 '돈'을 얻어가려고 했던 게 아닌가.

"안 되겠어."

술에 취해 얼굴이 빨갛게 물든 키보디스트가 자리에서 일어났다. 그가 주섬주섬 가방에서 무언가를 꺼냈다.

"소용없어."

"어차피 제대로 봐주지 않을걸. 봐봐, 도련님 바쁘시잖아."

드러머와 기타리스트가 말렸지만, 키보디스트는 그들을 밀치며 방을 나섰다. 그는 HALO의 세션을 하는 동안 영감을 얻어 작곡했던 악보를 들고 HALO에게 갔다. 아직 가사도 없고 낙서도 많아 지저분하지만 키보디스트는 그의 피드백을 받을 생각이었다. 그리하여 HALO의 앨범에 제 이름을 올린다면 아주 특별한 존재가 될 것이었다.

"HALO."

그가 청년을 부르자, 청년 주변에 있던 사람들이 그를 위아래로 살폈다. '처음 보는 앤데', '이런 애도 초대하나?' 하는 무시가 담긴 시선에 수치스러웠으나, 그는 꾹 참고 HALO를 불렀다.

"잠깐 시간 좀 내줘."

"바쁜 일이야?"

"어…."

키보디스트는 '너한텐 별거 아닌 일이겠지만, 나한텐 중요한 일이야'라는 긴말을 삼키며 청년을 노려보았다. 그러자 청년이 순순히 그를 쫓아온다.

"뭔데 그래?"

멀리 가진 않았다. 사람들의 시선이 따라오는 복도 끝. 키보디스트가 제 노트를 청년에게 보여줬다.

"이건 그러니까."

청년이 그걸 받아 들고 진중하게 본다. 키보디스트는 보는 사람 입장에선 난해할 수 있다고 여겨 그걸 설명하고자 했다. 아무리 HALO라도 그가 이 부분에선 왜 이렇게 작곡했는지 이유를 들어야 했다.

"내가 왜 이렇게 했냐면…."

"이게 다야?"

술에 취해 더듬더듬 설명하고 있는데, 청년이 그의 말을 자른다. 왜인지 피곤해 보이는 얼굴이었다. 노트를 넘기는 손에 귀찮음이 묻어났다. 키보디스트는 제 노트를 팔랑거리는 손길에 기분이 상했지만, 일단 고개를 끄덕였다.

그러자 그 한마디가 들려왔다.

"별론데."

"뭐…?"

"별로라고."

청년이 노트를 키보디스트의 눈앞에 가져다 대고는 조곤조곤 어떤 점이 별로인지 설명까지 했다. 키보디스트에게 전혀 설득력이 없는 조언이었다. 그저 꼬투리를 잡는 것 같았다.

"아니, 제대로 보지도 않고…."

청년이 노트를 본 건 몇 초가 다였다. 키보디스트의 인생이 담긴 음악을 다 파악하기엔 너무 짧은 시간이었다.

"근데 이거 때문에 부른 거야?"

청년의 말에 키보디스트가 이를 악물었다. 겨우 이거 때문에 불렸냐는 그의 오만이 뼈저리게 느껴졌다. 기분이 나빴지만 그는 여기서 포기하면 끝이라는 걸 알았다.

'내가 왜 셰션 짓을 하고 있는데.'

키보디스트가 급하게 청년을 붙잡았다.

"별로라도 너는 할 수 있잖아."

키보디스트는 자기 음악이 좀 부족할 순 있지만, HALO가 조금 손을 보고 불러준다면 성공할 수 있다는 걸 알았다. HALO는 난해한 3,4집도 성공해낸 인간이 아닌가. 호불호가 갈릴지라도 성적만 보면 성공이다. 키보디스트가 목표하는 건 바로 그 3,4집 정도였다. 그 이상은 바라지도 않았다.

그때 청년이 왜 그래야 하는지 모르겠다는 얼굴로 고개를 갸웃했다. 그는 키보디스트가 얼마나 간절한지 아무것도 이해해주지 않았다.

"내가 왜 불러야 하는데."

희망이 부서진다. 키보디스트는 청년이 제가 만든 곡을 불러줄 생각이 전혀 없음을 깨달았다. 이것보다 훨씬 좋은 음악을 만들어 보여주더라도 청년은 자기 음악만 할 인간이었다. 혹은 아직 그런 적은 없지만 여타 가수처럼 곡을 빼앗을지도 모른다는 데까지 생각이 미쳤다. 눈앞의 청년은 그런 놈이었다.

키보디스트가 고개를 숙였다. 절망과 증오로 손이 부들부들 떨렸다. 방에서 나온 드러머와 기타리스트가 "소용없을 거라고 했잖아" 하며 위로했지만 그는 뿌리쳤다. 그는 번쩍 고개를 들고는 어느새 제자리로 돌아간 HALO에게 외쳤다.

"너는 네 음악만 중요하지?"

사람들의 시선이 몰렸다. 당혹스러울 수도 있는 상황에 HALO는 태연했다.

"내가 언제 그런 말을 했나?"

모두가 청년만을 사랑하는 세상이다. 그곳에서 키보디스트만 바보가 되었고, 머저리가 되었다. 지금도 모두가 '쟤 왜 저래' 하는 시선이지 않은가.

"네가 언제 우리가 만든 음악 제대로 들은 적은 있냐? 늘 쓰레기 같다며 비웃었지."

"별로라서 별로라고 한 것을. 그럼 나보고 네 쓰레기 같은 습작을 부르라는 거야?"

"너만! 너만 그렇게 생각하는 거겠지! 사람들 반응이 다를 수도 있잖아!"

"그렇지 않을걸? 그리고 네가 솔직하게 말해달라며."

3,4집 때 그렇게 호불호가 갈린 평을 받았으면서, 개구리 올챙이 시절 모르듯 청년은 키보디스트를 이해해주지 않았다.

"네 눈에 네 음악을 제외한 모든 음악이 쓰레기 같아 보이지."

"내가? 하!"

청년이 무고하다는 듯 어깨를 으쓱이더니, 피식 웃었다.

"네 쓰레기 같은 곡을 모든 음악의 대표인 것처럼 말하지 마."

무언가 평 하고 터진 것 같았다. 키보디스트는 붉어진 얼굴로 뛰쳐나갔으며, 드러머와 기타리스트도 원망하는 얼굴로 짐을 챙겨 나갔다.

그들을 가만히 지켜보는 청년을 향해 곁에 있던 사람들이 속삭인다.

"신경 쓰지 마."

"또 세션을 구하면 되지. 내가 소개해줄까?"

"이래서 사람은 가려서 사귀어야 한다니까. 자기가 참아. 자기가 너무 매력적이어서 벌레가 꼬이는 거야."

'머리가 아프다.'

청년은 표정을 찡그렸다.

주변에서 술을 쥐여주고 머리를 쓰다듬는다. 작은 목소리로 속닥속닥 위로하는 이들의 시선은 건조하다. 그의 귀에 안 들릴 거로 생각했나 보다. 그들은 몇 발자국 뒤에서 방금 일어난 일에 관해 이야기했다.

"봐, 내가 얼마 안 갈 거랬지?"

"또 졌네. 역시 하루라도 조용한 날이 없어. 근데 왜 이런 일은 항상 그한테만 일어나는 거야."

"진짜 모르겠어?"

높낮이가 다른 목소리와 웃음소리가 소음이 되어 그의 귀를 잠식한다.

청년은 연달아 술을 마시다 잔을 쾅 내려놨다.

"파티는 여기까지야. 다들 고생했고, 이제 내 집에서 나가."

집에 혼자 남겨진 청년을 누군가가 찾아온 건 그로부터 4시간이 지난 후였다.

"제발 HALO, 제발 그 성격 좀 죽이면 안 돼? 이제 네 세션을 해줄 사람도 없다고. 아무나 데려올 것도 아니면 적당한 선에서… 응?"

이전 회사 때부터 쭉 그의 매니저였던 제임스였다. 그는 마지막까지 함께했던 사람이기도 했다. 기억보다 좀 더 젊은 제임스가 미간을 구겼다.

"너는 그래도 구해올 거잖아."

청년이 소파에 기대 웃자, 남자가 "으악" 하고 소리를 질렀다. 저래도 해올 거라는 걸 청년은 잘 알았다.

"널 따라오는 게 아니었는데."

"수고가 많아. 하하."

"평생 쓸 돈 모으면, 그만둬야겠어."

"이미 모은 거 아니었어?"

청년만 있는 새로운 레이블, 청년이 대표로 앉은 레이블에서 실질적으로 업무를 하는 것은 제임스였다.

"나이 서른에 흰머리가 나는 게 말이 되냐고."

"잘됐다. 아예 백발로 염색하는 게 어때?"

싱거운 대꾸에 제임스가 다시 "으아악" 소리를 지른다.

그 뒤로 제임스는 청년과 한참 동안 스몰토크를 나눴다. 제임스는 잡담을 그리 좋아하지 않는 성격인데 오늘따라 혀가 길었다. 꼭 숨기는 게 있는 사람처럼 구는 그에게 청년이 먼저 본론을 물었다.

"그래서 무슨 일이야. 일정 때문은 아닐 테고. 세션 구하기 힘들다고 징징거리러 온 건 더더욱 아닐 테고. 무슨 일이야, 제임스."

엉덩이 무거운 그가 이렇게 청년의 집까지 온 이유가 있을 것이다. 제임스가 우물쭈물 그의 눈치를 보며 말을 꺼내지 못한다. 그럴수록 청년의 눈이 가느다래졌다.

"있잖아, HALO."

"어."

"화내지 말고 들어."

"뭔데?"

"화내지 않기로 우리 일단 약속할까?"

이러다가 성인 남자 둘이 새끼손가락을 걸게 생겼다. 청년이 콧김을 뱉으며 팔짱을 끼자, 제임스가 푹 한숨을 내쉬었다.

"HALO 있잖아."

"한 번만 더 말 끌면 쫓아낼 줄 알아."

"가족들이랑 화해할 생각 없어?"

청년의 얼굴이 순식간에 굳어졌다.

세션은 자주 바뀌었지만 오랫동안 매니저는 한 사람이었다. 청년의 사정을 잘 아는 몇 안 되는 사람, 그리고 사장을 나락으로 몰아넣는 데 가장 도움을 준 이다. 이 업계에 보기 드문 도덕적인 성격으로 융통성이 좀 없긴 하지만, 청년은 제임스를 나름 좋아했다. 가까운 바운더리 안에 있는 사람인 건 분명했다. 여우(?) 같은 자식들을 좋은 대학 보내겠다고 밉상 상사 아래에서 열심히 구르는 제임스는 별로 믿지 않을지도 모르지만.

청년이 그 자리에서 제임스의 멱살을 잡지 않은 건 그나마 그를 신뢰하고 있기 때문이었다. 그래도 부모와 화해할 생각이 없는 건 마찬가지다. 청년은 거절하려고 했다. 제임스가 먼저 말하지 않았다면은.

"너희 부모님에게 연락이 왔어. 네가 보고 싶다고."

"뭐?"

"그리고 미안하대."

청년이 "큭큭" 소리를 내며 비웃었다.

10년이 훨씬 지나서 온 첫 연락이었다.

"네가 기분이 나쁜 건 알겠어. 무척 늦었다고 생각할지도 모르지만 전 사장이 연락을 차단했을 수도 있어. 그리고 헤일로, 가족이잖아. 너 계속 이렇게 살 거야?"

가정을 만든 지 얼마 되지 않은 제임스가 그의 앞에서 무릎을 접고 손을 잡았다. HALO는 겨우 몇 살 차이밖에 나지 않는 제임스가 이 순간 무척 어른 같아 보였다. 반면, 그의 눈에 비친 자신은 여전히 열여섯 살 꼬마였다.

"에디도 네가 집에 돌아가길 바랄 거야."

청년이 움찔했다. 에디가 죽은 이후에 그 앞에서 에디와 형들의 이름을 말하지 않는 것이 그들에겐 불문율이 되었다. 모든 사정을 아는 제임스도 마찬가지였다. 에디의 이야기를 꺼낸 건 이번이 처음이었다.

"집에 가자, HALO."

아주 적절한 방법이었다. 청년이 거절하려고 한 순간 '그들'의 목소리가 들려왔다.

"그래도 집엔 돌아가, 꼬맹이."

"벌써 가출하는 거 아냐."

"평생 일하게 될 텐데, 지금은 부모님께 용돈 한 번 더 타야 하는 때라고. 잘사는 집 도련님 같은데, 미래를 위해 인내도 해야 하는 법이야."

"그럼, 너흰 어떻게 만날 수 있는데?"

"…."

세월에 의해 마모된 기억은 '소년'의 목소리로 끝났다.

청년은 그렇게 오래된 기억 속 저택 앞에 섰다. 어렸을 땐 그를 잡아먹으려는 괴물처럼 거대했던 저택이었다. 하지만 지금 와서 보니 평범한 영국의 가정집이었다. 5인 가족이 살기엔 좀 빠듯한….

매니저가 문을 두드리자 문이 천천히 열렸다. 청년의 심장이 두근거렸다. 문을 열고 나온 중년의 여자는 늙고 말랐지만, 누구인지 알아볼 수 있었다.

"HALO? 세상에, HALO!"

집에 다시 돌아온다면 고성이 오갈 줄 알았다. 그런데 생각보다 평화로웠고 온화했다. 아버지가 앉던 상석에 그가 앉았고, 왼쪽 소파엔 어머니와 아버지, 오른쪽 소파엔 형과 누나 그리고 그들의 가족들이 앉았다. 형의 아들이 장난감을 들고 뛰어놀고, 누나의 딸은 그녀의 품에 안겨 있었다. 그림 같은 가정의 모습이었다. 그러나 오랜 세월 대화의 부재로 인해 어색하기도 했다.

"그동안 잘 지냈니?"

"어머니, 뭘 그런 걸 묻고 그래요, 매일 신문에 나오는데."

"그러니까요. 누구 닮았는지 세상이 매일 떠들썩하더라."

자기들이 묻고 대답하는 모습을 청년은 조용히 지켜보다 입을 열었다.

"옛날이랑 변한 게 없네."

큰 의미가 있는 말은 아니었는데 어머니가 갑자기 눈물을 뚝뚝 흘리기 시작했다. 한 방울, 두 방울, 곧 눈물이 소나기처럼 후드득 쏟아졌다. 그녀는 헐떡임을 참으며 겨우 말을 내뱉었다.

"HALO, 엄마가 미안해. 많이 후회했어. 네 기사를 보고 찾아가야 할까, 내가 찾아갈 자격이나 있을까 매일 고민하고. 입이 짧은 애인데 밥은 잘 챙겨줄까 걱정했어. 고기가 없으면 밥을 먹지 않았잖니."

어느새 오열하던 그녀가 옆에 묵묵히 앉은 아버지의 무릎을 쳤다.

"당신 뭐 하고 있어. 계속 입 다물고 있을 거야?"

그 순간 아버지가 벌떡 일어나더니, 천천히 그의 앞에 무릎을 꿇었다. 형과 누나가 기겁하며 일어났지만 아버지는 고개를 숙인 채 입을 열었다.

"미안하구나. 너를, 너를 그렇게 대하는 게 아니었는데. 그때 진짜 때리려는 게 아니었어. 그저, 혼만 내려고 했던 거야. 그땐, 네가 그런 재능을 가진 줄 몰라서…. 할 말이 없구나, 미안하다."

청년이 대꾸하지 않자, 아버지는 고해성사하듯 자신의 잘못을 모두 쏟아냈다.

"내 자식이 아니니 알아서 하라고 했던 말도 진심이 아니었단다. 그땐 너무 화가 나서…."

청년은 특별한 감정은 생기지 않았다. 오열하는 부모님과 진심으로 사죄하는 듯한 형제들을 보며, 아무 생각이 나지 않았다. 화도 나지 않고 슬프지도 않고, 그냥 무성영화를 보는 기분이었다. 다만, 처음 듣는 말에 의문이 들어 물었다.

"내 자식이 아니니 알아서 하라고 했다고요?"

아버지가 고개를 번쩍 든다. 청년이 모르고 있는 줄 몰랐는지 입술을 달싹이다가 할 말이 없어 다시 숙였다.

'그런 말을 했구나. 사장이 전하지 않은 건가.'

그때 청년이 느낀 건 속상함이 아니었다. 옛날 일인데 상처받을 필요는 없었다. 그저 의외라고 생각했다. 사장은 단 한 번도 그에게 그런 말을 하지 않았고, 마지막까지도 그런 일이 있었다고 알려주지 않았다.

"너는 내 아들이었고, 나는 너의 아버지였어. 다 너를 위했던 거야."

'그땐 그냥 헛소리라고 생각했는데 진짜 아버지라고 생각했었나?'

웃음이 새어 나왔다. 어느 순간 청년은 "하하하" 웃고 있었다.

"HALO, 내 친구들이 너를 얼마나 좋아하는지 아니?"

"난 네가 너무 자랑스러워. 어떻게 우리 집안에 너 같은 애가 태어났을까. 그러니까 엄마 아빠는 음악적 재능이 아예 없는 데다, 우리도 그런 재능은 없거든."

긴 사죄의 시간이 끝나고, 형과 누나가 볼을 붉히며 하고 싶은 말을 늘어놓았다. 청년은 고개를 끄덕이기만 했지만, 그들은 그걸로도 충분한 것 같았다.

"우리 이제 다시 사이좋은 형제가 되는 거지?"

"자주 찾아오렴, HALO."

헤어질 때도 그들은 청년에게 다정했다.

청년의 눈치를 보던 매니저가 돌아가는 길에 어땠냐고 물었다.

'뭐라고 대답해야 할까.'

아무 생각도 안 들었고, 아무 느낌도 없었던 청년은 그저 창 너머를 바라보았다.

매니저는 청년이 느낀 것도 많고 생각할 것도 많을 것 같아 입을 다물어줬다.

이후로 가족들에게 간간이 연락이 왔다. 조카가 얼마나 자랐다는 둥, 요즘 뭐 하고 지내냐는 둥, 언제 밥 한번 먹자는 둥 일상적인 연락이었다. 대부분 답장하지 않았지만 그들은 상관없는 것 같았다. 4월 1일, 봄을 맞이하면 청년의 생일을 축하해줬고 선물을 보내쳤다. 가족들과 화해했다는 것 외에 청년의 삶은 여전했다. 청년은 여전히 화려하게 살았다.

BB는 긴 이야기를 듣고 손을 들었다.
"집에 따로 찾아간 적은 없나요?"
"그렇게 보이세요?"
"솔직히, 화해한 게 맞는지 잘 모르겠어요. 화해한 게 맞나요?"
헤일로가 입꼬리를 올렸다.
"서로 남은 게 없었으니, 화해가 아닐까요?"

그 뒤에 한 번도 찾아가지 않은 건 아니다. 딱 한 번 집에 찾아갔다. 어느 겨울이었다. 오랜만에 파티 대신 거리를 거닐다 보니 집 앞까지 도달했다. 간다는 연락을 하지 않았으니 그들은 그가 집 앞에 왔다는 건 모를 테다. 청년은 안에 들어가지 않고 창을 바라봤다. 창문 사이로 집 안의 풍경이 펼쳐졌다. 벽난로 위엔 풍선이 걸려 있고, 'Happy Birthday'라고 쓰여 있었다. 옛 생각이 났다.
'그때도 이런 걸 붙여줬는데.'
"까르르" 아기 웃음소리와 누나의 목소리가 들린다. 생일이라 다들 모인 것 같았다.
"HALO?"
익숙한 목소리가 들렸다. 퇴근하고 온 듯 정장을 입은 형이 반갑게 손을 흔들었다.
"왜 안에 들어가지 않고."
들어갈 생각은 없었기에 청년이 주춤했지만, 형이 어깨를 잡으며 안으로 이끌었다.

"처음 아니야? 네가 이렇게 온 것도. 정말 반갑다."

마당을 지나 현관문 앞까지 도착했을 때였다.

"그런데 어떻게 안 거야?"

"뭐가?"

"너 귀찮을까봐 말하지 않았는데. 오늘 소피아 생일파티 하는 거 어떻게 알고 온 거야?"

"소피아…?"

"네 조카 말이야. 이틀 후에 생일인데, 주말에 생일파티를 하기로 했거든."

"아….""

청년은 벽난로 위에 붙었던 'Happy Birthday'를 떠올렸다.

"소피아, 생일이야?"

"응. 그거 알고 온 거 아냐?"

문이 열렸다.

"어머니, 아버지. 지금 누가 온 줄 알아요?"

형이 서류 가방을 내려놓으며 구두를 벗었다.

"어머니, 아버지의 자랑스러운 아들, HALO가 조카의 생일을 축하해주러 왔다고! 소피아, 너 정말 복 받은 줄 알아."

누나가 반가워하며 품에 안은 조카를 보여줬다. 청년은 입을 달싹하다가 생일 축하한다고 했다. 조카가 "까르르" 웃었고 단란한 가정의 모습이 펼쳐졌다.

청년은 알았다. 그곳에서 가장 어울리지 않는 게 자신이었다는 걸. 그가 나가자마자 어색함이 사라지고, 웃음소리가 가득해진다.

"소피아의 두 번째 생일을 축하합니다."

"16일엔 다들 뭐 할 거예요?"

"16일에 시간 못 내서 이렇게 모인 거잖아."

"그래도 조카 진짜 생일은 챙겨야지. 이러다 소피아가 나중에 자기 생일이 11월 14일이라고 생각하면 어떡해."

그게 마지막 방문이었다.

10집 〈자를 수 없는 것(Cannot be cut)〉을 발표한 후 세션 중 한 명이 말했다.

"HALO, 축하해. 근데 너도 좀 궁금해지지 않냐."

"뭐가?"

"나만 이런 생각 하나 모르겠는데. 우리가 다른 이름으로 앨범을 발매해도 사람들이 우리 음악을 사랑해줄까?"

"솔직히 HALO는 얼굴 가리면 끝이지. 생각해봐. 안 잘생긴 HALO를 누가 견뎌주겠어."

청년은 제 이름을 걸지 않은, 11집 〈캐치 미 이프 유 캔〉으로 연타석 홈런을 때린다. 그리고 이제 레이블이 안정화되고 신입을 받아들이게 되었을 때 청년은 12집 〈즐거운 인생이여〉를 발매한다. 참, 즐거운 인생이었노라고.

"그리고 드디어 그래미에서 'HALO'를 부르게 됩니다."

헤일로는 BB를 보며 마지막 기억을 회상했다.

'시작은, 그때부턴가.'

앞으로 뭐 하고 싶냐는 제임스의 물음에 그는 대답했다.

"은퇴할까?"

소리가 사라진다. 여상했던 제임스의 눈이 점점 커지고 버럭 소리 질렀다.

"뭐라고? 은퇴?! HALO 지금 은퇴라고 한 거야? 이 좋은 날에 은퇴? 아니, 시상식 가서 은퇴하겠다는 미친 놈이 어디 있어! 네가 멋대로 사는 놈이긴 해도 이렇게까진 아니었잖아."

"'이렇게'가 어떤 건데."

하얗게 머리를 염색한 청년이 씩 웃었다. 그의 옆으로 캘리포니아 사막의 밤이 지나간다.

"하나만 물어보자. 모든 걸 버리고 싶은 거야?"

"그런 건 아니야."

"그럼 갑자기 왜 은퇴한다는 건데."

청년은 생각한다. 깜깜한 사막의 어둠을 바라보며.

'이제 더는 할 것도 없지 않나.'

어렸을 적 만들어놓은 수많은 목표를 서른두 살의 나이에 끝냈다. 이제 그가 할 만한 게 없었다. 그의 인생이 영화였다면, 엔딩 크레디트가 올라갈 차례다. 그가 만든 가장 멋진 음악이 배경음악으로 깔리고, 배우부터 감독, 프로덕션에 도움을 준 모든 사람의 이름이 올라갈 것이다. 그리고 마지막에 이런 문구가 나올 것이다.

'이 영화는 실화를 바탕으로 만들어졌습니다.'

이것 참 완벽한 이야기가 아닌가.

그러나 청년은 결국 매니저의 울먹거림을 보고 말을 번복한다. 여우(?) 같은 자식들 대학은 보내겠다는데 너무 갑작스러울지도 모른다. 13집도 발매하고, 적당히 시간을 보내며 모든 걸 정리하고 떠나면 완벽할 것이다.

"그리고 우리 중에 누가 은퇴하면, 은퇴 곡도 써주자."

한 1년간 은퇴 곡 써줄 사람을 구해야겠다. 청년은 히죽 웃으며 마리안느를 품에 안았다. 어둠 너머 찾아올 새벽을 그리며 노래를 불렀다.

"그리고요?"

BB의 물음에, 헤일로는 오른쪽 주먹과 왼쪽 주먹을 그대로 부딪쳤다.

"그게 무슨?"

BB가 못 알아들었다는 듯이 물었다. 알아들었지만 믿지 못해 다시 물은 것이다.

"죽었어요."

"네?"

"쾅 하고⋯."

다급한 키보드 소리가 멈췄다. 노트에 받아 적다 결국 긴 서사에 랩톱을 쓰던 BB는 못 믿겠다는 듯 다시 물었다.

"그게 다예요?"

헤일로가 웃었다.

"다가 아니죠?"

다가 아니긴 하다. 그러나 그가 노해일이 되었다는 말도 안 되는 이야기를 해줄 생각은 없다. 그러니까 '또 다른 HALO'의 이야기는 이렇게 끝이 난 것이다.

"아니, 헤일로 씨."

이제까지 단 한 번도 서사에 꼬투리를 잡은 적이 없던 BB다. 그러나 이번에는 뭐라고 할 수밖에 없었다. 이런 엄청난 서사의 엔딩이 새드엔딩을 넘어 배드엔딩인 것을 어떻게 받아들인단 말인가. 일어나보니 꿈이었다는 엔딩처럼 황당하기 그지없다.

"헤일로 씨도 아시겠지만, 이런 엔딩은 어떤 관객도 받아들이지 못할 거예요."

BB는 하고 싶은 말을 꾹 참고 되도록 침착하게 얘기했다. 이런 대서사를 만든(사실 이걸 만들었다고 할 수 있는지 의심되지만) 소년이라면 이런 엔딩이 아닌 더 나은 엔딩을 만들 수 있을 것이다.

"그런가요?"

"그냥 하는 말이 아니라 대략 2시간 동안 한 사람의 인생에 대해 공감했을 관객들이 그의 죽음을, 심지어 감동도 서사도 없는 엔딩을 어떻게 받아들여야 하나요."

침착하게 말했지만, 실제로 이런 엔딩을 냈을 때 어떤 결과가 생길지 BB는 상상하고 싶지 않았다. 감독의 자아를 버리고, 이제까지 '또 다른 HALO' 이야기를 들은 관객으로서도 받아들이고 싶지 않았다. 솔직히 인정하겠다. BB는 이 이야기가 좋았다. 하나도 건드리고 싶지 않을 만큼. 그 이야기 속의 사람들처럼, 그도 '또 다른 HALO'가 좋았다. 그의 화려함이 좋았고, 그의 비참함을 사랑했다. '또 다른 HALO'를, 그의 인생을 사랑하게 된 BB는 그를 이렇게 비참하게 보내주고 싶지 않았다. 게다가 요즘 유행은 해피엔딩이다. 새드엔딩, 배드엔딩이 유행하던 시기는 한참 지났다.

가만히 BB의 열변을 듣던 헤일로가 생각에 잠긴 듯 고개를 기울인다.

BB는 제발 소년이 엔딩을 바꿔주길 바랐다. 한참을 기다렸다.

그때, 고개를 든 소년이 입을 열었다.

"그럼 이건 어떠세요?"

"어떤 거요?"

갑자기 죽었다는 것만 아니면 뭐든지 좋았다. BB는 반색하며 소년의 목소리에 귀를 기울였다.

"BB가 원하는 엔딩을 쓰는 거죠."

"예?"

"전 여전히 거기서 그가 죽었다고 생각하지만, BB는 원치 않는다면서요."

"그렇죠?"

"그러니까 BB가 엔딩을 내는 거예요. 저는 어떤 엔딩이든 상관없으니."

BB의 눈이 천천히 커진다. 그럴수록 소년의 웃음이 짙어졌다. 그는 그냥 이 상황이 즐거웠다.

마지막 인터뷰는 그렇게 끝났다.

식사를 위해 자리를 옮기기 전에 소년은 창 너머를 보며 중얼거렸다.

"어떤 엔딩이 나올지 궁금하네요."

* * *

「잘 되어가고 있어?」

저녁 식사 직전 BB는 동업자 토마스에게 전화를 받았다. 사업 확인차 정기적으로 오는 전화였다.

"글쎄."

「오, 드디어 마음에 안 든 게 생긴 거야?」

토마스는 어떻냐고 물으면 늘 "이건 정말, 말도 안 되는 이야기
야", "토마스, 이 멍청한 놈아…", "너무 완벽해… 믿을 수 없어" 따
위의 감탄사와 헛소리를 늘어놓던 BB가 오늘에서야 까다로운 작
가주의 감독으로 돌아온 걸 환영했다. 토마스는 생각보다 꽤 늦은
편이라고 여겼다. 사실 그는 진작 BB가 꼬맹이의 참견에 진절머리
를 칠 줄 알았다. 오랫동안 그러지 않기에 그래도 도움이 되는 구석
은 있나 보다 했는데 역시나였다.

「그럴 줄 알았어. 네 성격에 오래 버텼지. 고생했다. 계약서에 사인
받았으니 됐어. 대충 비슷하게 만든다고 하고 돌아와서 새로 쓰자.」

"오 마이 가쉬(Oh my gosh). 이 자식을 어떻게 해야 할지."

「응?」

BB는 고개를 절레절레 저으며 동업자에게 현 상황을 정확히 알
리기로 했다.

"내가 그의 스토리를 건드릴 일은 없을 거야."

「그럼?」

"단 하나도 손보지 않고, 정해진 이야기대로 만들 거란 소리야.
절대로 더하거나 뺄 일은 없을 거라고."

「시나리오를 수정하지 않겠다는 거야?」

'다른 사람도 아니고, BB 네가? 대표적인 작가주의 감독으로서
오직 제 시나리오대로 영화를 만드는 브라이언 베리가 남이 준 시
나리오를 그대로 쓰겠다고?'

토마스는 이번에야말로 믿을 수 없다는 듯 물었다.

"토마스, 너도 여기 왔었어야 했어. 내가 들은 걸 너도 들었다면, 나와 같은 결정을 했을 거야."

그러거나 말거나 BB는 다시 어딘가에 정신 팔린 사람처럼 중얼거렸다.

"'그'의 삶을 모두가 알아야 해."

「언젠 어설픈 것도 있다며.」

"내가? 아, 그랬었지."

그의 본명에 관해 그렇게 말한 적이 있다. 그때 BB는 헤일로가 그의 본명을 정하지 못했다고 여겼고, 그래서 어설프다고 생각했다.

"그런데 그게 아니었어."

모든 이야기를 들은 BB는 전율했다. 그의 본명을 아는 사람이 아무도 없다는 것이, 곧 그의 비극을 가장 강화해주는 가장 극적인 장치였다.

'또 다른 세계'에서 셀럽인 'HALO'의 본명이 알려졌을 수도 있지만, 그 이름을 불러줄 사람은 없었다. 가족들은 그를 'HALO'라고만 불렀고, 그나마 본명을 불러줄 이들은 죽거나 그의 곁에 없었다. 당사자인 'HALO'도 이 이야기를 만든 소년도 심지어 그 이름을 버리지 않았는가. 영화를 보고 나온 관객들도 마찬가지로, 누구도 그 이름을 부를 일이 없을 거다. 세상에서 가장 유명한 사람인데, 아이러니하게도 세상 누구도 그의 이름을 알아주지 못했다. 이 얼마나 비참하고, 아름다운 역설인가. 눈이 뜨거워졌다. 이건 곧 감동이라고 말할 수 있을 것이었다.

"이름이 없어서 완벽한 거였어."

토마스가 이해할 리 없었다. 모든 걸 이해하려면 이 이야기를 들어야 했다.

토마스도 지금 상황에선 대화가 안 통한다는 걸 알았다. 그리하여 그는 그가 할 수 있는 침묵과 화제 전환을 선택했다.

「그럼, 뭐가 고민인 건데.」

"아."

BB의 목소리가 다시 가라앉는다. 좀 전까지 신이 나서 광인처럼 말하던 그가 다시 고민에 빠졌다.

"이 이야기의 엔딩을 어떻게 내야 할지 모르겠어."

「그건 그 꼬마가 말하지 않았어?」

"하긴 했는데."

그래미로 가는 길 교통사고로 인한 죽음이라니, 절대로 받아들일 수 없는 결말이었다.

"그런 결말은 안 돼."

이건 그를 사랑하는 한 사람으로서 하는 말이 아니다. 감독으로서 2시간 이상 그의 삶에 감화되고 몰입했을 관객한테 해선 안 되는 결말이었다. 설사 어딘가에 실제로 존재했을 그가 이렇게 죽었을지라도 BB는 그를 이렇게 보낼 수 없었다. 그러면 어떻게 해야 할까. 그래미로 가는 길이 엔딩은 맞다. 하지만 이대로 사고로 죽일지, 혹은 더 완벽한 엔딩이 있을지 BB는 혼란스러웠다.

BB가 한숨을 내쉬었다. 창가에 김이 서린다.

"고민 좀 해봐야겠어."

그에게 어울릴 만한 엔딩이 생각나지 않는다. 아직 시간이 많으니 좀 생각해봐야 할 것 같았다.

'그는 자기 삶이 어떻게 끝나길 바랐을까. 정말 은퇴를 바란 게

맞긴 했을까. 나라면⋯.'

의문이 꼬리에 꼬리를 물고 생긴다. BB가 이렇게 누군가의 이야기에 빠져든 건 무척 오랜만이었다. 행복하면서도 다시금 엔딩을 떠올릴 때면, 고민이 된다.

BB는 그의 비참함이 아름다우면서, 마지막에 행복하길 바랄 만큼 그를 사랑하게 되었다. 이런 허무한 죽음 말고, 그가 정말 원했을 삶을 선물해주고 싶었다. 이를테면, 사고를 겪고 일어나 정신이 없는 그에게 본명을 불러주는 친구가 하나 있는 것이다. 그러나 이는 불가능한 결말이다. 또 다른 'HALO'에게 그의 이름을 불러줄 사람은 없었으니까.

"일단 끊어."

「아, 헤일로랑 저녁 먹으러 간다고 했나?」

"그의 멤버들이랑도 함께."

「그래, 그것도 좋은 자료 조사가 되겠네. 잘 먹고 와.」

BB는 방을 나서 스카이라운지로 갔다. 제 이름을 말하니 스카이라운지 레스토랑에선 그를 안쪽으로 안내해줬다. 토마스와 통화하느라 너무 늦었다. BB가 사과할 준비를 하며 코너를 돌 때 웃음소리가 들렸다. 다른 사람들의 시선이 몰리니 웃음소리가 작아지긴 했으나, 여전히 분위기는 화기애애하다.

남규환과 티격태격하는 문서연, 은근히 잘 받아주는 한진영과 그들과 함께 하하 웃는 소년이 그곳에 있었다. 그 테이블을 본 다른 손님들의 표정도 부드러워진다. 그 테이블에 있는 게 유명한 스타이기 때문일 수도 있고, 보기만 해도 즐거워지는 분위기 때문일 수도 있다.

"제가 많이 늦었죠? 회사와 통화를 하다 보니 늦어져서, 많이 기다리셨나요?"

BB는 태연히 그 사이로 들어갔다.

낯을 전혀 가리지 않는 문서연과 한진영이 영어로 인사했고, 남규환도 "Hi"라고 짧은 영어를 내뱉었다. '또 다른 HALO' 이야기를 정리하다 와서 그런지, 소년의 멤버들이 좀 다르게 보였다. 시간이 흐를수록 이야기 속의 밴드와 대비를 이루었다. 소년을 보는 멤버들의 시선엔 애정이 가득하다. 나이 어린 동생을 바라보는 것 같기도 하고, 어떻게 보면 존경의 눈 같기도 했다. 고용주와 고용자 간의 유대 그 이상의 무언가가 있는 것 같다.

"제가 너무 쳐다봤나요?"

BB는 문서연과 눈이 마주치자, 그제야 제가 너무 관찰자의 시선으로 바라본 걸 알았다. 그러나 문서연은 기분 나빠하진 않았다.

"궁금한 게 있으세요?"

오히려 호의를 갖고 물을 뿐이다.

BB는 '이야기 속의 멤버'들이 겨우 타블로이드 잡지 하나에 출연하지 못해 열등감을 가졌던 비화를 자연스레 떠올렸다.

"생각했던 것보다 더 친해 보여서요. 사실 오랫동안 함께했던 밴드도 늘 사이가 좋지만은 않잖아요. 무례한 질문일지도 모르겠지만, 하나만 물어봐도 될까요?"

"그럼요."

"같이 활동하면서 갈등을 겪은 적은 없나요?"

"갈등이라⋯."

문서연이 고개를 기울였다.

그녀는 사장과 감독이 영화를 만든다는 걸 알고 있었고, 그리하여 어떤 질문을 하든 흔쾌히 대답할 생각이었다. 그러나 이건 좀 어려운 질문이다.

"어… 우리가 싸운 적이 있나요?"

문서연은 정말 기억나지 않아서 멤버들에게 물었다.

"우리? 맨날 싸우지."

"그랬어요?"

"응, 너랑 규환이랑 매번…."

한진영의 대꾸에 문서연이 억울해서 소리쳤다.

"아니, 그건 쟤가 먼저 열받게 해서 그런 거예요!"

"뭐 먹을지 메뉴 가지고 싸우고."

다양하게 먹고 싶어 하는 문서연과 하와이안 피자, 민트 초콜릿 등 취향이 독특한 남규환, 웬만해서 가리지 않는 한진영, 고기가 없는 식사를 선호하지 않는 헤일로까지 식성도 각양각색이었다.

"그래도 크게 싸운 적은 없는 것 같다."

"그런 것 같아요. 넌 뭐 생각나는 거 있어?"

"몰라."

남규환이 대충 대답하는 바람에 문서연이 콧김을 내뿜었다. 이는 보통 싸우기 전 보이는 전조 증상이다. 다행히 문서연이 봐준다는 표정으로 남규환을 한번 노려보고는 BB의 질문에 대한 답을 줬다.

"크게 싸운 적은 없는 거 같아요. 보통 사소하게?"

"헤일로 씨와도 없어요?"

"사장님이랑 어떻게 싸워요."

대답은 충성스러운 부하직원처럼 했지만 뒤이은 말엔 애정이 가득했다. 엄청 좋고, 배울 것도 많고, 도와준 것도 많고, 멋있고.

BB의 눈이 묘해졌다.

"궁금하세요?"

그때 문서연이 그의 마음을 꿰뚫어 본 듯 물었다.

BB는 솔직히 인정했다. 그들의 유대가 궁금했으며, 그들의 이야기가 궁금했다.

"처음 하는 이야긴데…."

문서연은 거리낌 없이 이야기했고, BB는 정말 많은 이야기를 들을 수 있었다. 헤일로에게 작곡을 배우게 된 문서연부터, 처음엔 헤일로인지 모르고 지원했다가 알아차리고 가장 성공한 태양단이 된 남규환, 그리고 음악을 하고 싶다는 중학생 소년에게 MIDI를 알려주다 후엔 베이시스트가 된 한진영의 이야기까지. 모든 이야기를 다 듣고, BB는 이 감정을 어떻게 표현해야 할지 알 수 없었다. 그저 멤버들과 둘러싸인 소년을 바라볼 뿐이었다. 그는 정말로 궁금한 게 많았다. 의문이 끊임없이 이어졌다. 그리고 마침내 헤일로와 단둘이 남겨졌을 때 궁금함을 참지 못하고 물었다.

"헤일로 씨, 한 가지 궁금한 게 있어요."

"'또 다른 HALO'요?"

"아니요, 헤일로 당신에 대해 하나 물어도 될까요?"

헤일로는 그 질문이 의외였는지 잠깐 말을 멈췄다가 이윽고 고개를 끄덕였다.

"사실 궁금한 게 한둘이 아니지만."

오늘로써 인터뷰는 끝이 났다. 모든 이야기를 들었기에 BB는 돌아갈 항공권을 예약했고, 지금 자리는 인터뷰라기보다 비공식적인 만남이다.

"제가 정말 궁금한 건…."

시선이 마주친다.

"왜?"

BB는 여상한 소년의 표정이 어떻게 변할지 뚫어져라 쳐다봤다.

"당신이 왜 '또 다른 HALO'를 만들었는지예요."

"왜라뇨?"

"당신은 그 이야기를 왜 만들었을까요?"

헤일로는 입을 다물었다. 그 이야기는 실제로 만든 것이 아니었기에 BB의 물음에 뭐라고 답할 수가 없었다.

그때, BB가 덧붙였다.

"처음엔, 불행 포르노 같은 거로 생각했어요."

"네?"

"왜 있잖아요. 다른 사람의 비극을 보며 카타르시스를 느끼고, 내가 그런 비극을 겪지 않은 것에 안심하고, 어쩌면 자존감을 높이려고. 그런데…."

BB가 본 헤일로는 애초에 남의 일에 꽤 무심하기도 했으며, 타인의 불행에 안심할 만큼 자존감이 낮지도 않았다.

'그런 사람이 왜 '또 다른 HALO'를 만들어냈을까?'

그 이야기가 아름답다는 건 인정하지만, 눈앞의 소년이 왜 그런 이야기를 만들어냈을까 궁금했다. 심지어 그냥 어디서 불법한 이야기가 아니라, 실제로 존재한 사람의 삶이 아니었나 싶을 정도로 정교한 이야기는 보통 노력이 들어간 게 아니었다.

"왜 그렇게 불행한 사람의 이야기를 만들어야 했나요?"

소년의 손가락이 살짝 까딱여진다. 소년이 뭐라고 해야 할지 고민이 될 때 하는 버릇이다. BB가 보기에 소년은 조금 당황한 듯했다.

"그가 불행한가요?"

그러나 뒤이어진 질문에 BB는 사고를 멈췄다. 다소 동문서답이었다. 질문에 답하지 않고, '불행'이라는 데 초점을 맞춘 것도 이상했다. 그러나 BB는 그의 이야기를 위해서든 눈앞의 소년을 위해서든 답해야 한다고 생각했다.

"물론, 그는 성공한 아티스트죠."

가출 청소년이 세계 정점에 오른, 영화 속의 주인공 같은 존재였다. 아폴론의 현신이라 부를 만한 외모와 세상과 타협하지 않는 가치관도 멋있다. 무엇보다 그의 음악은 많은 사람을 빨아들였다. 마치, 그 이름 'HALO'처럼. 남들이 바라는 화려한 삶을 살고, 남들보다 일찍 제 목표를 성취한 '그'는 분명 성공한 인생을 살았다. 그만큼 성공한 아티스트를 찾기 힘들 것이다.

"그를 불행하다고 할 수 있는 사람은 많지 않을 겁니다. 저 역시 그를 불행하다고 생각하면 안 되겠죠. 그러나 '불행'이란 게 상대적인 개념이잖아요."

BB는 소년이 이걸 알면서 물어본 걸까, 아니면 정말 몰라서 물어본 걸까 고민하다가, 어쩌면 소년이 '그'를 단 한 번도 불행하고 비참하다고 생각하지 않았을 수도 있다는 걸 인정했다.

"적어도 당신과 비교하면 그는 불행한 사람이자 아티스트일 거예요. 그가 가장 원했을 삶을 사는 게 당신이잖아요."

소년이 반박하듯 대꾸했다.

"저 아직 그래미도 못 탄 거 아시죠?"

"그런가요?"

"그리고 그는 아주 특출난 외모를 가졌어요. 그를 단번에 스타덤에 올렸을 만큼."

BB는 그 반박이 참 이상하다고 생각했다.

"그게 당신에게, 또 그에게 그렇게 중요한 건가요?"

그래미를 무시했던 '또 다른 HALO'와 언제든 그래미를 탈 가능성이 있는 소년. 또한 외모가 그에게 그렇게 축복이었을까 싶었다. 그는 어떻게든 스타가 되었을 것이다.

"뭐, 당신은 그를 불행하다고 생각하지 않을 수도 있어요."

개인의 의견은 존중한다.

"그냥 하나의 의견이에요."

BB는 어쩐지 혼란스러워 보이는 소년에게 제 의견을 고집하진 않았다. 다만, 한마디 정도 덧붙이고 싶었다.

"다만, 그냥… 제가 그였다면 당신을 부러워했을 거 같아요."

헤일로의 밴드 멤버들의 이야기를 듣고 BB가 느꼈던 마음이다. 뭐랄까 헤일로와 '또 다른 HALO'는 비슷한 상황이지만 다른 결과가 나오지 않았던가. 어쩌면 헤일로는 '또 다른 HALO'가 가져야 했을 가장 이상적인 결과다.

12. 이 세상을 사랑해

"'내'가 가장 원했을 삶이라고?'

"사장님, 괜찮으세요?"

"…네, 괜찮아요."

"혹시 아까 술 마신 거 아니죠?"

문서연이 의심스럽게 바라보자, 헤일로가 태연히 어깨를 으쓱였다.

"한 잔 마셨을지도 모르죠?"

한 잔도 마시지 않은 걸 문서연도 알고 헤일로도 알기에, 장난 어린 농담에 그녀는 걱정을 지우고 툴툴거렸다.

멤버를 보내고 헤일로는 방으로 돌아왔다. 열어둔 창문으로 바람이 들어왔다. 창문을 닫기 위해 창 앞에 선 헤일로의 눈앞에 화려한 서울의 야경이 펼쳐졌다. 고즈넉한 런던의 것과 사뭇 다른 느낌이다. 인공조명으로 가득한 서울의 야경은 좀 더 밝고 미래 지향적인 느낌이 난다. 지금 온 힘을 다해 빛나며 내일의 나를 위해 살아가는 사람들의 도시. 헤일로는 그 익숙한 광경을 새삼스럽게 바라봤다.

손을 뻗어 창에 가져다 댔다. 차가운 기운에 정신이 드는 것 같았다. 그러자 BB의 목소리가 다시 울렸다.

"적어도 당신과 비교하면 그는 불행한 사람이자 아티스트일 거예요. 그가 가장 원했을 삶을 사는 게 당신이잖아요."

그때 헤일로는 멍청하게 반박했다. 그래미, 외모… 평소의 그라면 가져다 쓰지 않았을 그런 것들이다.

"그게 당신에게, 또 그에게 그렇게 중요한 건가요?"

BB의 말이 옳다. 그래미는 그가 가장 무시하던 것이고, 외모는 이미 증명해내지 않았던가. 지난 세상과 달리 외모를 드러내지 않은 헤일로도 성공했다. 그가 어떤 모습이든 무엇이든 사람들은 그의 음악을 사랑해줬고, 결국 그를 '영광'이라 불러줬다. 이제 와서 외모가 어쩌니 하는 건, 그냥 아집을 부리는 것과 다름없다.

헤일로는 멍청한 모습을 보인 것 같아 부끄러웠다. 왜 그딴 반박을 했는지 후회됐다. BB는 아무렇지 않게 넘어가 줬지만, 자신이 애처럼 굴었다는 걸 알았을 것이다. BB의 목소리가 고막에 정확히 박힌다.

"다만, 그냥… 제가 그였다면 당신을 부러워했을 거 같아요."

그의 질문이 돌아와 비수처럼 박혔다.

"왜 그렇게 불행한 사람의 이야기를 만들어야 했나요?"

여러 가지 목소리가 융합하여 그를 공격했다.

"그가 원했을 삶을 사는 당신이?"

단 한 번도 생각해본 적이 없었다. 헤일로에게 있어서 지난 세상과 현 세상은 다를 바가 없었다. 다시 같은 앨범으로 인기를 얻은 것도 그렇고, 많은 사람에게 둘러싸여 화려하게 사는 것도 여전했다. 콘서트에서 무대를 하는 것, 관객들에게 환호를 받고 팬들에게 사랑을 받으며, 누군가에게는 미움받는 것 모두 비슷하다 못해 똑같지 않은가.

어떤 목소리가 묻는다.

"정말 똑같아?"

BB의 목소리이기도 했고 '지난 세상의 HALO'의 목소리이기도 했다.

"정말 다를 바가 없어?"

창문에 한 남자가 비친다. '지난 세상의 HALO'와 눈이 마주쳤다. 기차에서 마주쳤던 때와 달리 그는 그리 권태로워 보이지 않았다.

헤일로는 그를 가만히 보다가 소파에 앉았다. 그러자 '지난 세상의 HALO'가 맞은편 소파에 앉는 게 창문에 비쳤다. '지난 세상의 HALO'는 어느새 기타를 안고 있다. 그의 뒤로 수많은 사람이 스쳐 지나갔다. 그들은 BB에게 들려준 이야기를 하나씩 지니고 있다.

차가운 표정의 부모님과 머리 옆으로 손가락을 돌리는 형, 그가 기타를 부수자 기겁했던 룸메이트, 그의 어깨를 쓰다듬고 스쳐 지나가는 에디와 형들, 처음 공원에서 마주쳤던 포마드에 양복 차림의 사장, 그의 파티를 방문했던 많은 손님과 오래가지 않았던 세션까지 비쳤다. 마지막엔 그의 마지막을 함께해준 매니저가 보였다. 매니저는 아내와 함께 자식들의 손을 잡은 채로 그의 옆을 지나갔다. '지난 세상의 HALO'는 그들을 돌아보지 않는다. 그들이 가든 말든 소파, 아니 매끈한 바위 위에 앉아 노래를 부르고 있다.

헤일로는 그 노래가 뭔지 알 것 같았다. 소파에 대충 기대어놓은 기타를 가져와 같이 연주하기 시작한다. '지난 세상의 HALO'는 소리가 들리는지 잠깐 고개를 들어 쳐다보고는 미소하며 다시 노래를 불렀다. 소리가 들리지 않았지만, 그의 연주와 맞춰주고 있다는 걸 알았다. 그건 이번에 새로 만든 14집의 수록곡들이었다.

사람들을 위한 노래가 호텔 룸 안에 울렸다. 분명 소리는 하나였으나, 헤일로는 두 개의 소리를 들었다. 부족했던 소리가 채워진다. 헤일로는 그 이상의 이상적인 소리를 찾을 수 없었다. '지난 세상의 HALO'가 좋다며 고개를 끄덕였다. 눈웃음을 짓는 것이 꼭 "너도 좋지?" 하고 묻는 듯하다.

헤일로는 천천히 고개를 끄덕였다.

"응, 좋아."

'고백'을 듣고 그를 받아준 어머니와 아버지에게 불러주는 노래, 아무것도 없던 소년을 아지트로 데려가 처음부터 끝까지 알려준 장진수와 아지트 사람들을 위한 노래, 신주혁과 황룡필 등 친구들에 대한 즐거움이 담긴 노래, 함께 여행하며 시간을 보냈던 멤버들에 대한 애정 어린 노래, 그가 무슨 음악을 하든 좋다고 하는 어거스트 베일과 무엇보다 그를 사랑해준 수많은 사람을 위한 노래가 스쳐 지나갔다. 그의 생일을 축하해주던 그날 밤의 전경이 담겨 있다. 헤일로는 솔직히 인정했다. 이 세상은 그와 그의 음악에 좀 더 호의적이라는 것을.

여덟 곡을 마치자 '지난 세상의 HALO'도 연주를 멈췄다. 여느 때처럼 화보 같은 '지난 세상의 HALO'가 만족한다는 듯 씩 웃어 보였다. 그리고 갑자기 옆을 보라는 듯 눈을 찡긋거렸다.

헤일로는 그가 사라질까봐 두려웠지만, 천천히 고개를 돌려 바라봤다. '지난 세상의 HALO'와 달리, 창문엔 소년을 둘러싼 수많은 사람이 비쳤다. 가족사진처럼 웃는 얼굴로 있는 그들은 소년을 사랑해주는 사람들이자 소년이 사랑하는 사람들이었다.

소년은 그들을 보다가, 고개를 돌렸다. '지난 세상의 HALO'는 보이지 않았다. 처음부터 그곳에 없었다는 듯, 혹은 아주 먼 곳에 간 것처럼 그가 앉아 있었던 소파만 덩그러니 있었다. 그러나 이상하게도 서운하거나 서럽지 않았다. 그를 사랑하는 사람들은 원래 있던 곳에 있을 터였다.

다시 창 너머엔 서울의 전경이 펼쳐진다. 그가 가장 좋아하는 전경이다. 어느 순간 전경이 흐릿하게 번졌다. 헤일로는 '지난 세상의 HALO'와 복기했던 곡을 다시 연주하며 음악에 몸을 맡겼다. 그가 사랑하는 사람들을 위한 노래. 지난 세상에서는 이런 노래를 만들 생각을 못 했다. 왜 이걸 이제야 만들었을까 못내 아쉬웠다. 이렇게 행복한데.

사람들의 감정을 쥐고 흔든다는 그의 음악이 돌아와 그를 흔들었다. 마치 '투쟁'을 처음 만들었을 때처럼 전율이 그를 덮쳤다. 그는 이 곡을 연주하는 이 순간이 너무 행복했고, 이 순간을 정말 사랑했다. 이 순간을 너무 사랑해서, 이 순간이 영원하길 바랐다. 노해일이 영원히 돌아오지 않길 바랐다. 언제든지 노해일이 돌아온다면 돌려줄 수 있다고 말했는데 그게 아니었다. 그는 줄 수 없었다. 노해일이 그저 영원히 돌아오지 않았으면 했다. 아니, 차라리 자신이 진짜 노해일이었으면 좋겠다고 생각했다. 부모님과 멤버들, 친구와 사업 파트너, 그를 사랑해주는 팬들까지 그가 바란 모든 것을 가진 노해일이 저였으면 얼마나 좋을까 생각했다.

그는 그들이 너무 좋았고, 그들로 이루어진 이 시간이, 그들과 함께 살아가는 이 세상이 너무 사랑스러웠다. 자꾸 은퇴한다고 했던 건 그냥 이렇게 되는 게 싫어서였다. 자신이 노해일의 모든 것을 탐하게 될까 봐.

그는 자신이 노해일로 다시 태어났을 가능성을 고려하지 않은 건 아니다. 그는 노해일처럼 자연스럽게 한국어를 썼고 모두가 그를 노해일이라고 생각했다. 부모님조차 이상함을 느끼지 못했다. 그와 같은 생일, 비슷한 이름, 그가 원했던 모든 걸 지닌 노해일이 어쩌면 그의 새로운 삶일지도 몰랐다. 그러나 헤일로는 그건 자신의 바람일 뿐이라는 걸 잘 알았다. 실제론 어떻게 된 건지 아무도 몰랐다. 그가 노해일로서 다시 태어난 걸 수도 있고, 혹은 노해일을 죽이고 빼앗은 걸 수도 있다. 헤일로는 자신이 노해일의 몸을 강탈했다는 일말의 가능성 때문에 노해일이라고 생각할 수 없었다.

특히, 아무도 노해일이 사라졌음을 알지 못한다. 그는 제 마음 편하고자 일말의 가능성을 버려둘 수 없었다. 다른 사람은 몰라도 헤일로는 노해일을 잊어선 안 되고, 평생 고마워하며 동시에 미안해해야 할 것이었다. 평생 마음의 부채를 가진 채 조마조마하며 살아가더라도 말이다. 언제 노해일이 돌아올지 모른다. 그는 하루하루가 마지막인 것처럼 아끼고 소중히 여기고 즐겨야 했다. 은퇴는 당연히 못 한다. 매일매일이 마지막인데 어떻게 은퇴를 생각할 수 있단 말인가. 이 세상이 너무 아까운데.

헤일로는 여덟 곡을 모두 연주한 후 무엇이 부족했던 것인지 깨달았다.

[베일 씨, 앨범을 수정해야 할 것 같아요]

어쩌면 음반 프레싱 작업에 들어갔을지도 몰라 어거스트 베일에게 급하게 문자를 남기고, 헤일로는 크게 숨을 들이마셨다. 눈이 따갑고 목도 잔뜩 잠겨 있었다. 그러나 그는 해야 했다. 이 순간을 누려야 했다.

[하고 싶은 대로 하게]

어거스트의 답이 곧장 날아왔다. 발매 날 직전에 수정하겠다고 해도 수용하겠다는 사람처럼.

헤일로는 잠깐 망설이다, 기타를 안았다. '지난 세상의 HALO' 가 공원에서 연주했던 자세로 기타를 껴안듯이 안으며, 머릿속에 존재하는 멜로디를 세상에 들려주기 시작했다. 어쩌면 이건 신주혁이 하라고 했던 사랑 노래에 가장 가까울지도 모른다. 누군가에 대한 사랑의 노래이기도 하고, 이 순간에 대한 사랑의 노래이다.

'내가 사랑하는 이 세상이 당신에게도 따뜻한 세상이기를, 그리하여 당신도 이 세상을 사랑할 수 있길 바라며.'

* * *

3월 21일, 눈이 녹아드는 봄날 세상에 나온 노래는 이제까지의 헤일로의 음악과 완전히 달랐다. 세상에 타협하지 않은 용맹함도 제 우울에 다른 사람마저 빠트리던 휘몰아침도 존재하지 않았다. 어쩌면 사람들이 기대했을 음악과 완전히 궤를 달리할지도 모른다. 누군가는 실망할지도 모른다. 그런데도 어떤 이들에겐 이 자체로 충분한 음악이 될 것이다.

-1위. Love this world - HALO

헤일로는 기존의 여덟 곡과 황룡필 헌정곡('하고 싶은 대로 해'), 그리고 새로운 타이틀곡을 수록하여 총 열 곡을 가지고 헤일로 최초의 정규앨범을 발매했다. 노해일의 정규앨범부터 따져야 한다 아니다로 시끄럽지만 한 해를 시작하기에 충분한 소란스러움이 아닌가. 오늘도 역시 사람들은 적당히 시끄러운 채 회사를 가거나 학교에 간다. 도로에선 경적이 마구 울리고, 고성이 오가기도 한다. 지하철에 퍼지는 빵 내음과 "열차가 들어오고 있습니다" 하는 안내음으로 부산한 도시의 하루가 시작되었다. 그리고 이때, 발매되자마자 빌보드 1위를 차지한 음악이 울려 퍼진다.

"잠깐, 이거 누구 음악이야?"

BB는 번쩍 고개를 들었다.

"딱 보면 모르겠어? 네가 사랑하는 남자의 음악이잖아."

토마스의 대답에 BB가 눈을 번쩍 뜨더니 컴퓨터를 바라본다.

"와, 1년 동안 쉬길래 슬럼픈 줄 알았는데 헤일로는 헤일로구나. 이번 노래는 진짜…. 하, 인생 불공평하다. 누군 음악 천재에 시나리오 천재. 나는 그냥 카우치 포테이토(couch potato)."

그 순간 BB가 책상을 쾅 쳤다.

"생각났어."

"뭐?"

"엔딩! 어떻게 할지 생각났다고."

* * *

딸깍 소리와 함께 플레이어가 빙글빙글 돌아간다. 곧 피아노 소리가 들려온다. 고요한 호수에 얕은 파동이 지는 듯한 선율이었다. 소리가 점점 커지며, 서점에 선 사람들은 귀를 기울인다. 슬프기도 하고 연약하기도 한 피아노 반주가 시작된다. 언제라도 끊어질 것처럼 연약하고 공백이 길었다. 그러나 끊이지 않고 소리는 계속 이어지며 작은 소음이 추가되었다. 아이들의 목소리, 사람들의 대화와 웃음이 잔잔히 백색소음처럼 깔렸다. 마침내 한 소년의 독백이 울린다. 평소의 소년답지 않게 작고 느린 목소리였다.

May this world that I love be a warm world for you(내가 사랑하는 이 세상이 당신에게도 따뜻한 세상이기를)

그러나 깊은 울림이 있었다.

So I hope you can love this world(그리하여 당신도 이 세상을 사랑할 수 있길 바라며)

헤일로의 첫 번째 정규앨범 혹은 열네 번째 앨범 〈사랑의 형태〉의 타이틀곡 '이 세상을 사랑해(Love this world)'의 독백 버전이었다. 독백이 끝나면 백그라운드 음악처럼 깔려 있던 피아노 선율이 커지고, 규칙적인 리듬이 얹어진다. 이미 아름다운 멜로디를 완성하는 건 소년의 목소리일 것이다. 처음으로 사랑을 노래하는 소년의 목소리가 세상에 울려 퍼졌다. 호수와 같이 고요했던 마음에 파동이 인다. 그와 함께 배 속이 고요히 울렁였다. 이 순간에 사람들은 하던 것을 멈추고, 소년의 노래에 귀를 기울였다.

호사가들은 14집 〈사랑의 형태〉가 헤일로다운 음악이 아니라고 말했다. 그들이 기대했던 음악이 아니라고 했다. 누군가는 헤일로가 정체를 드러내며 변했다고도 말했다. 실제로 그러했다. 헤일로의 13집까지는 연결된 이야기가 있었다. 1집부터 13집까지 헤일로의 음악에는 시간이 흘렀으며, 한 사람의 일생이 담겨 있었다. 사람들은 그의 환희와 절망을 이야기했으며, 그의 감정에 자신을 잃고 몰입하는 걸 즐겼다. 그의 음악은 곧 그였고, 그는 모든 행성을 빨아들이는 태양이었다.

13집부터 곡의 분위기가 달라졌다고 말하는 사람도 있지만, 악기의 수가 줄어들었다 뿐이지 분명 공통된 무언가가 있었다. 정점에 오른 스타가 모든 것을 끝내려는 듯한, 별의 시간이 끝나 초신성 폭발을 일으키는 것 말이다. 헤일로 은퇴설을 믿는 사람들도 꽤 여럿 있었다.

13집으로부터 1년이 지났다. 월드투어도 하고 컬래버도 했지만, 누군가는 헤일로가 슬럼프를 겪고 있다고 말했다. 매달 앨범을 내는 일이 남들한테 말도 안 되는 일이지만, 헤일로는 가능하다는 걸 증명하지 않았는가. 그런 이가 1년 동안 쉬는 건, 슬럼프라고밖에 볼 수 없었다. 제이슨 다이크와 이름을 건 내기를 했을 땐, 슬럼프설에 대한 반박이자 노이즈마케팅이라 간주하는 사람도 있었다. 어쨌든 헤일로의 다음 앨범을 주목하는 사람은 많았다. 헤일로의 팬이든 제 주장을 관철하고 싶은 사람이든 그저 남 얘기를 좋아하는 사람이든 간에 사실상 세상이 주목한다고 해도 틀리지 않았다.

그렇게 마침내 3월 21일이 되었다. 헤일로가 예고했던 그날. 그날의 막을 연 건 제이슨 다이크였다. 캘리포니아 시간으로 00시

00분, 딱 3월 21일로 들어선 순간 제이슨 다이크는 오랜만에 앨범을 발매했다. 꽤 오랫동안 준비한 것처럼 퀄리티가 훌륭했는데 특히 두 곡이 좋았다. 그중 하나는 발매되자마자 짧은 게 유일한 단점이라는 타이틀곡이었다. 싱잉랩과 중독성 있는 비트, 그리고 그를 쥐고 흔들었던 전 애인에게 말하는 듯한 가사로 이지리스닝층의 취향을 꿰뚫었다. 또 다른 하나인 힙합곡은 정확히 지칭하는 사람은 없었지만, 누구나 제이슨 다이크의 일화를 안다면 추측할 수 있는 사람에 대한 곡이었다. 그렇게 자신 있어 하다가 자기한테 잡아먹히고 말 거라는 디스 곡에 사람들은 열광했다. 헤일로의 몇몇 팬들은 사칭범 주제에 뻔뻔하다고 생각했으나 사칭 문제는 당사자가 세탁해주지 않았던가. 그야말로 말도 많고 인기도 많은 곡이 되었다.

한편, 헤일로의 앨범은 그날 저녁까지 소식이 들려오지 않았다. 한국 기준으론 22일이 되어버린 터라 호사가들은 헤일로가 패배를 인정한 게 아니냐고 말하기 시작했다. 제이슨 다이크의 곡이 상상 이상의 퀄리티인 데다 제 저격곡을 보고 반격하기 위해 시간을 끄는 게 아니냐고 수군댔다. 팬들과 헤이터들의 뜨거운 설전이 이어졌다. 실제로 만났다면 사고 날 만큼 험한 말들이 오갔다.

그러던 때 헤일로의 앨범이 음원 차트에 올랐다. 실물 음반(CD) 예약판매 공고와 함께. 헤일로의 팬들은 열렬히 기다리던 따끈따끈한 곡을 틀었고, 다른 이들도 마찬가지였다. 비평이든 비판이든 하려면 일단 들어야 했고 알아야 했으니까. 그렇게 헤일로의 첫 번째 정규앨범의 열 개의 수록곡이 누군가의 집에서, 직장에서, 거리에서 밤낮 구분 없이 들려왔다. 가장 헤일로답지 않은 음악이.

－(title) Love this world ｜ HALO

그런데 세상에 타협하지 않았던 남자가 세상을 사랑하게 된 이
야기와 '내가 사랑하는 이 세상이 당신에게도 따뜻한 세상이기를'
바라는 그의 바람은 사람들을 울리기 충분했다. 세상에서 가장 사
랑받는 소년의 바람이 담긴 음악은 봄바람처럼 사람들의 마음을
쓸고 지나갔다.

어쩌면 노해일이 했던 음악과 비슷할지도 모른다. 사람들은 노
래를 들으며 그들에게도 따뜻했던 세상을 떠올렸기 때문이다. 하
지만 완전히 같지 않았다. '이 세상을 사랑해'는 결국 소년의 이야
기고, 세상에 대한 절절한 사랑이 담겨 있었다.

사람들은 소년의 이야기에 공감하고, 자기들의 이야기를 떠올렸
다. 누군가는 어느새 눈물을 흘리고 누군가는 CD에 새겨진 문구를
가만히 들여다본다. 누군가는 헤일로답지 않다고 했으나 누군가는
헤일로밖에 만들 수 없는 음악이라 말했다. 세상에서 가장 사랑받
는 이의 사랑이 그들에게 도착한다. 그 결과는 곧바로 나타났다.

-1위. Love this world - HALO

헤일로는 '정말 이랬어야 했냐'는 전 애인처럼 보낸 제이슨 다이
크의 메시지에 피식 웃었다. 그가 자기 사랑에 관해 이야기하고 자
신이 더 잘 났다고 헤일로를 디스할 때, 헤일로는 세상에 대해 노래
하고 자신이 사랑하는 사람들에 대해 이야기했다. 상대조차 해주
지 않는 음악을 듣고, 제이슨은 허탈했다. 사람들의 머릿속에 그들
의 내기가 생각날 일은 없을 거다. '이 세상을 사랑해' 아래 모든 것
이 잊히고 사랑만이 남았으니, 그는 완패였다.

반면, 헤일로는 마음이 후련했다. 어떤 짐을 내려놓은 것 같았다.
여전히 노해일에 대한 짐을 가지고 있지만, 그는 어느 때보다 자유

로웠다.

새 앨범을 발매한 후 지인들의 연락이 여태 오지 않았다. 그렇게 걱정이 되진 않았다. 어련히 때가 되면 올 거로 여겼다. 문서연이 코를 훔친다. 남규환의 목소리는 아직도 잠겨 있으며, 한진영은 깊은 생각에 빠져 있는 듯했다. 헤일로와 함께 '이 세상을 사랑해'를 만들어나간 멤버들은 줄곧 이 상태였다. 울라고 만든 곡은 아니었는데 멤버들의 감수성이 유독 풍부한 게 아닐까 싶다.

"분명 슬픈 곡은 아닌데, 왜 눈물이 날까요."

"뭐, 앞으로 쉬지도 못하고 바빠질 거라?"

헤일로가 농담을 던지자, 문서연이 눈을 동그랗게 뜨더니 곧 하하 웃음을 터트렸다.

"괜찮습니다, 사장님. 많이 굴려주세요."

"진짜…. 후회하지 않겠어요?"

"음…."

"저는 지옥에 가더라도 함께할 수만 있다면 좋습니다."

의미심장한 표정에 문서연은 입을 다물었지만, 남규환의 충성 맹세가 이어졌다.

"그럼 전 적당히, 많이 굴려주세요."

"정말 괜찮아요?"

"아… 그럼, 조금 많이?"

뜨거워진 분위기에 한진영도 마지못해 웃으며 손부채질을 했다.

"뜨겁다 뜨거워."

"노인 공경을 위해 진영이 형에게…."

"규환아."

"넵."

3월 어느 날 그렇게 봄이 찾아왔다.

* * *

"엔딩을 정했다고요?"

헤일로는 뒤늦게 BB로부터 연락을 받았다. 슬슬 프리 프로덕션에 들어간 BB는 벌써 배우들이 물밑 작업을 시작했다고 알렸다. 헤일로 음악 영화화를 발표하지도 않았는데 어떻게 알았는지, 남녀노소 다양한 인종까지 헤일로 역에 지원했다고 했다. 헤일로는 누가 그의 역을 맡든 상관없었다. BB가 알아서 캐스팅해줄 것이다. 그가 궁금한 건 하나뿐이었다.

"어떤 엔딩인데요?"

BB는 그의 새 음악을 듣고 답을 알게 됐다고 말하지 않았다. 그건 영화의 엔딩을 보면 알 수 있을 테니 말이다. 그리하여 지금의 답도 같다.

"영화를 보면 알 수 있을 겁니다."

"제 이야긴데 저한테 슬쩍 말해줄 생각은 없나요?"

"엔딩을 저한테 맡겼으니까요. 혹시 후회하신다면….'

후회하면 엔딩을 다시 내라는 말에 헤일로는 웃으며 아니라고 답했다.

"대신, 이걸 보여드릴게요. 영화 포스터를 미리 스케치한 건데….'

BB는 양보했다는 듯 1급 비밀을 발설했다.

헤일로는 BB가 보내준 포스터를 보고, 곧 크게 웃었다. 겉으로 보기엔 평범한 일렉 기타 일러스트 위에 영화 제목과 캐스팅 보드가 쓰인 포스터였다. 하지만 그 캐스팅보드가….

```
CAST
HALO(헤일로) – HALO
MRS. HALO(헤일로 부인) – HALO
RIVAL(라이벌) – None(없음)
DIRECTOR(감독) – HALO
WORDS&MUSIC(작사&작곡) – HALO
PRODUCER(프로듀서) – HALO
BASED ON TRUE STORY(실화를 바탕으로 제작하였습니다)
```

온통 HALO로 도배되어 있었다. 이 조잡하고 낙서 같은 걸 관계자가 본다면 필시 뒷목 잡을 것이다. 즉, 헤일로의 마음에 쏙 든다는 말이다. 한참 동안 웃느라 엔딩에 대한 궁금함을 잊었다. 나중에 영화가 나온 후 봐도 늦지 않다.

헤일로는 통째로 빌린 영화관에서 자기 영화를 보는 상상을 했다. 깜깜하고 조용한 영화관에 필름이 영사되고 있다. 헤일로는 팝콘을 쥐고 영화를 볼 것이다. 가끔 목이 마르면 콜라도 마실 테고. 어느덧 스토리에 몰입해 눈물을 흘리고, 어떤 때는 경박스럽게 웃을 것이다. 그러다 마침내 엔딩을 보게 될 터다. BB가 어떤 엔딩을 준비했는지 모르겠지만, 만족스러운 엔딩이 나올 것 같다. 곧 엔딩 크레디트가 올라가며 그의 음악도 깔릴 것이다. 모든 필름이 끊기고 음악도 끝났을 때 그는 쿨하게 영화관에서 나오면 된다. 남은 팝콘과 콜라를 버리고, 검은 화면을 뒤로한 채.

그거면 충분했다. 헤일로는 상념을 끝내고 새로운 음반 홍보를 위해 방송국 스케줄을 잡았다. 오늘을 시작할 시간이다.

* * *

깜깜한 도로를 차 한 대가 가로지른다. 요란한 음악이 퍼지며 흥겨움이 오가는 동안 밴이 화려한 도시에 입성했다. 참 아름다운 밤이다. 새로운 해를 기념하며 밤은 어느 때보다 화려했다.

"그래미, 헤일로에게 항복하다."

기사를 읽어주는 이가 피식 웃었다.

"그래미도 별거 없네. 작년에 반기를 들었다가 1년도 안 돼서 항복했군."

우스운 꼴이지만 항복할 수밖에 없긴 했다. 대항할 음악이 없으니 그래미도 어쩔 수 없었을 것이다. 사랑의 메시지를 담은 음악보다 강한 음악이 어디 있단 말인가.

"저 사람은 그래서 여기 왜 탄 거예요."

"자동차가 고장 났다나."

"미국 팝가수가 자동차 고장 났다고 남의 차에 올라탔다고? 수상한데. 다른 이유가 있는 것 같습니다."

멤버들이 불만 어린 채 외치자 헤일로가 큭큭 웃었다.

한국어라 못 알아들었지만, 눈치만은 귀신같은 제이슨이 대꾸했다.

"나도 타고 싶지 않았거든?"

"지금이라도 내려줄까?"

제이슨의 표정이 일그러진다. 사람들이 몰려오고 그 와중에 우버를 부르는 상상을 했다. 어느 게 더 나을까, 고민하던 제이슨이 차악을 선택하고는 얼굴을 팽 돌렸다.

밴에서 헤일로의 음악도 제이슨의 음악도 아닌, 다른 신인가수의 음악이 들려왔다. 헤일로는 그 선율을 따라 허밍했다. 그러던 때 새벽임에도 기운 넘치는 멤버들이 물었다.

"그래미 타고 나서, 앞으로 뭐 할까요?"

묘한 데자뷰에 헤일로는 그들을 잠깐 쳐다봤다. 호기심 가득한 눈들에 못된 마음이 생긴다.

'장난 좀 쳐볼까.'

헤일로는 오랫동안 잊고 있던 단어를 입에 담았다.

"은퇴할까?"

"네?"

차 안이 순식간에 고요해졌다. 헤일로는 그들이 버럭 소리 지를 걸 기대했다. 그러나 예상과 다른 반응이 이어졌다.

"음, 은퇴."

한진영은 전혀 진지하게 받아들이지 않았다.

"그래도 옆에 있을 수 있다면."

남규환은 반면 쓸데없이 진지했다.

문서연은 혼자 고개를 기울이더니 방긋 웃었다.

"은퇴하고 다같이 여행갈까요?"

"오, 좋다. 이번엔 어디 가지?"

"아예 휴양지도 좋고, 크로아티아는 어떠세요?"

말만 들으면 곧장 여행을 갈 태세다.

의외의 반응에 헤일로가 입을 다물고 있었더니, 마지막으로 승객이 작게 중얼거렸다.

"그럼 이제 내가 진짜 헤일로인가?"

'이 새끼가. 어림도 없지!'

헤일로의 한쪽 입꼬리가 비뚜름하게 올라갔다. 제 이름을 이렇게 뺏길 수 없었다.

"야, 은퇴할 거면, 아예 시상식 가서 하는 게 어때. 그럼 진짜 그래미 개난리 날 텐데."

제이슨 다이크가 잠깐 상상하곤 낄낄대며 웃었다. 얼마나 웃긴지 좌석 쿠션을 주먹으로 퍽퍽 쳤다.

한때 헤일로도 그래미 심사위원의 표정이 구겨질 걸 바랐으나, 제이슨이 원하는 대로는 해주고 싶지 않았다. 곱씹을수록 어처구니가 없어 콧김을 내뱉었다.

장난을 치려다 된통 당한 헤일로는 소란스러운 분위기가 속에서 창밖에 시선을 던졌다. 작은 조명들이 별처럼 빛나고 있다. 진짜 별처럼 스스로 빛나는 듯이 보이지만, 사실 그 실체는 전기 없이 빛날 수 없는 덩어리다. 마치 노해일의 선물 없이 빛날 수 없는 자신처럼. 사람들은 그를 태양이라 부르지만, 누군가의 도움 없이 빛날 수 없는 그는 저 조명과 같을 것이다.

그러나 허무하진 않았다. 작은 조명들이 모여 은하를 이루는 것처럼, 그 또한 은하를 이루는 하나의 조명이 될 것이다. 그리고 그의 주변에 있는 조명들이 함께 빛날 터다. 낮이 되어도 초라해 보이지 않기 위해, 그 형편없는 실체가 드러나도 모두가 이해해줄 수 있도록 그는 지금 온 힘을 다해 빛날 것이다.

헤일로는 자기 인생이 영화였다면, 지금쯤 엔딩 크레디트가 올라가고 있을 거로 생각했다. 그가 만든 가장 멋진 음악이 배경음악으로 깔리고 캐스팅 보드가 올라갈 것이다. '이 영화는 실화를 바탕으로 제작하였습니다'라는 문장도 빼놓을 수 없다. 그리고 마지막엔 '투 비 컨티뉴드(To be continued)'라고 올라올 것이다. 2부를 예고하는 쿠키 영상도 나쁘지 않을 것 같다.

헤일로는 그를 상징하는 기타를 안았다. 운전기사가 눈치껏 음악을 꺼주고 멤버들이 귀를 기울였다. '이 세상을 사랑해', 그래미까지 사랑하게 만든 그의 음악이 울린다. 그가 했던 음악답지 않은 곡이지만 이 밤과 잘 어울렸다. 그는 가사를 이으며 창 너머로 고개를 돌렸다. 화려한 도시엔 배너가 걸려 있다.

Welcome to Las Vegas

그리고 그 밑엔 그를 향한 메시지.

Love this world
Love this time
And All of us Love you

《영광의 해일로》 6권에서 계속…

.

영광의 해일로 5

초판 1쇄 인쇄 2025년 3월 10일
초판 1쇄 발행 2025년 3월 31일

지은이 하제
펴낸이 이진영 배민수
기획 · 편집 밀리&셸리
디자인 스튜디오 허브
마케팅 태리
펴낸곳 (주)테라코타 **출판등록** 2023년 1월 13일 제2024-000080호
주소 서울시 용산구 원효로 128 e-테크밸리오피스텔 907호
메일 terracotta_book@naver.com
인스타그램 @terracotta_book

ⓒ 하제, 2025
ISBN 979-11-93540-23-7 04810
     979-11-93540-18-3 (전6권 세트)

* 이 책의 전부 또는 일부 내용을 재사용하려면 반드시 사전에 저작권자와
  (주)테라코타의 동의를 받아야 합니다.
* 인쇄 · 제작 및 유통상의 파본 도서는 구입하신 서점에서 바꿔드립니다.
* 책값은 뒤표지에 있습니다.